Die Novizin

ECON Historischer Kriminalroman

Zum Buch:

Die Ruhe im friedlichen Benediktinerinnenkloster St. Frideswide wird durch die plötzliche Ankunft der reichen Protektorin Lady Ermentrude gestört. Eine Dienerin der Lady stirbt plötzlich, ein paar Tage darauf auch die Lady selbst, nach Luft ringend und mit Schaum vor dem Mund. Die junge Novizin Thomasine wird verdächtigt, die beiden vergiftet zu haben. Doch sie beteuert ihre Unschuld und berichtet von einer kleinen schwarzen Hand, die aus dem Dunkeln nach Lady Ermentrude griff ...

Die Autorin:

Margaret Frazer lebt in Minneapolis, Minnesota, zwischen überquellenden Bücherregalen, Notizbüchern, Karteikarten und Kladden und den verschiedensten Tieren. Abgesehen von den allernotwendigsten Ausflügen ins 20. Jahrhundert, verbringt sie den größten Teil ihrer Zeit im England des 15. Jahrhunderts, was eine Unterhaltung mit ihr sehr erschwert, denn wer ist schon up to date im Reden über 500 Jahre alte Witze und Gerüchte?
Margaret Frazer ist ein Pseudonym für die beiden Autorinnen Mary Monica Pulver und Gail Bacon.

Margaret Frazer

Die Novizin

Im Jahre des Herrn 1431

Ein Kriminalroman aus dem Mittelalter

Aus dem Amerikanischen von Anke Grube

ECON Taschenbuch Verlag

4. Auflage 1996
Deutsche Erstausgabe

First published in the United States of America
Titel des amerikanischen Originals: The Novice's Tale
Aus dem Amerikanischen übersetzt von Anke Grube
Umschlaggestaltung: Molesch/Niedertubbesing, Bielefeld
Titelabbildung aus: Die Buchillustration Henning Wendland
AT Verlag Aarau/Stuttgart 1987, S. 52
Lektorat: Nicole Terwort
Gesetzt aus der Bodoni und der Charlemagne
Satz: HEVO GmbH, Dortmund
Druck und Bindearbeiten: Ebner Ulm
Printed in Germany
ISBN 3-612-25056-6

Help us, Seinte Frideswyde!
A man woot litel what him shal bityde.

Geoffrey Chaucer

Hilf uns, Sankt Frideswide!
Wenig weiß der Mensch,
was das Schicksal bringen mag.

Mitte September im Jahre des Herrn 1431 war das Wetter strahlend schön. Es war warm und trokken, und der Herbst begann sich anzukündigen. Auf den Feldern hinter den Mauern des Klosters St. Frideswide wurde unter dem klaren Himmel die Ernte eingebracht. Seit Mitte Juli hatte es genug Regen und Sonne gegeben, um das Korn zur vollen Reife zu bringen. Jetzt lag der größte Teil in goldenen Garben hinter den Schnittern oder war bereits in Hocken zum Trocknen aufgestellt.

Den ganzen Monat über hatte man die Rufe der Männer und Frauen auf den Feldern, das Geschrei der Kinder, die die Vögel verscheuchten, und das Rumpeln der Wagen, die die Ernte heimbrachten, hören können.

Aber nichts von der Hast und dem Lärm der Ernte drang durch die Mauern von St. Frideswide. Hier herrschte, wie fast immer, eine gemessene Ruhe. Das einzige, was gelegentlich zu hören war, war das Rascheln von Röcken, die über den Steinboden glitten, und der gedämpfte Schritt weicher Ledersohlen auf der Treppe; selten hörte man eine Stimme, und wenn, dann nur kurz und flüsternd. Denn hier galt das Schweigegebot, außer während der Stunde der Erholung und den festgelegten Stunden des Chorgebets, das in der Kirche gesungen wurde.

Hier herrschte benediktinischer Friede, dachte Thomasine, die auf der Treppe zum Empfangszimmer der Priorin stehengeblieben war, um aus dem schmalen Fenster hinauszusehen, einen Teller mit noch ofenwarmen Honigkuchen in der Hand. Ihr war befohlen worden, sich mit den Kuchen zu beeilen, sie seien für einen wichtigen Gast bestimmt. Aber sie konnte es nicht über sich bringen, diese Aussicht, die sich ihr durch das Fenster hindurch bot, zu ignorieren und ihren Blick auf die cremefarbenen Klostermauern zu richten. Das kleine Fenster umrahmte eine Szenerie mit stoppeligen, von Garben übersäten Feldern und durch die Entfernung klein wirkenden Gestalten, die sich über ihre Arbeit beugten. Dahinter lag der grüne Rand des Waldes, und über allem ruhte das Madonnenblau des Himmels; alles war so fein gezeichnet und schien so fern wie eine Miniaturmalerei für das Gebetbuch einer Dame, naturgetreu und wundervoll anzusehen.

Und bald würde das hier weit außerhalb ihrer Reichweite sein.

Jugend, schnelles Wachstum und viele Kinderkrankheiten hatten aus Thomasine eine schlanke, feingliedrige Frau gemacht, die außerordentlich fromm war und Nonne werden wollte, noch bevor der Herbst zu Ende war. In etwas mehr als zwei Wochen, am St. Michaelistag, würde sie endlich vor dem Altar niederknien und ihre letzten Gelübde ablegen. Sie war siebzehn und hatte fast neun Jahre darauf gewartet, daß ihr der kostbare schwarze Schleier verliehen wurde und sie den Rest ihrer irdischen Tage sicher hinter Klostermauern verbringen konnte.

An jedem Tag, der zwischen ihr und der Sicherheit lag, hatte Thomasine sich immer fester an diese Gewißheit geklammert, und jetzt beugte sie sich mit einem tiefen Seufzer der Befriedigung vor und sah auf den kleinen Obstgarten des Klosters herunter, der direkt unterhalb der Mauer lag. Apfel- und Kirschbäume, der Last ihrer Früchte beraubt, aber staubig und müde vom Tragen, warteten auf den Herbst, der ihnen auch noch die Blätter nehmen würde. Oh, wie bittersüß ein Leben als Apfelbaum wäre! dachte Thomasine. Sie hätte, auch wenn man ihr tausend Schillinge gegeben hätte, nicht sagen können, warum sie das Leben eines Apfelbaumes ausgerechnet für bittersüß hielt, aber es schien ihr eine angenehme, geradezu spirituelle Vorstellung zu sein. Bald würde auch sie, wie der Apfelbaum, für immer in St. Frideswide Wurzeln schlagen können.

Und während dessen wurden die Kuchen auf dem Teller in ihrer Hand kalt, wie ihr der praktischere Teil ihres Verstandes jetzt sagte.

Ein vertrautes Schuldgefühl überkam sie. Während sie hier stand und gaffte, verstieß sie gegen das grundlegendste aller Gelübde: den Gehorsam. Mit einem reuigen Stirnrunzeln eilte sie die letzten Stufen hinauf.

Vor Priorin Ediths Tür blieb sie unwillkürlich wieder stehen. Ihre Hand hatte gerade anklopfen wollen, aber der Klang von Stimmen im Raum dahinter ließ sie innehalten. Die Stimme von Schwester Frevisse kannte sie – kräftig und ganz anders als Priorin Ediths altersschwache, murmelnde Stimme, die ihr antwortete. Das war ihr vertraut, wie ihr alles in St. Frideswide, gottlob, vertraut war. Es war die Antwort der tiefen und amüsierten Männerstimme, die ihre Hand erstarren ließ. In dem knappen Jahr, das sie in St. Frideswide verbracht hatte, waren Männerstimmen ihr fremd geworden. Sie hatten keinen Platz im Kloster, wo sogar die Stimmen von Frauen der Ordensregel gemäß nur selten erklingen sollten. Ihr war gesagt worden, wer der Gast war, aber das hatte sie nicht ausreichend darauf vorbereitet.

Ihre ausgestreckte Hand zog sich von der Tür zurück und fuhr statt dessen hoch, um sicherzustellen, daß jedes Haar sicher unter dem schäbigen weißen Schleier steckte und nicht zu sehen war. Dann zupfte sie an ihrem verblichenen Gewand, um sicherzustellen, daß es lose genug um sie herumhing und unter seiner Schäbigkeit auch nicht die leiseste Andeutung ihrer Gestalt zu erkennen war. Obwohl ihre Schwester und ihr Schwager sie reich ausgestattet hatten, als sie nach St. Frideswide gegangen war, hatte Thomasine sich entschieden, ihre guten Kleider gegen die abgetragensten Ordensgewänder einzutauschen, die in den Truhen der Nonnen zu finden waren. Sie war fest entschlossen zu beweisen, daß sie würdig war, und hatte trotz der Enttäuschung ihrer Schwester und dem Verdacht, daß die Priorin mit diesem Entschluß nicht vollständig einverstanden war, an der Gewohnheit der Armut festgehalten. Mittlerweile bereitete es ihr wirklich Unbehagen, etwas zu tragen, das auch nur im entferntesten kostbar war.

Als Thomasine sicher war, daß mit ihrer äußeren Erscheinung alles stimmte und sie ausreichend reizlos aussah, klopfte sie leise wie eine Maus an die Tür.

Zu leise. Schwester Frevisse sprach weiter. Ihre Worte

waren nicht zu verstehen, aber ihre Stimme klang kräftig und selbstsicher, was wenig dazu beitrug, Thomasines Widerstreben zu mildern. Bevor sie nach St. Frideswide gekommen war, hatte sie angenommen, daß es keine Unterschiede zwischen den Nonnen geben würde, daß die Gelübde und ein gemeinsam verbrachtes Leben sie irgendwie alle gleich machen würden. Sie war ganz verstört gewesen, als sie entdeckt hatte, daß trotz des Verschmelzens in einem Meer schwarzer Gewänder und Schleier, die Gesichter eingerahmt von dem weißen Nonnenschleier, alle immer noch Individuen waren. Besonders Schwester Frevisse.

Von Anfang an hatte sie sich in Schwester Frevisses Gegenwart unbehaglich gefühlt. Die Schlichtheit des Ordensgewandes ließ ihr Alter ungewiß erscheinen, aber ihre Züge waren zu scharf, um sanft zu sein, und die Augen unter den dunklen Brauen zu klug. Sie sahen vieles und schienen alles spöttisch zu kommentieren. Die einzige Nonne, deren Musterung Thomasine als noch unangenehmer empfand, war die Priorin selbst, die trotz ihrer Jahre und ihrer Altersschwäche mehr von Thomasine zu sehen schien, als sie gegenwärtig preisgeben wollte.

Wieder antwortete die Männerstimme Schwester Frevisse. Thomasines Hand zitterte. Aber der Gehorsam bedrängte sie immer noch, und die Kuchen kühlten immer noch in ihren Händen ab. Sie klopfte noch einmal, diesmal etwas bestimmter.

Priorin Ediths schwacher Segen antwortete ihr. »Benedicte.«

Thomasine hielt die Kuchen wie einen Schild vor sich, öffnete die Tür und trat ein.

St. Frideswide war nicht arm, aber auch nicht reich. Das Empfangszimmer der Priorin wirkte nur im Kontrast zum

Rest des Klosters weniger kahl. Zu den Pflichten der Priorin gehörte der Empfang wichtiger Gäste und die Erledigung solcher Klostergeschäfte, die nicht bei der täglichen Versammlung der Nonnen im Kapitelsaal geregelt werden konnten oder die bedauerlicherweise die Anwesenheit von Männern im Kloster erforderlich machten. Zur Wahrung der Würde von St. Frideswide hatte das Empfangszimmer den Luxus eines Kamins, und die drei hohen, schmalen Fenster, die auf den Klosterhof hinausgingen, waren mit richtigem Glas versehen. Bunte, bestickte Kissen lagen auf dem Fenstersitz, und ein Fransenteppich, der in einem spanischen Muster gewebt war, bedeckte den Tisch, auf dem ein silberner Wasserkrug und eine Silberschale standen. Da Priorin Edith seit zweiunddreißig Jahren Priorin war – sie hatte das Amt im selben Jahr angetreten, in dem der Herzog von Lancaster Richard II. zur Abdankung gezwungen und sich selbst als König Heinrich IV. auf den Thron gesetzt hatte –, hatten sich auch Dinge eingeschlichen, die ihr persönlich gehörten, wie zum Beispiel ihr Stickrahmen und der schlanke, elegante, alte Windhund, der zusammengerollt in seinem Korb vor dem Kamin lag.

Als einzige Novizin des Klosters wurde Thomasine oft losgeschickt, um dies und das zu holen oder irgendwohin zu bringen. Der Empfangsraum der Priorin war ihr zu vertraut, um ihre Aufmerksamkeit zu erregen, und sie blieb korrekt mit gesenktem Kopf einen Schritt hinter der Tür stehen und wartete darauf, begrüßt zu werden. Dennoch konnte sie, wo sie schon mal da war, dem Drang nicht widerstehen, seitlich um den vorgeschwungenen Rand ihres Schleiers herumzuspähen und einen vorsichtigen Blick auf den Mann zu werfen, der keine fünf Schritte von ihr entfernt auf dem Fenstersims saß.

Natürlich hatte sie kein Interesse an Männern als Männer. Wenn irgend möglich, nahm sie sie einfach gar nicht zur Kenntnis. Aber jener Mann, der heute zu Besuch gekommen war, war ein wichtiger Mann. Die Bestellung des Honigkuchens war von der Nachricht begleitet worden, daß es Thomas Chaucer war, der heute nach St. Frideswide gekommen war, und sogar Thomasine in ihrer entschlossenen Weltfremdheit wußte, wer Thomas Chaucer war. Er war ein so häufiges Gesprächsthema in Oxfordshire wie das Wetter. Man sprach darüber, wer er war, und vor allem auch darüber, wie er zu einer solchen Berühmtheit geworden war. Sein Vater war gleichzeitig Dichter und Zollbeamter gewesen, seine Mutter war die Tochter eines sehr unbedeutenden Ritters, aber Thomas Chaucer, so behaupteten jedenfalls beharrlich die Gerüchte, war einer der reichsten und mächtigsten Bürger von England. So mächtig, daß er nach eigenem Willen seinen Abschied vom königlichen Rat nehmen konnte, obwohl er gebeten worden war, im Amt zu bleiben. So reich, so wurde gemunkelt, daß sein Cousin, Kardinal Beaufort, der Bischof von Winchester, der mit Wolle handelte und sich durchaus etwas auf seinen Besitz einbildete, nur zu gern seinen Rat einholte.

So war es leicht verwirrend, ihn so ungezwungen in Priorin Ediths vertrautem Empfangszimmer sitzen zu sehen. Er unterschied sich kaum von Thomasines Erinnerung an ihren Vater: Ein Herr mittleren Alters mit ergrautem Haar und angenehmem Gesicht, sonnengebräunt, ein paar Falten um die Augen herum und auf der Stirn, gekleidet in ein langärmeliges, weites Wams aus grüner Wolle, das bis zu den Knien reichte und vorne und hinten geschlitzt war, um das Reiten zu erleichtern. Die Ärmel und der Stehkragen hatten einen Besatz aus Schurwolle, und seinen Hut, an dem eine lange, wehende Feder befestigt war, hatte er aus Respekt vor Priorin Edith und der Hitze des Tages zur Seite gelegt. An beiden Händen trug er einen großen Ring, aber keine Goldketten oder andere Juwelen, und seine hohen Reitstiefel waren eben Stiefel, soweit Thomasine das sagen konnte, der Korduanleder kein Begriff war und die nicht wußte, wieviel Mühe es gekostet haben mochte, die Stiefel so geschickt seinem Bein anzupassen.

Sie sah enttäuscht aus und war es auch, ohne es sich selbst gegenüber einzugestehen, während er sie überhaupt nicht ansah, sondern weiterhin konzentriert und höflich Priorin Edith zuhörte, die mit ihrer alten, sorgenvollen, aber beharrlichen Stimme sagte: »Ich habe immer Angst gehabt, daß man ihn in Seide kleiden würde, obwohl er noch zu jung dafür ist. Junge Menschen, sogar Prinzen, müssen warm angezogen sein, wißt Ihr. Ihr seid sicher, daß er gute wollene Unterhemden sein eigen nennt?«

»Ich habe die Aufstellung des königlichen Inventars gesehen und mich selbst im Kronrat an der Diskussion über die Kleidung Seiner Gnaden beteiligt«, sagte Chaucer in beruhigendem und gutgelauntem Ton. »Er besitzt einen reichen Vorrat an Wollhemden, und er trägt sie auch. Und er ist ein kräftiger Junge. Er ist jetzt neun Jahre alt, aber man könnte ihn leicht für zwölf halten. Und er ist meines Wissens noch keinen einzigen Tag krank gewesen, nicht, seit er ein Säugling war und unter Koliken litt.«

Priorin Edith nickte. »Die Hauptsache ist, daß ihn das Wachstum nicht schwächt Gott segne Seine Gnaden. Das ist immer eine Gefahr bei den Jungen, daß sie ihre Kraft verlieren, wenn sie größer werden.«

Sie nickte weiter, als würde sie sich selbst beipflichten, aber ihr Blick begann zu verschwimmen.

Thomasine wurde verlegen, als ihr klar wurde, daß ihre Priorin hier und jetzt, vor Meister Chaucers Augen, eingeschlafen war. Jeder in St. Frideswide wußte, daß Priorin Edith in ihrem neunundsiebzigsten Lebensjahr stand, ein sagenhaftes Alter, und deshalb fast immer und überall einnickte.

»Immer eine Gefahr«, murmelte sie. »Ich erinnere mich an meinen Bruder, als er noch klein war ...«

Aber das Alter war stärker als die Erinnerung. Ihre Lider flatterten kurz und sanken dann herab, ihre Stimme wurde leiser. Das langsame Nicken ließ nach, ihr Kinn versank in den Falten des Nonnenschleiers unter ihrer Kehle, und Stille erfüllte den Raum, bis wenig später ein tiefer Atemzug zu vernehmen war, der tief unten aus ihrer Kehle kam und fast einem Schnarchen gleichkam.

Thomasine wagte sich nicht zu rühren. Sie konnte nur verlegen dastehen, den gequälten Blick auf ihre Priorin gerichtet, bis Master Chaucer sich zurücklehnte, behaglich die Beine ausstreckte und meinte, die Stimme warm vor Belustigung: »Es ist ein Segen, so leicht einschlafen zu können.«

»Sie hat Gottes Segen verdient. Sie ist eine gute, freundliche Frau.« Schwester Frevisse, die hinter Priorin Ediths Stuhl stand, lächelte Meister Chaucer an, ein so ungezwungenes und vertrauliches Lächeln, daß Thomasine schockiert war und nicht verhindern konnte, daß sich ihre Bestürzung in ihren Gesichtszügen spiegelte. Schwester Frevisse sah in ihre Richtung, fing den Blick auf und erklärte mit einem Anflug von Schärfe: »Du kannst die Kuchen auf den Tisch stellen, Thomasine. Und dann mußt du natürlich bleiben, damit alles seine Ordnung hat zwischen Meister Chaucer und mir.«

Thomasine, die wieder den Fußboden ansah, gehorchte, setzte die Kuchenplatte auf dem spanischen Tuch ab und trat zurück, den Blick immer noch gesenkt. Sie faltete die Hände so vor sich, daß sie in ihren Ärmeln verschwanden, und war tief gekränkt, als sie Schwester Frevisses Erklärung hörte: »Thomasine ist ein wenig zu gewissenhaft, wie es einer Novizin nur zur Ehre gereicht. Sie wird bald ihre letzten Gelübde ablegen.«

Zu Thomasines Entsetzen wandte Meister Chaucer seine Aufmerksamkeit ihr zu. Mit seiner ruhigen, freundlichen Stimme fragte er: »Gefällt dir das Leben im Kloster, mein Kind?«

Erschrocken stellte Thomasine fest, daß sie – angezogen von Meister Chaucers Stimme – unwillkürlich den Kopf gehoben hatte und ihm nun direkt in die Augen sah. Sie fing sich, richtete den Blick hastig wieder auf ihre Zehen und sagte: »Sehr gut, wenn es Euch beliebt, Meister Chaucer.«

»Und wann wirst du die Gelübde ablegen?«

»Am Michaelistag, wenn es Euch beliebt.«

»Wenn es Gott beliebt«, korrigierte Chaucer milde.

Thomasine spürte, wie scharlachrote Röte ihre Wangen überzog, und senkte den Kopf so tief, daß sie sich wie eine Schildkröte in ihr Gewand zurückzog. Sie wußte nicht, wie sie ihm antworten sollte, und ob sie es überhaupt sollte. Er mußte doch wissen, daß unnötige Unterhaltungen ihr verboten waren. Oder war es jetzt notwendig, etwas zu sagen, um ihm zu beweisen, daß sie sehr gut wußte, daß alles nach dem Willen Gottes geschah, daß sie nur hatte höflich sein wollen? Oder wäre das eine hochmütige Zurschaustellung ihres Wissens gewesen? Tränen hilfloser Verwirrung traten ihr in die Augen, und alles wurde nur noch schlimmer durch die Furcht, daß er das Wort noch einmal an sie richten könnte.

Schwester Frevisse kam ihr, ohne viel Aufhebens zu machen, zur Hilfe. »Es sollte Gott doch wohl gefallen, eine Braut wie Thomasine zu nehmen. Sie hat eine wahre Berufung für unser Leben bewiesen. Es fällt ihr nur schwer, mit Männern zu sprechen. Und so sollte es ja auch sein.«

Vor Überraschung und Dankbarkeit versiegten Thomasines Tränen, und sie sah wieder auf, bereit, sich dem zu stellen, was als Nächstes kommen mochte. Aber die Aufmerksamkeit der beiden hatte sich so schnell von ihr abgewandt, wie sie auf sie gefallen war, und sie war wieder bloße Zuschauerin.

»Und du, Frevisse«, fragte Meister Chaucer. »Wie geht es dir? Das Amt der Schwester Hospitalaria hattest Du, als ich das letzte Mal hier war, noch nicht inne.«

Thomasine wunderte sich über die Vertraulichkeit seines Tons, aber Schwester Frevisse antwortete ebenso ungezwungen. »Es wurde mir am letzten Quartalstag verliehen, als wir die Ämter getauscht haben. Jetzt, wo ich mich um Gäste kümmere, verbringe ich weniger Zeit im Kloster und habe mehr mit der Außenwelt zu tun, aber momentan gefällt mir das ganz gut. Sonst ist alles wie immer, eingeschlossen der Tatsache, daß ich sehr froh bin, dich wiederzusehen. Vermißt du deinen Platz im königlichen Rat bereits?«

»Mathilda ruft mir tagtäglich in Erinnerung, wie sehr mein Entschluß mich in den Augen edler Männer herabsetzt, aber sonst trauere ich eigentlich nicht sehr darum.«

»Arme Mathilda.«

Thomasine war schockiert über die offensichtliche Vertrautheit zwischen ihnen, und ihr Rückgrat versteifte sich noch mehr, als sie das Lachen in Schwester Frevisses Stimme hörte. Sie hielt noch immer entschlossen den Blick gesenkt und war überzeugt, sich nicht gerührt zu haben, aber

Schwester Frevisse mit ihrer beunruhigenden Gabe, stets genau zu wissen, was andere Leute dachten, sagte, immer noch amüsiert: »Das ist schon in Ordnung, Thomasine. Meister Chaucers Gemahlin ist meine Tante, und ich habe acht Jahre meiner Kindheit in ihrem Haus verbracht. Wir sind verwandt und kennen uns schon so lange, wie du lebst. Wir haben nur gelacht, weil wir beide wissen, daß bei meiner armen Tante Mathilda ›die Wertschätzung edler Männer‹ fast so hoch rangiert wie ihre Hoffnung auf Erlösung.«

»›Armer Meister Chaucer‹ trifft es eher«, sagte Meister Chaucer trocken. »Deine Tante Mathilda hat eine ausgesprochene Begabung dafür, im ganzen Haus trübe Stimmung zu verbreiten, wenn sie selbst unglücklich ist.«

»Aber jetzt, wo Alice mit Suffolk verheiratet ist, ist sie doch gewiß etwas zufriedener?«

»Da sie jetzt einen Grafen als Schwiegersohn hat und hoffen kann, adelige Enkelkinder zu bekommen, hat sie mir sogar fast auch die letzte Enttäuschung vergeben, die ich ihr bereitet habe.«

»Du hast dich doch nicht schon wieder von einem Ritterschlag freigekauft?«

Chaucer zwinkerte ihr mit vorgetäuschter Schläue zu. »Vielleicht von einem noch höheren Titel.«

Schwester Frevisse schüttelte den Kopf. »Dann muß sogar ich an dir verzweifeln.«

Aber sie klang nicht sehr verzweifelt, und Chaucer lachte leise.

»Mein Platz in der Welt würde sich kaum ändern, wenn ich einen Titel bekäme. Ich würde mir schlicht nur noch mehr Pflichten aufladen, und meine Steuern würden steigen, und das wäre ein idiotischer Preis für einen schönen Namen. Außerdem könnte es bedeuten, daß ich wieder zusehen muß, wie Winchester und Gloucester sich im Rat zum Narren machen. Davon hatte ich schon genug, vielen Dank. Und jetzt, wo Winchester noch eine Zeitlang in der Normandie festsitzt, regiert Gloucester tatsächlich mit einem gewissen Maß von Verstand.«

»Aber wohl nicht mit allzu viel?«

»Er kann nicht gebrauchen, was er nicht hat, und ›Verstand‹ steht ganz oben auf seiner Liste von Unzulänglichkeiten.«

Schwester Frevisse hielt sich die Hand vor den Mund, um den leisen Anfang eines Lachens zu unterdrücken, und warf einen Blick auf die schlafende Priorin, bevor sie ruhig sagte: »Es ist schön, wieder mit dir zu reden, auch wenn es nur kurz ist. Vielen Dank, daß du vorbeigekommen bist.«

»Es ist mir eher ein Vergnügen als eine Pflicht.« Meister Chaucer neigte den Kopf in höfischer Manier, warf einen Seitenblick auf Thomasine und fügte hinzu: »Ich hoffe, wir haben nicht wieder jemanden beleidigt.«

Thomasine, fasziniert von ihrer lässigen Plauderei, stellte fest, daß sie gierig zugehört hatte. Jetzt machte ihr nicht nur ihr Gewissen, sondern auch Chaucers Belustigung schwer zu schaffen, und sie senkte erneut den Blick, als Schwester Frevisse mit einiger Schärfe sagte: »Ich habe Priorin Ediths Erlaubnis, mit Meister Chaucer zu sprechen. Sie weiß, wie wir zueinander stehen, und findet nichts Übles dabei. Nimm es dir also nicht so sehr zu Herzen.«

Thomasine schluckte fest, trotz ihrer zusammengeschnürten Kehle, und flüsterte: »Ja, Ehrwürdige Mutter.«

Mit leichter Belustigung in der Stimme bemerkte Meister Chaucer: »Sowohl im Himmel als auch auf Erden herrscht großer Jubel, wenn ein Heiliger seinem irdischen Leib entrinnt: Im Himmel, weil eine Seele über den Teufel triumphiert hat – und auf Erden, weil ein Heiliger im täglichen Zusammenleben so unausstehlich ist.«

Schwester Frevisse sah zu Thomasine hinüber, und das Mitgefühl, das in ihrer Stimme mitklang, spiegelte sich auch in ihrem Gesicht, als sie fast sanft sagte: »Setz dich hin, Thomasine.«

Thomasine, die leicht müde wurde, setzte sich dankbar auf einen Hocker neben dem Tisch, aber ihr Unmut blieb.

Schwester Frevisse wandte sich wieder Meister Chaucer zu. »Wir sind dir sehr dankbar für dein Geschenk. Blaue Seide ist genau das, was wir für Vater Henrys neues Meßgewand brauchen.«

»Soweit ich gehört habe, wird in ein paar Monaten weiße Seide von derselben Qualität zu haben sein, wenn ihr die auch brauchen könnt.«

»Fern sei es von mir, zu sagen, wir würden keine weiße Seide brauchen!« erwiderte Frevisse. »Schwester Perpetua hat ein neues Weinreben-Muster, das wir darauf sticken könnten ...« Sie hielt inne und hob den Kopf, als wachsender Lärm aus dem umschlossenen Klosterhof unter dem Fenster drang. »Was ist denn da los?«

Der Lärm verstärkte sich. Es waren das Geklapper zahlreicher Hufe auf Kopfsteinpflaster und erhobene Stimmen zu hören. Thomasine schoß hoch. Eine Stimme erhob sich über alle anderen, und sie befürchtete, sie erkannt zu haben. Chaucer wandte sich um und sah aus dem Fenster, und Schwester Frevisse durchquerte den Raum und stellte sich neben ihn. Aber Thomasine, die jetzt ganz sicher war, daß sie wußte, wer da kam, kauerte sich auf ihrem Hocker zusammen, als hoffe sie, daß ein Wunder geschehen und ein Busch aus dem Boden wachsen würde, unter dem sie sich verstecken konnte.

Schwester Frevisse spähte aus dem Fenster und äußerte in einem Tonfall, der alles andere als fromm war: »Gott sei uns gnädig.«

Priorin Edith, die ebenso leicht aufwachte wie einnickte, hob den Kopf. »Was ist denn los?«

Schwester Frevisse fuhr mit leicht wehendem Schleier herum und knickste, mit ebenso höflicher wie ausdrucksloser Mine, »Lady Ermentrude Fenner reitet gerade in den Klosterhof ein.«

»Und offenbar bringt sie halb Oxfordshire mit«, fügte Meister Chaucer wenig hilfreich hinzu.

Thomasines Herz sackte ihr in die Sandalen, als sie hörte, daß sich ihre Befürchtungen bestätigt hatten, und sie biß sich auf die Lippen, um jeden Laut zu unterdrücken. Priorin Edith selbst rührte sich bis auf ein leichtes Flattern der Lider nicht, bis sie in mildem Ton erklärte: »Ich kann mich nicht erinnern, daß uns die Ehre des Besuchs der edlen Dame angekündigt worden ist.«

Was typisch war für Lady Ermentrude. Sie schien der Ansicht zu sein, daß die Ehre ihres Kommens die Bürde der Überraschung mehr als wettmachte. Es mochte sogar sein, daß sie das hektische Bereitmachen von Räumen, die Verzweiflungsausbrüche in der Küche und das allgemeine Hin- und Hergerenne, das auf ihr unangekündigtes Eintreffen folgte, genoß.

Priorin Edith fuhr mit der Hand über ihr makelloses Gewand. »Sie wird wie immer wünschen, zuerst mir einen Besuch abzustatten. Ihr müßt sie hierherbringen, nehme ich an. Aber Ihr braucht sie nicht zu hetzen, hört Ihr. Laßt Euch ruhig Zeit, wenn Ihr es wünscht.«

Wohl eher, wenn Lady Ermentrude es wünschte, dachte Thomasine. Aber Schwester Frevisse sagte lediglich: »Ja, Ehrwürdige Mutter«, zögerte dann, als sie ihren Knicks gemacht hatte, und fragte: »Die Küche des Gästehauses ...?«

Das Gästehaus war neu und noch kaum erprobt, es war also nicht verwunderlich, daß sich dort alles erst noch einspielen mußte. Dennoch wollte ein dummer Zufall, daß sich kurz vor der Ankunft einer bedeutenden Edelfrau, die stets mit großem Gefolge reiste, etwas im Küchenschornstein verschoben hatte. Ein Steinmetz, der das reparieren konnte, würde frühestens in einer Woche kommen können, und bis dahin konnte auf der Herdstelle des Gästehauses nicht gekocht werden.

Priorin Edith machte eine Geste aufrichtigen Bedauerns. »Wir haben keine Wahl. Wir müssen die Klosterküche nehmen. Bevor Ihr Lady Ermentrude begrüßt, solltet Ihr den Köchinnen Bescheid sagen.«

Schwester Frevisse nickte und ging hinaus. Thomasine, die hoffte, sich Schwester Frevisses Abgang anschließen zu können, erhob sich und wollte ihr folgen, aber Priorin

Edith sagte, erstaunt über ihr Verhalten: »Bleib, Kind. Das gebietet die Schicklichkeit. Und Lady Ermentrude wird dich sehen wollen, wie immer.«

Thomasine wußte das. Und fürchtete sich davor. Lady Ermentrude war lediglich eine angeheiratete Großtante, aber das war ein schwacher Trost. Ihr erster Ehemann war der Bruder von Thomasines Großvater gewesen. Als er jung starb, heiratete sie wieder in ihre eigene Familie ein, die Fenners, aber mit dem angeborenen Eifer der Fenners, an allem und jedem festzuhalten, das ihnen von Nutzen sein mochte, hatte sie nie das Interesse an der Familie ihres ersten Mannes verloren. Thomasines Vater war in ihrem Haushalt großgeworden – etwas, das sie ihn nie hatte vergessen lassen –, und Thomasine und ihre Schwester Isobel hatten ebenfalls ein schreckliches Jahr dort verbracht, um höfische Manieren und die Pflichten einer Dame zu erlernen. Eigentlich wäre es schicklicher gewesen, wenn beide dort geblieben wären, bis eine Heirat für sie arrangiert worden war, aber Thomasines Gesundheitszustand hatte sich verschlechtert. Sie war wieder nach Hause geschickt worden, und nur Isobel war in der Obhut von Lady Ermentrude zurückgeblieben. Jetzt war Isobel seit sechs Jahren Ehefrau, und Thomasine war ins Kloster gegangen, wo sie hoffte, vor der Einmischung von Lady Ermentrude in ihr Leben sicher zu sein.

Aber St. Frideswide lebte von der Barmherzigkeit der Fenners, und von Lady Ermentrudes in letzter Zeit ganz besonders. Ihre Gaben, Nahrungsmittel und Geld, waren immer willkommen, was eine weitere Entschuldigung für sie war, unangemeldet hereinzuplatzen. Keiner ihrer Besuche verging, ohne daß sie Thomasine rüde mit der Frage gekränkt hätte, ob sie inzwischen bereit sei, sich aus diesem langweiligen Gefängnis befreien zu lassen, damit sie ihr einen Ehemann aus guter Familie und voller männlicher Vitalität suchen konnte.

Priorin Edith bat: »Geh zum Fenster, Kind, und erzähl mir, wer diesmal mit ihr gekommen ist.« An Meister Chaucer gewandt, fügte sie hinzu: »Bitte entschuldigt meine unziemliche Neugierde, aber Lady Ermentrudes Besuche ...« Sie zögerte und suchte nach einer Erklärung, die gleichermaßen höflich und zutreffend war, und sagte schließlich: »Ihre Besuche bedeuten manchmal eine ziemliche Belastung für uns.«

»Sie hat einmal das Weihnachtsfest mit mir und meiner Gemahlin verbracht«, antwortete Meister Chaucer. Sein Ton machte sehr klar, daß er verstand, was sie nicht ausgesprochen hatte.

Thomasine, die sich sorgsam das Fenster ausgesucht hatte, das am weitesten von ihm entfernt war, berichtete pflichtbewußt: »Ehrwürdige Mutter, sie hat mindestens zehn Bewaffnete bei sich. Und vierzehn oder fünfzehn Vorreiter. Ich sehe fünf Packpferde und zwei Kutschen voller Dienstleute. Und da kommen noch mehr Packpferde.«

»Reitet Lady Ermentrude, oder fährt sie in der Kutsche?«

Es bereitete Thomasine keine Schwierigkeiten, Lady Ermentrude in dem Durcheinander ihres Gepäcks und ihrer Leute ausfindig zu machen. »Sie steigt gerade ab, Ehrwürdige Mutter. Sie ist geritten.«

»Dann fühlt sie sich gut.« Priorin Ediths Stimme verriet eine Spur von Bedauern. Lady Ermentrude genoß auch die kleinste Krankheit so intensiv wie möglich. Dann scheuchte sie ihre Bediensteten und alle anderen durch das Haus, ließ sich heiße Umschläge machen und kühle Getränke und eine Orange bringen, und wenn jemand deswegen nach

Bunbury reiten mußte, und Kissen und Decken und ihre Hunde, die sich dann auf ihrer Bettdecke tummelten und zankten. Und jemand mußte ihr vorlesen, damit sie wach blieb, oder sie in den Schlaf singen. Aber das einzige, was noch schlimmer war als eine kranke Lady Ermentrude, war Lady Ermentrude in robuster Hochform. Sie wollte bis spät abends, wenn alle Christenmenschen längst im Bett sein sollten, unterhalten werden, und dann war sie schon früh auf und spähte in jeden Winkel und jede Ritze des Klosters, als hätte der Bischof sie geschickt, um eine offizielle Durchsuchung durchzuführen.

»Auch Gepäckwagen, oder nur Packpferde?« fragte Priorin Edith. Die Länge eines Besuches konnte manchmal anhand der Anzahl der Truhen und Kästen abgeschätzt werden, die Lady Ermentrude mitbrachte.

»Ja, Ehrwürdige Mutter. Es kommen immer noch welche durchs Tor, aber drei sind schon im Hof.« Priorin Edith konnte einen schwachen Seufzer nicht unterdrücken. »Und zwei Männer mit ihren Hunden«, fügte Thomasine hinzu. »Jagdhunde und Schoßhunde.«

Priorin Edith seufzte wieder. Die Jagdhunde würden in den Hundezwinger kommen, aber die Schoßhunde waren winzige Plagen, die ihrer Herrin fast überallhin folgten, sogar zur Messe in die Kirche. »Und der Papagei?« fragte Priorin Edith. »Hat sie auch den Papagei mitgebracht?«

Thomasine sah sich die Frauen, die aus der ersten Kutsche geklettert kamen, genauer an. »Ich sehe keinen ...«, begann sie, erblickte dann etwas noch Schlimmeres, sie hielt inne, sah noch einmal hin, um ganz sicher zu sein, und erklärte dann mit ziemlich hoffnungsloser Stimme: »Sie hat einen Affen mitgebracht.«

Von früheren Gelegenheiten wußte man in St. Frideswide, daß die Affen, die Lady Ermentrude gelegentlich mitbrachte, die diebischsten, lärmendsten, dreckigsten und ärgerlichsten Geschöpfe waren, die sich je innerhalb der Klostermauern aufgehalten hatten. Jeder einzelne der Affen war ein bösartiger, garstiger Diener des Bösen gewesen. Ihre einzige Tugend bestand darin, daß sie selten lange lebten.

»Ein Affe«, wiederholte Priorin Edith. Sie klang, als wäre sie gerade zu hundert Jahren Fegefeuer verurteilt worden.

Meister Chaucers Schultern zuckten, und er mußte plötzlich ein Taschentuch aus dem Ärmel ziehen, um sich die Nase zu putzen.

»Ihr habt gut lachen, Meister Chaucer«, rief Priorin Edith streng. »Schließlich wollt Ihr heute nachmittag noch weiterreiten.« Dann fragte sie Thomasine: »Ist Schwester Frevisse schon im Klosterhof?«

In dem bunten Gewühl von Menschen, Wagen und Pferden und dem Gewusel der Klosterbediensteten, die gekommen waren, um die wilde Horde in Gästehallen und Ställe einzuweisen, war die hochgewachsene und schwarzgekleidete Schwester Frevisse unter den braunen und cremefarbenen Livreen von Lady Ermentrudes Dienstleuten und den farbenfroheren Kleidern ihrer Damen leicht auszumachen. Thomasine beobachtete, wie sie zielstrebig durch das Chaos hindurch auf Lady Ermentrude zuging, die in ihrem Gewand aus schimmernder aprikosenfarbener und blauer Seide mit Schleppe, weiten, herabhängenden Ärmeln und einer modischen wattierten Kopfbedeckung, von der ein meterlanger Schleier herabwehte, ebenfalls leicht zu erkennen war.

Wie kommt es, daß sie die Pferde nicht erschreckt? fragte sich Thomasine. Schwester Frevisse, die Lady Ermentrude inzwischen erreicht hatte, grüßte sie mit einer anmutigen Verneigung und richtete ein paar Worte an sie. Lady Ermentrude, die eifrig gestikuliert und jedem im Hof Anweisungen zugeschrieen hatte, verstummte.

»Sie redet gerade mit Lady Ermentrude«, berichtete Thomasine pflichtbewußt.

»Was leicht daran zu erkennen ist, daß die Stimme der Dame plötzlich nicht mehr zu hören ist«, fügte Meister Chaucer hinzu.

»Aber sie sind schon auf dem Weg hierher?« fragte Priorin Edith.

»Jetzt ja.«

»Und der Affe, kommt er mit?«

Thomasine zögerte. Direkt hinter Lady Ermentrude gingen zwei Frauen, von denen eine den langschwänzigen braunen Affen auf der Schulter trug, während die andere sich so weit wie möglich entfernt hielt. Der Affe zerrte an der Haube der einen und stieß ein schrilles Schimpfen aus, offenbar in getreuer Nachahmung seiner Herrin. Beide Frauen machten Anstalten, Lady Ermentrude zu folgen, aber Schwester Frevisse hob die Hand, eine höfliche, aber entschiedene Geste. Thomasine konnte nicht hören, was sie sagte, aber die Frauen nickten, wandten sich ab und folgten dem Strom von Gepäck und Menschen in Richtung Gästehaus.

Meister Chaucer, der sich erhoben und die Szene ebenfalls beobachtet hatte, sagte bewundernd: »Frevisse könnte ganze Armeen kommandieren. Ein Jammer, daß sie eine Frau ist.«

Thomasine musterte ihn stirnrunzelnd und sah zufällig, wie Priorin Ediths Mine sich verfinsterte, was zeigte, wie wenig auch sie von dieser Äußerung hielt. Aber bevor sein schneller Blick Thomasines Mißbilligung bemerken konnte, machte sie wieder ein ausdrucksloses Gesicht und sagte: »Der Affe kommt nicht, Ehrwürdige Mutter. Auch keiner der Hunde.«

Priorin Edith stieß einen Seufzer der Erleichterung aus. »Ich hätte sie schon viel früher zur Schwester Hospitalaria machen sollen.« Meister Chaucer wirkte erfreut über dieses Kompliment an seine Nichte, und die Priorin erklärte: »Unsere letzte Schwester Hospitalaria hat einen hysterischen Anfall erlitten, als Lady Ermentrude knapp einen halben Tag da war. Dabei hatte sie uns bei dieser Gelegenheit sogar ausnahmsweise von ihrem Kommen unterrichtet.« Sie schüttelte bedauernd den Kopf. »Schwester Fiacre ist jetzt als Hüterin der Sakristei sehr viel zufriedener. Weder das Altarleinen oder die Kirchengewänder noch die Kerzen und Lampen schreien sie an, ganz gleich, was sie tut oder nicht tut. Es verletzt Schwester Fiacres Gefühle, wenn jemand sie anschreit.« Priorin Edith blickte gedankenverloren ins Leere. Thomasine hoffte, daß sie nicht wieder einnicken würde. »Aber der Affe wird doch nicht in das neue Gästehaus gebracht, oder?«

St. Frideswide hatte jetzt zwei Gästehäuser, die beide innerhalb der Klostermauern lagen. Reisende oder Gäste des Klosters konnten dort eine Nacht oder länger bleiben, wie es die von der Ordensregel geforderte Mildtätigkeit gebot, ohne daß die Nonnen im inneren Klosterbereich in ihrem Frieden gestört wurden. Lediglich Schwester Frevisse in ihrer Eigenschaft als Schwester Hospitalaria hatte tagtäglich mit ihnen zu tun. Reisende von niedrigerem Rang und entbehrliche Dienstboten kamen ins alte Gästehaus, das an der Nordseite des inneren Tores lag, und in dem es nur einen einzigen großen Raum gab, in dem jeder schlafen konnte.

Das neue Gästehaus auf der Südseite des Tores war aus Stein und besser gebaut, dort gab es einzelne Schlafkammern, die von einer großen Halle abgingen. Sie war für edle Besucher und deren Leibbedienstete bestimmt. Das bedeutete, daß die Mildtätigkeit, die in St. Frideswide geübt wurde, weniger gerecht war als in früheren Zeiten, aber immer noch wurde keiner abgewiesen. Jeder bekam ein Dach über dem Kopf und etwas Warmes in den Magen, und berechnet wurde nur das, was der Gast zahlen wollte, selbst wenn es nichts war.

Aber im Augenblick würden alle, die zufällig vorbeikamen, nur sehr wenig Behaglichkeit vorfinden; Lady Ermentrude und ihr reisendes Gefolge füllten mit rapider Geschwindigkeit beide Gästehäuser gleichzeitig.

»Der Affe und die Schoßhunde werden ins neue Gästehaus gebracht«, erklärte Chaucer.

Priorin Edith murmelte: »Gott helfe unseren schönen sauberen, neuen Fußböden.«

Lady Ermentrude war nicht mehr zu sehen. Thomasine zog sich vom Fenster zurück und fragte zögernd: »Lady Ermentrude wird jeden Augenblick hier sein. Soll ich in die Küche zurückgehen?«

Sie war heute zum Küchendienst eingeteilt, und sicher würde sie dort jetzt mehr denn je gebraucht werden, wo doch so viele Gäste gekommen waren und die Küche des Gästehauses nicht zu gebrauchen war.

Aber Priorin Edith sagte lediglich mit ihrer altersschwachen Stimme: »Sorg dafür, daß das Wasser im Becken sauber und das Handtuch mit der besten Seite nach oben gefaltet ist.«

Also griff Thomasine nach dem Handtuch, das Schwester Frevisse für Meister Chaucer gebracht haben mußte. Neu gefaltet und über Thomasines Arm gelegt, zeigte es keine Spuren von Benutzung. Und das Wasser in dem silbernen Krug war noch lauwarm, als sie es in das Silberbecken goß, das auf dem Tisch stand. Thomasine erstickte den feigen Drang, die Flucht zu ergreifen, nahm das Becken mit dem Wasser, stellte sich neben die dicke Holztür und wappnete sich innerlich.

Schon war Lady Ermentrudes schrille Stimme auf der Treppe zu hören, die sich über die Unfähigkeit von Dienstboten, die staubigen Straßen und die Beschwerlichkeit des Reisens bei großer Hitze beschwerte. Wie immer hatte Thomasine ein Gefühl, als bilde sich ein Knoten in ihrem Magen, als sie diese Stimme hörte. Nur mit Anstrengung behielt sie ihr Gesicht unter Kontrolle, als die Tür aufging und Lady Ermentrude mit einem Strudel an Röcken, Schleiern und Lautstärke in den Raum fegte. Sie schenkte Thomasine keine Beachtung, als sie kurz stehenblieb, ihre Hände ins Wasser tunkte und wieder herauszog, sie heftig schüttelte, so daß kleine Tröpfchen flogen, und sie dann mit dem Handtuch trockentupfte, während sie sich im Raum umsah.

Es mochte eine Zeit gegeben haben, in der man ihre Züge als schön hätte bezeichnen können. Die gealterte Haut umspannte ihre zarten Knochen, und man konnte noch immer erahnen, wie prachtvoll die natürliche Farbe ihres Haares gewesen sein mochte. Aber Jahre der Maßlosigkeit, insbesondere die Maßlosigkeit ihrer berüchtigten Wutausbrüche, hatten Falten in ihr Gesicht gegraben, die tiefer waren, als sie hätten sein müssen, und hatten ihren Mund lang und schmal gemacht. Ihre Augen waren zu Knopfaugen geworden, die eifrig spähten und verurteilten. Lady Ermentrudes Kleidung war ebenso wie ihr Auftreten immer noch elegant, aber mittlerweile war aus ihren guten Manieren eine dünne

Tünche geworden, die ihre Gier und Selbstsucht kaum mehr überdecken konnte. Und während sie sich jetzt umsah, sagte sie: »Nichts hat sich verändert. Sogar der Hund in seinem Körbchen liegt noch genauso da wie immer. Ihr seid wie Gottes Heilige Kirche, ewig unverändert!«

Es klang, als hielte sie das für eine zweifelhafte Tugend in bezug auf *jeden* Menschen, und es war klar, daß sie selbst für solch eine Tugend so gut wie gar keine Verwendung hatte. Bevor Priorin Edith antworten konnte, erkannte Lady Ermentrude Meister Chaucer, der noch beim Fenster stand. Sie warf Thomasine das Handtuch ins Gesicht und ging auf ihn zu. Ihr Gesicht hatte sich erhellt. »Meister Chaucer! Was für ein Glück, daß ich Euch hier treffe! Wir können unsere Neuigkeiten über den Hof und die Königin austauschen.«

Meister Chaucer ergriff die plumpe Hand, die ihm so beharrlich unter die Nase gehalten wurde, mit wenig Begeisterung und küßte sie, bevor er kühl antwortete: »Ich habe meinen Dienst bei Hofe schon lange aufgegeben, und alle Neuigkeiten, die ich von Ihrer Gnaden Königin Katharina habe, stammen bestenfalls aus dritter Hand.«

Thomasine bekam die kleine, intensive und sündige Genugtuung zu sehen, wie ihre Großtante ein ganz klein wenig aus der Fassung geriet. Welche Stellung Meister Chaucer bei Hofe auch einnehmen mochte, er war von niedriger Geburt und hätte sich von ihren Aufmerksamkeiten mehr geschmeichelt fühlen sollen, als es offensichtlich der Fall war. Aber das Zusammentreffen mit ihm in diesem Nonnenkloster war ein zu unerwarteter Glücksfall – und er war zu reich und stand ein paar Edelleuten, die von weit höherem Rang waren als sie selbst, viel zu nahe –, als daß Lady Ermentrude hätte Anstoß nehmen können. Statt dessen rief sie mit herablassender Vertraulichkeit, die seinen Mangel an Enthusiasmus wettmachen sollte: »Mein lieber Freund! Sie wissen sehr gut, daß ich seit vielen Jahre eine der Hofdamen Ihrer Gnaden bin.« An Priorin Edith gewandt, fügte sie hinzu, als hätte sie das nicht schon bei jedem ihrer Besuche in St. Frideswide zu jeder sich bietenden Gelegenheit erwähnt: »Ich war Hofdame bei Ihrer Gnaden, seit sie den Hof verlassen hat, um ganz zurückgezogen zu leben.«

Sie ließ sich auf dem zweitbesten Stuhl im Raum nieder – Priorin Edith machte keine Anstalten, sich von dem besten zu erheben – und wandte ihre Aufmerksamkeit wieder Meister Chaucer zu. »Vor knapp einer Woche war ich noch bei ihr. Aber ich habe den Dienst der Königin verlassen. Für immer. Wußtet Ihr das – und wißt Ihr, warum ich gegangen bin?« Sie beugte sich vor, ihre Augen glitzerten vor Klatschsucht. »Zu ihr habe ich gesagt, ich würde allmählich mein Alter spüren, und sie gab mir die Erlaubnis zu gehen.«

Ihre beringte Hand schlug gegen ihre in Seide gehüllte Hüfte. »Ha! Ich bin so jung wie eh und je. Aber es wird einen Skandal geben. Und die Klugen werden sich hüten, noch in der Nähe der Mächtigen zu sein, wenn diese fallen.« Lady Ermentrude legte den Kopf zur Seite wie eine schlaue Krähe. »Was für Gerüchte habt Ihr gehört, Meister Chaucer? Ihr wißt doch sicher das ein oder andere?«

»Ich habe weder Gerüchte gehört noch etwas von einem Skandal läuten hören. Und da Ihr sicherlich zu den Klugen zählt, wißt Ihr, wie unklug es ist, mir gegenüber oder sogar unserer guten Ehrwürdigen Mutter gegenüber Andeutungen zu machen, obwohl sie eine Seele von Diskretion ist.«

Seine Stimme klang milde, aber Thomasine konnte die Warnung in seinen Augen lesen. Lady Ermentrude schwieg einen Augenblick, dann holte sie tief Luft und öffnete den Mund, um etwas zu erwidern. Bevor sie etwas sagen konnte, erklärte Priorin Edith, die scheinbar nichts weiter wahrgenommen hatte als eine zwanglose Unterhaltung: »Mylady, ich denke, Ihr habt es versäumt, die Anwesenheit Eurer Nichte wahrzunehmen.«

Sie wies auf Thomasine, und Lady Ermentrude drehte sich um und starrte Thomasine an, als verlange sie zu wissen, wie sie es wagen könne, so lange unbemerkt geblieben zu sein. Thomasine trat einen Schritt vor und setzte Wasserbecken und Tuch auf dem Tisch ab. Sie bemühte sich, das Übelkeit verursachende Zusammenkrampfen ihres Magens zu verbergen, und hielt den Kopf gesenkt, um dem Blick ihrer Großtante auszuweichen.

Aber dem schrillen Befehl, der folgte, konnte sie nicht entgehen. »Thomasine! Komm her, Kind! Laß mich dich ansehen!«

Thomasine kam, wie ihr befohlen worden war, und knickste, nach außen hin ganz Höflichkeit. Aber ihre im Ärmel verborgenen Hände verkrampften sich, und sie hielt sorgsam den Blick gesenkt, um ihre Gefühle nicht zu verraten.

Lady Ermentrude faßte sie am Kinn, zog ihr Gesicht hoch und drehte es erst zur rechten, dann zur linken Seite. Sie musterte Thomasine mit derselben Gründlichkeit, mit der sie ein Pferd begutachtete, das sie kaufen wollte. »Nein, wirklich, ich erkenne dich kaum wieder, selbst jetzt bei näherer Betrachtung nicht. Du bist so weit ins Nonnentum abgesunken, daß du ein richtiger kleiner Wurm geworden bist.«

Sie ließ Thomasines Kinn los. Thomasine trat einen Schritt zurück, damit sie außer Reichweite war, und senkte den Blick wieder auf ihre Füße. »Ja, Tante«, flüsterte sie.

»Pah!« Lady Ermentrudes Widerwille war offensichtlich. »Noch ein bißchen demütiger, und du wirst aufhören zu atmen!« In ihrer Stimme klang eine vertraute Anzüglichkeit mit, als sie hinzufügte: »Aber noch bist du Novizin, und es ist noch nicht zu spät. Es gibt viele gutaussehende und kräftige junge Männer, die du haben könntest. Ich kenne ein halbes Dutzend, die dich nehmen würden, wenn ich es ihnen sage. Und dazu noch zwei oder drei, die zwar nicht mehr ganz jung sind, aber dafür um so reicher, und ich verspreche dir, daß du die Ehe – so oder so – süß wie Honig finden wirst. Wie dem auch sei, ich könnte dich noch vor Weihnachten verheiraten. Meister Chaucer und ich, wir haben eine feine Ehe zwischen deiner Schwester und Sir John gestiftet. Sie wäre jetzt nicht die Frau eines Ritters, wenn wir nicht gewesen wären, und wir könnten dasselbe für dich tun, das garantiere ich dir. Mmh, Meister Chaucer?«

Der junge Sir John Wykeham war Meister Chaucers Mündel gewesen, als Lady Ermentrudes Aufmerksamkeit auf ihn fiel. Da sie damals gerade keine Töchter oder näher verwandte Nichten im heiratsfähigen Alter zur Verfügung gehabt hatte, hatte sie entschieden, daß Isobel sich gut eignen würde, ihn in die Fenner-Familie zu bringen. Da die Ehe auch im Interesse des jungen Sir John lag, hatten sie und Meister Chaucer die Heirat in die Wege geleitet. Der Titel Lord D'Evers war mit Thomasines und Isobels Vater erloschen, da er keine Söhne gehabt hatte, die ihn hätten weitertragen können. Aber das verbleibende Vermögen war erheblich, und da Thomasine sogar damals schon Nonne hatte werden wollen, war nicht damit zu rechnen, daß es geteilt wurde. Es mußte nur eine kleinere Summe bereitgestellt werden, die als Mitgift für das Kloster diente. Die Heirat war in jeder praktischen Hinsicht eine hervorragende Verbindung gewesen. Daß sich Isobel und Sir John irgendwann zwischen ihrer ersten Begegnung und der Eheschließung ineinander verliebt hatten, war völlig nebensächlich gewesen, lediglich ein erfreulicher Zufall. Wesentlich wichtiger war die Tatsache, daß das Paar es bislang zuwege gebracht hatte, zwei Söhne und eine Tochter zu produzieren, um das Erbe zu sichern.

Aber der große Erfolg hatte in Lady Ermentrude den Ehrgeiz geweckt, etwas Ähnliches noch einmal zustande zu bringen. Jetzt spornte sie Thomasine an: »Komm, Mädchen! Komm zur Besinnung! Du brauchst nicht den ganzen Besitz deiner Schwester und ihren Nachkommen zu überlassen, indem du dich hinter diesen trostlosen Mauern vergräbst! Komm raus und sichere dir deinen Anteil am Vermögen und an der Welt!«

Thomasine, die nur zu gut wußte, daß es unmöglich war, sich gegen ihre Großtante zur Wehr zu setzen, wenn sie in dieser Stimmung war, und daß diese erst aufhören würde, wenn sie das Spiel satt hatte, neigte den Kopf und sagte mit erzwungener Sanftheit: »Ich danke Euch für Eure Freundlichkeit, Tante, aber ich bin zufrieden mit meinem jetzigen Leben.«

»Unsinn –«, begann Lady Ermentrude.

Aber Priorin Ediths leise, alte Stimme schnitt ihr das Wort ab, als hätte sie Lady Ermentrudes grelle Stimme gar nicht gehört. »Thomasine, sag ihr, warum du zufrieden bist.«

Verwirrt sah Thomasine ihre Priorin an. Das Alter hatte Priorin Ediths Augen verblassen lassen, und ihr faltiges Gesicht schien seine Form mehr dem einzwängenden Nonnenschleier als einer in ihrem Fleisch verbliebenen Kraft zu verdanken, aber sie sah Thomasine fest an und befreite sie von ihrer zornigen Hilflosigkeit. »Sag es ihr«, wiederholte Priorin Edith, und Thomasine, zu nervösem Wagemut angespornt, sah von ihr zu Lady Ermentrude hinüber.

Ihre Großtante erwiderte den Blick, die dünnen Augenbrauen hochgezogen, als wüßte sie nicht genau, was geschehen würde. Thomasines Stimme zitterte etwas, aber sie war sich der Worte sicher. »Ich habe meinen Bräutigam erwählt, Großtante, und niemand könnte besser sein als Er. Ich wollte die Braut von Christus werden, seit ich acht Jahre alt bin. Ich werde in weniger als zwei Wochen meine Gelübde ablegen, am Michaelistag, so Gott will, und dann werde ich Gott sei Dank für keinen sterblichen Mann mehr erreichbar sein!« Nach diesen energischen Worten fühlte Thomasine, wie sich ihr Kopf hob, und sie wagte es, ihrer Tante fest in die Augen zu sehen.

Lady Ermentrude richtete sich mit scharfem, mißbilligendem Zischen auf, aber bevor sie die Fassung wiedergewinnen und etwas entgegnen konnte, sagte Priorin Edith, der die Möglichkeit, daß Lady Ermentrude sich beleidigt fühlen konnte, scheinbar gar nicht in den Sinn kam: »Vielen Dank, Thomasine. Du hast Pflichten in der Küche zu erfüllen, nicht wahr? Du gehst jetzt besser und widmest dich ihnen. Schwester Frevisse, bitte bietet unseren Gästen von den Kuchen an.«

Das war gleichzeitig eine Entlassung und eine Ablenkung, und Thomasine machte dankbar Gebrauch davon. Sie knickste schnell und hastete zur Tür hinaus. Da sie die Begabung ihrer Großtante für Wutanfälle nur zu gut kannte, verspürte sie nicht den Wunsch, einen mitzuerleben. Als sie die Stufen hinunterfloh, wünschte sie, sie könnte die zwei Wochen bis zum Michaelistag genauso schnell hinter sich bringen wie diese Treppe.

Hinter ihr, im Empfangszimmer der Priorin, sagte Chaucer gedankenverloren: »Was für ein ernstes Lämmchen. Ich halte sie für untauglich, ein Leben außerhalb der Klostermauern zu führen.« Lady Ermentrudes Zorn ignorierte er einfach.

»Noch nie ist mir jemand begegnet, dessen Wunsch, sein Leben Gott zu weihen, intensiver war«, stimmte Priorin Edith zu. »Nie eine inbrünstigere Berufung. Zu intensiv manchmal, denke ich, aber das liegt daran, daß sie noch so jung ist. Sie wird sicher ein Segen für unser Haus sein.« Die Priorin bekreuzigte sich.

Chaucer und Frevisse taten es ihr gleich. Lady Ermentrude ließ sich mehr Zeit damit. Dann herrschte Schweigen, das Lady Ermentrude mit den Worten brach: »Ihr wart noch nicht die Schwester Hospitalaria, als ich das letztemal hier war, nicht wahr, Schwester Frevisse?«

Frevisse fühlte sich an einen bösartigen Hund erinnert, der sich das nächste Opfer sucht, wenn ihm eins entgangen ist. Aber sie sah nur harmlos auf die Kuchenplatte nieder, die sie in der Hand hielt, und erwiderte: »Nein, Mylady.«

»Und zudem müßt Ihr Priorin Edith bedienen, wie es scheint. Ich frage mich, wie Ihr Eure Pflichten im Gästehaus bewältigen könnt, wenn Ihr hier so viel zu tun habt?«

»Wann immer wir die Gelegenheit dazu bekommen, dienen wir unserer Ehrwürdigen Mutter mit großer Freude«, entgegnete Frevisse ausdruckslos, »und wir erfüllen unsere Pflichten so gut, wir es vermögen. Nehmt doch etwas von dem Honigkuchen.«

Sie hielt Lady Ermentrude die Kuchenplatte mit gebührender Demut und niedergeschlagenen Augen hin. Lady Ermentrude musterte Frevisse einen Augenblick länger als nötig und nahm sich dann einen Kuchen. Frevisse wandte sich ab, um Chaucer von den Honigkuchen anzubieten, der noch einen nahm, und während Lady Ermentrude ihr Stück von allen Seiten inspizierte – auf der Suche nach etwas, das sie kritisieren konnte, dachte Frevisse unbarmherzig –, biß Chaucer herzhaft in seinen Kuchen und sagte: »Einfach köstlich. Ihr habt eine Köchin, die sich zu behalten lohnt.«

Lady Ermentrude knabberte an einer Ecke ihres Kuchens. »Sehr wahr«, stimmte sie zu. »Ihr wißt, wie man gut lebt.«

»Gott hat uns großzügige Gönner geschenkt.« Priorin Edith lächelte, als Frevisse ihr von dem Kuchen anbot.

Frevisse fügte mit subtiler Bosheit hinzu: »Diese Honigkuchen sind eine Spezialität. Meister Chaucer hat uns über sein Kommen unterrichtet und so unserer Küchenmeisterin Gelegenheit gegeben, sie zu backen.«

»Er ist ein aufmerksamer Mann«, murmelte Priorin Edith. Ihre Miene und ihre Stimme waren ein Beispiel in bejahrter Unschuld. Frevisse unterdrückte ein Lächeln. Sie wußte aus langer Erfahrung, daß zwar Priorin Ediths Körper von der langen Reise ihres Lebens ermüdet war, ihr Geist aber keineswegs. Chaucer, der sich der Klugheit der Priorin ebenfalls durchaus bewußt war, schien sich an einem Bissen verschluckt zu haben und war gezwungen, heftig unter vorgehaltener Hand zu husten.

Lady Ermentrude warf allen der Reihe nach einen scharfen Blick zu. Ihr Mund zog sich zu einer dünnen Linie zusammen. »Ich werde lediglich ein paar Tage bleiben«, verkündete sie. Ihre Mienen verrieten nichts als höfliches Interesse. »Ich hoffe, das wird Euch, Schwester Frevisse, als Schwester Hospitalaria ebenso recht sein wie Euch, Priorin Edith, als Vorsteherin von St. Frideswide.«

»Gewiß«, erwiderte die Priorin. »Schwester Frevisse?«

»So recht und erfreulich, wie es immer ist, Euch zu dienen, Mylady«, entgegnete Frevisse.

Chaucer hustete wieder und schluckte hastig den Bissen herunter, als Lady Ermentrudes Augen sich zu verengen begannen. »Bedauerlicherweise werde ich Eure Dienste als Schwester Hospitalaria diesmal nicht in Anspruch nehmen können, Schwester Frevisse. Ich muß heute nachmittag noch weiterreiten. Ich besitze ein Herrenhaus in der Nähe, das ich heute abend noch erreichen muß, wenn ich noch nach dem Rechten sehen will, bevor ich nach Frankreich reise.«

»Nach Frankreich!« Lady Ermentrude war sofort abgelenkt. »So werdet Ihr den König sehen. Er ist ein prächtiger junger Mann. Werdet Ihr bald gehen?«

»Gegen Ende des Monats.«

»Bitte, richtet Seiner Gnaden von mir aus, daß seine liebe Mutter froh und gesund war, als ich sie verließ.«

Chaucer neigte zustimmend den Kopf. »Mit Vergnügen. Gibt es sonst noch etwas, was ich dort drüben für Euch tun kann?«

Lady Ermentrude lächelte, erfreut, daß sie endlich so behandelt wurde, wie es ihr zustand. »Ach nein, ich glaube nicht. Meine Angelegenheiten sind in den besten Händen. Aber ich danke Euch. Und wie bedauerlich, daß Ihr weiter müßt, sonst könnten wir den Abend verplaudern.«

»Meister Chaucer besucht uns immer, um Schwester Frevisse zu besuchen, wißt Ihr«, erläuterte Priorin Edith etwas vage. »So freundlich von ihm, nicht wahr. Sie ist seine Nichte.«

»Ja.« Lady Ermentrudes scharfer Blick huschte zwischen Frevisse und Chaucer hin und her. »Ja, ich glaube, mir war bekannt, daß Ihr hier in St. Frideswide eine Nichte habt, Meister Chaucer, aber ich hatte ihren Namen vergessen. Eine angeheiratete Nichte, glaube ich?«

»Ja, aber von Kindesbeinen an in meinem Haus großgeworden. Frevisse ist in vieler Hinsicht wie eine Tochter für mich.« Er lächelte Frevisse an.

Frevisse lächelte zurück. Sie wußte so gut wie er, wie ungelegen diese Information Lady Ermentrude kam. Eine so enge Verwandte von Meister Thomas Chaucer war kein geeignetes Opfer für ihre Quälereien.

»Ach«, bemerkte Lady Ermentrude kurz. »Das wußte ich nicht.« Unerwarteterweise hellte sich ihr Gesicht auf. »Ich erinnere mich!« Sie wandte sich an Frevisse. »Eure Mutter ist diese unglückselige Ehe mit dem jüngeren Sohn von irgend jemandem – wie hieß er doch gleich – eingegangen. Alle fanden das damals sehr bedauerlich. Und so seid Ihr in Meister Chaucers Haushalt gelandet, als Eure Eltern nicht mehr für Euch sorgen konnten!«

»Meine Mutter und mein Vater sahen keinen Grund, ihre Ehe zu bedauern«, sagte Frevisse mit ruhiger Stimme. »Und ich bin zu Meister Chaucer und meiner Tante gekommen, weil mein Vater starb. Aus keinem anderen Grund.«

Die knappen, festen Worte enthielten eine ausreichende Warnung für Lady Ermentrude, sich hier nicht weiter vorzuwagen.

»Wie geht es Eurer Familie?« warf Chaucer ein. »Habt Ihr auf Eurem Weg, von der Königin, die in Hertford weilt, Fen Harcourt einen Besuch abgestattet?«

Noch eine wohlgewählte Ablenkung. Lady Ermentrude lächelte schmallippig und voller Mißfallen. »Ich habe dort Station gemacht und wollte eigentlich länger bleiben, aber so alt bin ich noch nicht, daß ich es nötig hätte, darauf zu warten, daß man mir dort gnädigerweise die mir zustehende Aufmerksamkeit schenkt. Sie konnten nicht die Zeit finden, mir den schuldigen Respekt zu erweisen, und so bin ich früher aufgebrochen, als ich geplant hatte. Sie werden nicht glücklich sein, wenn sie feststellen, wie sehr sie mich verärgert haben.«

»Die Erntezeit kann ziemlich hart sein«, bemerkte Chaucer.

»Mein Mißfallen ebenfalls.« Lady Ermentrude musterte Frevisse ebenso streng, wie sie den Honigkuchen gemustert hatte. »Mein eigenes Haus in Bancroft wird in zwei Wochen bereit sein, also hatte ich geplant, eine Woche hier zu verbringen und eine Woche bei Isobel. Ich würde mir gern das Mädchen ansehen, das sie im Sommer geboren hat. Ein Mädchen kann auch von Nutzen sein, und es ist ja kein Problem, da sie bereits zwei Söhne haben, die gut gedeihen, wie ich höre. Dann werde ich in mein eigenes Herrenhaus weiterreiten, und meine Verwandten werden sehen, wie willkommen sie ihrerseits sein werden.«

»Da wir gerade von Söhnen sprechen«, warf Chaucer ein, »wie geht es den Euren zur Zeit?«

»Mein Walter ist seit zwei Monaten bei Lord Fenner. Lord Fenner liegt auf dem Sterbebett, wie es aussieht, und da Sir Walter als nächster männlicher Verwandter den Titel erben wird, ist er dort, um sicherzustellen, daß nicht zuviel von dem Vermögen verlorengeht, wenn Lord Fenner sein Testament macht, denn nicht alles gilt als unveräußerlicher Familienbesitz, versteht Ihr. Der Titel und die Ländereien werden ein Segen für unsere Familie sein, und es ist am besten, wenn das Vermögen ebenfalls an Sir Walter geht.«

»Und Herbrand?«

»Der ist in Frankreich, immer noch im Gefolge des Herzogs von Bedford. Er kämpft gelegentlich, glaube ich, und sollte eigentlich bald den Befehl über eine Burg bekommen.«

»Vielleicht werde ich ihn sehen, wenn ich dort bin.«

»Vielleicht«, stimmte Lady Ermentrude ohne besonderes Interesse zu. »Falls Ihr ihn treffen solltet, richtet ihm aus, daß ich vorhabe, im Frühling auf seinen Besitzungen nach dem Rechten zu sehen. Er hat sie schon zu lange anderen überlassen, wenn Ihr mich fragt, und ich habe nicht vor, zuzulassen, daß Fenner-Eigentum zu Schaden kommt, nur weil er es vernachlässigt.«

»Was für ein Glück, daß Euch das Reisen so gut bekommt«, warf Priorin Edith ein.

»Das würde es, wenn die Dienstboten nicht wären.« Lady Ermentrude griff das Thema wie ein Stichwort auf – Frevisse argwöhnte, daß Priorin Edith genau das beabsichtigt hatte – und begann einen langen, wohlgeübten Sermon über die Unzulänglichkeiten eines jeden, der so glücklich war, ihr dienen zu dürfen. Die Rede nahm ihren festgelegten Lauf, während Priorin Edith die Krümel von dem einen Honigkuchen, den ihr Gewissen ihr erlaubte, einzeln entfernte und Frevisse allen Anwesenden Wein nachschenkte. Chaucer hatte gerade sein drittes Stück Honigkuchen aufgegessen, als Lady Ermentrude mit den Worten endete: »Aber das ist eine alte Geschichte, und gewiß haben wir alle schon unter diesen gewöhnlichen Leuten gelitten. Sagt, was werdet Ihr für den König tun, wenn Ihr in Frankreich seid?«

»Wahrscheinlich nur sehr wenig. Mich ziehen hauptsächlich meine eigenen Angelegenheiten dorthin, und es gibt ein paar Dinge, die Freunde mich gebeten haben zu erledigen.«

»Ich nehme an, daß die französische Krönung des Königs

bald stattfinden wird, damit er nach England zurückkommen kann und die Sache ein Ende hat? Reist Ihr nach Frankreich, um an der Krönung teilzunehmen?«

»Es ist noch kein Datum dafür festgesetzt, und wir müssen noch einen großen Teil von Frankreich zurückerobern. Die Hexe und ihr Aufstand hat uns Männer, Geld und Territorium gekostet, und obwohl sie verbrannt ist, berichtet Bedford, daß er kaum sicher sein kann, heil nach Paris durchzukommen, ganz zu schweigen von Reims.«

»Eine französische Krönung.« Lady Ermentrude schüttelte den Kopf. »Man sollte doch annehmen, seine englische Krone wäre genug.«

»Nicht für die Franzosen«, erwiderte Chaucer trocken. »Aber unter anderem bin ich unterwegs, um Lord Moleyns Erbin nach England zu bringen. Ich besitze ihre Vormundschaft und das Recht, sie zu verheiraten, das ich von der Krone erworben habe, und ihre Mutter hat mich gebeten, sie persönlich abzuholen, wenn es irgend möglich ist.«

Lady Ermentrude wirkte beeindruckt. »Das ist eine reiche Vormundschaft, die Ihr da in die Hand bekommen habt! Habt Ihr schon einen Kandidaten im Auge? Ich weiß viele, die als Ehemann für sie in Frage kommen, wenn Ihr interessiert seid. Wie alt ist sie? Sie ist in Frankreich geboren, nehme ich an?«

»Sie ist fast sechs Jahre alt. Ja.«

Frevisse drehte sich um, um den Weinkrug auf den Tisch zu stellen und ihr Gesicht vor Lady Ermentrude zu verbergen. Es sah ihrem Onkel gar nicht ähnlich, noch sehr lange zu bleiben, nachdem er gesagt hatte, daß er gehen müßte. Aber jetzt lehnte er sich wieder zurück und sprach leichthin weiter. »Und das erinnert mich daran, daß ich Neuigkeiten von jemandem habe, an den Ihr Euch vielleicht erinnert. Ein junger Mann namens William Vaughan. Er war Knappe in Eurem Haushalt, denke ich.«

Lady Ermentrude runzelte nachdenklich die Stirn, bevor sie nickte. »Ich erinnere mich an ihn, obwohl er aus keiner sonderlich bedeutenden Familie kam. Er ging nach Frankreich, um sein Glück zu machen, und ist vor Jahren dort gestorben.«

»Gar so lange ist es noch nicht her. Zwei Jahre. Er ist in Orléans gestorben, während der Belagerung.«

Priorin Edith gab einen Laut des Bedauerns von sich. Die Eroberung von Orléans durch das Hexenmädchen Johanna und die katastrophalen Niederlagen der Engländer in den darauffolgenden Schlachten hatten in St. Frideswide zu vielen Tränen und Gebeten geführt. Chaucer wandte sich um, um sie in das Gespräch mit einzubeziehen. »Lady Moleyns war sehr gerührt, als sie seine Geschichte hörte. William Vaughan gehörte zur *Meinie* ihres Gemahls, er war einer seiner Ritter, nehme ich an. Im Kampf um Orléans, als Moleyns verwundet zu Boden ging, hat der junge Vaughan sich vor allen anderen bis zu seiner Seite vorgekämpft. Er stand über ihm und wehrte die Franzosen ab wie ein Kämpe aus Froissart. Er war auf den Knien und blutete aus einem Dutzend Wunden, als Hilfe kam.«

»Gottes Segen für seinen Mut«, sagte Frevisse bewundernd.

Lady Ermentrude, scheinbar ungerührt von einer Geschichte des Heldenmuts, in dem der Name Fenner nicht vorkam, pickte ein Stück vom Rand ihres Kuchens ab.

Priorin Edith murmelte: »Aber er hat seinen Herrn nicht retten können?«

»Nein, leider. Es wäre eine bessere Geschichte, wenn er ihn gerettet hätte, aber beide sind ihren Wunden erlegen.

Lady Moleyns hat William Vaughans Sohn in ihren Haushalt aufgenommen und zieht ihn groß – die einzige Belohnung, die sie ihm geben konnte.«

»Gesegnet sei sein Mut und ihre Frömmigkeit«, sagte Priorin Edith. »Also hat Vaughan drüben in Frankreich geheiratet? Aber doch sicher keine Französin?«

Chaucer zuckte die Achseln. »Der Junge trägt seinen Namen. Das ist alles, was ich weiß. Es ist Lady Moleyns nicht gelungen, irgendwelche englischen Verwandten seines Vaters ausfindig zu machen, aber sie erinnert sich, daß Vaughan von Eurem Haushalt gesprochen hat, Lady Ermentrude, und sie hat mich gebeten, bei Euch Erkundigungen einzuziehen. Wißt Ihr, ob Vaughan Verwandte hatte, die den Jungen vielleicht gern zu sich nehmen würden?«

Lady Ermentrude zuckte gleichmütig die Achseln. Sie überlegte, dann meinte sie nachdenklich: »Er hatte eine Schwester, sie war Nonne in Godstow, aber sie ist vor langer Zeit gestorben.« Sie runzelte die Stirn und ging in Gedanken ihre lange Liste von Namen und Verbindungen durch. »Nein, ich bin sicher, es gibt niemanden, der von seinem Tod benachrichtigt werden müßte.« Der Kuchen zerkrümelte zwischen ihren Fingern. »Er möge in Frieden ruhen«, fügte sie mechanisch hinzu. »In Orléans, sagt Ihr.« Sie wischte Krümel von ihren Fingern und wandte sich einem Thema zu, das ihr näher am Herzen lag. »Eins meiner Packpferde lahmt, Priorin. Ich möchte, daß Euer Stallbursche es sich ansieht.«

»Wie Ihr wünscht«, nickte Priorin Edith.

Chaucer erhob sich, griff nach seiner Kapuze und faltete sie zu einer Kappe zusammen. Er benutzte das lange Band, um sie zusammenzuknüpfen. »Nun denn. Dann nehme ich an, daß Lady Moleyns den Jungen behalten muß.«

»Hm?« sagte Lady Ermentrude. »Oh, ja, ich glaube schon.«

»Der Stand der Sonne am Himmel sagt mir, daß auch ich mich verabschieden muß. Ich muß heute noch einige Meilen hinter mich bringen.« Er wandte sich an Priorin Edith. »Vielen Dank für Eure Gastfreundschaft. Sie war großzügig und großmütig wie immer.«

Priorin Edith neigte den Kopf und hielt ihm die Hand zum Handkuß hin. »Ihr seid uns stets willkommen, Meister Chaucer. Bitte, besucht uns noch recht oft.«

»So oft es mir möglich ist.«

Sein Handkuß fiel herzlicher aus als der, den er danach Lady Ermentrude gab, obwohl die Abschiedsworte, die er an sie richtete, ebenso charmant ausfielen. Ihre Antwort war formell, aber gleichgültig. Frevisse, die sich erhoben hatte, um ihn in den Klosterhof zu begleiten, ging, da er sie mit einer Handbewegung hieß voranzugehen, als erste die Stufen herunter. Unten im Gang konnten sie Seite an Seite gehen, was sie in freundschaftlichem Schweigen taten. In den acht Jahren, in denen sie in seinem Haus zur Frau geworden war, waren sie so gute Freunde geworden, daß sie sich an der Gesellschaft des anderen erfreuen konnten, ohne große Worte wechseln zu müssen. Seit sie vor einigen Jahren ins Kloster eingetreten war, waren ihre Welten so weit voneinander entfernt, daß sie sich wenig zu sagen hatten, aber die Freundschaft blieb bestehen.

Erst als sie die Pforte zum Klosterhof fast erreicht hatten, wo sie sich wieder in Hörweite von Lady Ermentrudes Leuten, die immer noch beim Auspacken waren, befinden würden, sagte Chaucer: »Mein aufrichtiges Beileid für deine neueste Aufgabe. Wirst du es schaffen, sie zu überleben?«

Frevisse lächelte gequält. »Ich denke, du und die Ehrwürdige Mutter habt sie wenigstens soweit beeindruckt, daß sie ein bißchen vorsichtig sein wird. Jetzt, wo ihr so deutlich klargemacht wurde, wie nahe ich dir, deinem Reichtum und deinen königlichen Verwandten stehe, wird sie sich vielleicht sogar mit mir anfreunden wollen.« »Ich bedauere noch mehr, dir einen so schlechten Dienst erwiesen zu haben. Du weißt, wie schlecht sie mich behandeln würde, wenn die Dinge nur ein wenig anders lägen.«

»Wenn die Dinge nur ein wenig anders lägen, würde sie überhaupt nicht das Wort an dich richten, außer um dir Befehle zu erteilen. Dein Vater war der Sohn eines Weinhändlers und hat zufällig ein paar Geschichten geschrieben, und die Schwester deiner Mutter hatte so wenig Anstand, daß sie die Mätresse eines Herzogs wurde, der zur königlichen Familie gehörte. Ich würde es als hoffnungslos ansehen, aus jemandem mit solchem Hintergrund einen respektablen Menschen zu machen.«

»Die Schande nagt an meiner Seele«, sagte Chaucer munter. »So viele beeindruckende halb-königliche Verwandte, aber es fließt kein einziger Tropfen edles Blut in meinen Adern. Es ist ein Schock zu wissen, daß ich den ganzen Reichtum und die ganze Macht, die ich angeblich besitze, nichts anderem zu verdanken habe als meinem Verstand und meinem Können. Sehr bedauerlich, ganz zweifellos.«

Frevisse unterdrückte ein Lachen und lächelte nur etwas breiter. Chaucer lächelte zurück und fragte mit ruhigem Ernst: »Du bist immer noch zufrieden mit dem Leben hier?«

»Meistens. Man könnte sagen, ich bin zufrieden damit, zufrieden zu sein.«

»Wenn das wahr ist, dann ist das mehr, als die meisten Menschen in ihrem Leben zuwege bringen.«

»Es ist wahr«, sagte Frevisse einfach.

Sie hatten die Pforte erreicht. Chaucer nahm ihre Hand in die seine. »Auf unterschiedlichen Wegen haben wir durch Fortunas Fügung und kraft unseres eigenen freien Willens unsere jeweilige Bestimmung im Leben erreicht.« Er küßte sie auf die Wange. »Gottes Segen, mein Kind.«

»Gottes Segen auch für dich, Onkel. Gib auf dich acht und komm wieder, wenn du magst.«

»Ganz gewiß.«

Vom Torweg aus sah Frevisse zu, wie er den Hof überquerte und zu seiner Eskorte ging, die geordnet abseits des Gewühls von Lady Ermentrudes Leuten wartete. Erst nachdem er sich in den Sattel geschwungen hatte und zum Tor hinausgeritten war, wandte sie sich ab, wobei sie mit einiger Verspätung bemerkte, daß jemand von hinten auf sie zugestürmt kam. Sie war fassungslos vor Staunen, als sie entdeckte, daß es sich um Lady Ermentrude handelte, die mit wehenden Schleiern und Gewändern auf sie zumarschierte wie ein Ritter auf dem Weg zur Schlacht.

Frevisse hatte nicht damit gerechnet, so bald den vollen Unbilden von Lady Ermentrudes Aufmerksamkeit ausgesetzt zu sein. Sie sank hastig in einem Hofknicks nieder und wappnete sich für das, was kommen würde, was immer es sein mochte. Aber Lady Ermentrude machte nur eine wegwerfende Handbewegung und sagte kurz: »Meine Pläne haben sich geändert. Ich werde heute noch zu meiner Großnichte Lady Isobel weiterreiten. Es ist ein Ritt von knapp drei Stunden. Ich werde vor Einbruch der Dunkelheit dort sein, wenn ich sofort aufbreche.«

»Aber –« Eine Vielzahl von Einwänden ging Frevisse durch den Kopf. Sie suchte sich den einfachsten aus. »Aber Eure Dienstleute haben mittlerweile halb ausgepackt und sind dabei, sich einzurichten. Sicher –«

Lady Ermentrude war schon halb zur Tür hinaus und zwang Frevisse, ihr zu folgen. »Sie können ruhig weiter auspacken. Ich brauche Schnelligkeit, kein Durcheinander von Idioten, die mich aufhalten. Ein paar Bewaffnete, zwei meiner Frauen, das wird reichen. Ich werde morgen zurück sein. Du da!« Sie winkte herrisch einen Reitknecht heran, der in der Nähe stand.

Frevisse dachte bei sich, daß Lady Ermentrudes Abwesenheit es ihr ermöglichen würde, gewisse Angelegenheiten zu ordnen, was Pilgerhospize, Hunde und Affen betraf, und gab sich damit zufrieden zu murmeln: »Wie Ihr wünscht, Mylady. Wir werden Eure Rückkehr erwarten.«

»Und alles wird bereit sein, da bin ich sicher«, stimmte Lady Ermentrude scharf zu. Der Stallbursche verneigte sich vor ihr, und sie befahl: »Ich will, daß mein Pferd gesattelt wird. Sofort. Augenblicklich.« Der Mann bemühte sich, seine Verwirrung zu verbergen, und rannte los. »Idiot«, schnappte Lady Ermentrude und brüllte: »Maryon! Bess! Bertram!«

Aus dem Durcheinander im Klosterhof entwickelte sich das reine Chaos, und schneller, als Frevisse es für möglich gehalten hätte, war Lady Ermentrude aufgesessen und sprengte mit einem kleinen Gefolge hinter sich zum Tor hinaus.

In der tiefen Stille, die ihrem Weggang folgte, holte Frevisse tief Luft und wandte sich dann den Aufgaben zu, die auf sie warteten.

Der nächste Tag war ebenso schön wie die Tage zuvor, voll milder Septemberwärme und ruhig in seinem gewohnten Tagesablauf von Morgengebet bei Tagesanbruch, dann Frühstück und Messe und danach die verschiedenen, sich ständig wiederholenden Pflichten des Klosterlebens, die für Thomasine Schutz und Sicherheit bedeuteten.

Aber nach den langen Nachtgottesdiensten, den Vigilien und der Laudes, war sie in der Kirche geblieben und hatte allein vor dem von einer kleinen Öllampe erhellten Altar von St. Frideswide gekniet. Sie wollte nur Dank sagen für den Mut, der ihr geschenkt worden war, und dann wieder ins Bett gehen. Aber dann hatte sie sich in der Freude der Wiederholung verloren, hatte Ave Marias und Vaterunser und einfache Gebete zum Lobe Gottes wieder und wieder gemurmelt, bis sie sich ihres Ichs gar nicht mehr bewußt war, als sie plötzlich durch das scharfe Klingeln der Glocke aufgeschreckt wurde, das das Ende der Nacht verkündete. Thomasine war zur Kirchentür gegangen, so schnell es ihre steifen Knie und ihr verschwommener Kopf erlaubten, und hatte sich der der Prozession der Nonnen zu ihren Plätzen im Chorgestühl angeschlossen, wo sie den Sonnenaufgang mit den Psalmgebeten der Prim begrüßten.

Jetzt, während der warme Tag langsam verstrich, stellte sie fest, daß sie schlecht gelaunt war, und das häufige Gähnen war ihr lästig. Ständig schien sie auf Botengänge geschickt zu werden und hatte kaum Gelegenheit, einfach nur am Küchentisch zu sitzen und so zu tun, als sei sie dabei, Äpfel zu schälen, und jedesmal, wenn sie in den Kreuzgang hinausging, drang der Lärm des Gefolges ihrer Großtante über die Mauer. Tiefes Männerlachen und plaudernde Frauenstimmen hatten im Kreuzgang von St. Frideswide nichts verloren. Sie zerrissen die Stille, und Thomasine wünschte sich, sie zum Schweigen bringen zu können.

Als sie den Kreuzgang hinuntereilte, um Tinte für Schwester Perpetua zu besorgen, klingelte die kleine Glocke an der Pforte zum Hof. Jemand wollte hinein. Thomasine blieb entnervt stehen und sah sich voll ungeduldigen Zorns nach einer Magd um, die sie mit einer Geste zur Pforte schicken konnte. Dann besann sie sich und schickte reuig ein schnelles Gebet zum Himmel. Zorn war eine der sieben Todsünden, und sein Auftreten bedeutete eine ernsthafte Abweichung von der Heiligkeit, um die sie sich so verzweifelt bemühte.

Die Glocke klingelte wieder, es war keine Magd in Sicht, und der Zorn verschwand und machte tiefem Elend Platz. Warum wurden Geduld und Mut immer dann von einem verlangt, wenn man am wenigsten davon hatte? Thomasine ging zur Pforte und öffnete den Fensterladen vor dem kleinen Guckloch in Augenhöhe. Sie spähte durch die Gitterstäbe, sah niemanden und spürte eine neue Welle der Gereiztheit in sich aufsteigen. Dann hüpfte ein lockiger Kopf in ihr Blickfeld, und eine Kinderstimme rief: »Oh, bitte! Bitte, bitte öffnet! Ich brauche Hilfe!«

Der Ruf war mitleiderregend, und Thomasines Verärgerung wich einem spontanen Mitgefühl. Sie zog den Riegel zurück und öffnete die Pforte.

Das kleine Mädchen, das vor der Pforte stand, trug ein nicht ganz sauberes Kleid in den Farben der Livree von Lady Ermentrudes Dienstleuten, braun und creme. Es war den Tränen nahe. »Bitte, Mylady, ist Schwester Claire da? Ich muß mit ihr s-sprechen!«

Schwester Claire war die Krankenschwester des Klosters, die nicht nur die Kranken innerhalb der Klostermauern behandelte, sondern alle anderen, die kamen, um ihre Hilfe zu erbitten. Thomasine neigte fragend den Kopf und bat damit, mehr gesagt zu bekommen, ohne das Schweigegebot zu brechen.

»Bitte, es ist der kleine Jacques!« rief das Mädchen. Jetzt, wo ihm jemand zuhörte, strömten ihm die Tränen über das Gesicht. »Er ist st-sterbenskrank, und oh, Mylady, Ihr habt keine Vorstellung, es wird mich das Leben kosten, wenn ihm etwas passiert! Schwester Frevisse hat gesagt, ich soll nach Schwester Claire fragen.«

Thomasine hatte keine Ahnung gehabt, daß Lady Ermentrude einen Säugling dabei hatte. Oder vielleicht hatte ihre Großtante einen Zwerg erworben, seit sie das letztemal hier gewesen war. Das arme, unglückliche Ding, an einem fremden Ort krank zu werden. Thomasines Mitgefühl für alle, die Schmerzen litten, war so schnell wie ihr Drang, für sie zu beten, und sie bedeutete dem Kind, ihr zu folgen.

Schwester Claire war, wie fast immer, in ihrem kleinen Arbeits- und Vorratsraum neben dem Hospital. Heute morgen zählte sie die Laken. Sie sah auf, als Thomasine an die Tür klopfte, begann zu lächeln, als sie sie erkannte, sah dann das tränenüberströmte Gesicht des Kindes und kam schnell herbei. Schwester Claire war klein und zart, sie vermied jede überflüssige Bewegung und besaß eine ruhige Würde, die über ihre geringe Körpergröße hinwegtäuschte. Sie strahlte tiefe Ruhe aus, die jetzt auch in ihrer Stimme mitschwang, als sie sich zu dem Kind niederbeugte und fragte: »Was ist los, mein Lämmchen?«

»Es ist der kleine Jacques«, schluchzte das kleine Mädchen. Da ihr eine solch offene Freundlichkeit entgegengebracht wurde, weinte sie so heftig, wie es dem Ausmaß ihrer Angst entsprach. »Ich bin eingeschlafen, und er hat sich über eine Schachtel mit Leckereien hergemacht, die meiner Herrin gehörte, und er hat zuviel davon gegessen, und jetzt ist ihm übel, und er wird sterben, und wenn er das tut, dann werde ich auch sterben, weil Mylady mich umbringen wird!«

»Wir haben sehr gute Mittel gegen Bauchschmerzen«, sagte Schwester Claire beruhigend. »Ich bezweifle, daß er sterben wird. Komm, erzähl mir etwas von ihm.«

Sie ging zu ihrem Arbeitstisch hinüber, der unter Regalen voller getrockneter Heilkräuter, Arzneimischungen und Salben stand. Das Mädchen folgte ihr. Ihr Schluchzen ließ bereits nach, und sie sah sich neugierig die verschiedenen Schälchen und Stößel, Mörser, Körbe und Kästchen an, die äußeren Zeichen eines hohen und esoterischen Wissens, das Thomasine ebenfalls stets faszinierte, wenn ihr erlaubt wurde, Schwester Claire zur Hand zu gehen.

Jetzt sehnte sie sich danach, ihr geringes Wissen vor dem Kind auszubreiten, aber sie erinnerte sich an die Ordensregel, die unnötige Gespräche untersagte, und schwieg.

»Sag mir, wie groß Jacques ist. Wie alt ist er?«

Das Kind, das bereits ruhiger war und Hoffnung geschöpft hatte, antwortete in etwas zweifelndem Ton. »Ein Jahr?« Sie hob die Hände hoch, vielleicht anderthalb Fuß auseinander. »So groß. Ich kann ihn tragen, er ist nicht sehr schwer. Aber man muß vorsichtig sein, weil er kratzt. Und beißt. Sein Schwanz ist ebensolang wie er.«

Schwester Claires Gesicht erstarrte vor Überraschung, aber Thomasine kam eine schreckliche Erkenntnis. Bevor sie sich beherrschen konnte, rief sie aus: »Es ist Lady Ermentrudes Affe, der krank ist! Oh, ich hätte sie nie hergebracht, wenn ich gewußt hätte, daß es nur um diesen gräßlichen Affen geht!«

Schwester Claire schluckte ihren Schock herunter und sah Thomasine tadelnd an. »Leiden ist Leiden, und wenn ich es lindern kann, werde ich es tun.« Aber ihre Augen funkelten belustigt, und Thomasine unterdrückte weitere Entschuldigungen. Claire wandte sich wieder dem Kind zu und sagte ernsthaft: »Du hast mir gesagt, was ich wissen muß. Jetzt nimm dies, während ich ein Pulver mische, und alles wird wieder gut werden.«

Sie gab dem Kind eine Herzgespanntinktur zur Beruhigung und wandte sich den Heilkräutern in ihren Regalen zu. »Angelikawurzel vielleicht«, murmelte sie. »Oder Ziest. Auf jeden Fall Rainfarn.« Dann zu dem Kind: »Weißt du vielleicht, wann der Affe geboren wurde? Es ist leichter, ein Gegenmittel zu finden, wenn man weiß, unter welchem astrologischen Zeichen der Patient geboren wurde.«

Das Mädchen machte große Augen und schüttelte stumm den Kopf.

Schwester Claire griff nach mehreren herabhängenden Bündeln getrockneter Heilkräuter, gab die zerriebenen Blätter in eine Reibschale und zermahlte sie mit dem Mörser zu einem Pulver. Dann schüttete sie die Mischung sorgsam in einen kleinen Stoffbeutel. Sie band ihn mit einem Faden aus zähem Gras zu und sagte: »Da. Das wird sogar die wohlverdienten Bauchschmerzen eines Affen kurieren.« Sie reichte dem Mädchen den Beutel. »Das Pulver muß mit Wein vermischt eingenommen werden. Trinkt der Affe Wein?«

»Oh, ja, Mylady. Lady Ermentrude gefällt es, ihn betrunken zu machen. Er ist dann sehr komisch.«

»Das glaube ich gern«, sagte Schwester Claire. »Also lös dieses Pulver in einer halben Tasse Wein auf und gib es ihm zu trinken.«

Das kleine Mädchen machte Anstalten, ihr den Beutel zurückzugeben. »Oh, nein, Mylady, ich wage es nicht, ihn zu füttern! Das ist mir streng verboten. Ich soll den Affen nur im Auge behalten. Und das ist nicht mal Essen, sondern Arznei! Ihr müßt kommen und es ihm geben.« Wieder hielt sie Schwester Claire den Beutel hin.

Aber Schwester Claire wandte sich an Thomasine. »Ich bin mit meinen morgendlichen Pflichten noch nicht fertig, und das hier ist kaum etwas, für das ich sie im Stich lassen könnte. Nimm du das Pulver und sieh zu, daß Schwester Frevisse es zusammen mit meinen Anweisungen über den Wein in die Hand bekommt. Sag ihr, daß der Affe einschlafen wird, wenn er das Pulver genommen hat, aber das wird die Heilung fördern.«

Thomasine hob protestierend die Hände. Um zum Gästehaus zu kommen, würde sie den Hof überqueren müssen, der voller lauter, gräßlicher, gewöhnlicher Männer war. Wer konnte wissen, ob sie nicht vielleicht sogar mit ihr sprechen würden!

Aber Schwester Claire nahm dem Kind den Beutel ab und reichte ihn Thomasine, und sie – daran gewöhnt, automatisch zu gehorchen – nahm ihn entgegen. Schwester Claire wandte sich wieder ihren Laken zu, als sei die Sache bereits erledigt, und Thomasine blickte auf das nach oben gewandte, erwartungsvolle Gesicht des Kindes nieder und fand sich mit der simplen Tatsache ab, daß sie keine andere Wahl hatte.

Zwingende Notwendigkeit war ein schwacher Ersatz für Mut, aber all die Monate, die Thomasine in St. Frideswide zugebracht hatte, und auch ihr eigener Wille hatten sich darauf konzentriert, sie zu lehren, Gott zu vertrauen und Befehlen zu gehorchen. Sie zwang ihren Geist dazu, wenigstens den Anschein von willigem Gehorsam zu erwecken und machte sich auf den Weg.

Vielleicht ein Dutzend von Lady Ermentrudes Männern und ein paar ihrer Frauen befanden sich im Hof. Die meisten waren um den Brunnen versammelt. Mit hocherhobenem Kopf täuschte Thomasine eine Würde vor, die laut Schwester Perpetua jede Nonne dem Auge der Welt gegenüber zeigen sollte, aber ihr Gesicht brannte bereits vor Scham, als sie die ersten trippelnden Schritte auf dem Kopfsteinpflaster machte. Das kleine Mädchen trottete neben ihr her und plapperte fröhlich. Die Tränen waren vergessen, da es schien, daß die Kreatur kuriert werden würde.

Als sie am Brunnen vorbeikamen, warf ihr einer der Männer eine Kußhand zu und rief: »He, Süße, bleib doch stehen und leiste uns Gesellschaft!«

Thomasine versteifte ihr bereits steifes Rückgrat noch mehr und warf ihm einen ängstlichen Seitenblick zu, bevor sie versuchte, sich noch tiefer in ihr Gewand zu verkriechen. Das Kind sagte vergnügt: »Ach, das ist nur Hob. Er ist lüstern wie ein Hahn, sagt Katharina. Ich finde, er ist ein Schafskopf.«

Thomasine ging schneller. Sie hatte den Blick jetzt so tief gesenkt, daß sie Gefahr lief, in etwas hineinzulaufen. Jemand sang das Lied von Alison, die eine Nonne war, aber keine sehr anständige, und eine andere Stimme rief: »Frag deine Schwestern, wann sie aus ihrem Nest zu uns kommen! Wenn sie so hübsch sind wie du, lohnt es sich zu warten.«

Eine Frauenstimme sagte angewidert: »Hört auf, ihr dummes Pack!«, aber sie wurde nur ausgelacht, und es gab noch mehr Kußgeräusche. Thomasine, die hin- und hergerissen war zwischen ihrem Zorn und dem Bedürfnis zu weinen, manövrierte sich immer stärker in eine prekäre Lage, da sie jetzt auch noch schneller ging, obwohl sie nichts sehen konnte. Ihre Wangen waren flammend rot, und sie rannte fast. Nur die schnellen Reflexe ihrer Jugend bewahrten sie davor zu stolpern und hinzufallen, als plötzlich die unterste Stufe der Treppe zum Gästehaus in ihrem Blickfeld auftauchte.

Sie hörte, wie sich oben die Tür öffnete, und hinter ihr herrschte augenblicklich tiefes Schweigen.

Thomasine blickte auf und sah Schwester Frevisse, die hochgewachsen und streng in der Tür stand und über Thomasines Kopf hinweg zum Brunnen starrte. Ein schneller Blick zurück zeigte ihr, daß alle plötzlich sehr beschäftigt waren und überall hinsahen, nur nicht in ihre Richtung.

Das kleine Mädchen verkündete glücklich: »Sie hat die Arznei für Jacques«, und glitt an Schwester Frevisse vorbei in die Halle.

Thomasine widerstand dem Drang, mit dem Finger auf die Männer zu zeigen, vergaß aber das Schweigegebot und stieß anklagend hervor: »Diese Männer …«

Schwester Frevisse nahm ihren Arm und schob sie in die Halle. » … sind zu gelangweilt und zu blöde, um sich auf andere Art zu unterhalten, also haben sie dich aufgezogen. Sie fanden es spaßig zu sehen, wieviel Angst sie dir einjagen konnten. Es hat ja auch hervorragend geklappt.«

»Aber was sie gesagt haben –«

»Kann dir nicht mehr Schaden zufügen als das Geschnatter des Affen.«

Thomasines Wangen brannten jetzt vor dumpfem Groll anstatt vor Verlegenheit. »Ich hatte Angst«, sagte sie mürrisch.

»Natürlich hattest du das. Aber das sind nur Männer, keine Löwen. Sie wissen, wer du bist und wo sie sind. Sie würden es nicht wagen, dich anzurühren. Sie kennen die Macht dieses Ortes.«

»Aber was sie gesagt haben …« Sie zögerte und suchte nach Worten.

»Das waren nur Worte. Thomasine, du mußt aufhören, Männer für Ungeheuer oder Teufel zu halten. Eine Nonne muß lernen, außerhalb der Welt zu leben, sie darf sich nicht vor ihr verstecken.« Schwester Frevisse sprach kurz angebunden und war ganz offensichtlich nicht in der Stimmung, mit sich spaßen zu lassen. »Unwissen erzeugt Furcht. Wenn du beschließt, nichts über Männer wissen zu wollen, wirst du dich vor ihnen fürchten. Und solange wir unser Vieh schlachten, unsere Ernte einbringen, unsere Wolle verkaufen, unsere Steuern bezahlen und die Gebäude reparieren lassen müssen, werden wir es zwangsläufig oft mit diesen furchteinflößenden Geschöpfen zu tun bekommen. Gib mir die Arznei.«

Thomasine klappte den Mund zu und unterdrückte weitere Proteste. Wieder hatte ihre Müdigkeit sie zur Sünde des Zorns verleitet, und morgen würde sie das zusammen mit anderen Dingen im Kapitel beichten müssen. Jetzt zog sie den Kopf ein, um ihren Gesichtsausdruck zu verbergen, hielt Schwester Frevisse den kleinen Stoffbeutel hin und sagte, nach außen hin ganz Demut, da sie wußte, wie wichtig die richtige Dosierung und korrekte Anweisungen waren: »Das Pulver soll in einer halben Tasse Wein aufgelöst werden. Schwester Claire hat gesagt, Ihr sollt Euch nicht sorgen, wenn der Affe einschläft. Er soll schlafen.«

»Was für eine Gnade. Das idiotische Ding hat alle Schmerzen verdient, die es in seinem idiotischen Bauch spürt, aber es bereut seine Dummheit in allerhöchster Lautstärke.« Das Mitgefühl in Schwester Frevisses Stimme wog ihre Kurzangebundenheit von eben wieder auf. »Danke fürs Bringen, und bitte, entschuldige meine schlechte Laune. Es war kein angenehmer Morgen mit dem kranken Affen und in Erwartung von Lady Ermentrudes Rückkehr.«

Thomasine wagte es aufzublicken und lächelte zögernd, aber Schwester Frevisse sah sie bereits nicht mehr an und sagte über ihre Schulter hinweg grüßend »Vater Heinrich« zu dem Priester von St. Frideswide, der gerade zur Tür hereinkam.

Vater Heinrich war ein stämmiger junger Mann mit einer tiefen Stimme, der eher für das Schwingen eines Schlagstocks als das eines Weihrauchfasses gebaut zu sein schien. Die schwarze Kutte saß eng über seinen muskulösen Schultern, und sein goldenes Haar lockte sich so kräftig um seine Tonsur, daß sie fast nicht zu sehen war. Er war überhaupt nicht so, wie Thomasines Ansicht nach der Priester eines Nonnenklosters zu sein hatte, und einmal hatte sie es gewagt, Schwester Perpetua gegenüber anzudeuten, daß er nicht sehr gelehrt zu sein schien. Schwester Perpetua hatte erwidert, daß er tatsächlich nicht zu den Gelehrsamen gehöre, aber er erfülle seine Pflichten als Priester sehr gut. »Und er meint es gut. Es ist ein Segen für uns, in seiner Obhut zu sein«, hatte sie geschlossen, und zwar so entschieden, daß Thomasine sich nie mehr getraut hatte, die Angelegenheit nochmals zu erwähnen.

Schwester Frevisse sagte zu ihm: »Thomasine braucht eine Eskorte über den Hof, um sie vor rüden Aufmerksamkeiten zu bewahren. Würdet Ihr das tun?«

Vater Heinrich grinste und bewegte die Schultern unter seiner Benediktinerkutte, als wäre er erfreut über eine Gelegenheit, seine Stärke an jemandem auszuprobieren. »Mit Vergnügen, Schwester.«

Sie ging mit einem liebenswürdigen Nicken davon, und er richtete sein freundschaftliches Grinsen auf Thomasine. »Nun dann«, meinte er und stieg die Treppe hinab.

Thomasine verspürte nur noch ein leichtes Kribbeln im Magen, als sie ihm auf dem Fuße folgte, aber niemand schien sie auch nur zu bemerken, als sie über den Hof zurück zum Kloster gingen. Ganz bestimmt sagte niemand auch nur ein einziges Wort zu ihnen. Sie hatten es beinahe geschafft, und Thomasine begann bereits, sich in Sicherheit zu wähnen, als jemand im äußeren Hof auf der anderen Seite des Torhauses brüllte: »Sie kommt! Sie reitet in den Hof!«

Es schien keine Ungewißheit darüber zu geben, wer »sie« war. Der bislang ruhige Hof wimmelte plötzlich von Männern und Frauen, die auseinanderstoben und versuchten, beschäftigt auszusehen oder zu verschwinden. Thomasine blieb kaum Zeit, nach Vater Heinrichs Ärmel zu greifen, als

Lady Ermentrudes Pferd bereits in gestrecktem Galopp durch das offene Tor kam. Hinter ihr kamen ihre beiden Zofen, Schleier und Kopfbedeckungen in wilder Unordnung, und ihre bewaffnete Eskorte, schweißgebadet in ihren Kettenhemden, alle staubbedeckt nach dem harten Ritt. Alle Pferde zeigten Anzeichen dafür, scharf geritten worden zu sein, und Lady Ermentrudes Reitpferd stolperte, als sie es am Fuße der Treppe zum Gästehaus scharf zügelte. Sie trug nicht das Prachtgewand von gestern, sondern ein enger geschnittenes Kleid. Ihre wattierte Haube wurde von einem Schleier gehalten, dessen staubige Weiße scharf mit der wilden Wut in ihrem roten, verbissenen Gesicht kontrastierte.

Sie warf die Zügel einem Mann zu, der in der Nähe stand. Tropfen vom Hals des schweißnassen Pferdes besprühten sein verblüfftes Gesicht. Ohne auf Hilfe zu warten, schwang sie sich aus dem Sattel, schwankte, klammerte sich haltsuchend am Leder des Steigbügels fest und starrte finster die Treppe an, als suche sie nach einem Feind, den sie herausfordern konnte. Da sie keinen fand, wandte sie sich ab und taumelte über den Hof, auf die Klosterpforte zu.

Sie schien Vater Heinrich erst zu sehen, als sie fast in ihn hineingerannt war. Als sie feststellte, daß seine massige Gestalt ihr den Weg versperrte, blieb sie stehen, stemmte die Arme in die Hüften und brüllte ihm ins Gesicht: »Ihr! Ich will Eure Priorin sprechen! Ich will sie sofort und augenblicklich hier sehen, und keine dümmlichen Ausreden! Sagt ihr das! Hört Ihr mich? Geht!«

Vater Heinrich wich einen Schritt zurück. Er machte nicht den Versuch, seine Würde als Priester gegen ihren wilden Zorn auszuspielen. »Sofort, Mylady. Selbstverständlich, Mylady«, brachte er heraus und verschwand im Kloster, so daß Thomasine niemanden mehr hatte, hinter dem sie sich verstecken konnte.

Lady Ermentrude blinzelte und schnitt eine Grimasse. Vielleicht war es ein Lächeln, aber es wirkte mehr wie eine Mischung aus Schmerz und Wut. Bevor der Gedanke, daß sie vielleicht ebenfalls den Rückzug antreten sollte, Thomasines Beine erreicht hatte, hatte Lady Ermentrude sie am Arm gepackt. Sie zog Thomasine dicht zu sich heran und rief aus: »Ganz allein hier draußen, was? Bei Gottes Atem, das ist ein Segen, und ihr Fehler. Sie sind überzeugt, daß sie gewonnen haben, jetzt, wo deine Zeit so nahe ist, aber sie irren sich. Wir werden dich von diesem Ort befreien. Dafür werde ich sorgen!«

Sie spuckte Thomasine die Worte und einen starken Weingestank ins Gesicht, und Thomasine wich zurück. Lady Ermentrude rückte so nahe heran, als wolle sie Thomasine ein Geheimnis mitteilen, aber ihre Stimme war so laut, daß sie über den ganzen Hof schallte. »Gott allein weiß, wieviel Geld außer der Mitgift sie diesem stinkenden, korrumpierten Loch angeboten haben, damit sie dich hierbehalten, aber ich habe ihr Spiel durchschaut! Ich werde dich hier rausholen, noch bevor eine Stunde vergangen ist. Du wirst in Sicherheit sein, dafür werde ich sorgen. Bei der Königin und ihren Skandalen bist du besser aufgehoben als hier, das verspreche ich dir.«

Thomasine versuchte, sich loszureißen, aber Lady Ermentrudes Finger gruben sich nur noch tiefer in ihren Arm. Thomasine sah sich um und hielt nach einem freundlichen Gesicht Ausschau. Niemand befand sich im Hof außer Lady Ermentrudes Leuten, und die einzige, die großes Interesse an dem Kampf zeigte, war die Hübschere der beiden Zofen, die Lady Ermentrude begleitet hatten, und sie machte keine Anstalten, Thomasine zu helfen. Thomasine stieß hervor: »Mylady, Ihr tut mir –«

»Oh ja, mir tut alles weh.« Lady Ermentrude zog eine Grimasse und nickte ruckartig. Ihre Stimme klang schroff. »Ich bin zu scharf geritten, und morgen werde ich wund sein. Ich habe Schmerzen.« Sie stieß einen tiefen Seufzer aus. »Aber ich habe es für dich getan, meine Süße. Niemand wird dich zwingen, diese Gelübde abzulegen. Jetzt nicht mehr! Ha! Dafür werde ich sorgen. Bei mir wirst du sicher sein. Du wirst frei sein, oder doch fast.« Es folgte eine anzügliche Grimasse, die als Zuzwinkern gedacht war. »Und ich werde dir einen strammen Ehemann besorgen. Nach dem hier hast du einen guten Mann verdient.« Sie sah sich um. »He, Wat! Bring mein Pferd her!« Sie drehte sich ruckartig wieder zu Thomasine um. »Du steigst hinten auf und hältst dich am Schweifriemen fest, und wir werden fort sein, bevor sie es merken.«

»Wartet, nein!« In steigender Panik versuchte Thomasine noch angestrengter, sich loszureißen. »Ich kann nicht mit Euch gehen! Ich will nicht! Tante, bitte, nein!«

Lady Ermentrudes Griff wurde fester, und sie sah zur Sonne hoch, als wolle sie schätzen, wie spät es war, aber das helle Licht ließ sie schmerzhaft zusammenzucken, und sie bedeckte mit der freien Hand die Augen.

Eine leise Stimme hinter Thomasines Schulter sagte: »Es wird am besten sein, wenn Ihr einfach mit ihr geht.«

»Ein guter Rat«, bemerkte Lady Ermentrude und bedeutete Wat, sich mit dem Pferd zu beeilen.

Thomasine sah sich schnell um, um zu sehen, wer es gewagt hatte näherzukommen. Es war ein hochgewachsener Jüngling, vielleicht etwas älter als sie selbst, in Lady Ermentrudes Livree gekleidet. Er hatte braune Haare und ruhige

Augen. Sein Ton und sein Gesicht waren so sicher und so ohne Spott, daß sie vergaß, Angst vor ihm zu haben.

»Aber sie will mich wegbringen! Ich will nicht –«

»Es geht ihr nicht gut«, unterbrach er sie, aber mit ruhiger Stimme. »Sie hat etwas zu tief in den Becher geschaut, würde ich annehmen. Sie wird nirgends hingehen, ob mit Euch oder ohne Euch. Helft mir, sie ins Gästehaus zu bringen, solange sie sich noch auf den Beinen halten kann.«

»Aber ihr Pferd –«

Aber er trat um sie herum. »Hier, diesen Weg, Mylady«, sagte er in respektvollem Ton und winkte Wat zur Seite. »Ihr seid müde. Ihr solltet Euch ausruhen, bevor Ihr weiterreitet. Auch Eurem Pferd könnte eine Rast nicht schaden. Im Gästehaus gibt es Wein, und Ihr könnt Euch hinsetzen.«

»Was sagt Ihr da?« murmelte Lady Ermentrude, grimmig zuerst, dann spähte sie angestrengt in seine Richtung. »Was? Oh, ja, hinsetzen. Das wäre gut. Hinsetzen. Hier draußen ist es so hell. Ich muß mich hinsetzen, und ich muß aus der Sonne heraus.«

Der junge Mann nahm ihren Ellbogen. »Ich werde Euch helfen, wenn Ihr gestattet, Mylady.«

Lady Ermentrude, die Augen zum Schutz vor der Sonne halb geschlossen, bewegte ihren Kopf langsam von Seite zu Seite. »Ja«, murmelte sie. »Ja. Aber du –« Ihre Finger gruben sich gnadenlos fester in Thomasines Arm. »Du kommst mit.« Wieder schwoll ihre Stimme zornig an. »Bei Gottes Atem, dieses hübsche Lamm wird nicht geopfert werden! Keine Gelübde am Michaelistag oder sonst irgendwann!«

Der junge Mann sah Thomasine an und hob das Kinn, eine Geste der Beruhigung, die sie mit dankbarem Blick zur Kenntnis nahm. Sie gab dem Druck von Lady Ermentrudes Fingern nach, so gut sie konnte. Obwohl ihr Herz vor Angst und Widerwillen dumpf hämmerte, half sie nun sogar mit, Lady Ermentrude zum Gästehaus zu führen. Lady Ermentrude taumelte immer stärker, je weiter sie gingen. Als sie die Treppe erreicht hatten, lehnte sie sich so schwer gegen den Jungen, daß er all seine Kraft aufwenden mußte, um sie auf den Beinen zu halten.

Eine ihrer Damen hastete mit ängstlichen Augen die Stufen hinauf, um die Tür zu öffnen. Unten tastete Lady Ermentrude blind mit dem Fuß nach der ersten Stufe, verfehlte sie, versuchte es noch einmal und fand sie. Der junge Mann stützte sie und murmelte ermutigende Worte. Leise vor sich hinmurmelnd, torkelte Lady Ermentrude vier Stufen hinauf, wobei sie auf jeder einzelnen trunken hin und her schwankte, mal gegen den jungen Mann und mal gegen Thomasine, aber ihren Griff lockerte sie keine Sekunde.

Thomasine war so mit ihrer Angst und ihrem Widerwillen auf Lady Ermentrude beschäftigt, daß sie die Pferde, die in den Klosterhof getrabt kamen, erst bemerkte, als sie ihr schon beträchtlich nahe gekommen waren und eine vertraute Stimme ausrief: »Thomasine! Was ist geschehen?«

Mit unendlicher Erleichterung erkannte Thomasine ihre Schwester und dann ihren Schwager, als sie am Fuß der Treppe ihre Pferde zügelten. Ihre gleichfarbigen Füchse waren dunkel vor Schweiß, und Isobel ritt im Herrensitz, was sie nur tat, wenn Eile wichtiger war als gutes Benehmen. Hinter ihnen drängten sich eine Gruppe Soldaten und ein schlecht beladenes Packpferd durch den Torweg.

»Isobel!« rief Thomasine aus und streckte ihr ihre freie Hand hin. Lady Ermentrude hob den Kopf und schwenkte ihn unsicher von einer Seite zur anderen, um erkennen zu können, wer da gekommen war. Dann stieß sie den jungen Mann zur Seite und brüllte: »Verderbt! Lasterhaft! Du wirst sie nicht kriegen! Hörst du mich? Du wirst sie nicht kriegen!« Ihre Stimme wurde leiser, und die Augen quollen wie Zwiebeln aus ihrem geröteten Gesicht hervor, während sie Thomasine dicht zu sich heranzog und zischte: »Bleib in meiner Nähe, hörst du? Sag nichts, sag kein Wort, bis wir zum Bischof kommen. Dann werden wir ja sehen, wer hier Gelübde ablegt und wer nicht, wer ins Kloster geht und wer nicht!«

Weindünste und Angst ließen Thomasine einen Schritt zurücktreten, und ihr Magen drehte sich um. »Bitte, Tante«, wimmerte sie. Sie haßte den Klang der Hilflosigkeit in ihrer Stimme. »Bitte. Das sind Isobel und Sir John.«

»Verdorbenes Pack!« schrie Lady Ermentrude. »Kommt keinen Schritt näher und verschwindet von hier!«

»Tante, hört uns an«, sagte Sir John ruhig und energisch, aber Lady Ermentrudes Kopf schoß hoch, als hätte Sir John sie beleidigt.

»Du hörst jetzt *mich* an!« fauchte sie zurück, aber dann schwankte sie, und ihr Blick verschwamm. Ihr aufgerissener Mund arbeitete, aber dann taumelte sie davon, ohne weiterzusprechen.

Noch nie hatte Thomasine einen dermaßen betrunkenen Menschen aus nächster Nähe erlebt. Es schien eine Art Wahnsinnige zu sein, die sie am Arm gepackt hielt und nicht loslassen wollte. Sie gab ihrer Panik nach und zerrte mit der freien Hand an Lady Ermentrudes um ihren Arm gekrampften Fingern, aber es war sinnlos, Lady Ermentrude schien es nicht einmal zu bemerken. Sie schwankte weiter die Stufen hoch und zerrte Thomasine mit sich. »Hinein. Ich will aus der Sonne heraus.«

Der junge Mann war wieder an ihrer Seite und nahm ihr ganzes Gewicht auf sich, aber er schaffte es, über seine gebeugte Schulter hinweg zu Sir John und Isobel zu sagen: »Bleibt zurück, ich bitte Euch. Laßt sie mich ins Haus bringen, damit sie sich hinsetzen kann.«

Thomasine, die einen Blick zurückwarf und mit den Augen um Hilfe flehte, sah, wie Sir John die Hand auf den Arm seiner Frau legte, um sie zurückzuhalten, und mit dem Kopf nickte. Dann hatte ihre Tante sie ins Gästehaus gezerrt, aus dem hellen Tageslicht hinaus in den Schatten. Einen Augenblick lang war Thomasine halb blind. Lady Ermentrude selbst blieb abrupt stehen und lehnte sich so schwer gegen den jungen Mann, daß sie ihn gegen die dicken Holzpfosten der Tür drückte. Sie bedeckte mit der freien Hand die Augen und stöhnte leise: »Ahhhh. Das ist besser. Die Sonne war zu hell. Ah, mein Kopf!« »Kommt, setzt Euch«, sagte der junge Mann ruhig. »Ruht Euch aus.«

»Ausruhen«, stimmte Lady Ermentrude mit schwerer Zunge zu. »Sitzen.«

Sie ließ sich von ihm helfen und riß Thomasine mit sich, als sie auf einen Sessel zutaumelte, der in der Nähe des langen, auf Böcken ruhenden Tischs in der Mitte der Halle stand. Sie ließ sich aufstöhnend auf die Kissen sinken. Ihre Augen waren geschlossen, aber ihre Finger umklammerten immer noch fest Thomasines Arm, und sie knurrte, die Stimme verzerrt vor Zorn: »Sie können dich nicht zwingen. Denk daran.«

»Niemand zwingt mich zu irgend etwas!« rief Thomasine. »Hör auf, das zu sagen!«

Lady Ermentrude, die Augen fest geschlossen und schwer atmend, sagte nur: »Kein Oppppfffffer der Vvvverderbtttheittt.« Sie hatte das Kinn gegen den Hals gepreßt, der Kopf schwang haltlos hin und her, und sie zog die Zischlaute lang wie brutzelndes Fett.

»Würdet Ihr Euch gern die Hände waschen, Mylady?«

Schwester Frevisses Stimme war kühl und glatt wie Silber und sehr respektvoll. Als Lady Ermentrude auf dem Sessel niedergesunken war, hatte sich Schwester Frevisse aus der Gruppe der versammelten, starrenden Dienstleute gelöst und stand jetzt vor ihr, eine breite, flache Waschschüssel in der Hand und ein weißes Leinentuch über dem Arm. Lady Ermentrude hob fast blind den Kopf, die Lider über den angeschwollenen Augen halb geschlossen, als ob das Licht sogar in der schattigen Halle zu hell für sie wäre. In ihrem geröteten Gesicht spiegelte sich die Mühe, die es sie kostete, zu begreifen, was Frevisse gesagt hatte. Dann schüttelte sie den Kopf, ließ Thomasines Arm los und griff sich mit beiden Händen an die Kehle, eine wirre und seltsam klägliche Geste. »D-ddurssss-ttig.«

Obwohl Thomasine jetzt frei war, blieb sie, wo sie war, zurückgehalten von Schwester Frevisses Blick und der Ungewißheit, ob ihre Beine sie tragen würden, wenn sie versuchte, sich zu bewegen.

Schwester Frevisse wiederholte in demselben respektvollen Ton: »Würdet Ihr Euch gern die Hände waschen, Mylady?«, trat einen Schritt vor, kniete vor Lady Ermentrude nieder und hielt ihr das Becken hin. Lady Ermentrude beantwortete die vertraute Form mit einer vertrauten Geste, ließ ihre Kehle los und tauchte die Fingerspitzen ins Wasser. Aber der verwirrte Blick blieb, und ihr Mund öffnete und schloß sich lautlos wie bei einem frischgefangenen Fisch.

»Thomasine«, sagte Schwester Frevisse sanft, ohne den Blick von Lady Ermentrudes Gesicht zu wenden, »bitte hol uns warme Milch mit Honig und eingeweichtem Weißbrot, um Lady Ermentrudes Halsschmerzen zu lindern.«

Thomasine wagte es, einen Schritt zurückzutreten, dann

noch einen, und dann, endlich in Sicherheit und außer Lady Ermentrudes Reichweite, knickste sie hastig und floh aus der Halle.

Die Angst vor Lady Ermentrudes trunkenem Wahnsinn war so groß gewesen, daß sie nun ganz vergaß, sich vor dem Hof und den Menschen darauf zu fürchten. Ein wüstes Stimmengewirr empfing sie, als sie vor die Tür trat, aber ihr einziger Gedanke war die Zuflucht in der Klosterküche, auch, wenn sie sich dort nicht allzu lange aufhalten konnte. Aber dann rief ihr Schwager ihr zu: »Thomasine! Was geht hier vor?«

Er und Isobel saßen immer noch auf ihren Zeltern. Ihr kleines Gefolge war hinter ihnen zusammengedrängt. Sie waren vertraut und ungefährlich, und Thomasine ging hastig zu ihnen hinunter und sagte mit gedämpfter Stimme: »Sie ist betrunken. Sie kam betrunken in den Hof geritten und redete wirres Zeug.«

»Was hat sie gesagt?« fragte Isobel in tiefer Besorgnis.

»Sie wollte nicht, daß ich Nonne werde. Sie hat wieder und wieder gesagt, daß sie dem ein Ende machen wollte, daß sie es nicht zulassen würde. Es war nicht wie sonst. Es war schlimmer. Es war ... anders.«

Isobel sah ihren Mann besorgt an. Seine Miene war ebenso verwirrt und sorgenvoll wie ihre, aber es war Isobel, die sagte: »Sie war nicht betrunken, als sie gestern zu uns kam, aber sie redete wirres Zeug. Sie muß wahnsinnig geworden sein.«

Thomasines Augen weiteten sich, als sie dieses Echo ihrer eigenen Gedanken hörte. Sie flüsterte: »Das habe ich auch schon gedacht.«

Sir John schwang sich aus dem Sattel. Er war ein gutaussehender Mann mit energischen Zügen, hochgewachsen und leicht gebräunt. Die Annehmlichkeiten von sechs Jahren Eheleben hatten seine Taille leicht rundlich und das Kinn etwas weich werden lassen, aber mit seinen fast dreißig Jahren hatte er sich die klare, helle Haut und die unbeschwerten Augen der Jugend bewahrt. Er sah aus, als ob er auch durch die Vaterschaft und die Verantwortung für eine Grafschaft keineswegs reifer geworden sei.

Einer seiner Leute trat vor, um sein Pferd wegzuführen, während er zu seiner Frau ging. Sie beugte sich ihm entgegen, und er hob sie so mühelos vom Pferd, als wäre sie ein Kind. Mit ihrem hellen Haar und den grün-haselnußbraunen Augen glich sie Thomasine, aber sie war fünf Jahre älter und hatte drei Kinder geboren. Ihr Gesicht und ihre Figur waren reifer, sie war eine Frau, während Thomasine noch ein junges Mädchen war. Ihre Augenbrauen hatte sie zu dünnen, modischen Bögen ausgezupft, und ihr Reitkleid entsprach der neuesten Mode. Es hatte weite Ärmel und war hoch unter ihren vornehmen kleinen Brüsten geschnürt, der Kragen war ordentlich um die Schultern drapiert. Sie hatte keine Schminke aufgetragen, die ohnehin als vulgär galt und die sie sowieso nicht nötig hatte; ihr Teint war fast so klar und frisch wie der Thomasines. Jetzt wandte sie sich mit besorgtem Gesichtsausdruck von Sir John ab und fragte ihre Schwester: »Aber weswegen ist sie verrückt? Als sie gestern unangemeldet bei uns eintraf, war sie schon wütend und begann, wirr loszuschimpfen, noch bevor sie überhaupt abgestiegen war. Wir konnten sagen, was wir wollten, sie schleuderte uns den ganzen Abend lang unflätige, schroffe Worte ins Gesicht, und heute morgen ritt sie rasend vor Zorn davon. Jetzt ist sie hier, immer noch wütend, und will nichts weiter, als dich von St. Frideswide wegbringen. Ist das alles, was sie gesagt hat? Daß sie nicht will, daß du Nonne wirst?«

»Sie sagt es wieder und wieder«, erklärte Thomasine. »Ihr Wüten hat ihren Hals rauh gemacht, und ich soll warme Milch mit Honig und eingeweichtem Weißbrot für sie holen. Ich werde so schnell zurück sein, wie ich kann. Bitte entschuldigt mich jetzt.« Atemlos von dieser langen Rede knickste sie hastig und ging eilends weiter.

Derjenige Ort innerhalb des Klosters, der vor der Welt am wenigsten geschützt war, war die Küche. Diese Weltlichkeit zeigte sich nicht nur in ihrem Erscheinungsbild: Die Klosterküche war ein flacher, häßlicher Raum mit zwei großen Herdstellen und einem Backofen, stabilen, abgeschlossenen Vorratsschränken an den Wänden und einer stattlichen Reihe schwerer Tische in der Mitte, auf denen tranchiert, gehackt, geknetet, gerührt, ausgelegt und eingesammelt wurde, was immer für die Vorbereitung der Mahlzeiten des Tages gebraucht wurde. Hier herrschte kein frommes Schweigen: Da in der Küche die notwendigen Arbeiten verrichtet wurden – hauptsächlich von Laienschwestern, die die Gelübde nicht abgelegt hatten –, galt das Schweigegebot hier nicht. Anstelle von Handzeichen und Nicken waren gewöhnliche Gespräche zu hören, unterbrochen von kurzen Befehlen und vermischt mit dem weltlichen Geklirr von Geschirr, dem Klappern schwerer Eisentöpfe, dem Klirren großer Rührlöffel, die auf die Tische geknallt wurden, dem Klatschen von geknetetem Brotteig, dem leisen Klapp-Klapp der Messer, die Gemüse zerschnitten, und dem gelegentlichen Kreischen von Sägen, die irgendein unglückliches Schwein oder einen Ochsen zerteilten. Und über all dem dröhnte fast immer Schwester Alys' kräftige Stimme, die sogar den Lärm und die Küchengerüche übertraf.

Schwester Alys war die Cellerarin und hatte damit nach der Priorin das höchste Amt im Kloster inne. Sie beaufsichtigte die Knechte, Mägde und Bauern, den Nutzgarten, die Landwirtschaft und die Gebäude, und da St. Frideswide zu klein war, um eine ihr untergebene Küchenmeisterin zu haben, bekleidete Schwester Alys dieses Amt ebenfalls – das hieß, sie war für Essen und Trinken, Feuerholz und die Küche selbst zuständig.

Das Eintreffen von Lady Ermentrude hatte sich bereits herumgesprochen, und Schwester Alys war in voller Fahrt. »Also jetzt sollen wir sie mit Speisen und Getränken versorgen, obwohl sie nicht nur blöde ist, sondern auch noch betrunken, was? Sie und diese großmäulige Bagage von Gefolge.« Schwester Alys knallte einen eisernen Rührlöffel auf einen Tisch, um ihren Zorn zu unterstreichen. Da sie eine große Frau war und mehr Muskeln als Fett hatte, verbog der Löffel sich sichtlich.

Die drei Laienschwestern und der stämmige Chefkoch, ein Mann, warfen einander Blicke zu und gingen weiter ihrer Arbeit nach. Schwester Alys Wutausbrüche waren ebenso gewaltig und ernstgemeint wie ihre spätere Reue, und selten fügte sie jemandem ernsthaften Schaden zu. Aber sie wollte stets lieber Dampf ablassen als sich beruhigen lassen oder irgendwelche hilfreichen Erwiderungen anzuhören, und niemand machte sich die Mühe, ihr zu antworten.

Jetzt bog sie den Löffel wieder gerade, wies mit ihm auf Thomasine, die zögernd im Türrahmen stehengeblieben war, und verkündete: »Du bist gekommen, um mir zu sagen, daß sie ihr Essen haben will, stimmt's? Na, du kannst ihr von mir ausrichten, daß sie schon früher Bescheid sagen muß, wenn sie will, daß ihr eine anständige Mahlzeit vor die Nase gesetzt wird. Ich wünschte bei Gott, es läge in meiner Macht, ihr das vorzusetzen, was sie verdient hat. Verdorbenen Fisch, verfaulte Äpfel und Spülwasser, das würde sie kriegen. Und ich würde mit einem Hackbeil neben ihr stehen, damit sie auch bestimmt alles aufißt und austrinkt!«

Sie hielt inne, um Luft zu holen. In die plötzliche Stille hinein sagte Martha Hayward, ohne von der Rührschüssel und ihrem Inhalt, den sie gerade schaumig schlug, aufzusehen: »Das würde reichen, um eine richtige Fehde zwischen den Godfreys und den Fenners auszulösen.«

»Was sagst du da?« erkundigte sich Schwester Alys entrüstet. »Es ist noch kein Blut vergossen worden, aber eine Fehde haben wir schon. Und das Blutvergießen wird auch noch kommen, und zwar bald, wenn sie nicht aufhören, uns unseren Besitz streitig zu machen!«

Martha war kühn genug, Schwester Alys anzugrinsen, und erwiderte: »Und in der Zwischenzeit kassieren die Anwälte genug, um beide Familien zu ruinieren. Ja, ja, Anwälte lieben einen ordentlichen Streit zwischen mächtigen Familien.«

»Vergiß die Anwälte! Es ist Lady Ermentrude, die die treibende Kraft bei den Fenners ist, wenn es darum geht, sich etwas unter den Nagel zu reißen, das einem nicht gehört.

Und mögen ihre Seelen dafür in die Hölle geschickt werden, und die von Lady Ermentrude in den heißesten Teil. Amen. Sie ist eine Fenner, die einen Fenner geheiratet und Fenner-Bälger zur Welt gebracht hat, und das macht sie dreimal so schlimm wie jeden anderen von ihnen, und jetzt will sie ihr Abendessen, trallala. Ha!« »Sie ist nicht schlimmer als viele andere Edelfrauen«, sagte Martha Hayward halsstarrig. Sie war kleiner als Schwester Alys, aber fast so breit wie sie. Sie war massig und fett geworden, da es ihre Gewohnheit war, von allem, was ihrer Ansicht nach abgeschmeckt werden mußte, eine große Portion zu nehmen anstatt eine kleine Kostprobe. Zusätzlich zu ihren Pflichten in der Küche hatte sie kleine Aufgaben an sich gerissen, wie zum Beispiel die Pflege des Windhundes der Priorin, und tat so derartig vornehm, daß sie sich sicher genug fühlte, zu fast jedem unhöflich zu sein, außer zu der Ehrwürdigen Mutter selbst. Nur drei Dinge bewahrten sie davor, weggeschickt zu werden: ihre leichte Hand bei der Zubereitung von Pasteten, ihre Fähigkeit, aus einem Minimum an kostbaren Gewürzen ein Maximum an Geschmack herauszuholen, und die Tatsache, daß sie auf Lady Ermentrudes Ersuchen hin in St. Frideswide war, wie sie bei jeder Gelegenheit gern erwähnte. »Mein Leben lang bin ich in ihren Diensten gewesen. Ich bin nur gegangen, weil sie nach dem Tod ihres Mannes, Gott gebe ihm Frieden, ihr Gefolge verringert hat und Hofdame bei der Königin wurde. Ich bin hier, weil sie darum gebeten hat, Gott segne sie. Also laßt mich Euch sagen, wenn Ihr es nicht bereits wißt ...«

Sie wußten es bereits. Jeder, der länger als eine Minute in Hörweite von Martha Hayward verbracht hatte, wußte alles über sie und alles, was sie über Lady Ermentrude und jede große Persönlichkeit zu erzählen wußte, die je ihren Weg gekreuzt hatte.

Schwester Alys knallte wieder den Rührlöffel hin, diesmal auf einen Topfdeckel, der jetzt von einem Kesselflicker ausgebessert werden mußte, und sagte lautstark über Marthas Wortstrom hinweg, während sie den Löffel geradebog: »Also, was stehst du da wie ein verschrecktes Schaf, Kind? Was will ihre Ladyschaft diesmal? Johannisbrot und frischgeschlagene Sahne?«

»Sie ist krank«, sagte Thomasine hastig. »Schwester Frevisse möchte warme Milch mit Honig und eingeweichtem Weißbrot für sie haben.«

»Das ist eine nette Art, es auszudrücken«, schnaubte Schwester Alys. »›Betrunken‹ war das Wort, das wir hier in der Küche gehört haben. Also mach voran! Du weißt doch selbst, wie es geht, oder nicht? Nein, nicht mein frischgebackenes Brot«, fügte sie hinzu, als Thomasine auf die Reihen abkühlender Brotlaibe zuging, die für das Nachtmahl der Nonnen ins Refektorium gebracht werden würden. »Ach, egal, es geht schneller, wenn ich es selber mache.«

Schwester Alys, die halb mit sich selbst sprach, ging zu dem Bord neben einem Schrank und nahm einen halben Laib Brot herunter. »Das von letzter Woche ist gut genug für eine Frau, die zu ›krank‹ ist, um den Unterschied zu bemerken. Das Brot wird ja sowieso in der Milch eingeweicht. Und wo ist jetzt dieser Milchkrug – ah.« Der kleine Krug stand zum Warmhalten auf dem Herd. Schwester Alys nahm eine saubere Tonschüssel von einem Regal. Sie brockte das Brot hinein und goß die warme Milch darüber. Der Honig war in einem anderen Schrank; sie löffelte einen Schlag in die Mischung und rührte um, bis das Brot weich zu werden begann.

Die ganze Zeit über tauschten sie und Martha Hayward Kommentare darüber aus, ob es eine Fehde geben würde oder nicht und wie tief Lady Ermentrude in diese Fehde verstrickt war. Gerade, als Schwester Alys nach der Schale griff, um sie Thomasine in die Hand zu drücken, hielten beide inne. »Hört«, sagte Schwester Alys.

Aber alle hatten bereits den Kopf gewandt und lauschten mit offenen Mündern. Denn irgendwo schrie jemand. Der hohe und langgezogene Schmerzensschrei, gedämpft durch Entfernung und dicke Steinmauern, wurde leiser und wieder lauter.

»Bleibt, wo ihr seid!« Schwester Alys schlug mit dem Rührlöffel nach dem Küchenpersonal, das zur Tür zu stürzen begann. »Was immer dieser Krawall zu bedeuten haben mag, es geht euch nichts an, und niemand kann einen Haufen von Idioten brauchen, die im Weg rumstehen! Es gibt massenhaft Arbeit, und ihr werdet alle genau hier bleiben!«

Die Köche und Mägde blieben stehen – mit Ausnahme von Martha Hayward. Sie war schon fast an der Tür und rannte weiter, mit einer Geschwindigkeit und Anmut, die überraschend war für eine Frau mit ihrem Gewicht. Sie wurde nicht mal langsamer, als Schwester Alys hinter ihr herrief, sie solle zurückkommen. Thomasine umklammerte die Schale mit warmer Milch, Brot und Honig und blieb wie angewurzelt neben einem der Tische stehen. Sie wagte nicht, sich zu rühren – und wollte es auch nicht. Für diesen Tag hatte sie genug von Lärm und Wahnsinn.

Aber Schwester Alys sah sich wütend nach ihr um und rief: »Wieso stehst du hier rum, als hättest du Wurzeln geschlagen? Hat man dich nicht losgeschickt, um eine Schale warmer Milch zu holen? Los, geh! Wenn dieser üble Lärm von Lady Ermentrude stammt, was sehr wahrscheinlich ist, so häßlich, wie sich das anhört, wird man etwas brauchen, das ihr den Mund stopft.«

Sie unterstrich ihren Befehl durch einen Stoß mit dem Rührlöffel, und Thomasine hastete aus der Küche. Aber sobald sie aus Schwester Alys Sichtweite war, verlangsamte sie ihre Schritte. Sie konnte wilde Rufe und Geschrei im Hof vor dem Kloster hören und ging noch etwas langsamer, aber nur zu bald war sie an der Pforte angekommen, die in den Hof führte. Sie stand weit offen, und davor stand Martha Hayward und bewunderte glücklich das Geschiebe und Gedränge von Lady Ermentrudes Leuten, die sich auf das Gästehaus zubewegten, aufgeregt schrieen oder ein Vaterunser für die Rettung der Seele brüllten, die offensichtlich gerade vorzeitig von ihrer sterblichen Hülle getrennt wurde. Ein halbes Dutzend von Lady Ermentrudes zwölf kleinen Schoßhunden, die zweifellos in der ersten Überraschung losgelassen worden waren, hatten ihre Leinen um die Beine gewickelt und kämpften jetzt munter miteinander oder kläfften vor Schmerz, wenn sie einen Tritt bekamen.

Ein wütender Reitknecht versuchte, die Pferde von Isobel und Sir John aus dem plötzlich entstandenen Aufruhr herauszuführen, und es hätte Verletzte gegeben, wenn die verängstigten Tiere nicht zu erschöpft gewesen wären, um mehr zu tun, als sich halb aufzubäumen und zu versuchen auszubrechen. Sir John und Isobel, deren Anwesenheit vielleicht Ordnung in das Chaos gebracht hätte, waren nicht in Sicht.

Und über allem Lärm und Durcheinander drang Schrei um Schrei aus einer Kehle, die vor Schrecken und Angst fast barst.

»Gott!« staunte Martha Hayward. »Diesmal veranstaltet sie aber wirklich einen ganz schönen Aufruhr. Kommt, Mylady, laßt uns nachsehen, was los ist.«

Thomasine wollte sich weigern, aber ihr fiel keine Ausrede ein. Außerdem hatte Schwester Frevisse sie gebeten, warme Milch mit eingeweichtem Brot zu holen, und Gehorsam war das einzige, woran sie sich in diesem Chaos festhalten konnte. Sie drückte die Schale mit beiden Händen gegen ihre Brust und folgte Martha wie ein kleines Ruderboot im Kielwasser eines Frachtkahns. Martha zwängte sich mühelos durch das Gewühl der Dienstleute, die jedem, der kleiner und weniger entschlossen gewesen wäre, den Weg versperrt hätten. Sie schubste grob eine Gruppe von Leuten aus dem Weg, die die Treppe zum Gästehaus blockierten, so daß sie und Thomasine ungehindert die Stufen hinaufsteigen konnten. Oben stand ein Mann in Lady Ermentrudes Livree und verwehrte allen den Einlaß.

Thomasine blickte hoch, an Marthas massiger Gestalt vorbei, und erkannte den jungen Mann, der ihr vorhin geholfen hatte. Jetzt weigerte er sich, irgend jemanden in die Halle zu lassen. Das Gesicht gerötet vor Anstrengung, die blauen Augen leuchtend vor der Herausforderung, sagte er »Halt!«, als Martha Hayward sich wortlos an ihm vorbeidrängen wollte. Er sah aus, als wäre er entschlossen standzuhalten, aber Martha wandte sich um, packte Thomasine bei der Schulter und zog sie nach vorn. »Nein, seht Ihr, ich habe Thomasine hergebracht, Lady Ermentrudes Lieblingsnichte. Schwester Frevisse hat sie gebeten, Eurer Herrin warme Milch zu bringen, und hier ist sie. Laßt uns durch.«

Der junge Mann runzelte die Stirn, dann nickte er und trat mit einer zögernden Verbeugung zur Seite. Martha drängte sich mit Thomasine im Schlepptau an ihm vorbei.

In der Halle verteilt standen ein paar von Lady Ermentrudes Bediensteten, die in horchender Stellung festgefroren zu sein schienen. Weitere waren, aufgeregt redend, vor derjenigen Tür versammelt, die in die beste Schlafkammer des Gästehauses führte. Von dort kam das Schreien, aber jetzt klang es gebrochen, als würden Kraft oder Atem zur Neige gehen.

Martha gab jeden Anschein von Höflichkeit auf, drängelte sich zur Tür durch und öffnete sie. Thomasine versuchte, sich zurückzuziehen. Sie wollte nicht sehen, was hinter der Tür war. Aber die jahrelange Küchenarbeit hatten Marthas Arm kräftig gemacht, und Thomasine war sehr viel leichter als ein Faß Salzheringe. Sie wurde hilflos in den Raum geschleppt, in den sie um keinen Preis der Welt gehen wollte.

Sie mußten vorgehabt haben, Lady Ermentrude zu Bett zu bringen. Sie hatten ihr Schuhe und Strümpfe ausgezogen, Hut und Schleier abgenommen und ihr Kleid oben geöffnet. Aber weiter waren sie nicht gekommen, bevor der Anfall kam. Lady Ermentrude lag auf dem Bett, den Rücken gegen das hohe, hölzerne Kopfteil gelehnt. Ihr Gesicht war purpurrot vor Anstrengung und Atemnot, und sie schlug wild mit Armen und Beinen nach jedem, der versuchte, in ihre Nähe zu kommen. Jetzt, da man in ihrer Nähe stand, konnte man einige Wortfetzen innerhalb ihres Gebrülls erkennen, sie faselte von Feuer, Brennen und ihrer Seele.

Schwester Frevisse auf einer Seite des Bettes und eine von Lady Ermentrudes Zofen auf der anderen Seite beugten sich über sie und machten einen verzweifelten Versuch, ihre Arme zu packen und sie festzuhalten. Aber sie hatten keine Chance gegen ihre Körperkraft, die ihren Ursprung jenseits aller Vernunft hatte. Ihre Versuche schienen Lady Ermentrude in nur noch wildere Raserei zu versetzen. Sie zerrte ihre Hand aus Frevisses Griff und deutete wild quer durch den Raum – auf gar nichts.

»Sie sinnnd daaaaaaa! Höllllen-Feeeuuuueer!« heulte sie.

Ihre Augen quollen hervor, der Kopf war so weit zurückgeworfen, daß die Sehnen ihrer Kehle zu sehen waren. Sie schnappte nach Luft, ihr Heulen rauh vor Verzweiflung. Sie holte Luft, und plötzlich waren die Worte klar zu verstehen: »Gott steh mir bei! Errette mich!«

Frevisse, die merkte, daß jemand ins Zimmer gekommen war, sah auf, und ihr Blick fiel auf das große, geschnitzte Kruzifix, das an der Wand hing. Sie ließ Lady Ermentrude los und riß es herunter. Das Kruzifix war bunt bemalt und lag schwer in ihrer Hand. Sie eilte zum Bett zurück und hielt es Lady Ermentrude vor die hervorgequollenen Augen. »Mylady, seht her!«

Lady Ermentrude, den Mund weit geöffnet in einem verzweifelten Versuch, gleichzeitig zu schreien und für den nächsten Schrei Luft zu holen, hustete erstickt. Ihre blicklosen Augen erspähten das Kruzifix und erkannten es, und ihre Hände tasteten blind danach, ergriffen es und zogen es zu sich heran. Unbeholfen und verzweifelt preßte sie es gegen ihre Lippen und küßte es. Es rutschte ab und seitwärts an ihrer Wange entlang, aber sie hielt es fest umklammert und sog keuchend Luft durch die Nasenlöcher ein, übermannt von der lange aufgeschobenen Notwendigkeit, einfach zu atmen.

In der bebenden Stille standen alle wie angewurzelt da und warteten. Lady Ermentrude verdrehte die Augen und sah Frevisse an. In ihrem Gesicht arbeitete es. In einem rauhen Flüsterton zwang sie die Worte heraus: »Höllen ... feuer ... laßt es ... aufhören.«

»Es hat aufgehört«, sagte Frevisse. »Wir haben es aufhören lassen.« Sie sprach mit leiser, beruhigender Stimme, aber Lady Ermentrudes Augen verloren den wilden, fordernden Blick nicht. Im gleichen Ton sagte Frevisse: »Jemand soll Schwester Claire sagen, sie soll sich beeilen. Und sucht Vater Heinrich.«

Weder Lady Ermentrudes Kammerzofe noch die Dienstmagd, die sich an die Wand neben dem Bett drückten, rührten sich von der Stelle, wahrscheinlich aus Angst davor, daß das Schreien wieder losgehen könnte. Frevisse verstand diese Angst, sie stand ja selbst ganz regungslos. Aber sie riskierte es, den Blick abzuwenden und Sir John und Lady Isobel anzusehen. Sie hatten versucht zu helfen, Lady Ermentrude zu Bett zu bringen, als die Raserei begann. Jetzt standen sie an der rückwärtigen Wand des Zimmers, Lady Isobel eng an ihren Mann geschmiegt, gehalten von seinen schützenden Armen, obwohl auch sein Gesicht schreckensbleich war.

Hinter ihnen, in der Tür, standen Martha Hayward – natürlich, dachte Frevisse – und Thomasine. Keine der beiden hatte soviel Verstand besessen, die Tür hinter sich zuzumachen, und Schaulustige standen dicht gedrängt davor. Keiner sah aus, als sei er fähig zu helfen.

»Martha«, sagte sie, immer noch sorgsam auf ihren Ton bedacht. »Ich brauche Schwester Claire und Vater Heinrich. Geh jetzt. *Sofort.*«

»Dämonen«, unterbrach Thomasine in einem lauten Flüsterton. »Sie hat Dämonen gesehen.«

»Das hat sie nicht«, erwiderte Frevisse entschieden. Sie richtete ihre Aufmerksamkeit schnell wieder auf Lady Ermentrude, die immer noch das Kruzifix umklammert hielt. Ihre Augen waren jetzt fest geschlossen.

»Dämonen«, wiederholte Thomasine und kam näher, die Schale Milch fest an sich gedrückt. Ihr blasses Gesicht, eingerahmt von dem weißen Schleier, wirkte schmal und angespannt. »Sie ist böse, und Dämonen sind gekommen, um ihre Seele zu holen.«

Lady Ermentrude begann zu wimmern. Im ganzen Raum und draußen vor der Tür bewegten sich Hände und bekreuzigten sich.

Frevisse sagte energisch: »Das ist nicht wahr.«

Lady Ermentrudes Mädchen gab ein trockenes, verängstigtes Schluchzen von sich. »Aber sie hat das Feuer der Hölle gesehen. Das hat sie gesagt. Und sie konnte nicht aufhören zu schreien, bis Ihr ihr das Kruzifix gegeben habt. Das haben wir gesehen!«

Lady Ermentrude begann leise vor sich hinzujammern, und Frevisse sagte zornig: »Wenn Dämonen hier wären, würde das Kreuz sie in Schach halten! Martha, ich habe doch gesagt, wir brauchen den Priester und Schwester Claire!«

Martha nickte wortlos und ging rückwärts zur Tür hinaus. Aber sie mußten bereits in der Gästehalle gewesen sein, denn Martha war kaum außer Sicht, als Vater Heinrichs Stimme zu hören war: »Ja, ja, Martha. Du wartest hier draußen.« Und einen Moment später schob er die zusammengedrängten Dienstleute zur Seite und kam in den Raum, groß und tröstlich. Er trug bereits seine priesterliche Stola und hatte den kleinen Kasten bei sich, in dem alles war, was für die Sterbesakramente benötigt wurde. Schwester Claire, die hinter ihm hereinkam, trug ihren Arzneikasten, und Frevisse hätte nicht sagen können, wen von beiden sie mit größerer Erleichterung kommen sah.

Vater Heinrich schloß die Tür vor der Nase der Schaulustigen, einschließlich Martha. Lady Ermentrudes Wehklagen wurde zu einem leisen Jammern, und Frevisse sagte langsam und mit leiser, ruhiger Stimme zu Schwester Claire: »Sie ist betrunken. Sie kam vor ungefähr einer halben Stunde betrunken in den Hof geritten, und dann begann sie zu schreien und zu toben.«

»Es sind Dämonen«, warf Thomasine ein.

»Wenn du das noch einmal sagst, werde ich dafür sorgen, daß die Ehrwürdige Mutter dich bis Allerheiligen auf Wasser und Brot setzt«, sagte Frevisse mit der monotonen, schneidenden Stimme, die sie gebrauchte, wenn sie am Ende ihrer Geduld war.

Schwester Claire ignorierte beide, kam zum Bett und musterte Lady Ermentrude schweigend.

»Sie ist v-verrückt«, sagte Lady Isobel. Das dritte Wort kam langgezogen, dünn und gebrochen heraus, und sie verbarg ihr Gesicht an der Schulter ihres Mannes.

»Vielleicht«, antwortete Schwester Claire mit ihrer tiefen Stimme. Sie legte die Hand auf Lady Ermentrudes Stirn. »Es ist wahr, daß Menschen, die seit Jahren viel getrunken haben, oft von üblen Visionen geplagt werden. Außerdem hat sie Fieber.«

Sie fühlte Lady Ermentrudes Handrücken. Lady Ermentrude zuckte zurück, und ihre Knöchel wurden weiß, als sie das Kruzifix noch fester umklammerte.

»Nein, ihre Hände sind eiskalt.« Schwester Claire sah Frevisse an. »War sie schon so, als du versucht hast, sie auszuziehen?«

Frevisse nickte. »Heiß wie frischgebackenes Brot, kalt wie die Erde im Herbst.«

Schwester Claire sah die Zofe an, die auf der anderen Seite des Bettes stand. Wenn sie nicht gerade zu Tode erschrocken war, war sie wahrscheinlich sogar eine schöne Frau. »Hast du sie je zuvor so erlebt?«

Die Frau schüttelte den Kopf. »Nein, Schwester, aber ich

bin auch erst seit einer Woche bei ihr.« Sie war eine der Frauen, die vor einer halben Stunde mit Lady Ermentrude in den Hof geritten waren. Obwohl sie eindeutig verängstigt war, hatte die Notwendigkeit, Schwester Claires Fragen zu beantworten, eine beruhigende Wirkung auf sie. Sie riß sich zusammen und fuhr fort: »Auf dem Ritt heute morgen hatte sie eine Flasche Wein bei sich. Ich weiß nicht genau, wieviel sie getrunken hatte, als sie die Flasche auf einen Stein fallenließ, wo sie zerbrach.«

Martha, die die Tür einen Spalt geöffnet und den Kopf hindurchgesteckt hatte, meldete sich zu Wort. »Ich war sieben Jahre bei ihr, und ich kann sagen, daß sie öfters mehrere Flaschen auf einmal trank, aber das geschah gewöhnlich abends und am heimischen Herd. Und dann wurde sie sicherlich auch ein bißchen ungestüm und laut, aber so wie jetzt habe ich sie noch nie erlebt. Als ich diese furchtbaren Schreie hörte, schlug mir das Herz bis zum Hals, und ich wußte, daß meine Herrin unter Schmerzen litt, wie sie sie noch nie zuvor verspürt hatte.« Aber sie starrte Lady Ermentrude mit greulicher Befriedigung an.

Frevisse fing den Blick auf und bedeutete ihr mit einem Stirnrunzeln, den Mund zu halten. Martha erwiderte ihren Blick, zog sich aber zurück und schloß die Tür hinter sich.

Schwester Claire sah Lady Isobel und Sir John an. »Sie war gestern abend bei Euch? Hat sie getrunken? Was hat sie gegessen? Hatte sie getrunken, als sie Euch heute morgen verließ?«

»Sie hat zum Nachtmahl einen Becher Wein getrunken, und sie hat nur das gegessen, was wir alle gegessen haben, und zwar sehr wenig davon«, antwortete Sir John. »Sie hatte einen Wutanfall und war zu sehr damit beschäftigt, uns zu beschimpfen, um viel zu essen oder zu trinken. Sie hat uns heute morgen verlassen, ohne etwas zu sich zu nehmen. Sie hat lediglich etwas Wein mitgenommen und ist davongeritten.«

»Wir hatten Angst um sie«, sagte Lady Isobel. Sie sprach hastig, in ihren Augen schimmerten ungeweinte Tränen. »Sie hat ständig auf uns eingeredet und uns nicht zugehört. Sie hat wilde, unmögliche Sachen gesagt. Häßliche Sachen.« Ihr Kopf sank herab, und Sir John umfing sie fester. Er sah die Zuhörer an, als wäre es ihre Schuld, daß seine geliebte Gemahlin Kummer hatte. Seine Umarmung gab ihr neuen Mut, und sie hob das Kinn und fuhr fort: »Wir haben versucht, sie zu beruhigen – die Dienstboten, wißt Ihr; sie klatschen gern und wiederholen alles, was sie hören. Aber es war sinnlos. Sie ist bis spät in die Nacht auf uns losgegangen, und heute morgen fing sie wieder an. Ich bezweifle, daß sie viel geschlafen hat, wenn überhaupt, denn heute morgen war sie noch genauso in Rage wie gestern. Wir wollten sie zum Bleiben bewegen, aber sie ritt los, immer noch rasend vor Wut. Wir hatten Angst um sie, John und ich, als sie so losritt. Wir hatten Angst, sie könnte auf dem Weg krank werden ....« Isobel machte eine vage Geste. »Ihr Herz. Oder ein Sturz. Sie kann ein Pferd zu Schanden reiten, wenn sie einen Tobsuchtsanfall hat. Sie ist nicht mehr jung, und sie gibt nicht immer gut acht auf sich. Und jetzt sagt Thomasine, daß sie hierherkam und schwor, sie würde sie aus dem Kloster nehmen. Ich habe einmal einen Verrückten gesehen. Es war furchtbar. Er war genauso wie-« Sie sah Lady Ermentrude an und schwieg bedeutungsvoll.

»Was immer sie hat, sie ist sehr krank«, sagte Schwester Claire ruhig und kategorisch. »Und nicht nur im Kopf.« Sie hatte Lady Ermentrude weiter untersucht, so gut, wie sie es anstandsgemäß tun konnte, solange Männer im Raum waren. Jetzt drängte sie sie sanft, sich flach hinzulegen und sich zudecken zu lassen. »Es ist nicht das Herz, sonst würde sie nicht so toben. Auch kein Schlaganfall, denn der läßt das Opfer hilflos zurück, und das ist sie nicht. Es könnte ein Fieber sein. Aber es ist ein sonderbares Fieber, bei dem Hände und Füße eiskalt bleiben.« Schwester Claire dachte offensichtlich laut nach.

»Vielleicht ist sie lediglich betrunken«, schlug Sir John hoffnungsvoll vor.

»Alkohol kann die unterschiedlichsten Auswirkungen haben.« Schwester Claire nickte. »Das hier mag ohne weiteres eine davon sein. Aber was immer es ist, sie ist jetzt ruhig und muß weiter ruhiggehalten werden, damit sich nicht noch verschlimmert, was bereits schlimm genug ist. Thomasine.« Sie sah Thomasine an, die immer noch am Fußende des Bettes stand.

Langsam wandte Thomasine die Augen von ihrer Großtante und sah die Ärztin an.

»Thomasine«, wiederholte Schwester Claire, »ich brauche das Kästchen, das auf dem hinteren Regal im Hospital steht. Das graue Kästchen, auf dessen Deckel Borretschblüten gemalt sind. Du hast mir geholfen, die Mischung herzustellen, erinnerst du dich? Baldrian für die Nerven und Borretsch gegen die Melancholie. Bring es her. Und das Pulver muß mit Wein vermischt eingenommen werden. Ich habe keinen mehr im Hospital, also wirst du dir alle drei Schlüssel zur Weintruhe besorgen müssen. Du wirst Priorin Edith fragen müssen, dann Schwester Alys und Schwester Perpetua.«

Isobel regte sich in den Armen ihres Mannes. »Wir haben etwas Malmsey mitgebracht, für den Fall, daß es uns gelingen würde, Frieden mit ihr zu schließen. Es ist einer ihrer Lieblingsweine. Ich werde ihn holen.«

Aber Sir John sagte mit einer Geste: »Warte. Dessertwein ist vielleicht nicht das richtige.«

»Malmsey ist gut, und es spart Zeit«, entgegnete Schwester Claire. »Meinen Dank. Also nur das Kästchen, Thomasine. Was hast du da in der Hand?«

»Milch mit Honig und eingeweichtem Weißbrot, Schwester.«

»Gut. Laß es hier, wir werden es vielleicht brauchen. Geh jetzt. Beeil dich.«

Frevisse nahm Thomasine die kleine Schüssel aus den steifen Händen. Thomasine machte einen korrekten Knicks vor Schwester Claire und zog sich rückwärts vom Bett zurück, als hätte sie Angst, Lady Ermentrude den Rükken zuzukehren. Erst als sie gegen die Tür prallte, drehte sie sich um, tastete nach dem Türgriff und eilte so schnell davon, daß sie eher zu fliehen als Schwester Claire zu gehorchen schien.

Frevisse setzte die Schale behutsam auf dem Tisch ab, der vor der Wand stand. Vater Heinrich, der die ganze Zeit abgewandt dagestanden und leise gebetet hatte, hob den Kopf und fragte: »Wird sie leben?«

»Ich weiß es nicht. Sie ist sehr krank«, antwortete Schwester Claire. »Aber Blut, Herz und Atem sind kräftig. Und sie ist jetzt ruhig. Das ist eine Hilfe, wenn ihr Kopf klar bleibt.«

Lady Ermentrude gab ein leises Wimmern von sich und wandte mit geschlossenen Augen den Kopf, dem Klang von Vater Heinrichs Stimme nach. »'nd Teufel unter uns«, krächzte sie.

»Dann wollt Ihr bestimmt, daß unser Priester für Euch betet«, sagte Frevisse vernünftig.

Vater Heinrich kam herbei, stellte sich neben das Bett und suchte mühsam nach den lateinischen Worten, während er ein Kreuz über dem Bett schlug. »*In nomini Patris, et Filios, et Spiritu Sanctos, amen*", intonierte er.

Frevisse zuckte zusammen, als sie das falsche Latein hörte, aber Lady Ermentrude löste mit großer, krampfartiger Anstrengung eine ihrer Hände vom Kruzifix und streckte sie nach ihm aus, tastete blind herum, bis sie seinen Arm fand, und bohrte die Finger in seinen Ärmel. Ihr Mund arbeitete und die Sehnen an ihrem Hals schwollen vor Anspannung an, aber alles, was sie zuwegebrachte, war ein gurgelndes Krächzen. Ihre Augen traten vor Anstrengung und Panik aus ihren Höhlen. Das Gurgeln wurde zu einem Zischen. Schwester Claire machte eine Bewegung, als wolle sie Lady Ermentrude beruhigen, aber etwas in dem Zischen ergab für Vater Heinrich einen Sinn. Er beugte sich über Lady Ermentrude und sagte: »Sünde. Es ist die Sünde, die Euch ängstigt?«

Lady Ermentrudes Kopf zuckte zustimmend. Ihre Kehle arbeitete, und die Muskeln traten hervor.

»Wir alle leben in Angst vor der Sünde, Mylady«, sagte Vater Heinrich. Er tätschelte die Hand, die sich an ihm festkrallte. »Aber ich werde für Euch beten. Möchtet Ihr die Beichte ablegen?«

»Sssünde«, brachte Lady Ermentrude zischend hervor. »Ssssschlimmere Sssssünden ...« Zorn verdunkelte ihr Gesicht, und ihr Blick kroch durch den Raum. Ihre Hand zuckte, ließ Vater Heinrichs Ärmel los und umklammerte ihre Kehle. »... alsssss meiiiine«, stieß sie pfeifend hervor. »Sssschlimmmmer alsssss meiiine.«

Unter dem Zorn lag Angst. Sie glitzerte in Lady Ermentrudes Augen, als sie wieder den Priester ansah. Sie ließ zu, daß er ihre Hand nahm, während er beruhigend sagte: »Alle Sünden werden zur rechten Zeit vor Gott gebracht, und es gibt keine Sünde, die Er nicht vergeben wird, wenn wir ihn darum bitten. Es sind Eure eigenen Sünden, mit denen wir uns jetzt beschäftigen müssen. Möchtet Ihr, daß ich Euch die Absolution erteile?«

Lady Ermentrude brachte ein unsicheres Nicken des Kopfes zustande. Vater Heinrich öffnete das Holzkästchen und nahm zwei kleine Bienenwachskerzen heraus, die bereits in silbernen Kerzenleuchtern steckten. Er stellte sie auf den Tisch, neben die Schale mit der Milch, und Frevisse hielt ein dünnes Holzscheit in den Kamin und zündete die Kerzen an, während er eine kleine Glasflasche mit Salböl, eine mit Weihwasser und ein faustgroßes Stück frisches Brot hervorholte. Seine geübten Bewegungen hatten etwas Tröstliches. Vater Heinrich war bereits seit ein paar Jahren in St. Frideswide, und Frevisse hatte festgestellt, daß sein Verstand nicht besonders scharf und sein Glaube nicht besonders tief war, daß aber das, was vorhanden war, in den meisten Situationen stark genug war. Und genau das war es, was Lady Ermentrude jetzt brauchte: Stärke.

Ruhig bedeutete Frevisse Lady Ermentrudes Frauen sowie Isobel und Sir John, den Raum zu verlassen. Keiner schien dazu bereit zu sein, bis Schwester Claire sanft Lady Isobel am Ellbogen nahm und sie zur Tür führte. Sir John, den Arm immer noch zärtlich um seine Frau gelegt, ging mit ihr, und die Dienerin folgte ihnen dicht auf den Fersen. Nur die dunkelhaarige Zofe zögerte weiterhin, bis Frevisse eine schärfere, befehlende Geste machte. Mit einem Seitenblick auf ihre Herrin gehorchte sie. Frevisse folgte ihr, um sicherzustellen, daß niemand vor der Tür herumlungerte, um zu lauschen.

Das wirre Knäuel von Dienstleuten vor der Tür zog sich zögernd zurück und ließ ihnen etwas freien Raum. Schwester Claire sagte zu der Zofe und der Dienerin: »Sie wird euch jetzt eine Weile nicht brauchen. Geht und versichert den anderen, daß sie lebt und jetzt ruhig ist. Sie hatte einen Alptraum, weiter nichts. Wir können keine törichten Gerüchte brauchen, die wie ein Lauffeuer durchs Kloster laufen.«

Die Dienerin knickste, aber die Zofe sagte fest: »Es ist meine Aufgabe, bei ihr zu bleiben. Am besten bleibe ich und gehe wieder zu ihr hinein, sobald es erlaubt ist. Du tust, was die Dame dir sagt«, fügte sie an die Dienerin gewandt hinzu.

Die Dienerin, sichtlich erfreut über diesen Befehl, ging und wurde sofort von den anderen Bediensteten umlagert. Eine kleine Welle leiser Fragen folgte ihr, und Frevisse wußte, daß trotz Schwester Claires Worten die Neuigkeit, daß Lady Ermentrude von tanzenden Dämonen und den Flammen der Hölle umringt gewesen sei, bis Vater Heinrich sie mit Gebet und Weihwasser vertrieben hätte, spätestens bei Einbruch der Dunkelheit bis ins Dorf gelangt sein würde. Schwester Claire und Frevisse wandten sich zum Gehen. Sir John blieb stehen, fuhr mit der Hand an seinen Kiefer und zuckte zusammen. »Wird sie leben?« fragte er mit schmerzgepeinigter Stimme.

Schwester Claire dachte nach, bevor sie langsam antwortete: »Es gibt keinen Grund, warum sie das nicht sollte. Herzschlag und Puls sind kräftig. Es ist ihr Geist, der am meisten gelitten zu haben scheint, und das wird von selbst heilen, wenn es nur an ihrer Trunkenheit liegt.«

»Dann wird sie wieder gesund werden?« fragte Lady Isobel beharrlich nach.

»Die Chancen stehen gut, obwohl wir es vielleicht nicht vor dem Morgen wissen werden. Oder später. Thomasine,

Gott segne dich dafür, daß du dich so beeilt hast.« Sie streckte die Hand nach dem Kästchen aus, das Thomasine ihr reichte, etwas atemlos vom Laufen. »Wir haben etwas, das ihr Schlaf bringen wird, und der Schlaf kann ein besseres Heilmittel sein als manches andere.«

»Der Wein. Das hatte ich fast vergessen.« Lady Isobel löste sich von ihrem Mann. »Ich werde ihn holen.«

»Nein, das mache ich«, bot er schnell an, zuckte aber wieder schmerzlich zusammen, und sie legte eine Hand auf seinen Arm und lächelte zu ihm auf.

»Du willst doch nicht, daß die kalte Luft draußen an deinen Zahn kommt. Außerdem weiß ich, in welcher Satteltasche der Wein ist. Du wartest hier, Liebster.«

Hinter den Klostermauern begannen die Glocken zur spätnachmittäglichen Vesper zu rufen. Schwester Claire erklärte: »Geht jetzt, Schwester Frevisse. Laßt Thomasine hier bleiben, sie kann mir helfen. Wenn Vater Heinrich fertig ist, will ich Lady Ermentrude die Arznei geben und sehen, ob ich ihr etwas von der Milch und dem eingeweichten Brot einflößen kann. Wir werden nachkommen, wenn wir können.«

»Ich bleibe ebenfalls, mit Eurer Erlaubnis«, warf Martha Hayward ein, die sich zu dem Grüppchen um Schwester Claire durchdrängte. »Ich kenne ihre Eigenheiten besser als jeder andere, und ich kann ihr Sachen aus dem Kloster holen, besser als die Leute, die jetzt um sie sind. Das wird Thomasines Füße ein wenig schonen.«

»Und wenn ich den Wein geholt habe, werde ich ebenfalls bei ihr bleiben«, erklärte Lady Isobel. »Oder wir können uns abwechseln. Was auch immer los ist, sie ist meine Tante, und wir sind es ihr schuldig. Das heißt, wenn Ihr einverstanden seid?«

»Mit Sicherheit«, sagte Schwester Claire. »Es ist gut.«

Frevisse dachte, daß sie die Angelegenheit auch ohne sie gut im Griff zu haben schienen, bekundete mit einem Nikken ihre Zustimmung und ging zur Kirche.

Die Vesper, in der zwischen den Gebeten vier Psalmen gesungen wurden, gehörte zu den längeren Gottesdiensten eines jeden Tages. In ihren ersten Monaten im Kloster, als sie noch Novizin war und zwar Ideale besaß, aber nichts über die Hintergründe des Klosterlebens wußte, hatte Frevisse sich über die Störung bei den regelmäßig am Nachmittag zu verrichtenden Arbeiten durch die Vesper geärgert. All die anderen Gottesdienste hatten Sinn für sie gemacht und waren ihr eine Freude gewesen, sogar die Vigilien und die Laudes, für die sie sich um Mitternacht aus dem Bett quälen mußte. Das Chorgebet in den dunklen Stunden der Nacht, in denen die Kirche mit den Schatten des Jenseits erfüllt zu sein schien, die um die kleinen Mulden goldenen Kerzenlichts am Altar lauerten, wenn der Schlaf ihren Geist von allem befreit hatte außer von dem Bedürfnis, die Liturgie und die Gebete zu singen, war die wundersame Stunde, während der Gott überall um sie herum gegenwärtig war.

Aber die Vesper fand am späten Nachmittag statt, wo alle noch mit ihrem Tagewerk beschäftigt waren. Die Nonnen eilten aus allen Teilen des Klosters in die Kirche, und Frevisse mußte fast immer eine Arbeit halb erledigt liegenlassen und sie später, nach der Ablenkung durch das Gebet, fertigmachen. Sie hatte schweigend Buße für ihren Ärger getan, aber als das nicht half, war sie schließlich gezwungen gewesen, das Gefühl Schwester Perpetua gegenüber einzugestehen, die damals gerade Novizenmeisterin geworden war.

»Die Vesper stört«, hatte sie sich beschwert. »Sie stört mich bei allem, womit ich mich zu dieser Zeit beschäftige.«

»Aber ist Beten nicht das, womit wir uns beschäftigen sollten?« hatte Schwester Perpetua gefragt. Sie hatte eine instinktive Begabung dafür zu erkennen, wie sie einer Novizin das Notwendige beibrachte, indem sie das Wesen, die Bedürfnisse und die Stärken der jeweiligen Novizin berücksichtigte. Einige mußten angeleitet werden, andere benötigten nur einen Anstoß. Sehr wenige konnten herausgefordert werden. »Oder bist du vielleicht aus einem anderen Grund hier, als Gott zu dienen?«

Frevisse, angestachelt, ihre Denkweisen zu hinterfragen, hatte schließlich zugegeben – wenn auch zunächst alles andere als bereitwillig –, daß die Vesper am Ende des arbeitsreichen Nachmittags ihren Sinn hatte: die Erinnerung daran, daß es wichtigere Dinge für die unsterbliche Seele gab als die vorübergehenden Bedürfnisse des Alltags.

»A solis ortu usque ad occasum, laudabile nomen domini.« Vom Aufgang der Sonne bis zu ihrem Niedergang sei gelobet der Name des Herrn.

Sie sangen die Worte in Latein, aber Frevisse übersetzte sie im Geiste ins Englische, teilweise mit Hilfe des bißchen Lateins, das sie konnte, aber hauptsächlich durch ihre vielgeliebte Bibel, die verboten war, weil es eine von Wycliffes englischen Bibelübersetzungen war. Aber ihrem Gefühl nach konnte es keine Sünde sein, die Herrlichkeit der Worte zu verstehen, die sie sang, egal, wie sie zu diesem Verständnis gelangt war. Sie verwob ihre Stimme mit den Stimmen der anderen Nonnen zu einem Vorhang des Lobes Gottes, vertraut und geübt, warm in den grauen Schatten des Nachmittags.

Schwester Claires Anwesenheit bemerkte sie, als sie deren überraschend süßen, klaren Alt vernahm, mit dem sie jede Note ebenso präzise sang, wie sie ihre Arzneien dosierte.

»*Non nobis, Domine, non nobis: sed nomini tuo da gloriamo.*« Nicht uns, Herr, nicht uns, sondern Deinem Namen sei die Ehre, für die Liebe, mit der Du uns geliebt hast. Amen.

Die letzten Töne des Gottesdienstes verklangen leise unter dem hohen Kirchendach und den Steinmauern. Langsam, steif vom Alter und dem langen Sitzen, erhob sich Priorin Edith, und die Nonnen erhoben sich ebenfalls und zogen in einer stillen Prozession aus der Kirche in den Kreuzgang. Bald würde es das Nachtmahl geben, die gewohnt karge Kost von Käse, Äpfeln und dem Brot, das vom Mittagessen übriggeblieben war. Dann konnten sie sich ausruhen oder in dem kleinen Klostergarten oder dem Obstgarten spazierengehen, um über den Tag nachzudenken und, eine Lockerung der Ordensregel, sich zu unterhalten. Heute jedoch würde Frevisse zu den Gästehallen zurückkehren müssen, um nachzusehen, ob es dort noch etwas zu tun gab. Danach kam der letzte Gottesdienst des Tages, die Komplet, und dann würden sie zu Bett gehen.

Im Kreuzgang knieten sie alle nieder, um den Segen der Ehrwürdigen Mutter zu empfangen. Sie hatte bereits die Hände erhoben und zu sprechen begonnen, als die Pforte zum Hof zugeknallt wurde und alle zusammenschrecken ließ. Eilige Schritte waren zu hören, und eine Frau in Lady Ermentrudes Livree stürzte in den Kreuzgang.

»Sie erstickt!« schrie sie. »Sie stirbt! Der Priester sagt, Ihr müßt kommen. Schnell!«

Frevisse sah, wie Priorin Edith ihr mit erhobenen Augenbrauen die Erlaubnis gab, zu gehen. Sie verließ ihren Platz in der Reihe, aber Schwester Claire hatte nicht einmal darauf gewartet, sie rannte bereits den Kreuzgang herunter. Die anderen Nonnen machten verwirrt Anstalten, sich zu erheben, aber Priorin Edith ließ sie mit einer einzigen Geste wieder niederknieen und schweigen. Das Alter hatte ihre Autorität nicht vermindert.

Frevisse überholte Schwester Claire bei der Klosterpforte. Sie kamen gemeinsam in den Hof und verschwendeten keine Zeit an irgend jemanden, als sie über den Hof hasteten. Im Gästehaus hatte sich der Großteil von Lady Ermentrudes Leuten zum Nachtmahl an den Tischen niedergelassen. Köpfe drehten sich, als Frevisse und Schwester Claire den Raum durchquerten. Sie rannten nicht mehr, gingen aber zu schnell, um unbemerkt zu bleiben. Frevisse sah, wie Sir John sich von seinem Platz am Kopfende der Tafel erhob, als sie und Schwester Claire die Tür von Lady Ermentrudes Kammer erreicht hatten.

Schwester Claire blieb wie angewurzelt in der Tür stehen und zwang Frevisse, einen Schritt zur Seite zu gehen, um nicht gegen sie zu prallen. Dann blieb sie ebenso abrupt stehen.

Vater Heinrich, der neben dem Bett gekniet hatte, erhob sich und schüttelte mit benommener Ungläubigkeit den lockigen Kopf. Lady Ermentrude lag aufgestützt auf den Kissen, den Kopf zur Seite gerollt. Ihre Hände umklammerten immer noch das Kruzifix, ihr Mund stand offen, und ihr schweres Atmen erfüllte den Raum. Auf dem Boden, zwischen ihr und Vater Heinrich, lag Martha Hayward. Ihre Beine waren weit gespreizt, vor der klaffenden Mundhöhle stand Schaum. Ihre Hände hatten sich wie Klauen in die Bodenmatten gekrallt, und aus dem erstickten, toten Purpurrot ihres Gesichts quollen ihre Augen blutunterlaufen hervor.

Frevisse blieb vor Widerwillen und Schrecken stehen und bekreuzigte sich dann, ebenso, um Buße für ihren Widerwillen zu tun wie um für Marthas Seelenheil zu beten. Schwester Claire, die sich von ihrer Reaktion auf den Anblick erholt hatte, ging und kniete an der Stelle nieder, an der Vater Heinrich gestanden hatte.

Fast ebenso schnell stellte Frevisse sich zwischen Martha und Thomasine, die viel zu nahe bei der Leiche auf dem Boden kauerte. Ein leises Wimmern drang aus ihrer Kehle, und sie hatte das Gesicht gegen die zum Gebet verschlungenen Hände gepreßt. Behutsam, um keinen hysterischen Anfall auszulösen, faßte Frevisse Thomasine bei den Schultern und sagte so sanft wie möglich: »Steh auf, sonst bist du Schwester Claire im Weg.«

Die Ärztin fühlte Martha den Puls und prüfte, ob sie noch

atmete, suchte nach einer Spur von Leben, wo ganz gewiß keins mehr war.

»Steh auf«, wiederholte Frevisse. Sie wollte Thomasine vor der Versuchung bewahren, Martha noch einmal anzusehen.

Thomasine reagierte und ließ sich auf die Füße helfen. Frevisse legte ihr den Arm um die Schultern und drehte sie so, daß sie weder Martha noch Lady Ermentrude ansehen mußte.

»Es war schrecklich«, flüsterte Thomasine. Sie zitterte in Frevisses Griff. »Es war grauenhaft. Sie hatte einen ... Anfall. Sie-«

Ihre Stimme wurde höher, und Frevisse unterbrach sie in festem Ton: »Es ist vorbei. Sie hat keine Schmerzen mehr. Es ist vorüber.«

Schwester Claire gab ihre fruchtlose Suche nach Lebenszeichen auf und sah zu Vater Heinrich hoch, der immer noch neben ihr stand. »Was ist passiert?« fragte sie scharf.

Betäubt, wie vor den Kopf gestoßen und heftig schwitzend, schüttelte er den Kopf. »Wir saßen hier, die Frauen und ich. Die anderen waren zum Nachtmahl gegangen. Lady Ermentrude döste und war ganz ruhig. Martha erzählte wieder ihre Geschichten über Lady Ermentrude, was für eine eigenwillige Frau sie sei. Ich selbst, Gott vergebe mir«, er bekreuzigte sich inbrünstig, »mußte mich sehr anstrengen, um nicht über das zu lachen, was sie zu sagen hatte, bis sie zu dreist wurde und Thomasine Anstoß daran nahm und wegging, um zu beten.« Er wies auf das Betpult in der Ecke. »Da habe ich Martha gebeten, sich etwas schicklicher zu benehmen.«

Vor der Tür war wachsendes Gemurmel zu hören, und als sie sich umwandten, sahen sie einen Haufen Leute, die zum

Gaffen gekommen waren. Kaum waren sie bemerkt worden, als sie von Sir John zur Seite geschoben wurden. Hinter ihm kam Lady Isobel. »Was ist los?« fragte er. »Was ist geschehen?«

Frevisse schob Thomasine zu Lady Isobel hinüber und schnitt ihm das Wort ab. »Mylady, bitte, Eure Schwester braucht Euch jetzt.«

»Warum, was ist passiert?« Lady Isobels Frage klang schärfer als die ihres Mannes. »Geht es meiner Tante gut?« Sie kam näher, um Thomasines Arm zu nehmen, und über die Schulter ihrer Schwester hinweg sah sie, was da auf dem Boden lag. Ihr Gesicht wurde aschfahl. Mit erstickter Stimme sagte sie: »Martha Hayward.«

»Helft Thomasine«, befahl Frevisse und drückte Lady Isobel das Mädchen in die Arme. »Schafft sie von hier weg.« Lady Isobel bekundete mit einem abwesenden Nicken ihre Zustimmung. Ihr angeekelter Blick hing immer noch an Marthas Leiche.

»Sie ist tot?« krächzte Sir John ungläubig, den Blick abgewandt.

Frevisse dachte trocken, daß er wohl kaum für sein Geschick in der Schlacht zum Ritter geschlagen worden sein konnte, wenn er so zartbesaitet auf einen so unblutigen Tod reagierte. Entschlossen schob sie Thomasine und Lady Isobel in eine Ecke und drehte sich um, als Schwester Claire zu Vater Heinrich sagte: »Weiter.«

Der Priester, der sein wachsendes Publikum mit Unbehagen zur Kenntnis nahm und immer noch im Schockzustand war, gehorchte. »Sie sagte, sie sei schrecklich durstig, ganz ausgetrocknet von dem vielen Reden, und das Nachtmahl würde sie auch verpassen, und die Milch mit dem eingeweichten Brot würde nur schlecht werden.« Er wies mit einer hilflosen Geste auf die leere Schale auf dem Tisch. »Und sie hat es einfach aufgegessen. Sie sagte, sie würde nur mal probieren, und dann hat sie alles aufgegessen.«

»Kann ich mir vorstellen«, sagte Frevisse mit unterdrückter Ironie.

Vater Heinrich nickte heftig. »Sie hat das eingeweichte Brot gegessen und die ganze Zeit geredet, und dann, bevor ich sie aufhalten konnte, nahm sie einen großen Schluck von dem Wein. Ich sagte ihr, der Wein sei für Lady Ermentrude und ihre Arznei wäre da drin, und Martha schnitt eine Grimasse, stellte den Becher wieder hin und redete weiter. Nach einer Weile meinte sie, ihr sei heiß, und sie öffnete das Fenster, obwohl ich ihr sagte, sie solle das lassen, und fing an, im Zimmer auf- und abzugehen. Sie war angetrunken, denke ich, weil sie so viel Wein auf einmal getrunken hatte, denn was sie sagte, gab nicht viel Sinn. Ich versuchte, sie zu bewegen, sich hinzusetzen, damit Lady Ermentrude nicht aufwachte, aber-«

Vater Heinrich hielt inne. In seinem Gesicht war Verlegenheit und Unsicherheit zu lesen.

»Sie hat ihn weggeschubst«, sagte Thomasine mit leicht schriller Stimme. »Sie hat Hand an ihn gelegt und ihn zur Seite geschoben und ist immer weiter hin- und hergegangen, bis Maryon sagte, wir sollten besser etwas tun.«

»Maryon?« fragte Schwester Claire.

Die dunkelhaarige Zofe, die neben der Tür gestanden hatte, trat einen Schritt vor. Frevisse wurde klar, daß sie die ganze Zeit dort gewesen sein mußte, aber sie war so still gewesen, daß niemand sie bemerkt hatte. »Ich bin Maryon«, sagte sie.

»Und du warst hier im Raum, als es geschah?«

Maryon neigte zustimmend den Kopf. »Ich wollte zur Stelle sein, wenn meine Herrin mich brauchte.«

»Was war deiner Ansicht nach mit Martha los?«

»Sie hatte zuviel getrunken«, erwiderte Maryon kurz und bündig. »Ich ging zur Tür, um jemanden zu bitten, einen der Männer meiner Herrin zu holen, der Martha hier rausschaffen konnte, aber noch während ich mit der Frau sprach, fing Martha hinter mir an ... Geräusche von sich zu geben.«

»Schreckliche Geräusche!« rief Thomasine, und sie wandten sich um und starrten sie an. »Und, und ihre Hände krallten sich hier fest ...« Sie machte eine schwache Geste vor Brust und Hals.

Maryon, deren Ruhe in starkem Kontrast zu Thomasines Hysterie stand, fügte hinzu: »Ich sagte der Frau, sie solle laufen und die Ärztin holen, sie müßte irgendwo in der Kirche sein. Als sie gegangen war, fiel Martha zu Boden, und wir konnten ihr nicht helfen.«

»Sie lag auf dem Fußboden und trat um sich, stieß mit den Füßen ...« Thomasines Augen waren voll verzweifeltem Kummer. »Vater Heinrich wollte ihr helfen, und ich versuchte zu beten, aber es hat nichts geholfen. Es hat nichts geholfen.« Vater Heinrich sagte: »Es gab nichts, was ich hätte tun können, außer ihr die Sterbesakramente zu spenden. Es war gerade noch Zeit genug. Nur für eine generelle Absolution und die Salbung.« Er hielt das kleine Stückchen Brot hoch, das er korrekterweise benutzt hatte, um den letzten Rest des Salböls von seinen Fingern zu wischen. Seine Hand zitterte. Er sah sie erstaunt an und versteckte sie hinter seinem Rücken.

»Aber sie machte immer weiter und weiter, trat um sich und würgte, als würde sie ersticken!« rief Thomasine. »Sie konnte nicht aufhören. Bis sie – starb.«

»Ein Anfall«, sagte Lady Isobel schnell, mit fester Stimme,

und nahm Thomasine in die Arme. »Ein Anfall. Das Herz, nehme ich an. Eine derartig beleibte Person kann leicht an einem Herzanfall sterben. Komm.«

Sie führte Thomasine zu dem Tisch, auf dem neben der leeren Milchschale ein Weinbecher stand. Sie schob Thomasine den Becher zu. »Trink das. Das wird dich ruhiger machen, Kind.«

Thomasine machte eine flatternde Geste der Abwehr. »Nein. Das ist der Wein, in dem Großtantes Arznei ist.«

»Ja, aber eine Arznei, die die Nerven beruhigt«, erinnerte sich Frevisse. Was Thomasine im Moment wirklich nicht schaden könnte. »Es ist schon in Ordnung«, sagte sie beruhigend. »Schwester Claire kann mehr davon mischen. Trink.«

Gehorsam langte Thomasine nach dem Becher, den Lady Isobel ihr reichte. Aber ihre Hände zitterten sehr viel stärker als Vater Heinrichs, sie griff daneben, und der Becher fiel zu Boden. Der Saum von Lady Isobels Gewand wurde mit Wein bespritzt, und auf den Binsen breitete sich eine leuchtendrote Lache aus.

Isobel stieß einen verärgerten Laut aus, sprang zurück und schüttelte ihr Kleid aus, während Thomasine die Hände rang und eine zittrige Litanei anfing. »Es tut mir leid, das wollte ich nicht, es tut mir leid, es tut mir leid-«

»Genug!« sagte Frevisse streng. »Das Kleid läßt sich waschen, und es war kaum noch Wein im Becher. Es ist ebenso sinnlos, über verschütteten Wein zu jammern wie über verschüttete Milch.« Sie wandte ihre Aufmerksamkeit Lady Isobel zu.

Aber die hatte sich bereits wieder gefangen. Ihr Kleid war vergessen, als sie an Thomasines Seite zurückkehrte. »Es ist schon gut. Komm, setz dich hin. Du zitterst ja.« Sie führte

Thomasine zu der Bank unter dem Fenster. Sir John folgte ihnen, legte den Arm um seine Frau und hielt sie fest, während sie Thomasine hielt. Was die drei so bewegte, dachte Frevisse, war nicht der Tod einer Magd, sondern die nackte Tatsache des Todes selbst, eines schrecklichen, unerwarteten Todes. Es fiel ihnen schwer, sich damit abzufinden, so jung, wie sie waren. Thomasine, die sich offenbar etwas erholt hatte, rückte etwas von ihrer Schwester ab und senkte den Blick. Dieses typische Verhalten beruhigte Frevisse und überzeugte sie davon, daß es dem Mädchen im Augenblick einigermaßen gut ging, und sie wandte ihre Aufmerksamkeit wieder Schwester Claire zu, die Martha die Augen geschlossen hatte und jetzt ihre Glieder geraderückte.

»Es scheint, daß es ihr Herz war«, erklärte Schwester Claire, die in Marthas Gesicht blickte. Sie bekreuzigte sich und erhob sich.

»Wie geht es meiner Tante?« fragte Lady Isobel.

Schwester Claire drehte sich um, legte die Hand auf Lady Ermentrudes Stirn und ihre Hände und lauschte ihren Atemzügen, bevor sie erwiderte: »Es scheint ihr ganz gut zu gehen.«

Frevisse kam näher und fragte mit ruhiger Stimme: »Läßt die Arznei, die du ihr gegeben hast, sie so tief schlafen?« Sie dachte, daß es vielleicht ganz gut war, daß Thomasine den Wein verschüttet hatte.

»Sie hat sie gar nicht genommen. Ich wollte, daß sie etwas in den Magen bekam, um die Trunkenheit zu bekämpfen, und sie hat auch ein wenig gegessen, aber als sie damit fertig war, sich füttern zu lassen, schlief sie schon fast und wollte nicht trinken. Sie ist eingeschlafen, ohne die Arznei eingenommen zu haben.«

»Was sollen wir jetzt tun?«

Schwester Claire stand regungslos und dachte nach, dann nickte sie kurz und entschlossen. »Priorin Edith muß sofort erfahren, was geschehen ist. Vater Heinrich, würdet Ihr das erledigen? Und Marthas Leiche lassen wir am besten ins Kloster bringen, sie muß weg von hier. Könnt Ihr ein paar Männer besorgen, die diese Aufgabe übernehmen?«

Frevisse ging zur Tür und zeigte auf vier der Gaffer, die zwar bereit gewesen waren, Marthas massigen Leichnam anzustarren, jedoch keine Lust hatten, ihn herauszutragen. Aber noch weniger waren sie gewillt, Frevisse zu erzürnen, und es gelang ihnen, die Leiche in leidlich respektvoller Art und Weise fortzuschaffen.

Mit einem hörbaren Aufseufzen löste sich Lady Isobel aus den Armen ihres Mannes und ging, um den Becher aufzuheben, der unter den Tisch gerollt war. Als sie sich niederbeugte und nach dem Becher griff, stieß sie einen kleinen Laut der Überraschung aus und langte tiefer unter den Tisch. Dann stieß sie scharf hervor: »Es hat mich gebissen!« Sie riß die Hand zurück und legte die Finger der anderen Hand darüber. Blut quoll hervor und tropfte zu Boden.

»Was ist? Was hat dich gebissen?« fragte ihr Gemahl, eilte herbei und trat mit dem Fuß unter den Tisch.

»Dieser blöde Affe!« sagte sie grimmig. Ihre Stimme klang scharf vor Schmerz. »Der blöde Affe hat mich gebissen!«

Sir John trat wieder zu, heftig genug, um den Affen zu verletzen, aber der hopste unversehrt aus seinem Versteck hervor und kletterte am Bettvorhang hinauf. Oben blieb er schnatternd vor Angst sitzen.

»Ich bringe ihn um!« zischte Sir John drohend. Sein Blick und seine Hände suchten nach einer Waffe, aber Frevisse erklärte entschieden: »Wir werden ihn später herunterholen. Ihr weckt Lady Ermentrude auf. Seid still!«

Sir John blieb verwirrt stehen, als sei er unsicher, ob er nun ihr oder dem Affen einen bösen Blick zuwerfen sollte. Das Tier sah still auf sie herunter, den Schwanz wie zum Trost um die eigenen Schultern geschlungen.

»Bitte, John«, sagte Lady Isobel leise und hielt ihm ihre verletzte Hand hin. Sein Ärger verschwand wie der Beschlag, der von einem Spiegel gewischt wird, und er ging wieder zu ihr.

»Ich nehme sie mit ins Hospital«, erklärte Schwester Claire. »Um die Wunde zu reinigen und zu verbinden. Kommt Ihr, Mylady?«

»Und Lady Ermentrude?« fragte Lady Isobel. »Wer wird bei ihr bleiben?«

»Macht Euch keine Sorgen deswegen«, sagte Maryon. »Ich werde bei ihr wachen.«

»Und ich ebenfalls.« Thomasine stand immer noch neben dem Fenster, ein schmales Kind in ihrem dunklen Nonnengewand, so ernsthaft, als würde sie von vielen Lebensjahren niedergedrückt. Ihre Stimme klang fest. »Ich muß es wiedergutmachen, daß ich Martha im Stich gelassen habe.«

»Es gab nichts, was du hättest tun können, Kind«, sagte Schwester Claire. »Schwester Frevisse, würdet Ihr dafür sorgen, daß getan wird, was getan werden muß? Und Lady Isobel, Ihr kommt mit mir. Wenn wir fertig sind, wird die Ehrwürdige Mutter zweifellos von mir hören wollen, was geschehen ist. Mit Eurer Erlaubnis.«

Frevisse nickte zustimmend. Als Schwester Claire mit Lady Isobel und Sir John hinausgegangen war, schloß Maryon die Tür vor der Nase der übriggebliebenen Gaffer. Thomasine wandte sich mit einer beschwörenden Geste an Frevisse. »Bitte, gebt mir die Erlaubnis zu bleiben. Ich war wütend auf Lady Ermentrude. Und auf Martha. Wenn ich bleibe, kann ich Buße dafür tun.«

»Sonst wirst du die Nacht auf den Knien in der Kirche verbringen«, sagte Frevisse trocken. Thomasine sah überrascht und ein wenig beschämt aus, als sie merkte, daß sie durchschaut war und nickte. »Dann kannst du ebensogut hier beten und dich dabei nützlich machen. Maryon, kannst du ein paar von Lady Ermentrudes Frauen suchen, die abwechselnd mit dir wachen können?«

»Ich kann es allein tun. Ich habe nicht vor zu schlafen!« rief Thomasine ernsthaft aus, als Maryon nickte.

»Das habe ich auch nicht angenommen. Aber ich bezweifle, daß Maryon oder eine der anderen Damen deiner Tante ebenfalls dieses Opfer bringen will. Sie werden sich abwechseln, während du wachst. Und schweigst«, fügte sie hinzu, als Thomasine den Mund öffnete, um zu protestieren. »Geh jetzt und bete.«

Frevisse aß ihr verspätetes Nachtmahl allein im Refektorium. Das Schweigen der Laienschwestern, die ihr die Mahlzeit servierten, und ihre langen Blicke verrieten, daß sie alles wußten, was es über Marthas Tod zu wissen gab, und daß es sie nicht kaltließ, obgleich sie sich hüteten, Frevisse Fragen zu stellen.

Als sie fertig war, ging Frevisse auf der Suche nach Schwester Claire in die Kirche. Marthas Leiche war bereits gewaschen, in ein Leichentuch gehüllt und in einen einfachen Sarg gelegt worden. Sie ruhte auf einer Bahre vor dem Altar. Am Kopfende und Fußende standen Kerzen, und Vater Heinrich kniete davor, zu tief ins Gebet versunken, um Frevisse zu bemerken. Bei der Komplet würde Priorin Edith die Wachen für die Nacht einteilen, und die Nonnen würden abwechselnd zu zweit im Chorraum für Marthas Seelenheil beten.

Aber Schwester Claire war nicht hier, und nach einem

kurzen Gebet für Marthas Seele ging Frevisse in den Klostergarten, wo die Nonnen sich vor der Komplet zur abendlichen Erbauung versammelt hatten.

Schwester Claire war nicht unter ihnen. Frevisse, die an der Pforte stehengeblieben war, um nach ihr Ausschau zu halten, nahm an, daß sie noch bei Priorin Edith war. Sie überlegte gerade, ob sie sich ihnen anschließen sollte, als sie merkte, daß die anderen Nonnen nicht wie sonst auf- und abgingen oder sich hingesetzt hatten, sondern in kleinen Grüppchen auf den Wegen standen. Die leisen Unterhaltungen – die nur zu dieser einen Zeit des Tages gestattet waren – hatten einen aufgeregten, freudig erregten Unterton. Frevisse wußte, daß Martha zu keiner der Nonnen ein besonders gutes Verhältnis gehabt hatte und keine große Trauer über ihren Verlust herrschte. Aber ein plötzlicher Todesfall wie dieser bot ihnen einfach eine willkommene Gelegenheit zum Klatschen, die sogar noch besser war als Lady Ermentrudes bedauerliches Benehmen. Aber es war besser, wenn sie über eine Frau redeten, die es nicht mehr kümmerte, was man über sie erzählte, als über eine, die noch lebendig genug war, um sich hinterher gekränkt zu fühlen.

Dann, noch bevor sie sich zurückziehen konnte, entdeckte sie Schwester Amicia, die zu einem Grüppchen von Nonnen gehörte, das der Pforte am nächsten stand und die aufgeregt ausrief: »Schwester Frevisse!«

Köpfe drehten sich, und dann strömten alle eifrig auf Frevisse zu, allen voran Schwester Amicia. Resigniert blieb Frevisse stehen, wo sie war.

Schwester Amicia, immer noch die eifrigste, rief aus: »Schwester Frevisse, Ihr wart da! Niemand weiß etwas, außer daß sie tot ist. Bitte erzählt doch, war es sehr schrecklich?« Frevisse hatte Mühe, den scharfen Ton in ihrer Stimme zu zügeln, als sie antwortete: »Sie war bereits tot, als Schwester Claire und ich kamen. Sie hatte den Todeskampf hinter sich und lag einfach nur da. Schwester Claire glaubt, daß es ihr Herz war. Habt ihr sie gesehen?«

»Nein, sie ist heute noch nicht im Garten gewesen.«

Die Nonnen, die sich hinter Schwester Amicia drängten, nickten und murmelten heuchlerische Bekundungen von Mitgefühl. Martha war eine gute Köchin gewesen, aber fett und nicht mehr jung, da waren sich alle einig. Ein gieriger Magen war schlecht für das Herz.

Aber Schwester Amicia beugte sich mit geweiteten Augen vor und wisperte Frevisse in ehrfurchtsvollem, durchdringendem Flüsterton die Frage ins Ohr, die sie alle beantwortet haben wollten. »Sie hat Dämonen gesehen, nicht wahr? Dämonen, die gekommen waren, um Lady Ermentrude zu quälen? Ist es nicht in Wahrheit das, was ihr Herz stillstehen ließ?«

Frevisse, die genau wußte, daß jeder um sie herum dieses »Flüstern« gehört hatte, gab sich keine Mühe, ihre Ungeduld zu verbergen. »Das bezweifle ich«, sagte sie kurz. »Ganz eindeutig roch es nicht nach Schwefel.«

Schwester Amicia entging der ironische Unterton. Sie blinzelte lediglich leicht enttäuscht. »Aber vielleicht tut es das nicht immer. Nach Schwefel riechen, meine ich. Was meint Ihr?«

»Thomasine war da«, entgegnete Frevisse kurzangebunden, »und sie hat keine Dämonen gesehen.«

»Oh, aber das hat sie«, rief eine der anderen jungen Nonnen freudig aus. »Sie hat gesagt, sie hätte sie um Lady Ermentrude herumtanzen sehen. Das hat sie gesagt.«

Wenn das Gerede über Lady Ermentrudes Dämonen bereits so weit ins Kloster vorgedrungen war, gab es wenig Hoffnung, es zum Schweigen zu bringen, dachte Frevisse zornig. Jetzt konnte man nur noch versuchen, die Gerüchte etwas einzudämmen. »Das war heute nachmittag, als Lady Ermentrude krank wurde«, sagte sie knapp. »Nicht, als Martha starb. Und Thomasine hat nie gesagt, daß sie Dämonen gesehen hätte. Sie hat nur angenommen, daß Lady Ermentrude welche sah.«

»Aber das ist fast dasselbe!« rief Schwester Amicia aus.

»Es ist nicht einmal andeutungsweise dasselbe. Wenn ich sage, daß ihr Engel im Himmel gesehen habt, heißt das nicht, das ihr tatsächlich welche gesehen habt. Es heißt nur, daß ich glaube, daß ihr sie gesehen habt.«

»Aber irgend etwas hat Lady Ermentrude gesehen. Sie hatte panische Angst.«

»Was sie gesehen hat, war die Folge von zuviel Wein. Schwester Claire wird euch bestätigen, daß Menschen, die zu oft und zu viel trinken, häufig glauben, gräßliche Dinge zu sehen, die in Wirklichkeit gar nicht da sind.«

Besser, Lady Ermentrudes Schwäche wurde bekannt, als daß das ganze Kloster ein Jahr lang verrückt spielte, weil Gerüchte von irgendwelchen Teufeln die Runde machten. Befriedigt nahm sie zur Kenntnis, daß den anderen Nonnen ihrer direkten Antwort wegen geradezu der Atem stockte. Bevor irgend jemand etwas sagen konnte, fügte sie hinzu: »Da kommt Schwester Claire. Bitte entschuldigt uns.«

Sie wartete nicht auf eine Antwort, sondern nahm Schwester Claire einfach beim Arm – sie war neben ihr stehengeblieben, überrascht über so viele Gesichter, die sie erwartungsvoll anblickten – und führte sie weg. Frevisse konnte sich vorstellen, was sie sagen würden, wenn sie weg war, aber sie hatte schon vor langer Zeit akzeptiert, daß zu den verschiedenen Dingen, für die sie selbst Buße tun mußte, die heftige Ungeduld zählte, die sie immer dann befiel, wenn sie sich mit Dummheit konfrontiert sah. Und das kindische Bedürfnis ihrer Schwestern nach Klatsch war eine Prüfung, der sie Schwester Claire im Augenblick nicht aussetzen wollte.

Sie hatte Schwester Claires Gesicht gesehen, als sie in den Garten gekommen war. Sie sah müde und nach innen gekehrt aus, wie immer, wenn ein Mensch starb, der in ihrer Obhut gewesen war. Deswegen war Frevisse auf die Suche nach ihr gegangen: um zu sehen, ob sie etwas tun konnte, das das Herz ihrer Freundin leichter machte.

Als sie weit genug von den anderen weg waren, ließ Frevisse Schwester Claires Arm los und steckte die Hände in die Ärmel, um es Schwester Claires ruhiger Selbstgenügsamkeit gleichzutun. »Ich weiß, wir sagen das immer zu Euch, aber es ist trotzdem wahr. Es gibt nichts, was Ihr hättet tun können.«

»Ich weiß. Aber es ist ermüdend, nichts tun zu können. Und es kam so unerwartet. So plötzlich, ich hatte keine Zeit, mich darauf vorzubereiten. Ich hasse es, nichts tun zu können.«

Darauf gab es keine Antwort außer Platitüden, die sinnlos waren. Nach einem Augenblick des Schweigens fragte Frevisse statt dessen: »Hat die Ehrwürdige Mutter alles für das Begräbnis morgen vorbereitet?«

»Das Begräbnis wird nicht morgen stattfinden.«

Frevisse sah Schwester Claire erstaunt an. »Wollen ihre Verwandten in Banbury sie begraben?« Soweit sie wußte, hatten Martha Haywards entfernte Cousins bisher nie allzu viel Interesse an ihr gezeigt.

»Das bezweifle ich. Möglicherweise. Aber der Coroner muß kommen.«

»Ah.« Frevisse hatte vergessen, daß das notwendig war. Martha Hayward war plötzlich gestorben, ohne krank zu sein, und jeder ungeklärte Todesfall, ob durch Unfall, Krankheit oder ein offenes Verbrechen, mußte vom Coroner untersucht werden. Zwar bestand seine eigentliche Pflicht darin festzustellen, ob dem König Bußgelder zustanden (von denen ein Teil in seinen eigenen Geldbeutel wanderte), aber um das tun zu können, mußte er Fragen stellen, um festzustellen, ob eine strafbare Handlung vorlag, oder um zu dem Schluß zu kommen, daß der Todesfall natürliche Ursachen hatte. In einem solchen Fall erteilte er die Erlaubnis, den Toten zu bestatten. Das Begräbnis würde also frühestens in zwei Tagen stattfinden können, je nachdem, wo in Oxfordshire der Coroner sich gerade aufhielt und wie lange er brauchen würde, um nach St. Frideswide zu kommen. »Es ist nach ihm geschickt worden?«

»Einer von Lady Ermentrudes Männern ist losgeritten. Und er soll auch Lady Ermentrudes Sohn ausrichten, daß seine Mutter krank ist. Also wird es noch mehr Ärger geben.«

Diese Botschaft konnte jeden Fenner nach St. Frideswide locken, der die Reise irgendwie bewältigen konnte. Sir Walter würde ganz sicher kommen, und nur der Himmel wußte, wieviel Gefolgsleute, Bedienstete und Freunde er mitbringen würde. Und der Schornstein des neuen Gästehauses war immer noch nicht repariert, und sie hatten kaum noch Platz für einen einzigen armen Reisenden, ganz zu schweigen von einen ganzen Gefolge.

Aber zumindest würde sein Kommen vielleicht müßige Zungen von dem Gerede über Dämonen und Teufel ablenken. Das war ein gewisser Trost, dachte Frevisse.

»Und ich hätte dir besser gleich sagen sollen, daß die Ehrwürdige Mutter mit dir sprechen will. Jetzt gleich, vor der Komplet, wenn möglich«, sagte Schwester Claire.

»Das heißt, ich kann an einem sicheren Ort Zuflucht suchen, und das solltest du besser auch. Schwester Amicia kommt gerade angeschlendert, um uns abzupassen.«

»Gütiger Himmel«, sagte Schwester Claire und wandte sich in Richtung Kirche, während Frevisse zu Priorin Edith ging.

Der alte Windhund hatte sich aus seinem Korb erhoben und stand neben dem Stuhl der Priorin, die ihn mit kleinen Stückchen Honigkuchen fütterte, als Frevisse eintrat. Priorin Edith sah auf und nickte, tätschelte den Kopf des Hundes und befahl ihm, sich wieder hinzulegen, was er gehorsam tat. »Und Ihr, Schwester Lucy, könnt eine Weile mit den anderen im Klostergarten spazierengehen«, sagte sie zu der Nonne, die ihr Gesellschaft geleistet hatte. »Schwester Frevisse wird bis zur Komplet bei mir bleiben.«

Nachdem Schwester Lucy sich mit einem Knicks verabschiedet hatte, bedeutete Priorin Edith Frevisse mit einer Geste, ihr gegenüber auf dem Fenstersims Platz zu nehmen. Priorin Edith saß ein paar Augenblicke lang da, als würde sie gleich einnicken, dann hob sie den Kopf und sagte ohne eine Spur von Schläfrigkeit: »Martha hat gegessen und getrunken, bevor sie starb. In Milch eingeweichtes Brot aus unserer Küche. Wein von Sir John. Heilkräuter aus unserem Hospital.«

»Ja, Ehrwürdige Mutter«, entgegnete Frevisse schnell. Dann machte sie den geistigen Sprung, der nötig war, um den Gedanken der Priorin zu folgen, und rief verblüfft aus: »Bestimmt nicht!«

»Bestimmt nicht«, stimmte Priorin Edith mit fester Stimme zu. »Zweifellos war alles in bester Ordnung, aber der Coroner wird kommen und Fragen stellen, und es wird Gerede geben. Es gibt immer Gerede, wenn ein Mensch ohne ersichtliche Ursache stirbt. Ich hätte gern die Antworten, bevor die Fragen kommen. Wer hat die Milch mit dem eingeweichten Brot zubereitet?«

»Thomasine wurde geschickt, sie zu holen. Ich weiß nicht, ob sie, Schwester Alys oder eine der Laienschwestern das Gericht zubereitet hat. Es könnte sogar Martha selbst gewesen sein.«

»Bitte findet es heraus. Und stellt fest, was für Zutaten verwendet wurden. Der Wein, den sie getrunken hat, kam von Sir John?«

»Er hat ihn mitgebracht, weil es Lady Ermentrudes Lieblingswein ist. Der Wein war zur Hand, und es war einfacher, ihn zu nehmen, als die drei Schlüssel zu den Weinvorräten des Klosters zu besorgen.«

»Sehr vernünftig und gut gedacht. Die Heilkräuter?«

»Schwester Claire hat Thomasine geschickt, sie zu holen. Sie hat genaue Anweisungen gegeben, welches Kästchen sie haben wollte, und sie war zufrieden mit dem, was Thomasine gebracht hat.«

Priorin Edith stieß einen schweren Seufzer aus. »Das klingt alles sehr vernünftig. Es ist nur bedauerlich, daß Schwester Alys so oft und gern von dem Streit zwischen ihrer Familie und den Fenners spricht und davon, wie gern sie sich einmischen würde, da das Essen aus ihrer Küche kam.«

»Das ist wahr. Aber vielleicht hatte sie nichts mit der Zubereitung zu tun.«

»Aber Thomasine hatte etwas damit zu tun. Und mit der Arznei. Sie hatte beides in der Hand, und jeder weiß, was für eine panische Angst ihre Tante ihr eingejagt hat.«

»Nicht genug, um sie zu töten«, protestierte Frevisse.

»Das muß Meister Montfort klargemacht werden, wenn er kommt. Thomasine ist ohnehin von schwacher Konstitution, so sensibel, wie sie ist, und eine Anklage wegen Mordes könnte sie zerstören.«

Frevisse sagte mit gerunzelter Stirn: »Ihr glaubt doch nicht-«

»Nein. Sie ist lange genug hier, daß ich gelernt habe, sie einzuschätzen. Sie könnte eine solche Tat nicht verbergen, wenn sie sie begangen hätte.«

»Nein«, stimmte Frevisse zu.

Priorin Edith nickte das wacklige Nicken, das manchmal zeigte, daß sie gleich eindösen würde, und ihre Stimme klang träumerisch, als sie nach einer Weile weitersprach. »Sie hat eine Heiligkeit in sich, die manchmal beängstigend ist. Es sind schon Menschen getötet worden, als sie sich der Mißhandlung heiliger Reliquien schuldig machten, wißt Ihr.«

Frevisse zögerte. Sie konnte dem Gedankengang der Priorin nicht mehr folgen, und sie fragte sich, wie tief sie schon in den Schlaf gesunken war. »Ja?« sagte sie, bereit, sich zu entfernen, wenn keine Antwort mehr kam.

Aber der Blick, den Priorin Edith ihr unter ihren faltigen Lidern zuwarf, war scharfsinnig und nicht im mindesten schläfrig. »Ich empfände mehr Angst als Freude, wenn ich eine lebendige Heilige in meinem Kloster beherbergen müßte. Und wenn mir so viel Heiligkeit Angst macht, wie muß sie sich dann fühlen, wenn sie spürt, daß Gott in ihr am Werke ist? Es ist kein Wunder, daß sie die meiste Zeit halb krank vor Angst wirkt. Und jetzt ist da ihr Gerede von Dämonen. Was wird wohl geschehen, wenn Meister Montfort erst einmal begonnen hat, sie zu verhören?«

»Ich weiß es nicht, Ehrwürdige Mutter.«

»Ich möchte, daß Ihr sie in den nächsten paar Tagen soviel wie möglich in Eurer Nähe behaltet. Wo ist sie jetzt?«

»Bei Lady Ermentrude. Ich habe ihr die Erlaubnis gegeben. Sie will die Nacht über bei Lady Ermentrude wachen, zur Buße dafür, daß sie wütend auf sie war und auf Martha.«

Priorin Edith lächelte still vor sich hin. »Die Menschen, die andere Leute so vorsätzlich wütend machen, sind es, die Buße tun sollten. Ich nehme an, daß Martha im Augenblick genau das tut, wo immer sie sein mag. Möge ich mich irren.« Sie bekreuzigte sich. »Und Lady Ermentrude – aber Schwester Claire meint, sie wird leben.«

»Es ist wahrscheinlich.«

»Und zweifellos die Genesungszeit genießen, die sie hier verbringen wird.« Priorin Edith besänftigte das Grollen in ihrer Stimme. »Aber möge sie noch lange Zeit leben, sie und ihr Affe, ihr Papagei und ihre Hunde, und uns noch viele Male besuchen. Amen.«

»Amen«, erwiderte Frevisse.

»Und Thomasine wird die ganze Nacht bei ihr wachen?«

»Ein paar von Lady Ermentrudes Frauen werden sich abwechseln und ebenfalls bei ihr bleiben. Sonst würde Thomasine die ganze Nacht auf den Knien in der Kirche verbringen, und das schien mir die bessere Alternative zu sein. Mit Eurer Erlaubnis.«

»Ich gebe meine Erlaubnis. Aber bringt sie zur Komplet. Und sorgt dafür, daß sie etwas ißt. Heiligkeit ist keine Entschuldigung für das Kasteien eines Körpers, den Gott in seiner Weisheit bereits derart schwach geschaffen hat.«

Lady Ermentrude schlief immer noch, zu Thomasines großer Erleichterung. Das Kruzifix lag auf ihrem Kopfkissen und konnte ihr sofort in die Hand gedrückt werden, wenn es nötig sein sollte. Auf dem Tisch stand der Becher, gefüllt mit Wein und einer Beimischung von Schwester Claires beruhigender Arznei. Thomasine blieb nichts zu tun, außer zu beten. Alle Frauen waren zum Abendessen in die Halle gegangen, und sie war allein. Das Betpult wartete in der Ecke, aber Thomasine blieb am Fußende des Bettes stehen, beobachtete Lady Ermentrudes Schlaf und versuchte, die Worte zu formen, die diesmal beunruhigenderweise nicht kommen wollten. Es war eher eine Erleichterung als eine Störung, als sie ein leises Kratzen an der Tür hörte, Isobel vorsichtig hineinspähte und dann in den Raum trat und leise die Tür hinter sich schloß. Sie stellte sich neben Thomasine und fragte: »Wie geht es ihr?«

»Sie schläft noch. Jedenfalls glaube ich, daß es Schlaf ist. Sie atmet gleichmäßig und rührt sich kaum.«

»Was meint deine Schwester Claire?«

»Schwester Claire sagt, sie wird wahrscheinlich gesund werden, wenn sie die ganze Nacht ruhig durchschläft.«

»Du siehst aus, als solltest du selber etwas schlafen. Es war ein anstrengender Tag für dich«, sagte Isobel.

Thomasine schüttelte den Kopf. »Ich könnte nicht schlafen. Sie braucht meine Gebete. Ich brauche meine Gebete«, verbesserte sie sich leise. Dann richtete sie ihre großen Augen auf ihre Schwester und sagte: »Wir alle brauchen jedermanns Gebete.«

Verblüfft sagte Isobel: »Was?«

Thomasine sah wieder zu Lady Ermentrude hin. »Der Tod hat nach ihr gegriffen, weißt du. Er wollte sie nehmen, aber er hat sie verfehlt, und Martha ist statt ihrer gestorben. Spürst du es nicht?« Sie gab sich große Mühe, ihre Stimme ruhig zu halten, aber dicht unter der angespannten Ruhe lauerte eine Hysterie, von der Thomasine nicht wußte, ob sie sie im Zaum halten konnte. Sie sah wieder ihre Schwester an, die aussah, als bemühe sie sich verzweifelt, sie zu verstehen. Sie waren nie viel zusammengewesen und hatten sich nie besonders nahegestanden, aber sie waren Schwestern, und es sollte doch irgendein Band zwischen ihnen geben. »Ich kann nicht aufhören, sie anzusehen, weil ich wissen will, wie es aussieht, dem Tod so knapp zu entkommen.«

»Thomasine!« hauchte Isobel mit Schrecken in der Stimme.

Aber Thomasine mußte die Worte aussprechen, sie war zu sehr in ihre eigenen Gefühle verstrickt, um aufhören zu können, und fuhr trotz Isobels entsetztem Blick fort: »Und ich habe Angst, daß der Tod es noch einmal versuchen wird. Ich habe versucht, sie nicht zu hassen, aber ich habe sie gehaßt. Vielleicht tue ich es immer noch, obwohl sie so schrecklich gelitten hat. Es war häßlich und grauenhaft, die Art, wie sie gelitten hat, aber ich hatte überhaupt kein Mitgefühl mit ihr. Sie war schrecklich zu mir, und ich hatte kein Mitgefühl. Ich bin so böse, es war überhaupt kein Mitgefühl in mir, und ich glaube, ich spüre immer noch keins! Oh, Isobel, was soll ich nur tun?«

Dann kamen die Tränen mit der letzten wehklagenden Frage, und Isobel, die die Tränen verstand, wenn auch nichts sonst, legte ihr den Arm um die Schultern und zog sie zu der Bank unter dem Fenster. »Setz dich hin«, drängte sie. »Setz dich hier neben mich.«

Bereit zu tun, was ihr gesagt wurde, gehorchte Thomasine. Sie ließen sich gemeinsam auf der Bank nieder, und Thomasine ließ alle Selbstbeherrschung fahren, vergrub das Gesicht im Schoß ihrer Schwester und schluchzte.

Isobel tätschelte wieder und wieder ihre Schulter, bis die

Tränen nachließen und Thomasine sich wieder aufrichtete.

»Das wirst du brauchen«, sagte Isobel und bot ihr ein Taschentuch an.

»Ich habe selbst eins«, schnüffelte Thomasine und zog ein Stück Stoff aus dem Ärmel.

Isobel musterte das Taschentuch und den durchgescheuerten Saum des Ärmels und fragte: »Mußt du ein so ärmliches Gewand tragen? Wir haben dir guten Stoff geschickt; haben sie ihn dir weggenommen?«

»Nein, natürlich nicht. Aber dieses gefällt mir gut genug. Meine guten Taschentücher habe ich Priorin Edith gegeben. Die, die wir bestickt haben, bevor ich hierherkam, erinnerst du dich? Sie sagte, sie hätte selten so fein gearbeitete Taschentücher gesehen.« Die Erinnerung stärkte das schwache Band zwischen ihnen und beruhigte Thomasine. Sie hatte sich die Augen getrocknet und die Nase geputzt, als Isobel fragte: »Hat Lady Ermentrude wirklich gesagt, daß sie dich von hier wegbringen will?«

»Ja.«

»Hat sie gesagt, warum, neben all dem anderen wirren Zeug, das sie geredet hat?«

»Nein. Dazu war sie zu betrunken, glaube ich. Sie hatte diese eine Idee im Kopf und wiederholte sie ständig. Aber ich habe ihr wieder und wieder gesagt, daß ich hierbleiben möchte.«

»Wieder und wieder? Sie hat dir schon öfters angedroht, dich wegzubringen?«

»Nicht richtig angedroht. Es war mehr eine bösartige Neckerei. Aber diesmal …« Thomasines Augen weiteten sich bei der Erinnerung. »Diesmal schien sie es wirklich ernst zu meinen. Und was ist, wenn sie es immer noch vorhat, wenn sie aufwacht? Oh, Isobel, ich hatte solche Angst!«

»Aber, aber«, sagte Isobel fest. »Das mußt du nicht. Sie war nur betrunken, und sie ist nicht dein Vormund, wenn sie sich auch dafür hält. Sie kann dich nicht aus dem Kloster holen, wenn du bleiben willst. Thomasine, möchtest du in St. Frideswide bleiben?«

Thomasine bekam einen entschlossenen Zug um den Mund. »Das mußt du nie fragen, Isobel. Ich wünsche mir von ganzem Herzen, für immer hierzubleiben.«

»Ich hoffe, du meinst nicht in diesem Raum«, sagte Schwester Frevisse von der Tür her, »denn die Ehrwürdige Mutter schickt mich, dich zu bitten, jetzt zur Komplet zu kommen.«

Thomasine und Isobel zuckten überrascht zusammen, als sie Frevisse dort stehen sahen, und das dünne, süße Geläut der Glocke, die zum Gottesdienst rief, erfüllte die Abendluft. Thomasine griff krampfhaft nach Isobels Hand, als wolle sie sich weigern, dann ließ sie sie los und stand seufzend auf. Der Gehorsam stand über den eigenen Wünschen. Schwester Frevisse hatte in einem Ton gesprochen, den Thomasine – hätte sie Frevisse nicht so gut gekannt – fast für mitleidig gehalten hätte: »Außerdem hast du Priorin Ediths Erlaubnis, nach der Komplet hierher zurückzukehren und die Nacht über bei deiner Tante zu wachen, wie du es wolltest.«

In der Halle des Gästehauses wurde gerade das Nachtmahl beendet, als sie hinausgingen. Die meisten saßen noch, nur ein paar begannen, sich von ihren Bänken zu erheben. Draußen vor der Tür, am oberen Ende der Treppe, stand der junge Mann mit den ruhigen Augen, der Thomasine geholfen hatte, Lady Ermentrude ins Gästehaus zu bringen. Er hatte sie nicht kommen hören. Mit emporgewandtem Kopf sah er in den dunkler werdenden Abendhimmel und atmete tief die Abendluft ein, aber dann bemerkte er sie und trat mit einer leichten Verbeugung zur Seite, um sie durchzulassen.

Thomasine dachte, daß Schwester Frevisse mit einem leichten Neigen des Kopfes an ihm vorbeigehen würde, aber er fragte mit seiner warmen, angenehmen Stimme: »Wie geht es Lady Ermentrude?«

Schwester Frevisse blieb stehen und sagte: »Besser, denke ich. Sie schläft jetzt tief und fest und wird sich wahrscheinlich erholen, wenn ihr Zustand sich nicht verschlimmert.«

»Gott sei gedankt.« Es klang, als meinte er, was er sagte, und das gefiel Thomasine. Denn obwohl sie bezweifelte, daß irgend jemand große Zuneigung zu Lady Ermentrude hegte, hielt sie es für gut, daß er seine Pflicht kannte. Dann sah sie, daß sein Blick nicht mehr auf Schwester Frevisse ruhte, sondern auf ihr. Sie versteifte sich, aber er sagte sanft und so respektvoll, daß sie etwas von ihrer Wachsamkeit verlor: »Und ich hoffe, daß Ihr Euch von Eurem Schrecken erholt habt, und von dem Tod der anderen Frau, Mylady?«

Thomasine starrte ihn einen atemlosen Augenblick lang mit schreckgeweiteten Augen an, bevor sie hastig auf den Saum ihres Gewandes niederblickte und flüsterte: »Gut genug, so es Gott gefällt, danke.«

Bevor er auch nur die leiseste Möglichkeit zu einer Erwiderung gehabt hätte, wandte sich Schwester Frevisse mit fragender Stimme an ihn: »Wir haben keinen Namen, dem wir unseren Dank aussprechen könnten.«

Er verneigte sich. »Ich bin Robert Fenner, meine Dame.«

»Habt Dank, Robert Fenner, für Eure schnelle Hilfe. Und jetzt, mit Eurer Erlaubnis ...« Sie ging die Stufen hinunter, und Thomasine folgte ihr notgedrungen. Sie unterdrückte ihren Wunsch, sich umzusehen, um festzustellen, ob er ihnen nachsah.

Das Dunkelblau der Dämmerung verwandelte sich in das Schwarz der Nacht, während sie über den Hof zur Klosterpforte gingen. Sobald sie das Kloster betreten hatten, galt das Schweigegebot, und es war ihnen nicht mehr erlaubt, laut zu sprechen, außer zu Gott. Die Nonnen versammelten sich heute im Kapitelsaal zur Komplet, nicht, wie sonst, in der Kirche. Frevisse, die über zu viele andere Dinge nachdenken mußte, unter anderem über den Ausdruck auf Robert Fenners Gesicht, als er Thomasine angesehen hatte, war etwas verblüfft, daß die drei Psalmen der Komplet schon vorbei waren und sie mit den anderen sang: »Vor dem letzten Tageslicht beten wir, daß Du, Herr, uns in Deiner Gnade in dieser Nacht behüten mögest.« Dann waren sie fertig, und sie griff Thomasines Hand, bevor diese ins Gästehaus laufen konnte, und führte sie entschlossen zum Refektorium.

Frevisse ließ Thomasine in der hallenden Leere des Raums warten und ging weiter in die Küche. Die Laienschwestern waren noch da, beendeten gerade die Arbeit dieses Tages und bereiteten die morgige vor, es war immer noch stiller als sonst. Sie waren sich sichtlich sehr bewußt, daß es eine Lücke gab, wo Martha Hayward noch vor ein paar Stunden gewesen war. Sie blickten wachsam auf, als Frevisse eintrat, aber sie nickte ihnen nur zu und tat das, wozu sie gekommen war. Als sie zu Thomasine zurückkehrte, trug sie nicht nur das kärgliche Mahl aus Käse und Äpfeln, aus dem das Nachtmahl der Nonnen eigentlich bestand, sondern auch warme Milch und eine mit Honig bestrichene Scheibe Brot. Thomasine machte Anstalten, protestierend abzuwinken, aber Frevisse hob die Hand, eine stillschweigende Aufforderung zum Gehorsam. Ein eigensinniger Flunsch begann sich auf Thomasines Gesicht auszubreiten, aber der Hunger ihres jungen Körpers siegte über die Forderungen ihres Geistes, und sie griff mit mehr Hast als Anmut zu und aß. Nachdem sie eine Weile gewartet hatte, um sicherzugehen, daß Thomasine auch alles aufaß, erklärte Frevisse mit einer Geste, daß sie jetzt ins Bett gehen würde und daß Thomasine zum Gästehaus zurückkehren könne. Thomasine bedeutete ihr, daß sie erst noch etwas erledigen müsse.

Verblüfft hob Frevisse eine Augenbraue.

Thomasine zeichnete eine kleine Schale in die Luft, rührte um und machte das Zeichen für Brot.

Noch etwas warme Milch mit Honig und eingeweichtem Brot, riet Frevisse, und gab mit einem Nicken ihre Erlaubnis. Das war ein guter Gedanke und würde Lady Ermentrude ein Trost sein, wenn sie in der Nacht aufwachte.

Thomasine lächelte ihren Dank, verbeugte sich leicht und ging.

Frevisse war wach. Irgendwo in einer fernen Ecke ihres Geistes verwehte der verblaßte Rest eines Traums, ohne eine Erinnerung zurückzulassen. Die Vigilien waren vorbei, aber die Dämmerung war noch fern, dachte sie. Sie hob leicht den Kopf und suchte das kleine Fenster hoch oben im Giebel des Dormitoriums. Die Regel des Heiligen Benedikt bestimmte, daß alle Nonnen oder Mönche eines Klosters gemeinsam in einem einzigen Raum schlafen sollten, dem Schlafsaal. Aber die Regel hatte sich in den neunhundert Jahren, die seit dem Tod des Heiligen Benedikt vergangen waren, etwas gelockert. St. Frideswide war nicht das einzige Kloster, in dem die Äbtissin oder Priorin in einem eigenen Zimmer schlief, und das Dormitorium war durch Bretterwände in kleine, abgetrennte Zellen aufgeteilt worden, die einander auf der ganzen Länge des Dormitoriums gegenüberlagen. Jeder Nonne gehörte eine der Zellen, und manchmal waren die Zellen mit einer Tür verschlossen oder, wie in St. Frideswide, mit einem Vorhang.

In einer Abgeschlossenheit, die der Heilige Benedikt nie beabsichtigt hatte, hatte jede Nonne ihr eigenes Bett, eine Truhe zur Aufbewahrung ihrer Besitztümer, oft sogar einen Teppich und ganz gewiß mehr kleine Bequemlichkeiten, als die Regel gestattete, und wenn sie noch so lax ausgelegt wurde. In Frevisses Zelle hing ein Gobelin, der der Mutter ihrer Großmutter gehört hatte. Die Gestalten waren steif und trugen seltsame Kleidung, aber die Farben leuchteten, und dargestellt war ein Rosengarten mit dem Liebenden, der seine Heilige Liebe suchte. Und neben ihrem Bett hing ein kleines, aber silbernes Kruzifix, das ihr Vater aus Rom mitgebracht hatte.

Das war jetzt alles verborgen in der fast vollständigen Dunkelheit. In jeder Nacht war das einzige Licht im ganzen Dormitorium eine kleine Öllampe am oberen Ende der Treppe, die in die Kirche hinunterführte, und manchmal das Mondlicht, das durch das Giebelfenster schien.

Als Novizin hatte Frevisse schlecht geschlafen. Die harte Matratze und das Schlafen in der Unterkleidung, das die Regel verlangte, hatten ihr Unbehagen bereitet, das Wasser, das durch den Bade- und Waschraum und die Latrinenanlage am anderen Ende des Dormitoriums gurgelte, hatte sie wachgehalten, und es hatte sie gestört, um Mitternacht aufgeweckt zu werden, um zu den Vigilien und zur Laudes in die Kirche zu gehen.

Schließlich, im Laufe der Jahre, hatte sie gelernt, das Wachliegen zum Gebet, zur Meditation, zum Erinnern oder einfach zum Nachdenken zu nutzen. Jetzt war es nicht länger eine Bürde, nachts wach zu werden, sondern ein Geschenk, für das sie oft dankbar war.

Nun, während das letzte Wispern des Traums aus ihrem Geist verschwand, lag sie da, sah zu dem hohen Giebelfenster hoch und versuchte festzustellen, wie spät es war, aber da war kein vertrauter Stern und kein Mondlicht, nur das tiefe Dunkel des Himmels, dessen satinartiges Schimmern so anders war als die stumpfe Schwärze im Schlafsaal. Sie kuschelte sich tiefer in ihre warmen Decken und die vertrauten Kuhlen ihrer Matratze. Und stellte fest, daß sie nicht zur Ruhe kommen konnte. Welche Stunde der Nacht es auch war, nicht nur der Schlaf, sondern auch der Seelenfrieden hatte sie verlassen.

Sie warf sich rastlos herum und stellte fest, daß sie hellwach war. Warum nur? Sie ließ ihre Gedanken schweifen und erkannte, daß sie – ohne vernünftigen Grund – nach Lady Ermentrude sehen wollte. Und nach Thomasine.

Nicht Thomasine, protestierte ihr Kopf müde.

Seit das Mädchen nach St. Frideswide gekommen war, war die Rede davon gewesen, wie nahe sie dem Stand der Heiligkeit bereits zu sein schien. Sogar Priorin Edith spürte die Heiligkeit des Mädchens so sehr, daß selbst sie beeindruckt war. Und ganz bestimmt war es selten genug, besonders in diesen Zeiten des Unglaubens, in denen Frauen oft genug nur deshalb ins Kloster gingen, weil sie dem Leben draußen nicht gewachsen waren, und nicht aus einer Sehnsucht heraus, ein gottgeweihtes Leben in Klausur zu führen. Die hübsche Thomasine mit ihrer stattlichen Mitgift hatte es nicht nötig, ins Kloster zu gehen. Sie war hier, weil sie es so wollte, und niemand konnte leugnen – niemandem konnte entgehen –, daß sie sich mit ungeheurer Ernsthaftigkeit ins Gebet und auf ihre Pflichten stürzte.

Die Tatsache, daß Frevisse soviel Ernsthaftigkeit auf die Nerven ging, war ihre eigene Schuld und nicht die von

Thomasine. Aber das änderte nichts daran, daß sie dem Mädchen im letzten Jahr soviel wie möglich aus dem Weg gegangen war. Nun befahl ihr ihr Gewissen, daß sie nun, da sie wach war und wahrscheinlich nicht wieder einschlafen würde, nachsehen sollte, wie es Lady Ermentrude und, ja, Thomasine in diesen dunklen Stunden vor der Dämmerung erging.

Frevisse blieb noch einen Moment in ihrem warmen Bett liegen und dachte bedauernd, wie ausgesprochen selten sich ein ausgeprägtes Pflichtbewußtsein als angenehm erwies. Ihres war in ihrer Kindheit ausgebildet worden, die selten angenehm gewesen war. Als ihre Eltern sie auf ihren Wanderschaften mitgeschleppt hatten, hatte sie Verantwortungsbewußtsein gelernt. Es war ihr Schutz gewesen vor der Tatsache, daß ihren Eltern jegliches Verantwortungsgefühl fehlte, und längst war es zu einer Gewohnheit geworden, die zu tief saß, um überwunden werden zu können. Mit einem Seufzer über diese Tugend, von der sie oft wünschte, sie besäße sie nicht, schob sie die Decken zur Seite und stand auf.

In der völligen Dunkelheit kleidete sie sich tastend an. Sie warf das Übergewand über das Unterkleid, das sie im Bett getragen hatte, steckte die Füße in die feuchtkalten Schuhe, die auf ihrem vorgeschriebenen Platz neben dem Bett standen, und legte den Schleier an. Sie brauchte keinen Spiegel dazu, so oft hatte sie das an dunklen Wintermorgen getan. Dann faltete sie die Decken ordentlich zusammen und legte sie ans Fußende des Bettes, wie es die Regel verlangte, da sie bezweifelte, daß sie vor dem Frühstück zurück sein würde.

Die hölzernen Gardinenringe klapperten kaum, als Frevisse ihre Zelle verließ. Beim Licht der Dormitoriumslampe und der Öllampe am Fuß der Treppe ging sie in den Kreuzgang hinunter. Dort, im Sternenlicht, wo sie keine Lampen brauchte, blieb Frevisse einen Augenblick stehen und lauschte der Stille. Die Luft roch nach Kälte und dem Versprechen der Dämmerung, die nahe war, aber noch nicht begonnen hatte. Die Nacht schien sanft zu atmen, wenn keine rauhere Brise die Luft bewegte. Die Stille um sie herum beruhigte ihre Nerven, die, seit sie erwacht war, vor Anspannung vibriert hatten. Im stillen, an die Stille, hauchte sie ein Gebet des Heiligen Gregor. »Laß mich dir den heutigen Tag in seiner Gänze weihen, damit ich keine Tat der Dunkelheit oder der Schande zulasse oder begehe als der Hüter meiner eigenen Leidenschaften im Dienst an dir.«

Das Gästehaus war dunkel, abgesehen von dem schwachen Glühen der Kohlen im Kamin. In diesem Licht konnte Frevisse ein paar schlafende Gestalten erkennen, die sich als kleine Hügel auf den Strohsäcken abzeichneten, die sie nahe an den Ort geschoben hatten, wo vorher die Wärme der Feuerstelle gewesen war. Sorgsam machte Frevisse einen großen Bogen um sie, aber jemand hob den Kopf und murmelte fragend etwas Verschlafenes.

»Nur Schwester Frevisse«, flüsterte sie zurück. *»Benedicite.«*

Er murmelte eine Erwiderung und ließ den Kopf wieder sinken. Frevisse klopfte leise an Lady Ermentrudes Tür und trat ein, ohne eine Antwort abzuwarten. Zwei Lampen brannten hier, eine auf jeder Seite des Bettes, und gaben ein Licht, in dem sich die Patientin gut beobachten ließ, während die halb zugezogenen Bettvorhänge sie abschirmten. Auf einem Strohsack neben dem Bett lag eine von Lady Ermentrudes Frauen und schnarchte leise.

Thomasine, die vor dem Betpult kniete, hatte sich umgewandt, als die Tür aufging, und erhob sich jetzt. Im Schein der Lampe waren ihre jungen Augen trübe vor Schlafmangel, aber sie war eindeutig seit langer Zeit wach. Frevisse bemerkte, daß sie sich nicht einmal die Annehmlichkeit eines Kissens unter den Knien gegönnt hatte, und mit einem kurzen Gebet um Geduld ging sie zum Bett.

Thomasine gesellte sich zu ihr, und gemeinsam blickten sie schweigend auf Lady Ermentrude herunter.

Soweit Frevisse es beim schwachen Licht der Lampen und in den Schatten erkennen konnte, war ihre Gesichtsfarbe wieder normal, und sie atmete leicht und regelmäßig. Offenbar schlief sie und war nicht in Bewußtlosigkeit abgesunken.

»Wie lange ist sie schon so?«

»Seit kurz nach der Mette. Sie ist nicht aufgewacht, aber ich denke, ihr Schlaf ist jetzt weniger tief.«

»Gott sei gedankt.«

Thomasine bekreuzigte sich. »Maryon hielt es nicht für nötig, Schwester Claire zu rufen«, fügte sie etwas zweifelnd hinzu.

»Nein, das denke ich auch. Solange sie ruhig schläft und gleichmäßig atmet.«

Ihre Zusicherung schien Thomasines Sorge zu lindern. Frevisse ging vom Bett weg, und Thomasine folgte ihr. »Möchtest du hier sein, wenn sie aufwacht, oder würdest du lieber gehen?« fragte Frevisse leise. »Es könnte sein, daß sie ihre Meinung nicht geändert hat und dich immer noch fortbringen will. Du kannst ein bißchen schlafen, und ich werde bei ihr wachen, bis Schwester Claire kommt.«

Thomasine schien in ihrem Gewand kleiner zu werden. Sie wisperte: »Ich möchte hier sein, wenn sie aufwacht.«

»Ich werde ihr sagen, daß du den größten Teil der Nacht

bei ihr gewacht hast, wenn es das ist, was du sie gern wissen lassen möchtest.«

Thomasine schüttelte den Kopf. »Ich will ihr sagen, daß ich für sie gebetet habe. Um ihr Leben. Dann wird sie sicher einsehen, daß meine Gebete viel wertvoller für sie sind, als meine Eheschließung es je sein könnte.«

Frevisse bezweifelte im stillen, daß Lady Ermentrude ernsthaft in Erwägung zog, daß Gott es sich anmaßen könnte, ihre Pläne zunichte zu machen, aber sie sagte nur: »Vielleicht. Durchaus möglich.« Und fügte bei sich hinzu, daß Lady Ermentrude, wenn sie nüchtern und mit einem gräßlichen Kater aufwachte, zumindest nicht den Wunsch haben würde, sich sehr bald wegen irgend etwas zu streiten.

»Ich werde noch etwas beten«, sagte Thomasine in zweifelndem Ton, als frage sie um Erlaubnis. Frevisse nickte, aber bevor Thomasine sich abwenden konnte, machte Lady Ermentrude eine plötzliche, krampfartige Bewegung und rollte halb auf die Seite. Das Kruzifix rutschte vom Kopfkissen herunter und donnerte so laut auf den Fußboden, daß es sich in der Stille der Nacht anhörte wie eine Kanonade. Frevisse zuckte zusammen, als sie den Lärm hörte; Maryon setzte sich auf ihrem Strohsack auf, schrie auf und bekreuzigte sich. Thomasine bückte sich, hob hastig das Kruzifix vom Fußboden auf und küßte es. Als sie sich wieder aufrichtete, war ihr Kopf auf einer Höhe mit dem Kissen, und Lady Ermentrudes vorstehende Augen starrten sie an.

Thomasines Augen weiteten sich in einer Art Schrecken, und sie richtete sich ruckartig auf und rief: »Der Himmel steh mir bei!«

»Nicht, solange du Älteren und Weiseren den Gehorsam verweigerst, Mädchen«, krächzte Lady Ermentrude. Aber ihr Blick war unsicher und verwirrt. Sie sah nicht mehr

Thomasine an, sondern bewegte schwach den Kopf auf dem Kissen hin und her, als versuche sie zu entscheiden, wo sie war. Maryon hatte sich von ihrem Strohsack erhoben, und wenn sie auch keinen Eifer erkennen ließ näherzukommen, behielt sie doch alles scharf im Auge. Thomasine war in Sprachlosigkeit verfallen, stand einfach da und hielt ihrer Tante das Kruzifix hin. Es war Frevisse, die sich über das Bett beugte, versuchte, Lady Ermentrudes Aufmerksamkeit auf sich zu ziehen und sanft sagte: »Es ist alles in Ordnung, Mylady. Ihr seid krank gewesen, aber jetzt geht es Euch besser. Ihr seid sicher in St. Frideswide.«

Lady Ermentrude kam noch etwas mehr zu Bewußtsein und sah Frevisse heftig blinzelnd an. »Warum seid ihr alle rot? Warum ist dieses Ding ganz rot?« Mit einem schwachen Zucken der Hand wies sie auf das Kruzifix.

Thomasine drehte das Kreuz um und starrte es verwirrt an. Frevisse warf einen Blick darauf, sah aber nur Holz und die Gestalt, die darauf gemalt war. »Ihr meint Seine Wunden?« riet sie.

»Nein, ich meine ... ich meine ...« Lady Ermentrude fuhr sich mit der Zunge über die trockenen Lippen und verlor den Faden.

Frevisse langte schnell nach dem Weinbecher, der griffbereit auf dem Tisch stand. Sorgsam bemüht, ihr nicht wehzutun, hob sie Lady Ermentrudes Kopf leicht an und hielt ihr den Becher an die Lippen. Lady Ermentrude trank, und als ihr Kopf wieder auf dem Kissen ruhte, nahmen ihre Augen das rastlose Irren durch den Raum wieder auf. »Es ist das Licht«, krächzte sie. »Was verbrennt ihr in der Lampe, daß alles so rot aussieht?«

»Mit dem Licht ist alles in Ordnung. Es müssen Eure Augen sein. Ihr seid krank gewesen, und wahrscheinlich kommt es daher. Es wird verschwunden sein, wenn Ihr etwas geschlafen habt.« Frevisse riet nur, aber sie versuchte, zuversichtlich und bestimmt zu klingen.

Lady Ermentrude schloß die Augen. Ihre Lippen arbeiteten und formten Worte, die nicht kommen wollten, und dann lag sie still. Aber sie schlief nicht. Ihre Hände zerrten rastlos an der Decke, und Frevisse hatte den Eindruck, daß sie nicht versuchte einzuschlafen, sondern sich bemühte, ihre Kräfte zu sammeln und wieder ganz zu sich zu kommen.

Vorsichtig sah Frevisse Maryon an und flüsterte: »Bitte, schick jemanden nach Schwester Claire. Und sag Lady Isobel, daß ihre Tante aufgewacht ist. Sie wird es wissen wollen.«

Maryon nickte und ging. Lady Ermentrude öffnete die Augen und fragte schwach: »Wo ist Thomasine?«

»Sie ist ganz in der Nähe«, sagte Frevisse sanft. »Aber Ihr solltet jetzt versuchen, Euch auszuruhen.«

»Ausruhen.« Lady Ermentrudes Stimme war ein krächzendes Flüstern. »Wo ist Thomasine? Alles ist rot, ich kann nichts erkennen. Was immer Ihr in Euren Lampen verbrennt, Ihr solltet es lassen. Wo ist Thomasine?«

Frevisse gab auf und wies auf das Mädchen.

»Hier, Tante.« Thomasine kam näher, so daß Lady Ermentrude sie sehen konnte. »Ich bin hier, und ich habe für Euch gebetet. Damit Ihr wieder gesund werdet.«

Lady Ermentrude richtete den Blick auf sie und blinzelte wie eine Eule, als würden ihr die Augen wehtun. »Beten. Ja, Beten ist gut.«

»Würdet Ihr gern etwas essen?« Thomasine griff nach einer Schale, die neben dem Bett stand. »Ich habe Milch und Brot mit Honig für Euch. Das wird Eurem Hals guttun.«

Lady Ermentrude schien ihren Kopf auf der Jagd nach den Worten zu durchstöbern, bevor sie sagte: »Milch und Honig. Ja.«

Frevisse half Thomasine, Lady Ermentrude auf die Kissen zu stützen, und überließ ihr die Aufgabe, die Milch löffelweise in den wartenden Mund ihrer Großtante zu geben. Einige Minuten lang war nichts zu hören als das Schappen des Löffels gegen die Tonschale, bis Lady Ermentrude mit kräftigerer, festerer Stimme sagte: »Ah. Das ist besser.« Sie sah sich um, als sehe sie den Raum zum erstenmal. »Was ist das für ein Zimmer?«

»Das beste Gästezimmer unseres Gästehauses«, sagte Frevisse.

»Das Gästehaus von St. Frideswide?« Lady Ermentrudes Stimme hob sich in empörtem Unglauben. Wie eine Klaue umklammerte ihre Hand Thomasines Handgelenk, so daß fast die Schale umgekippt wäre. »Haben sie bereits eine Nonne aus dir gemacht?«

Thomasines Mund öffnete sich, aber es kam kein Ton heraus. Beruhigend, um die Panik des Mädchens zu lindern, erklärte Frevisse: »Es wird noch viele Tage dauern, bis Thomasine ihre Gelübde ablegen wird. Ihr habt genug Zeit, Euch auszuruhen, noch etwas zu schlafen.«

»Nein, ich will nicht schlafen! Hier werde ich nicht bleiben! Keine von uns beiden wird hier bleiben! Ich werde uns beide von hier wegbringen!« Sie machte eine Bewegung, als wolle sie sich in ihren Kissen aufrichten, und ließ dabei Thomasine los. Thomasine stand schnell auf und trat einen Schritt zurück, und Frevisse stellte sich zwischen sie und Lady Ermentrude.

»Ihr solltet noch nicht versuchen aufzustehen. Ihr solltet Euch noch etwas ausruhen, denke ich –«

»Ich will hier raus! Und das Mädchen nehme ich mit. Versucht nicht, uns aufzuhalten! Dieses Miststück Isobel und ihr Hund von einem Ehemann haben versucht, mich zum Narren zu halten. Sie sind hier, oder nicht? Ihr braucht nicht zu leugnen, ich habe sie gesehen!«

Frevisse, die wünschte, sie würde verstehen, was los war, sagte leichthin: »Sie sind Euch nachgeritten, weil sie fürchteten, Euch könnte etwas zustoßen.«

»Fürchteten? Bei Gottes großem Zeh, ich werde ihnen zeigen, wie man sich fürchtet! Wo ist Thomasine schon wieder hin?«

»Ich bin hier, Großtante.« Thomasine, die offenbar neuen Mut gefunden hatte, schob sich hinter Frevisse hervor, so daß Lady Ermentrude sie sehen konnte.

Lady Ermentrude bedeutete Frevisse, daß sie den Becher haben wollte, nahm ihn und trank diesmal ohne Hilfe. Aber sie wandte keinen Blick von Thomasine und blinzelte nicht. »Sie werden keine Nonne aus dir machen«, setzte sie an. Dann runzelte sie die Stirn und schien den Faden zu verlieren. Sie starrte in die Tiefen des Bechers und verkündete dann: »Wenn das hier Malmsey sein soll, ist es ein scheußlicher Jahrgang.«

Frevisse sagte: »Es ist Arznei im Wein, um Eure Schmerzen zu lindern.«

Lady Ermentrude sah sie mit schräggelegtem Kopf mißtrauisch und wachsam an. »Ich bin krank gewesen.«

Frevisse unterließ es zu erwidern: »Ihr wart so betrunken wie Euer eigener Affe.« Sie nickte lediglich.

»Aber jetzt geht es mir besser. Ich muß mich um Thomasine kümmern. Ihr werdet sie nicht hierbehalten, wißt Ihr. Das habe ich Euch gesagt.«

»Ich werde für dich beten, Großtante, wenn ich im Kloster bleibe«, bot Thomasine an.

In Anbetracht von Lady Ermentrudes ungeheurer Selbstgewißheit und ihrem Fieberwahn war das ein schwacher Einwand, und Lady Ermentrude fegte ihn sogar in ihrem geschwächten Zustand zur Seite. »Die Zeit zum Beten ist vorbei. Was jetzt gefordert ist, ist Handeln. Und es muß sehr viel getan werden.«

»Aber nicht gerade jetzt, Großtante, wo du noch so krank bist.« Lady Isobel stand in der Tür, nur mit einem weiten, fließenden Nachtgewand bekleidet. Die hellen Haare fielen ihr offen über die Schultern, und sie sah kaum älter aus als Thomasine. Lediglich das müde Grau um die Augen herum zeigte, daß sie ebenfalls zu wenig Schlaf bekommen hatte.

Ihr Ton war sanft gewesen, aber Lady Ermentrude versteifte sich. Frevisse war in ihrem Leben nur sehr wenigen Menschen begegnet, deren Nasenflügel tatsächlich vor Zorn bebten; Lady Ermentrude gehörte dazu. Jetzt bebten ihre Nasenflügel, und ihre Brust hob und senkte sich, als sie Kraft für ihren steigenden Zorn sammelte. »Von dir will ich nichts hören, Du Hure! Und nichts sehen. Du hast deine Chance verspielt. Jetzt ist Thomasine dran. Wenn ich sie erstmal hier raushabe –«

Aber ihre Wut war kein Ersatz für Kraft. Als sie sich bemühte, sich auf die Ellbogen aufzustützen, um besser gegen Lady Isobel wüten zu können, bekam sie keine Luft mehr und fiel keuchend und mit aschfahlem Gesicht in die Kissen zurück. Frevisse rettete mit einer schnellen Bewegung den Becher, den Lady Ermentrudes gelockerte Finger fallenließen, und Thomasine sank neben dem Bett auf die Knie und schluchzte Gebete hervor. Lady Isobel wollte zu ihrer Tante eilen, aber Frevisse war schneller, fing sie ab und schob sie zur Tür hinaus, wo Lady Ermentrude sie nicht mehr sehen konnte.

Thomasine fand sich plötzlich allein mit der Person, der sie am allerwenigsten allein gegenübertreten wollte. Aber sie hatte genug gesehen, um zu wissen, daß Lady Ermentrude zumindest im Augenblick nicht mehr tun konnte, als Worte zu ihr zu sagen. Unsicher streckte sie die Hand aus, um ihr den Puls zu fühlen, wie sie es Schwester Claire manchmal bei anderen hatte tun sehen. Lady Ermentrude, die keuchend nach Luft schnappte und etwas ruhiger geworden war, stieß ihre Hand zur Seite und zeigte schwach auf den Becher.

»Durstig«, krächzte sie.

Thomasine, die hoffte, daß die Arznei sie wieder einschlafen lassen würde, hielt ihr den Becher an die Lippen. Lady Ermentrude trank mit großen Schlucken und schien sich etwas zu erholen, versuchte aber nicht, sich wieder aufzusetzen. Sie fragte nur bitter und zornig: »Deine Schwester – wo ist sie hin?«

»Schwester Frevisse hat sie weggebracht.«

»Das ist gut. Halte dich von ihr fern. Eine wertlose Person. Sie wollte nicht hören. Bleib von ihr weg.« Lady Ermentrude stieß schwach mit den Füßen nach der Decke. »Ich will gehen. Hilf mir beim Aufstehen.«

»Nein, Tante, es ist besser, wenn du liegenbleibst!«

»Bei Gottes Augen! Erzähl mir nicht, was ich tun soll und was nicht! Hilf mir hoch! Hol meine Frauen und sag ihnen, was ich will. Wenn es dämmert, werden wir aufbrechen, und bei Sonnenaufgang sind wir schon halb in Lincoln und beim Bischof. Geh und hol meine Frauen!«

Ihre Hand hatte sich wie ein Schraubstock um Thomasines Handgelenk geschlossen, und sie hatte sie nahe zu sich herangezogen, um ihr die Worte und den Weingeruch ins Gesicht zu blasen, aber nach diesem letzten Befehl schleuderte sie die Hand weg und gab Thomasine frei. Thomasine zog sich eilig rückwärts zurück, bis sie außer Reichweite war, und hastete zur Tür.

Aber im letzten Moment wandte sie sich um und sah zu ihrem Entsetzen ein kleines, dunkles Etwas aus den Schatten zwischen den Bettvorhängen und Lady Ermentrudes Kissen fließen. Während sie zusah, kam ein schmaler, schwarzer Stab aus dem Schatten, und plötzlich war da eine kleine, fast menschliche Hand, die nach Lady Ermentrude Kopf langte. Thomasine stieß einen Entsetzensschrei aus und floh.

Frevisse sagte geduldig noch einmal, diesmal zu Sir John, der im Nachtgewand herausgekommen war, um sicherzugehen, daß es seiner Frau gutging: »Nein, wirklich, es scheint ihr besser zu gehen. Sie ist noch verwirrt und schwach, aber sie wird sehr wahrscheinlich leben, denke ich. Unglücklicherweise hat sich ihre Laune nicht gebessert.«

»Es ist eine Schande, sieht ihr aber ähnlich«, meinte Lady Isobel traurig. Sie lehnte sich müde gegen die Schulter ihres Mannes, und er legte schützend den Arm um ihre Taille. »Das alles hat schon begonnen, bevor sie gestern zu trinken anfing. Nein, ›vorgestern‹, muß man ja jetzt sagen. Aber sie hat ihre Arznei genommen?«

»Den größten Teil davon, und sie sollte jetzt schlafen. Wenn Ihr mich jetzt entschuldigen wollt ...«

Sie hatte vorgehabt, zu Thomasine zurückzugehen, aber die war plötzlich da und packte sie eindringlich am Arm. »Ich habe gesehen«, stieß das Mädchen hervor, »ich habe gesehen –« Die Worte blieben ihr in der Kehle stecken und wurden dann von einem erstickten, unartikulierten Schrei aus dem Raum hinter ihr abgeschnitten. Der Schrei stieg zu einem Heulen an, brach und wurde zu einem unmenschlichen, heiseren Schmerzensschrei.

»Ihr Engel und Diener des Glaubens, verteidigt uns«, hauchte Sir John.

Frevisse wiederholte im stillen sein Stoßgebet und blieb vor Schreck wie angenagelt stehen. Es war Schwester Claire, die unbemerkt durch die dunkle Halle herangekommen war, die an ihnen vorbeidrängte und auf die Tür zuhastete. Sie sagte scharf: »Sie hat Schmerzen. Seid ihr taub?«

Hinter ihr rührten sich aus dem Schlaf gerissene Gestalten, die auf den Beinen standen, bevor ihnen überhaupt klar war, warum sie wach waren. Frevisse war von Schwester Claire aus ihrem Schockzustand gerissen worden. Schnell folgte sie ihr und sagte über die Schulter zu Sir John und Lady Isobel: »Wir werden uns darum kümmern. Ihr haltet Euch da am besten raus. Thomasine –«

Aber Thomasine rannte bereits hinter Schwester Claire her. Maryon folgte ihr auf dem Fuße, und hinter ihr kam Robert Fenner. Die erstickten, abgehackten Schreie brachen ab und begannen gleich von neuem, Frevisse stürzte ins Zimmer. Maryon folgte ihr, ebenso Robert, der hinter sich die Tür zuknallte, um die Gaffer fernzuhalten.

Lady Ermentrude lag nicht länger schwach unter ihren Decken, sondern warf sich wild von einer Seite auf die andere, ihre erstickten, krächzenden Schreie zerrissen die Luft. Ihr Körper zuckte krampfartig im Rhythmus der Schreie, und ihre hervortretenden Augen starrten panisch ins Leere.

Schwester Claire, die eine winzige Phiole in der Hand hielt, rief: »Wir müssen sie festhalten! So kann ich ihr nicht helfen!«

Robert durchquerte bereits den Raum und warf sich über das Bett, so daß sein Gewicht Lady Ermentrudes Beine herunterpreßte. Sie wand sich, aber er war zu schwer, sie konnte ihn nicht abwerfen. Frevisse gelang es, Lady Ermentrudes Schultern zu packen, während Maryon nach ihren Armen griff. Gemeinsam drückten sie sie flach gegen das Bett. Sie wehrte sich, wand sich und stieß mit einer Kraft mit Armen und Beinen, die geradezu unmenschlich war. Sie schrie immer noch. Ihre Augen blickten wild und schmerzverzerrt ins Leere, und sie kämpfte nicht gegen Frevisse und die anderen, sondern gegen den Schmerz, während die Tränen ihr übers Gesicht liefen und ihr wirres Haar befeuchteten.

»Haltet sie fest!« bat Schwester Claire eindringlich. Sie hielt noch immer die Phiole in der Hand, konnte ihren Inhalt jedoch nicht verabreichen, da Lady Ermentrude wild den Kopf hin und herwarf. »Wenn ich sie hiermit beruhigen könnte ...!«

Sie hielten sie fest, aber es gelang ihnen nicht, sie stillzuhalten, bis sie sich abrupt aufbäumte, so hoch, wie es ihr unter ihrem Griff möglich war. Sie wand sich in hilflosen Zuckungen, den Mund zu einem stillen Schrei geöffnet. Dann brach sie zusammen, schlaff wie ein Lumpen und keuchend, und starrte an die Decke. Aller Kampfgeist war verschwunden. Sie warteten. Lady Ermentrude rührte sich nicht, nur ihr Brustkorb hob und senkte sich rapide.

Die Phiole war jetzt überflüssig, und Schwester Claire sagte leise: »Laßt sie los. Langsam. So vorsichtig, wie ihr nur könnt.«

Behutsam gehorchten Frevisse und Maryon und hielten sich bereit, wieder zuzupacken, wenn es nötig sein sollte. Robert erhob sich ebenso langsam und vorsichtig, mit angehaltenem Atem, bis er sicher vom Bett herunter war.

Die Tür öffnete sich langsam. Schwester Claire sah Frevisse an und schüttelte den Kopf. Mit einem zustimmenden Nicken eilte Frevisse zur Tür, um die Person wieder wegzuschicken, die hereinzukommen versuchte.

»Jetzt nicht«, flüsterte sie eindringlich, schon bevor sie sah, daß es Sir John war.

Sein Gesicht war ganz grau vor Angst, als er versuchte, an Frevisse vorbei in den Raum zu spähen. »Ist sie ...«

Als er zögerte und nicht wußte, wie er seine Frage in Worte fassen sollte, antwortete Frevisse schnell: »Sie lebt. Sie hatte noch einen Anfall, aber jetzt ist sie ruhiger, es ging schneller als gestern. Möglicherweise ist sie ...«

»Schwester Frevisse!« Schwester Claires Stimme klang scharf vor Bestürzung und Dringlichkeit, zwei Gefühle, die sie selten zeigte.

Frevisse vergaß Sir John und eilte zu ihr.

»Ihre Atmung setzt aus. Und sie ist wieder ganz kalt. Fühlt es selbst.«

Frevisse legte die Hand auf Lady Ermentrudes Gesicht. Es war noch gerötet von ihrem Panikanfall, aber so kalt wie abgehangenes Fleisch. Ihr Atem kam in schwachen Stößen, statt gleichmäßiger zu werden, und ihr ganzer Körper bewegte sich bei jedem Atemzug, wie um sie beim Atmen zu unterstützen. Als sie Frevisses Berührung spürte, schwenkte ihr Blick zu ihr hinüber. Die Pupillen waren derart geweitet, daß die Augen schwarz vor Angst zu sein schienen.

»Vater Heinrich«, sagte Frevisse. »Wir brauchen Vater Heinrich.«

»Ich bin hier«, sagte der Priester hinter ihr. Schwester Claire überließ ihm ihren Platz, und diese einfache Geste machte Frevisse klar, daß es auf Erden nichts mehr gab, was für Lady Ermentrude getan werden konnte. Was immer jetzt geschehen würde, war Gottes Angelegenheit, und die von Vater Heinrich als seinem Vermittler.

Maryon, schmerzerfüllt und weiß vor Schreck, hatte sich bereits zur Tür zurückgezogen, wo Sir John immer noch stand. Hinter ihm drängte sich eine Masse von Gesichtern. Frevisse sah sich verspätet nach Thomasine um und stellte fest, daß sie vor dem Betpult kniete, das Gesicht gegen die steif gefalteten Hände gedrückt. Ihre Lippen bewegten sich schweigend. Robert Fenner machte eine Bewegung, als wolle er zu ihr gehen, aber Frevisses Hand auf seinem Arm hielt ihn zurück. Was sie jetzt brauchte, waren Gebete, ganz gewiß nicht seine Aufmerksamkeit. Er sträubte sich, aber nach einigem unaufdringlichen Ziehen ging er mit ihr und Schwester Claire zur Tür, wo die anderen standen.

Sie warteten, sie alle und die zusammengedrängten Dienstleute. Gott sei Dank war Lady Isobel nicht in Sicht. Sir John wirkte merkwürdig unvollständig ohne sie, wenn Frevisse sich dessen auch nur am Rande bewußt war. Ihre Aufmerksamkeit, wie die aller anderen, gehörte Vater Heinrich. Sie hörte seine überstürzten Worte und das rasselnde, gequälte Atmen von Lady Ermentrude. Das waren die einzigen Laute, die zu vernehmen waren, bis die Sterbesakramente gesprochen waren. Dann hörte man nur noch Lady Ermentrudes Atemzüge, bis sie stockten und mit einem erstickten Laut ganz aufhörten. Ihre Hände hoben sich, machten eine Bewegung, als wolle sie sich bekreuzigen oder nach der Luft suchen, die nicht länger da war. Dann fielen sie ruckartig zur Seite und ihre Augen verdrehten sich, als ihr Körper sich zum letztenmal aufbäumte und sich versteifte. Vater Heinrich griff nach ihren Händen und hielt sie fest, aber noch während er das tat, brach sie zusammen, ihr Körper fiel lose und leer zurück, und ihr Kopf rollte zur

Seite. Ihre Hände waren jetzt nicht mehr als leblose Lumpen in den seinen.

In der tiefen Stille, die folgte, wußte Frevisse, daß Thomasine sich am Betpult umgedreht hatte und Lady Ermentrude anstarrte, wie auch sie alle anstarrten. Und es war Thomasine, die flüsterte, laut in der Stille des Raums: »*In manus tuas, Domine, commendo spiritum eium.*«

In Deine Hände, O Herr, befehlen wir ihren Geist.

Und wenn je eine Seele Gottes Gnade gebraucht hatte, um in den Himmel zu kommen, dachte Frevisse, dann war es die von Lady Ermentrude.

Es war still in der Kirche, jetzt, wo das Geläut der Totenglocke aufgehört hatte. Die Luft schien immer noch leicht zu vibrieren und die Erinnerung an die siebenundfünfzig langsamen Glockenschläge festzuhalten, einen für jedes Jahr von Lady Ermentrudes Leben, doch sie verblaßte zusehends. Wie die Erinnerung an Lady Ermentrude mit der Zeit verblassen würde, dachte Thomasine, verblassen und keine Rolle mehr spielen.

Aber jetzt spielte sie eine Rolle, sie infizierte Thomasines Gedanken und störte ihre Gebete, sogar hier an ihrem Lieblingsplatz auf den Stufen unter dem Altar von St. Frideswide, wo sie sich sonst fast immer im Gebet hatte verlieren können, wo sie alle anderen Gedanken ausschalten wollte, den an den Stein, der ihre Knie schmerzen ließ, den an die Magerkeit ihrer gefalteten Hände oder den an die beiden Särge, die auf ihren Totenbahren hinter ihr warteten.

Sie hatte geholfen, Lady Ermentrudes Leiche zu waschen und für Leichentuch und Sarg fertigzumachen, war dem Sarg durch den Klosterhof gefolgt und hatte zugesehen, wie er neben Martha Haywards Sarg abgesetzt wurde. Sie hatte die Erlaubnis erhalten, nach der Prim in der Kirche zu bleiben, um für ihre Seelen zu beten. Aber die Gebete, die sie sagen wollte, konnte sie tief in ihrer Seele nicht finden, dort war nur der Gedanke an die Leichen von Lady Ermentrude und Martha, die hinter ihr lagen und darauf warteten, daß ihre Angehörigen kamen und sie zu ihrer letzten Ruhestätte brachten. Lady Ermentrude würde in der Familienkirche der Fenners ein Grab neben dem Hochaltar bekommen, wo sie unter einem aus Stein gemeißelten Abbild ihrer selbst auf das Jüngste Gericht warten würde. Martha Hayward würde auf dem Friedhof von Banbury liegen und bis auf die Knochen vermodern, die später wieder ausgegraben und mit anderen vermoderten Knochen ins Beinhaus gebracht werden würden, um Platz für andere Tote zu schaffen.

Beide waren tot und brauchten ihre Gebete, aber es wollten einfach keine Gebete kommen, sondern nur der Gedanke, wie plötzlich der Tod sie ereilt hatte.

Ihr Sterben hatte nichts Leichtes gehabt. Sogar der Tod hatte es nicht vermocht, den tief eingegrabenen Schmerz aus Lady Ermentrudes herben Zügen zu wischen, bevor das Leichentuch sie zudeckte. Eine Seele, die durch einen solchen Tod vom Körper getrennt worden war, benötigte sicherlich verzweifelt die Gebete anderer Menschen, und Thomasine wußte das. Aber die Gebete wollten nicht kommen. Keins für sie selbst, keins für Lady Ermentrude und keins für Martha. Nur Gedanken.

Gedanken an Lady Ermentrudes Sterben, an das kleine, schwarze, kriechende Ding – aus der Hölle? –, das nach ihr gegriffen hatte ...

Eine Hand berührte Thomasines Schulter. Mit einem schrillen Aufschrei machte sie einen Hechtsprung nach vorn und kratzte mit beiden Händen am Fuße des Altars. Dann riß sie den Kopf herum und stellte fest, daß Schwester Frevisse, die auf leisen Sohlen hereingekommen war, über ihr stand.

Schwester Frevisses Mundwinkel zuckten mit ungebührlicher Belustigung, bevor sie die Regung unterdrücken konnte. Sie wußte, daß Thomasine es bemerkt hatte, konnte aber nichts zu ihr sagen, sondern ihr nur wortlos bedeuten, ihr zu folgen. Einen Augenblick lang schien Thomasine sich weigern zu wollen. Groll und andere weniger leicht interpretierbare Gefühle huschten über ihr Gesicht. Dann wurden ihre Züge leer und ausdruckslos und verbargen alles, was sie fühlen mochte, und sie löste sich vom Altar und folgte Frevisse durch die Kirche bis zu der Seitentür, die zum Kloster führte.

Frevisse gab sich große Mühe, Thomasine nicht anzusehen. Sie wollte ihr Zeit geben, die Würde wiederzugewinnen, die sie bei ihrem panischen Hechtsprung zum Altar verloren hatte. Frevisse konnte sich erinnern, wie schmerzlich notwendig und schwierig die Aufrechterhaltung ihrer Würde für sie selbst zu jener Zeit gewesen war, als sie noch sehr jung gewesen war. Frevisse selbst hatte bewußt den Entschluß gefaßt, ihre Jugend hinter sich zu lassen, lange bevor sie Thomasines jetztiges Alter erreicht hatte. Aber das änderte nichts daran, daß Thomasine jetzt das Gefühl, ihre Würde bewahrt zu haben, noch benötigte.

Da sie Thomasine nicht ansah, war Frevisse nicht auf das plötzliche, heftige Schluchzen vorbereitet, das sie hörte, als sie in den Kreuzgang hinaustraten. Es schien tief aus dem Brustkorb des Mädchens zu kommen, eine Last, die zu schwer war, um sie tragen zu können, die sie auf der Bank zusammensinken ließ, die dort stand, das Gesicht in den Händen vergraben. Frevisse war sich bewußt, daß Mitgefühl wahrscheinlich alles nur noch schlimmer machen würde, und sagte fest: »Was ist es, Kind, Trauer um deine Tante? Oder etwas, das geändert werden kann?«

Thomasine hob ihr tränenüberströmtes Gesicht und rief aus: »Zwei lächerliche Wochen! Nur noch zwei Wochen, dann bin ich in Sicherheit! Sie kann mir nichts mehr anhaben!«

Wenn sie mehr geschlafen oder weniger Angst gehabt hätte, hätte sie nie soviel verraten. Und selbst wenn – die Worte an sich bedeuteten nicht viel, nur wieder Thomasines bis zum Überdruß bekannten, allzu leidenschaftlichen Wunsch, Nonne zu werden, und Frevisse hätte es dabei bewenden lassen, wenn Thomasines Augen sich nicht plötzlich vor Schrecken geweitet hätten, als ihr bewußt wurde, was sie gesagt hatte.

Frevisse fragte scharf und mit plötzlichem Argwohn: »Warum hast du solche Angst davor, von hier weggebracht zu werden, Thomasine? Bist du gezwungen worden, ins Kloster zu gehen? Bist du in Gefahr, wenn du St. Frideswide verläßt? Ist es das?«

Thomasines Gesicht, gewöhnlich glatt vor Jugend und gewollter Heiligkeit und so sanft, daß es überhaupt keinen Ausdruck zu haben schien, außer wenn sie nervös war oder tief ins Gebet versunken, verzog sich hastig zu einem verzweifelten Lächeln, das eine einzige Lüge war. »Ich habe keine Angst.« Sie schüttelte heftig den Kopf. »Niemand hat mich gezwungen. Nie.«

Der Kreuzgang war nicht der richtige Ort für ein Gespräch. Frevisse nahm die Sache buchstäblich in die Hand, packte Thomasine am Arm, zog sie hoch und führte sie um das Kloster herum zu dem engen Gang zwischen der Kirche und dem Kapitelsaal. Der Gang führte von den Klostergebäuden zum Friedhof, und kurze, dringend notwendige Gespräche waren hier erlaubt. Als sie dort waren, fragte Frevisse, die Thomasine immer noch am Arm festhielt: »Also, wovor hast du solche Angst?«

Thomasine sah überall hin, nur nicht in Frevisses Gesicht, und sie stieß in heftiger Verlegenheit mit einer Mischung aus Furcht und Verzweiflung hervor: »Ich habe nie gesagt, daß ich Angst habe. Das habe ich nie gesagt!«

Frevisse schüttelte ihren Arm. »Bist du durch Betrug oder Zwang hier? Durch Drohungen oder Hinterlist? Was fürchtest du?«

Thomasine faltete die Hände wie zum Gebet und rief aus: »Nichts von alledem trifft zu! Ich möchte hier sein! Ich habe es mein ganzes Leben lang gewollt!«

»Aber es gibt einen Grund, aus dem dir verboten werden könnte, deine Gelübde abzulegen, und Lady Ermentrude wußte davon? Wenn das der Fall ist, mußt du es jemandem sagen. Der Ehrwürdigen Mutter oder Vater Heinrich oder Schwester Perpetua –«

»Es gibt keinen! Ich schwöre es!«

Frevisse, entschlossen, die Wahrheit aus ihr herauszubekommen, setzte ihr erbarmungslos zu. »Du weißt, daß es eine Sünde ist, falsche Gelübde abzulegen, eine ebenso große Sünde wie die Apostasie selbst, der Austritt aus dem Kloster unter dem Bruch der Gelübde?«

Thomasine schien nie eine Spur von Mut in sich gehabt zu haben, schien nichts als ein Nervenbündel zu sein, das sich nur für seine Gebete interessierte, aber bei dieser Herausforderung wurde sie ruhig und sicher, als wäre sie geschlagen worden. Sie richtete sich in Frevisses Griff auf und sagte, die Stimme hoch und hell vor Anspannung: »Ich weiß es. Nie würde ich vor Gott ein falsches Versprechen ablegen.«

»Es ist also keine Falschheit an deinem Hiersein?«

»Keine.«

Frevisse lockerte ihren Griff nicht, aber sie sagte etwas sanfter: »Aber du hast Angst.«

Thomasine blinzelte, als neue Tränen kamen, aber sie kämpfte dagegen an und entgegnete: »Ja. Werde ich deswegen weggeschickt werden?«

Das war ganz offensichtlich eine Frage, die sie seit langer, langer Zeit gequält hatte. Frevisse lockerte ihren Griff und erwiderte vorsichtig: »Das hängt davon ab, warum du Angst hast. Kannst du es mir sagen?«

Thomasine holte tief und unglücklich Luft. »Wenn ich nicht hierbleiben darf, werden sie mich an irgend jemanden verheiraten, und ich kann nicht heiraten.«

»Weil du dich heimlich mit jemandem verlobt hast, bevor du hergekommen bist?« Das war eine törichte Sache, die Mädchen manchmal taten – sie gaben heimlich irgendeinem unpassenden Mann das Eheversprechen, und später stellten sie fest, daß sie fürs ganze Leben gebunden waren, ganz gleich, wie sie inzwischen fühlten. Ein Eheversprechen war nach dem Kirchenrecht ebenso bindend wie das Ehegelöbnis und konnte wie das Ehegelöbnis nur durch komplizierte juristische Prozeduren gelöst werden. Wenn Thomasine so etwas geschworen hatte, hatte sie kein Recht, in St. Frideswide zu sein.

Aber Thomasine schüttelte mit weit aufgerissenen, schockierten Augen heftig den Kopf. »Oh nein, das hätte ich niemals getan! Ich könnte nie, nie, nie einem Mann versprechen, ihn zu heiraten. Ich könnte es nicht!«

»Aber warum nicht?« Die Heftigkeit des Mädchens war ebenso verwirrend wie ihre Angst.

Thomasine ließ den Kopf hängen. »Babies.« Sie murmelte das Wort. »Ich habe Angst davor, Kinder zu bekommen.«

Fast hätte Frevisse gelacht. Und fast das Naheliegendste gesagt: daß sehr viele Frauen Angst davor hatten. Aber hinter Thomasines Angst steckte offensichtlich mehr als diese ganz vernünftige Furcht. Frevisse hielt ihre Belustigung im Zaum und wartete. Thomasine fuhr mit dem Knöchel über ihre in Tränen schwimmenden Augen und sagte zittrig: »Ich weiß, daß viele Frauen im Kindbett sterben. Bei uns im Schloß war eine Magd. Eine große, starke Frau, aber sie ist gestorben, als ihr Baby geboren wurde. Ich habe sie schreien hören. Es war schrecklich. Und meine Schwester. Sie hat mir erzählt, daß sie jedesmal fast stirbt, wenn sie ein Kind bekommt, und sie glaubt nicht, daß sie es aushalten könnte, noch mehr zu kriegen.«

»Thomasine ...«

»Ich weiß«, sagte Thomasine schnell. »Es liegt alles in Gottes Hand, aber –« Sie senkte den Kopf und sprach zu ihren Zehen, als würde sie ein schändliches Geheimnis verraten. »Aber bei mir ist es noch etwas anderes. Es ist wegen dem, was die Hebamme sagte, als mein Bruder geboren wurde. Ich war dabei, bis sie merkten, was für eine schwere Geburt es werden würde. Da haben sie mich rausgeschickt, aber ich habe vor der Tür gewartet. Sie waren sehr besorgt, ob es ein Junge werden würde, weil meine Mutter bislang nur Mädchen geboren hatte, und es war ein Junge, und das war gut. Wir wußten nicht, daß er kurz darauf sterben würde. Und meine Mutter hat sich nie wieder richtig erholt. Sie starb, bevor das Jahr zu Ende ging. Aber es ist mehr als das.« Thomasine sagte es hastig und schnitt die beruhigenden Worte ab, die Frevisse auf der Zunge lagen. »Es ist wegen dem, was die Hebamme gesagt hat, als sie meine Mutter verließ, als wir noch alle dachten, es wäre alles in Ordnung. Sie sagte zu jemandem, es wären die schmalen Hüften meiner Mutter, die ihr das Gebären so mörderisch schwermachten, und dann sah sie mich da stehen und sagte: ›Da ist noch eine, bei der es schlimm werden wird, und schlimmer als bei ihrer Mutter, so schmal, wie die ist, und es sieht nicht so aus, als würde es sich auswachsen‹.« Sogar nach Jahren kannte Thomasine die Worte der Hebamme auswendig, bis hin zu ihrem Tonfall. »Und das hat es auch nie«, endete sie unglücklich.

Frevisse sah sie an und verstand, was die Hebamme gemeint hatte. Unter den zahlreichen Schichten und der gewollten Formlosigkeit ihres Novizinnengewandes war Thomasine mager, dürr und schmal in den Hüften. Das war kein sicheres Zeichen dafür, daß es ihr beim Kindergebären schlecht ergehen würde; man konnte das bei keiner Frau sicher sagen, bis der Augenblick kam, aber Thomasine glaubte es wahrhaftig, hatte es fast ihr halbes Leben lang geglaubt.

Vorsichtig sagte Frevisse: »Also hast du beschlossen, Nonne zu werden, um nicht sterben zu müssen.«

»Oh, nein! Damals wollte ich bereits Nonne werden. Ich schwöre es. Ich habe es gewollt, seit ich ein ganz, ganz kleines Mädchen war. Aber es schien – ich meine das, was die Hebamme sagte – es schien, als wäre das Gottes Art, mir mitzuteilen, daß ich mit meiner Entscheidung recht hatte.

Daß ich dazu bestimmt war, Nonne zu werden.« Thomasines Ernsthaftigkeit ging in schuldbewußte Traurigkeit über, und sie flüsterte: »Aber ich habe auch Angst davor zu sterben, zu sterben wie meine Mutter, und in St. Frideswide bin ich in Sicherheit. Wenn ich das Kloster verlassen muß, werden sie mich verheiraten, und er wird Kinder wollen, und ich werde sterben. Also habe ich so angestrengt versucht, so zu sein, wie ich sein sollte. Aber nicht nur, damit ich nicht weggeschickt wurde!« Sie sah Frevisse verzweifelt an. »Ich liebe Gott mehr als alles andere. Ich möchte hier sein, ich möchte es wirklich. Nur, wenn die Ehrwürdige Mutter oder die anderen wüßten, daß ich solche Angst habe, würden sie mir vielleicht nicht glauben. Und ich möchte hierbleiben, ich möchte nicht gehen müssen. Muß ich es ihnen sagen?«

Sie bemühte sich nicht mehr, die Tränen zurückzuhalten. Frevisse fragte sich, wie Thomasine je auf die Idee gekommen war, als Nonne dürfe sie keine anderen Gefühle haben als die Liebe zu Gott. Sanft sprach sie zu ihr: »Thomasine, ist nicht Schwester Alys, die in der Küche herumwütet, ein deutliches Beispiel dafür, wie weit entfernt vom Stand der Heiligkeit eine Nonne sein kann? Und sie gehört trotzdem hierher. Niemand wird dich fortschicken, weil du Angst hast. Wir sind alle nicht nur aus einem einzigen Grund hier, und für manche ist die Liebe zu Gott vielleicht der geringste ihrer Gründe. Wenn nur Frauen Nonnen würden, die vom Leben nichts anderes wollten, als in einem Kloster zu leben, würde es in ganz England nur ein einziges kleines Nonnenkloster geben.«

Sie beobachtete Thomasines Gesicht und sah, daß sie anfing, ihr zu glauben.

Mit schwacher Stimme und tränenfeuchten Augen fragte Thomasine: »Wirklich?«

»Wirklich. Warum hast du nicht Schwester Perpetua gefragt? Sie hätte es dir gesagt.«

Thomasine blickte auf ihre verschlungenen Hände herunter. »Weil ihr alle denkt, ich wäre so sehr fromm. Ich wollte nicht, daß jemand erfährt, daß ich es nicht bin.«

Also wußte Thomasine, was über ihre Heiligkeit gesagt wurde. Trocken meinte Frevisse: »Große Frömmigkeit kann eine große Bürde sein für die, die damit leben müssen, und für die, die sie haben.«

»Werdet Ihr es ihnen sagen?«

»Daß du nicht fromm bist?« Sie bemerkte, daß Thomasine der humorvolle Unterton völlig entging, und sagte schnell: »Thomasine, du bist ohne Zweifel dazu bestimmt, Nonne zu werden. Niemand wird dich daran hindern, am allerwenigsten eine von uns. Aber du mußt es der Ehrwürdigen Mutter sagen.«

Thomasines Lippen zitterten. »Muß ich wirklich?«

»Du mußt, und sei es nur, um deine Seele zu erleichtern. Ich verspreche dir, daß die Ehrwürdige Mutter dich nicht fortschicken wird. Aber du mußt es ihr sagen. Wenn du es nicht tust, muß ich es machen, und das wäre nicht so gut.«

Thomasines haselnußbraun-grüne Augen, immer noch tränennaß, forschten in Frevisses Gesicht nach Zeichen von Unehrlichkeit. Da sie keine fand, flüsterte sie: »Gut. Ich werde es ihr sagen.«

»Schön. Und jetzt müssen wir uns einer anderen Angelegenheit zuwenden, der, die mich zu dir geführt hat. Meister Montfort ist angekommen.«

Thomasine sah sie fragend an.

»Der Coroner«, sagte Schwester Frevisse.

Da erinnerte sich Thomasine. Er war kurz nach ihrem Eintritt ins Kloster nach St. Frideswide gekommen, als ein

Stallknecht tot und mit gebrochenem Schädel in einem Stall gefunden worden war und niemand da war, der hätte beschwören können, wie es dazu gekommen war. Da war Meister Morys Montfort gerufen worden, denn es gehörte zu seinen Pflichten als Coroner des nördlichen Oxfordshire, plötzliche Todesfälle zu untersuchen und zu melden. Also kam er und untersuchte und fällte ein Urteil, zu dem alle anderen schon längst gekommen waren: Der Stallknecht war zuletzt in leicht angetrunkenem Zustand gesehen worden, er war bekannt dafür gewesen, selbst zu seinen besten Zeiten mehr als nur ein wenig unvorsichtig zu sein, und es war ihm gelungen, sich von einer als bösartig bekannten Kuh gegen den Kopf treten und durch den halben Stall schleudern zu lassen. Tod durch Unfall hatte Meister Montforts Spruch gelautet, und der Mann war begraben und die Kuh, durch die er zu Tode gekommen war, ordnungsgemäß geschlachtet worden. Das Fleisch wurde an die Armen verteilt. Seit damals hatte keine Notwendigkeit bestanden, Meister Montfort nach St. Frideswide zu holen. Bis heute.

»Wir haben nach Martha Haywards Tod nach ihm geschickt.« Ausnahmsweise war Schwester Frevisses Tonfall nichts zu entnehmen, sie stellte schlicht eine Tatsache fest. »Jetzt ist er hier und muß zwangsläufig auch Lady Ermentrudes Tod untersuchen, und er will mit allen reden, die sie gepflegt haben. Auch mit dir. Er ist im Gästehaus.«

Sie hatten sich auf den Weg gemacht, während Schwester Frevisse sprach, und Thomasine mußte sich etwas beeilen, um mit ihren langen Schritten mithalten zu können. Jetzt blieb sie unter dem letzten Bogen des Kreuzgangs stehen und fragte hastig: »Muß ich mit ihm reden? Ich kann ihm nichts sagen als das, was alle anderen ihm auch sagen werden.«

»Du hast als erste mit deiner Tante gesprochen, als sie gestern zurückkehrte. Und du warst anwesend, als Martha Hayward und Lady Ermentrude starben, und zudem hast du vor ihrem Tod die ganze Nacht bei deiner Tante gewacht. Er will dich befragen.«

»Jeder weiß doch, was geschehen ist. Alle haben gesehen, wie der Wein erst ihren Geist und dann ihren Körper krank gemacht hat. Sonst gibt es nichts zu sagen. Und Martha starb an Herzversagen. Schwester Claire wird ihm das sagen.«

»Schwester Claire ist jetzt anderer Ansicht.«

»Ja?«

»Ja.«

In Schwester Frevisses Stimme klang ein harter Ton mit, der mehr sagte als das Wort selbst, aber Thomasine blieb keine Zeit zu raten, was das bedeuten mochte. Schwester Frevisse ging weiter, und sie mußte ihr folgen. Sie schob die Hände in die Ärmel und senkte entschlossen den Kopf so tief, daß sie nichts sah als ihre Füße, als sie den inneren Klosterbereich verließen und über den Hof zum Gästehaus gingen.

In der Halle des Gästehauses wimmelte es von Leuten, von denen die meisten Lady Ermentrudes Livree trugen. Ihr Plappern und Schwatzen erstarb, als Schwester Frevisse eintrat. Thomasine warf einen schnellen Blick nach beiden Seiten und stellte fest, daß alle sie und Schwester Frevisse ansahen, aber die schob sich scheinbar völlig gleichgültig durch die Menge.

An der Schwelle zu der Kammer, die Lady Ermentrudes Zimmer gewesen war, wappnete Thomasine sich bewußt gegen alles, was dort auf sie warten mochte, es war immerhin doch nur ein ganz gewöhnliches Zimmer. Die Fensterläden standen offen, so daß das warme Licht der Sonne hereinströmte, und das Bett war frisch bezogen und ordentlich gemacht. Nichts ließ erkennen, daß es hier so kurz hintereinander zwei Todesfälle unter Gottes schwerer Hand gegeben hatte, und daß sich die Körper noch innerhalb der Klostermauern befanden, wo immer die Seelen der Toten jetzt auch sein mochten.

Thomasine sah sich nervös mit gesenkten Lidern im Zimmer um und stellte fest, daß Meister Montfort offenbar noch mit sehr vielen anderen Leuten sprechen wollte, nicht nur mit ihr. Jedenfalls schien es ihr so. Schwester Claire war da und Vater Heinrich und Tante Ermentrudes Zofe Maryon, die Schwester Claire so prüfend musterte, wie sonst Schwester Alys ein geschlachtetes Lamm musterte, bevor sie es zerlegte. Nur der Affe fehlte. Hinter ihnen, auf der Bank unter dem Fenster, saß der junge Mann, der Robert Fenner hieß. Die Sonne ließ sein braunes Haar rötlich aufleuchten. Thomasine hatte den Eindruck, daß er sie fast so eindringlich ansah wie Maryon Schwester Claire, also trat sie einen Schritt zurück, so daß Schwester Frevisse sie von seinem Blick abschirmte.

Aber es gab nicht genug Sitzgelegenheiten im Raum, außer auf dem Bett, auf dem niemand sitzen zu wollen schien. Thomasine jedenfalls bestimmt nicht. Vater Heinrich stand ebenfalls. Es war Robert Fenner, der sich schnell erhob und sagte: »Ich bitte Euch, setzt Euch hierher, Mylady.«

Vielleicht meinte er Schwester Frevisse, aber die, bestrebt, sich zu Schwester Claire zu gesellen, sagte: »Ja, Thomasine, setz dich hin. Vielleicht werden wir eine Weile warten müssen.« An Schwester Claire gewandt, fügte sie hinzu: »Er ist noch nicht fertig mit Sir John und Lady Isobel?«

»Nein. Die Dame ist noch so erschüttert, daß er die beiden in ihrem Zimmer befragt. Aber es kann jetzt kaum mehr sehr viel länger dauern.« Schwester Claires Ton war streng und ihr Gesicht in sich gekehrt, als würden ihre Gedanken innerlich um etwas ganz anderes kreisen.

Weder sie noch Schwester Frevisse schenkten Thomasine allzuviel Beachtung. Da sie keine Wahl hatte, setzte sich Thomasine mit niedergeschlagenen Augen auf den Platz, den Robert Fenner angeboten hatte.

Anstatt wegzugehen, als sie sich hingesetzt hatte, glitt er neben ihr auf die Hacken herunter, den Rücken gegen die Wand gelehnt. So konnte er hochblicken und ihr Gesicht ansehen, ob sie es wollte oder nicht. Er lächelte.

Thomasine schloß fest die Augen, weigerte sich, seine Anwesenheit zur Kenntnis zu nehmen, und begann das Vaterunser, das erste Gebet, das ihr in den Sinn kam. Ihre Lippen bewegten sich beim »Amen«, obwohl sie das nicht beabsichtigt hatte, und er mußte es gesehen haben, denn bevor sie von neuem beginnen konnte, sagte er leise: »Schwester Frevisse *spricht* mit mir.«

Thomasine warf ihm unwillkürlich einen Blick zu und preßte dann fest die Lippen zusammen, damit ihr kein ungewolltes Wort entschlüpfte.

»Ihr habt gehört. Sie ist eine Nonne, aber sie spricht mit mir«, beharrte Robert.

»Aber ich nicht«, flüsterte Thomasine zurück und weigerte sich, ihn noch einmal anzusehen. »Ich spreche mit keinem Mann.« Schwester Frevisses Zusicherung, daß niemand sie aus St. Frideswide hinauswerfen würde, hatte eine Wärme in ihrem Herzen zurückgelassen, die ihre Nerven weniger angespannt sein ließ, so daß sie zumindest fähig war, ihm mitzuteilen, daß sie seine Aufmerksamkeiten nicht wünschte.

»Mylady?« Die ruhige Stimme neben ihr, auf der anderen Seite, ließ Thomasine den Kopf heben. Die Frau, Maryon, neigte leicht den Kopf. »Ich hoffe, es geht Euch gut, nach allem, was geschehen ist letzte Nacht?«

»J-ja«, murmelte Thomasine. »Danke. Und Euch?«

»Ganz gut, danke.« Maryon seufzte tief und lächelte Robert, der sich erhoben hatte, etwas traurig an. »Wir sind zur Zeit ohne feste Aufgabe, Herr. Was werdet Ihr jetzt tun, wo Eure Herrin nicht mehr ist?«

Robert machte eine vage Geste. »Zu Hause ist kein Platz für mich. Vielleicht wird Sir Walter mich wieder in sein Gefolge aufnehmen. Ich weiß es nicht.«

»Ich weiß auch nicht, was ich tun werde.« Sie war eine hübsche Frau, ganz Sanftmut und glatte Haut, mit dunklem Haar und Manieren, die gefallen sollten. Thomasine fühlte sich unbehaglich in ihrer Nähe. »Ich habe den Dienst der Königin verlassen, weil ich hoffte, etwas mehr von der Welt zu sehen zu bekommen als Hertford Castle, wo sie sich am liebsten aufhält, und jetzt, nach Lady Ermentrudes Tod, kann ich diese Hoffnung begraben. Obwohl es nicht leicht war, mit ihr auszukommen, wirklich nicht.«

»Nein, das war es nicht«, stimmte Robert zu.

»Ich habe mich schon gefragt, ob wirklich sie die Königin verlassen wollte oder ob es nicht eher so war, daß die Königin sie wegen ihrer scharfen Zunge zum Gehen aufgefordert hat. Habt Ihr je davon reden hören?« Ihre Stimme hatte einen sonderbaren Klang, und Thomasine fragte sich, woher die Frau wohl stammte.

»Ich habe nichts anderes gehört als das, was Lady Ermentrude selbst sagte. Daß sie sich zur Ruhe setzen und den Dienst der Königin verlassen wolle und Königin Katharina ihrem Gesuch stattgegeben habe.«

»Ihr habt sie nie schlecht von der Königin sprechen hören?«

»Nie.«

Das Gespräch interessierte Robert nicht sehr. Maryon wandte ihre Aufmerksamkeit wieder Thomasine zu. »Und Ihr? Hat sie auch vor Euch nie einen anderen Grund für ihr Verlassen der Königin angegeben, außer, daß sie sich zur Ruhe setzen wollte?«

Es kam in St. Frideswide nicht gerade häufig vor, daß über die königliche Familie geklatscht wurde. Thomasine erinnerte sich sehr gut an das, was Lady Ermentrude an dem Nachmittag gesagt hatte, an dem sie im Kloster eingetroffen war. »Sie sagte, es würde einen Skandal geben, und sie wolle nicht mehr am Hof der Königin sein, wenn es losginge.«

Maryons Augen, bislang so liebenswürdig und sanft unter ihren vollen Wimpern, nahmen einen wachsamen Ausdruck an. »Hat sie gesagt, was für einen Skandal?«

Etwas irritiert erwiderte Thomasine: »Oh, nein. Wahrscheinlich hätte sie mehr darüber gesagt, wenn Meister Chaucer nicht gesagt hätte, daß er jedenfalls keine Gerüchte gehört hatte und ...«, Thomasine überlegte, wie er sich genau ausgedrückt hatte, » ... und daß er sicher sei, daß Lady Ermentrude klug genug sei, kein Wort über diese Angelegenheit zu verlieren, weder ihm gegenüber noch zu irgend jemandem sonst.«

Robert gab einen kurzen Laut der Belustigung von sich. »Wie hat sie diesen subtilen Hinweis aufgenommen?«

Thomasine sah ihn etwas überrascht an. »Wie sollte sie es aufnehmen, da konnte sie ja nur zustimmen.« Sie runzelte die Stirn und versuchte, sich zu erinnern. »Nur bin ich nicht sicher, ob sie es tatsächlich getan hat. Priorin Edith hat gerade in diesem Augenblick das Thema gewechselt, glaube ich.« Sie hielt nachdenklich inne – und ihr wurde bewußt, daß sie mit Robert gesprochen hatte. Errötend wurde sie sich seines Blickes bewußt und senkte wieder den Kopf.

Maryon, die das nicht bemerkt hatte und der der Sinn offenbar nach Klatsch stand, sagte: »Nun, ihre Söhne werden wahrscheinlich erleichtert sein, daß sie tot ist, wenn sie den ersten Schock überwunden haben.«

Thomasines Kopf schoß wieder in die Höhe. »Wie schrecklich, so etwas zu sagen!«

»Eigentlich nicht«, sagte Robert leichthin. »Ich gehörte früher zu Sir Walters Gefolge, und manchesmal habe ich ihn klagen hören, daß sie die Familie noch an den Bettelstab bringen würde. ›Immer nur vom Feinsten‹, pflegte er zu brüllen, ›und wenn sie jemanden nach London, Bristol oder Calais schicken muß, um es zu holen.‹«

Ein Grübchen erschien in Maryons Wange. »Und sie habe ich klagen hören, daß sie das ganze Jahr über von Brot und Käse leben würden, wenn es nach ihrem Sohn ginge.«

»Sie hätte das vielleicht auch gemußt«, berichtigte Robert. »Doch Sir Walter glaubt, daß der Lebensstil eines Edelmannes seiner hohen Stellung im Leben entsprechen müsse.«

»Vielleicht denkt er, daß diejenigen, die sich dem Ende ihres Lebens nähern, anfangen sollten, auf das zu verzichten, was sie sowieso nicht mitnehmen können.« Maryons ironischer Tonfall schockierte Thomasine, die immerhin der Ansicht war, daß die Menschen sich nicht allzutief den Annehmlichkeiten des Lebens hingeben sollten, um nicht der tödlichen Sünde der Trägheit anheimzufallen.

Robert sah Thomasines Gesichtsausdruck und machte dem bösen Spiel auf der Stelle ein Ende. »Sogar die edelsten Familien haben heutzutage ihre Probleme«, sagte er.

»In der Tat«, entgegnete Maryon, ohne zu bemerken, daß Robert das Thema fallenlassen wollte. »Sir Walter sitzt seit zwei Monaten mit größter Besorgnis am Bett von Lord Fenner.« Sie erklärte Thomasine: »Sie sind Cousins, verwandt durch Sir Walters Vater – oder habt Ihr das gewußt? Da Lady Ermentrude ja Eure Tante war, wahrscheinlich ja.«

»Nein«, sagte Robert. »Lady Thomasine schenkt den Angelegenheiten dieser Welt keine große Beachtung.«

»Natürlich nicht, armes Ding. Nun, Lord Fenner hat keine Söhne, und der Titel wird in der männlichen Linie vererbt, und so wird Sir Walter Lord Fenner sein, wenn der alte Mann stirbt, was, wie es aussieht, jederzeit passieren kann. Ein Teil des Vermögens geht ebenfalls an den nächsten männlichen Verwandten, aber Lord Fenner hat noch weitere Besitztümer, und Sir Walter will sicherstellen, daß die nicht jemand anderem zufallen. Es ist außerordentlich interessant, daß er, der sich doch solche Sorgen darum gemacht hat, jetzt, da seine Mutter tot ist, ein ähnlich großes Vermögen erben wird. Es scheint, daß ganz gut für Sir Walter gesorgt ist.«

Maryon schien sich in der kurzen Zeit, in der sie in Lady Ermentrudes Diensten gewesen war, großes Wissen über die Angelegenheiten der Fenners angeeignet zu haben. Thomasine hatte das Gefühl, daß eine tadelnde Bemerkung angebracht war, aber bevor sie eine formulieren konnte, stand Meister Montfort in der Tür.

Er war ein rundlicher, dickbäuchiger Mann mit kleinen, schwarzen Augen und fuchsrotem Haar, das oben ungleichmäßig dünner zu werden begann. Die lange, spitze Nase verlieh seinem Gesicht den Ausdruck gerissener, wenn auch lächelnder Scharfsinnigkeit, die, wie Thomasine annahm, sicher nützlich war, wenn er die wahren Umstände bei unglückseligen Todesfällen aufspürte.

Hinter ihm spähte der kleine, dunkle Schatten seines Schreibers, der Feder, Tinte und Pergamentblätter in der Hand hielt, kurzsichtig im Raum herum, auf der Suche nach einem Platz, wo er seine Sachen abstellen konnte. Meister Montfort bedeutete ihm mit einem Nicken, sich zum Tisch neben dem Bett zu begeben und baute sich mit weit gespreizten Beinen in der Tür auf, als wolle er sicherstellen, daß alle blieben, wo er sie haben wollte, bis er die Angelegenheit abgeschlossen hatte.

Mit voller, selbstsicherer Stimme fragte Meister Montfort: »Wer von Euch ist die Novizin Thomasine?«

Thomasine war zu überrascht und zu nervös, um eine Bewegung zu machen oder zu antworten, bis Schwester Frevisse »Thomasine« sagte, in einem Ton, der sie aufspringen ließ. Da keine Hoffnung mehr bestand, unbemerkt davonzukommen, trat sie etwas vor, machte einen kleinen, unsicheren Knicks und wisperte: »Sir.«

»Seht mich an, Kind.«

Es war ein Befehl, kaum noch höflich zu nennen. Thomasine holte tief Luft und sah ihn an.

»So«, sagte er, als wäre damit etwas geklärt. »Ihr seid Lady Ermentrude begegnet, als sie gestern hier ankam. Welchen Eindruck machte sie auf Euch? Ich will wissen, was Ihr zu dem Zeitpunkt dachtet, nicht, was Ihr jetzt darüber denkt. Also?«

Trotz des scharfen Kommandotons wartete Thomasine, schluckte und vergewisserte sich, daß die Worte kommen würden, bevor sie es ausprobierte. »Aufgeregt«, brachte sie schließlich hervor. »Zornig.« Und dann, da die volle Wahrheit gefordert war, fügte sie hinzu: »Ihr Atem roch nach Wein. Ich glaube, sie war betrunken.« Sie warf einen Blick auf den kleinen Schreiber, der eifrig damit beschäftigt war, ihre Worte auf ein Stück Pergament zu schreiben.

»Sie hat Euch Angst gemacht.« Montfort forderte ihre Aufmerksamkeit zurück.

Thomasine wandte sich ihm überrascht zu. Woher wußte er das?

»Ich habe es von Eurer Schwester gehört.« Meister Montfort schien nur widerstrebend mit dieser Information herauszurücken. »Sie sagt, daß Lady Ermentrude betrunken zu sein schien. Daß sie Euch am Arm gepackt hielt und mitzerrte. Daß Ihr Angst hattet.«

Beruhigt, daß er nicht ihre Gedanken las, antwortete Thomasine bereitwillig: »Ja, ich hatte Angst. Sie sagte, sie würde mich aus St. Frideswide fortbringen. Sie hielt meinen Arm so fest umklammert, daß ich mich nicht losmachen konnte. Und sie redete wirres Zeug. Ich denke, es war der Wein, der sie so wild reden ließ.«

»Habt Ihr das zu dem Zeitpunkt gedacht?«

Er stieß die Frage in bellendem Ton hervor, als hätte sie bereits zuviel gesagt. Thomasine zögerte. Ihre Augen huschten über den Fußboden, als würde die Antwort irgendwo dort unten liegen. »Ich hatte zu große Angst, um zu denken«, wisperte sie schließlich. »Ich hatte zu große Angst.«

»Aber Ihr habt nicht versucht, Euch von ihr loszumachen.«

»Sie tat mir weh ...«

Neben ihr sagte Robert: »Ich habe ihr gesagt, sie solle sich nicht wehren.«

Thomasine starrte ihn an. Sie hatte nicht gewußt, daß er so dicht neben ihr stand oder es wagen würde, so nachdrücklich und energisch mit Meister Montfort zu sprechen.

»Wer seid Ihr?« fragte Meister Montfort scharf.

»Mein Name ist Robert Fenner. Ich gehöre zu – gehörte zu Lady Ermentrudes Gefolge.«

»Fenner? Dann seid Ihr ebenfalls mit ihr verwandt.«

»Ich bin ein Großneffe.«

»Wart Ihr lange in ihren Diensten?«

»Fast drei Jahre. Ich stand seit meinem neunten Lebensjahr in Sir Walters Diensten, aber mit der Zeit wurde ihm sein Gefolge zu groß, und ich wurde zu Lady Ermentrude geschickt.«

»Es gab keinen Streit?«

»Nein.«

»Ihr seid gut mit Lady Ermentrude ausgekommen?«

»So gut wie jeder andere.«

»Ihr seid mit ihr zu Sir John geritten?«

»Nein.«

»Aber Ihr wart im Hof, als sie zurückkehrte?«

»Ich hörte, wie Lady Ermentrude in den Hof ritt. Ich war im Gästehaus, und als ich herauskam, sah ich gerade noch, wie sie den Priester fortschickte und Lady Thomasine am Arm packte.«

Seine freundlichen Augen richteten sich auf Thomasine, die sofort den Blick senkte. Aber seiner warmen, festen Stimme konnte sie sich nicht entziehen.

»Und was für einen Eindruck hattet Ihr von ihr?« verlangte Montfort zu wissen

»Sie hatte Angst. Große Angst. Aber sie hörte auf mich und half mir, Lady Ermentrude in die Gästehalle zu bringen.«

»Ich meinte, wie ging es Lady Ermentrude?« sagte Meister Montfort in einem Ton, der den jungen Mann einschüchtern sollte.

Doch Robert war nicht allzu eingeschüchtert, als er erwiderte: »Sie war betrunken, glaube ich. Sie roch nach Wein und war unsicher auf den Beinen, und sie redete wirr. Aber –«

»Also war sie betrunken und litt unter den Folgen ihres harten Ritts an dem Tag und am Tag zuvor«, unterbrach Meister Montfort.

»Sie ist bei anderen Gelegenheiten ebensoviel oder noch mehr geritten, und es hat ihr nichts ausgemacht. Ich weiß nicht, warum es an jenem Tag anders war.«

»Aber sie war erschöpft, oder nicht?«

»Ich glaube nicht, daß es an dem Ritt lag.«

»Dann am Trinken. Sie war keine junge Frau mehr.« Er blickte sich im Raum um, als wolle er jeden herausfordern, der es wagte, das abzustreiten. Niemand tat es, und Meister Montfort, der seine Autorität wiederhergestellt sah, verkündete: »Also können wir mit einiger Gewißheit sagen, daß das Trinken und die Erschöpfung als Folge ihres Zornes am Tag zuvor sie umgebracht haben. Sie war zu alt, um sich solche Temperamentsausbrüche und so viel Wein leisten zu können. Das hat sie ins Grab gebracht.«

Ganz offensichtlich hatte er die Antwort gefunden, die er gesucht hatte. Jetzt würde er sie alle gehen lassen, dachte Thomasine, und bereitete sich auf die Erleichterung des Entlassenwerdens vor.

»Nein«, sagte Schwester Claire mit klarer, tiefer Stimme, »ihr Tod hatte eine andere Ursache.«

Aller Augen richteten sich auf sie, aber ihr Blick war auf den Coroner gerichtet. Ihr Gesicht war ebenso entschlossen und sicher wie seines.

Nach einem Augenblick fragte Montfort überheblich: »Eine *andere* Ursache, Mylady?«

Schwester Claire erklärte steif: »Sie mag betrunken gewesen sein, als sie hier ankam, aber die Art und Weise, wie sie starb, zeigt, daß sie an etwas anderem starb. Die Zuckungen und Krämpfe ihres Todeskampfes. Die Natur ihrer

Schmerzen und die Art, wie sie ihnen zum Opfer fiel. Das war nicht ihr Herz, das versagte. Nach ihrem Tod habe ich Zeit gehabt, in meinen Büchern nachzusehen. Ich habe gelesen-« Sie holte tief Luft und zwang sich trotz Meister Montforts herablassenden, mißbilligenden Blickes weiterzusprechen. »Lady Ermentrude ist vergiftet worden. Das war die Todesursache.«

Thomasine war so starr vor Schreck und Erstaunen, daß sie nicht mitbekommen hatte, wie still auch alle anderen gewesen waren, während Schwester Claire sprach. Erst jetzt, als die ganze Gruppe in Bewegung geriet und jeder – sie selbst eingeschlossen – hörbar die Luft einsog, wurde es ihr bewußt. Meister Montforts Unterlippe bewegte sich auf und nieder, als kämpfe sie mit seinem Mund darum, ob er sprechen solle oder nicht. Schließlich sagte er angespannt: »Das glaubt Ihr?«

»Das weiß ich.«

»Und was macht Euch so sicher?«

»Vielleicht wäre ich nicht sicher –«

»Aha.«

»Aber Martha Hayward ist genauso gestorben.«

Bis jetzt waren die im Raum Anwesenden lediglich überrascht gewesen, doch nun herrschte offene Bestürzung. Nur Schwester Frevisse verhielt sich vollkommen ruhig. Trotz ihrer eigenen Beunruhigung war Thomasine sich der Reglosigkeit der Nonne bewußt. Hatte Schwester Frevisse gewußt, was Schwester Claire sagen würde?

Meister Montfort hatte sich wieder erholt.

»Martha Haywards Tod habe ich noch nicht untersucht«, sagte er streng. »Also haltet Ihr den auch für verdächtig?«

»Vater Heinrich war hier, als sie starb«, erwiderte Schwester Claire. »Und Thomasine. Sie können Euch sagen, wie Martha Hayward starb.«

Meister Montfort starrte finster den Priester an. »Nun?«

Vater Heinrich war offensichtlich nicht glücklich über die Aufforderung, eine schreckliche Wahrheit zu bestätigen. »Wir haben bei Lady Ermentrude gewacht. Sie hat geschlafen, und Martha hat geredet. Marthas Zunge lief stets wie geschmiert, aber diesmal schnatterte sie richtig, lauter und lauter, bis ich sie daran erinnern mußte, auf die schlafende Frau Rücksicht zu nehmen. Aber sie war richtig aufgedreht, sehr lebhaft. Sie wollte nicht stillsitzen, sondern wanderte im Raum herum, immer weiterplappernd, bis ihr die Worte in der Kehle steckenblieben und zu sonderbaren Lauten wurden. Sie wurde rot im Gesicht und sah seltsam aus, und dann griff sie sich ganz panisch ...« Vater Heinrich machte unbestimmte Gesten vor seinem Brustkorb oder seiner Kehle. »Sie fiel zu Boden und trat um sich. Sie schlug um sich und keuchte erstickt, bis sie plötzlich ... nicht mehr war. Mir blieb kaum Zeit genug, für sie zu beten, und sie starb, bevor Hilfe kam.«

Seine Stirn war von Schweiß bedeckt, als er zu Ende gesprochen hatte. Sein offenes Gesicht verriet sein Unbehagen.

Thomasine war gewappnet, als Meister Montfort seinen verärgerten Blick ihr zuwandte. »Nun?« fragte er. »War es so?«

Sie biß sich auf die Lippen und nickte schwach. Er sah Schwester Claire finster an. »Mir wurde mitgeteilt, es sei Herzversagen gewesen. Könnte es nicht Herzversagen gewesen sein? Dieser panische Griff an ihr Herz?«

Bevor Schwester Claire antworten konnte, sagte Schwester Frevisse mit ihrer hellen, klaren, nüchternen Stimme: »Vater Heinrich, verzeiht, aber was genau hat Martha getan? Könntet Ihr es uns vormachen?«

Der Priester sah verwirrt aus, aber er gehorchte. Seine großen Hände hoben sich nach einem Moment des Zögerns nicht an seine Brust, sondern an seine Kehle, und er umklammerte sie nicht, sondern griff und zog, als würde er versuchen, etwas zu lockern, das nicht greifbar war.

»So war es?« fragte Schwester Frevisse.

»So war es«, bestätigte Vater Heinrich.

Thomasine nickte.

Schwester Frevisse wandte sich an Meister Montfort. »Also griff sie sich nicht an die Brust, sondern an die Kehle.«

»Und das beweist?« fragte er kurz.

»Die Schmerzen eines tödlichen Herzanfalls bringen niemanden dazu, sich an die Kehle zu greifen«, sagte Schwester Claire.

»Aber diese Martha starb nach dem Bericht des Priesters innerhalb von Minuten, und Lady Ermentrude hat die ganze Nacht dazu gebraucht.«

»Menschen reagieren unterschiedlich auf Gift; was den einen sofort tötet, kann bei einem anderen durchaus nur zu einer Stunde Unwohlsein führen.«

»Vielleicht hat Martha Hayward mehr von dem Gift eingenommen und schneller als Lady Ermentrude«, warf Schwester Frevisse ein.

»Wieso das?« bellte Meister Montfort, verärgert darüber, daß diese Frauen ihm Trotz boten. Ganz offensichtlich mißfielen sie ihm mit jedem Wort, das sie sagten, mehr.

Schwester Frevisse schien das nicht zu bemerken. »Neben Lady Ermentrudes Bett stand Wein mit einer schlaffördernden Arznei, aber sie brach zusammen, bevor sie etwas davon trinken konnte.« Wieder sah sie Vater Heinrich an. »Ihr sagt, daß Martha von dem Wein getrunken hat, der für Lady Ermentrude bestimmt war. Sie muß den größten Teil des Weins getrunken haben, denn ich erinnere mich, daß nur noch sehr wenig da war, als er verschüttet wurde.«

Vater Heinrich trat nervös von einem Fuß auf den anderen. »Sie hat das in Milch eingeweichte Brot gegessen und dann einen tiefen Zug von dem Wein genommen. Ich habe ihr gesagt, daß Arznei darin wäre, und sie hat den Becher wieder hingestellt. Ich hätte sie daran hindern sollen, aber –«

Aber Martha Hayward war nie eine Frau gewesen, die sich so ohne weiteres an ihren Vergnügungen hindern ließ, sagte der Blick auf den Gesichtern aller Anwesenden.

»Sie hat immer alles probiert und an allem genippt, was ihr in die Finger kam«, erklärte Thomasine leise.

Meister Montforts Blick sagte deutlich, daß er von der ganzen Sache nichts mehr hören wollte. »Und hat noch jemand von diesem Wein getrunken?« Sie schüttelten die Köpfe, aber bevor irgend jemand antworten konnte, knurrte er: »Ihr sagt, der Wein wurde verschüttet?«, und sah Schwester Frevisse an.

»In dem Chaos nach Marthas Tod wurde der Wein verschüttet. Soweit ich weiß, hat sonst niemand davon getrunken.«

Meister Montfort sah sich um, erntete aber nur Achselzucken oder Kopfschütteln.

»Also woher hatte *Lady Ermentrude* das Gift, wenn es denn Gift war?« fragte er nachdrücklich.

Schwester Claire beantwortete die Frage: »Als sie nachts aufwachte, kurz vor ihrem Tod, hat sie etwas gegessen …«

»Was hat sie gegessen?«

»In Milch eingeweichtes Weißbrot. Frisch zubereitet«, erwiderte Schwester Frevisse. »Und sie hat von dem mit Arznei vermischten Wein getrunken, den Schwester Claire für sie vorbereitet hatte.«

»Was war da drin?« Montfort blickte finster auf Schwester Claire.

»Baldrian, weißer Klee, die üblichen Heilkräuter für einen beruhigenden Schlaf. Nichts, was Schaden zufügen könnte.«

»Und wo ist der Becher, aus dem sie getrunken hat? Hat sie alles ausgetrunken?«

Schwester Claire blickte sich um, als erwarte sie, den Becher irgendwo zu sehen. »Ich habe ihn danach nicht mehr gesehen.«

Schwester Frevisse fragte: »Robert, wer hat hier aufgeräumt, nachdem Lady Ermentrude herausgetragen worden war?«

»Ich. Ich habe einige ihrer Frauen beim Aufräumen beaufsichtigt. Ich erinnere mich nicht, den Becher gesehen zu haben. Ihr habt auch geholfen, Maryon. Könnt Ihr Euch erinnern?«

Maryon, deren Blick auf den Boden geheftet war, hob den Blick. »Nein. Ich habe ihn nicht gesehen. Ich habe die Schale mit dem eingeweichten Brot im Abort ausgeleert.«

»Woher kam der Wein? Aus den Beständen des Klosters?«

»Es war eine Flasche Malmsey, die Sir John und Lady Isobel mitgebracht hatten.« Schwester Claire runzelte die Stirn. »Ich weiß auch nicht, wo die Flasche geblieben ist.«

»Aber der Becher«, beharrte Schwester Frevisse. »Aus dem hat sie getrunken. Robert, Maryon, hat einer von euch ihn fortgebracht?«

Beide schüttelten den Kopf. Schwester Frevisse wandte sich an Meister Montfort. »Dann sollten wir danach suchen. Ebenso wie nach der Flasche.«

»Oh, unbedingt. Wir wollen uns nicht auch noch mit einem Diebstahl beschäftigen müssen, nicht wahr?« gab er ironisch zurück.

Aber Robert sah bereits hinter einen Stuhl nach, der in einer Ecke stand, und Maryon hinter eine Truhe. Meister Montforts Gesicht nahm einen dunkelroten Farbton an, und Thomasine schätzte, daß nur seine Würde ihn davon abhielt, ungeduldig mit dem Fuß auf den Boden zu klopfen, während er die richtigen Worte suchte, die diesem Unfug ein Ende machen würden.

Aber bevor er die Worte fand, nach denen er gesucht hatte, zog Robert, der auf den Knien unter dem Bett herumstöberte, mit einem Ausruf der Befriedigung den Becher hervor und hielt ihn hoch.

Meister Montfort war nicht beeindruckt. »Also kein Diebstahl. Schlichte Achtlosigkeit.« Er nickte Maryon abschätzig zu. »Sieh zu, daß er gesäubert und sicher mit ihren anderen Sachen verstaut wird, Frau.«

Aber Schwester Frevisse fing Robert ab und nahm den Becher an sich. Sie blickte hinein und drehte ihn um, so daß Schwester Claire den Boden sehen konnte. Die Ärztin schüttelte den Kopf. »Es ist nichts mehr übrig, aus dem man irgendwelche Schlüsse ziehen könnte«, sagte sie bedauernd. »Aber wenn wir die Flasche finden könnten ...«

»Kommt jetzt, Frau.« Trotz seines würdevollen Gehabes ließ Meister Montfort Zeichen von Ungeduld erkennen. »Wir müssen damit aufhören, einen solchen Unsinn zu reden, bevor es unnötigen Ärger gibt. Der Todeskampf eines Menschen, der an einem Schlaganfall stirbt, kann wie eine Vergiftung aussehen, und wir haben allen Grund zur Annahme, daß es ein Schlaganfall war, und keinerlei Grund zur Annahme, daß sie vergiftet wurde.«

Schwester Claire richtete sich so hoch auf, wie es ihre geringe Größe erlaubte. »Es gibt ein paar ausgezeichnete Gründe, die darauf schließen lassen, daß es Gift war. Und ganz eindeutig war es kein Schlaganfall. Ihr müßt Euch einen Quacksalber suchen und ihn gut bezahlen, um ihn zu veranlassen, das auszusagen, was Ihr hören wollt. Jedes Symptom, das die beiden Frauen aufwiesen, sagt mit aller Deutlichkeit, daß es Gift war und kein Herzversagen.«

Meister Montfort blickte sie finster an. »Gift ist ein billiges Wort. Könnt Ihr mir sagen, was für ein Gift es gewesen sein soll?«

»Nachtschatten. Ich kann Euch das Buch zeigen und die Worte vorlesen. Die Symptome werden aufgeführt, und sie sind denen sehr ähnlich, die wir hier hatten.«

»Sehr ähnlich –! Ihr zieht gewagte Schlußfolgerungen für eine Person Eures Geschlechts und Eurer Bildung.« Er wandte sich ab und richtete das Wort an Vater Heinrich, Robert und seinen Schreiber. »Das ist typisch für Frauen, die zu wenig zu tun und zu wenig zum Nachdenken haben. Sie suchen nach Aufregung und Abwechslung, wo sie nur können.«

Vater Heinrich und Robert waren zu vorsichtig, um sich dazu zu äußern. Der Schreiber, dessen Feder die ganze Zeit kratzend über das Pergament geglitten war, schrieb die Bemerkung nicht nieder.

Meister Montfort, der bemerkte, daß er zensiert wurde, stolzierte durch den Raum, riß das Pergament aus den tintenverschmierten Fingern des Schreibers, sah sich an, was der zuletzt geschrieben hatte, stieß ein angewidertes Grunzen hervor und zerknüllte das Pergament. »Es ist völlig unnötig aufzuschreiben, was sie sagt. Nachtschatten, Nonsens. Das ist die Art von müßigem Geschwätz, das die klaren Fakten, die in einem Fall vorliegen, völlig verzerrt.«

Ruhig sagte Schwester Frevisse: »Weder die Worte noch die Fakten, die Schwester Claire vorgebracht hat, sind müßig, und es wäre nicht ratsam, ihre Hinweise zu ignorieren.« Es schwang keine Spur von Trotz oder Ärger in ihrer Stimme mit, nur die feste Überzeugung, daß die Untersuchung fortgeführt werden würde, mit ihm oder ohne ihn.

Meister Montfort, wieder aufgebläht und rot im Gesicht, starrte sie wütend an.

Schwester Frevisse ließ ihn, blieb aber unnachgiebig.

Das unerfreuliche Schweigen hielt an. Die Feder des Schreibers schwebte über einem neuen Blatt Pergament und wartete auf Worte. Dann blickte Meister Montfort zur Seite, als wolle er kontrollieren, was sein Schreiber aufschreiben würde, und sagte unhöflich: »Ich sehe, ich muß Euch beweisen, daß Ihr im Unrecht seid. Schön. Ich werde mit meiner Untersuchung noch einmal von vorn beginnen müssen, wie es scheint. Wer in der Nacht bei ihr war. Wer ihr zu essen gab. Oder wer Zugang zu dem Becher hatte. Und Sir Walter ist auf dem Weg hierher«, fügte er düster hinzu. »Das wird ihm nicht gefallen. Das wird ihm ganz und gar nicht gefallen.«

Als Meister Montfort mit seinen Verhören fertig war, mußte der Ehrwürdigen Mutter mitgeteilt werden, was geschehen war und was für Folgen es wahrscheinlich haben würde. Auf Schwester Claires Bitte hin begleitete Frevisse sie, und danach standen sie gemeinsam in der Stille des Empfangszimmers und warteten darauf, daß Priorin Edith aufsehen würde. Der Hund zuckte im Schlaf, eine Fliege brummte gegen die Fensterscheibe, und nach einer Weile hob die Ehrwürdige Mutter den Kopf.

»Ihr habt keinen Zweifel daran, daß es tatsächlich Mord war?«

Frevisse neigte den Kopf, sogar noch schneller als Schwester Claire. »Es war Mord, beabsichtigt und geplant, einmal fehlgeschlagen und beim zweitenmal erfolgreich.«

»Also glaubt Ihr, daß Marthas Tod nicht beabsichtigt war?«

»Ich kann keinen Grund erkennen, aus dem jemand sie töten sollte.«

»Aber Ihr seht einen Grund für den Mord an Lady Ermentrude?«

»Da es sich nun einmal um Lady Ermentrude handelte, gab es wahrscheinlich zahllose Gründe, ihr den Tod zu wünschen.«

Noch vor zwei Tagen hätte Frevisse das mit trockenem Humor gesagt, aber jetzt war ihre Stimme ernst. Jemand hatte Lady Ermentrude wirklich und wahrhaftig den Tod gewünscht, so sehr, daß Marthas unbeabsichtigter Tod ihn nicht aufgehalten hatte, und mit so verzweifelter Dringlichkeit, daß er es kurz danach noch einmal versucht hatte.

»Welchen Grund sieht Meister Montfort?«

»Ich denke«, sagte Frevisse vorsichtig, »daß er immer noch wünscht, Schwester Claire hätte ihr Wissen für sich behalten.«

Priorin Edith nickte sanft. »Ich kannte schon seinen Vater, der vor ihm Coroner war. Auch er war ein Mensch, der stets bestrebt war, seine Fälle so einfach zu halten wie möglich. Und der nicht zögerte, einfache Fälle aus ihnen zu machen, wenn ihm das irgendwie möglich war.« Sie schüttelte langsam den Kopf. »Es wird oft behauptet, daß die Menschen im Alter töricht werden, aber mir scheint, daß viele ihre Torheit schon aus ihrer Jugend mitbringen.« Sie sah auf, und in ihren eigenen Augen zeigte sich keine Spur von Torheit. Ihre Stimme änderte sich, wurde bestimmt und fest. »Da er nicht so tun kann, als wären Schwester Claires Worte nie gesagt worden, was wird Morys Montfort unternehmen?«

»Er sagt, er will noch einmal von vorn beginnen, um zu beweisen, daß wir unrecht haben. Ich bin sicher, daß er vorhat, die Sache irgendwie zu Ende zu bringen, bevor Sir Walter Fenner eintrifft.«

»Ist es möglich, daß Sir Walter von dem Mord an seiner Mutter erfährt, bevor er durch unser Tor reitet? Wie weit hat es sich schon herumgesprochen?«

Frevisse zögerte und sah Schwester Claire an, die antwortete: »Sobald ich meiner Sache sicher war, habe ich es Schwester Frevisse erzählt. Vor Meister Montforts Verhör wußten nur wir beide es – und der Giftmischer.« Schwester Claire war immer sehr präzise.

»Jetzt wissen es alle, die während des Verhörs im Raum waren«, fügte Schwester Frevisse hinzu. »Vater Heinrich. Thomasine. Zwei von Lady Ermentrudes Leuten. Keiner von ihnen wird reden, denke ich.«

»Aber wenn Meister Montfort seine Befragungen fortsetzt, wie er es angekündigt hat ...«, gab Schwester Claire zu bedenken.

»Wird bald im ganzen Kloster das Gerücht die Runde machen, daß mit den beiden Todesfällen etwas nicht stimmt.« Priorin Edith sagte es leise. »Und wie ich die Dienstleute und das Kloster kenne, wird kaum viel Zeit vergehen, bis die Nachricht das Dorf erreicht. Und jedesmal, wenn die Geschichte weitererzählt wird, wird sie wieder etwas mehr aufgebauscht werden.«

»Ich denke, Meister Montfort beabsichtigt, die Sache für sich zu behalten, bis er mehr weiß«, sagte Schwester Claire. »Aber durch den einen oder anderen Umstand –«

»Und durch das Gerede der Leute«, beendete Priorin Edith den Satz für sie, »wird nicht allzuviel Zeit vergehen, bis wir und Meister Montfort mit allerlei Geüchten konfrontiert werden. Und mit zornigen Mitgliedern der Familie Fenner, denn wer weiß, was für eine wilde Geschichte Walter zu hören bekommen wird?«

Frevisse machte den Mund auf und schloß ihn wieder.

»Sprecht nur, Schwester Frevisse.« Priorin Ediths scharfsichtige Augen waren auf sie gerichtet.

»Meister Montfort –« Frevisse hielt wieder inne, da sie nicht wußte, ob sie es diplomatisch formulieren sollte oder nicht.

Ohne ihre Stimme zu erheben oder mit der Wimper zu zucken, sagte Priorin Edith: »– ist ein politisch handelnder Mensch und wird entdecken, daß die Sonne im Norden aufgeht, wenn er denkt, daß Sir Walter es gefällt. Ihr habt bereits gesagt, daß er nach der schnellsten Lösung suchen wird. Welche wird das sein?«

Frevisse zögerte.

»Schwester Frevisse«, sagte Priorin Edith. »Ihr seid eine vorbildliche Nonne, aber Ihr seid es durch den Einsatz Eures Verstandes geworden, nicht durch die Einfalt Eures Geistes. Und das mag uns jetzt zum Vorteil gereichen, denn Einfalt ist ganz bestimmt nicht das, was wir im Moment brauchen. Was denkt Ihr?«

»Ich denke, daß ich an Montforts Stelle zuerst Thomasine in Betracht ziehen würde.«

Schwester Claire stieß einen leisen Laut des Protests aus.

Aber Priorin Edith wandte ihren Blick nicht von Frevisse ab. Diese deutete ihr Schweigen als Zustimmung und erlaubte sich hinzuzufügen: »Also werde ich, mit Eurer Erlaubnis, dafür sorgen, daß Thomasine in den nächsten Tagen soviel wie möglich in meiner Nähe bleibt.«

»Aber das ist doch bestimmt nicht notwendig«, protestierte Schwester Claire, die ebenso schnell wie Priorin Edith verstanden hatte, was Frevisse meinte. Dann, als sie ihre Gesichter sah, fügte sie etwas unsicherer hinzu: »Oder wenn ihr glaubt, daß es notwendig ist, laßt sie bei mir im Hospital bleiben, außer Sicht. Oder hier bei der Ehrwürdigen Mutter.«

»Das würde nur den Verdacht bestärken, den Meister Montfort möglicherweise bereits hegt«, erklärte Priorin Edith, bevor Frevisse es konnte. »Es wird besser sein, wenn sie zur Verfügung steht, um die Fragen zu beantworten, die er ihr vielleicht stellen will, solange Ihr, Schwester Frevisse, bei ihr bleibt, um ihr bei den Verhören beizustehen und sie ansonsten vor zufälligen und unerwarteten Befragungen schützt.« Sie dachte einen Augenblick schweigend nach und sagte dann: »Ich denke, Ihr werdet in den nächsten Tagen Hilfe brauchen, Schwester Frevisse, da wir so viele Gäste haben, die bereits anwesend sind und noch weitere Gäste erwarten. Thomasine soll Euch bei der Erfüllung Eurer Aufgaben behilflich sein.«

Sie verabschiedete die beiden Nonnen mit einer Handbewegung. Sie knicksten, aber Frevisse wandte sich noch einmal um, bevor sie Schwester Claire aus dem Raum folgte, und fragte mit leiser Stimme: »Habe ich Eure Erlaubnis, Ehrwürdige Mutter, Fragen zu stellen, während ich meine Arbeit tue? Anstatt sie alle Meister Montfort zu überlassen?«

Priorin Edith musterte sie prüfend und gab dann mit einem Neigen des Kopfes kommentarlos ihre Erlaubnis.

Frevisse fand Thomasine halbherzig beim Unterricht bei Schwester Perpetua.

»Nein, nein, Kind, *père* ist der Vater, nicht die Frucht«, seufzte Schwester Perpetua.

Hier war Thomasine für den Augenblick sicher aufgehoben, entschied Frevisse. Sie gab sich damit zufrieden,

Schwester Perpetua aus dem Raum zu winken und sie zu bitten, Thomasine zu ihr zu schicken, wenn der Unterricht vorbei war. »Und wenn nach ihr geschickt wird, um mit Meister Montfort oder sonst jemandem außerhalb des Klosters zu reden, laßt sie zuerst zu mir gehen, damit ich sie begleiten kann.«

Schwester Perpetua dachte selten an etwas anderes als ihre Bücher, ihre Gebete und ihren zahmen Spatzen, aber sie hatte einen scharfen Verstand, und sie erwiderte, als hätte sie mehr verstanden, als Frevisse gesagt hatte: »Das Kind wird nirgendwohin gehen, wenn ich nicht bei ihr bin, oder nachdem ich sie zu Euch gebracht habe. Wird das reichen?«

»Völlig. Meinen Dank.«

Schwester Perpetua nickte und widmete sich dann erneut der undankbaren Aufgabe, französische Deklinationen zu unterrichten, und Frevisse blieb nichts anderes übrig, als sich in den Gästehäusern ihren Pflichten zu überlassen.

Vor der Vesper, während sie Fragen klärte wie die, wer dafür zuständig war, die Hunde auszuführen und wo Meister Montforts Männer schlafen sollten, begann sie, die Teilchen des Puzzles zusammenzutragen.

Bei Vater Heinrich, dem sie zufällig begegnete, war das am einfachsten. Er war gern bereit, all ihre Fragen zu beantworten, und wunderte sich anscheinend überhaupt nicht, warum sie fragte.

»Nein, nur Thomasine, Martha und ich waren im Raum, nachdem Schwester Claire zur Vesper gegangen war. Außer dieser Frau, dieser Maryon. Erst blieb sie noch, lief im Zimmer umher und stellte sicher, daß alles seine Ordnung haben würde, wenn ihre Herrin aufwachte. Dann ging sie zum Nachtmahl. Sir John und Lady Isobel ebenfalls. Es schien nicht notwendig zu sein, daß sie dablieben, während Lady Ermentrude so tief schlief, wißt Ihr.« Er sprach entschuldigend, so als hätte er eigentlich dafür sorgen sollen, daß sie bei Lady Ermentrude blieben. Frevisse versicherte ihm, daß es vernünftig gewesen sei, sie gehen zu lassen. »Und Lady Ermentrude ist kein einziges Mal aufgewacht? Sie hat nichts von dem gegessen oder getrunken, was für sie bereitstand?«

»Kein einziges Mal. Sie war so weit von den Mühen und Plagen der Welt entfernt, als läge sie in ihrem Grab.«

Er hörte, was er gesagt hatte, nachdem die Worte heraus waren, und war ganz durcheinander, aber Frevisse hatte nicht die Zeit, sich seine Entschuldigungen anzuhören. Sie sagte knapp: »Weder Ihr noch Thomasine habt etwas gegessen oder getrunken, nur Martha?«

»Nur Martha«, entgegnete er, und dann wiederholte er, was er bereits gesagt hatte – daß sie gierig die ganze Schale leergegessen und von dem Wein getrunken hätte, er wüßte nicht, wieviel, und dann laut und sprunghaft geworden sei, sich an die Kehle gegriffen hätte und gestorben sei. »So wie ich es Meister Montfort erzählt habe«, versicherte er ihr.

»Und so wie Ihr es ihm wieder erzählen müßt, wann immer er Euch fragt«, sagte Frevisse fest. Es würde kaum hilfreich sein, wenn Vater Heinrich anfing, sich irgend etwas aus den Fingern zu saugen.

Lady Ermentrudes, Meister Montforts und Sir Johns Leute bevölkerten dicht gedrängt die Gästehäuser, und sie konnte Maryon nicht finden. »Vor einer Minute war sie noch hier«, wurde ihr so oft mitgeteilt, daß sie anzunehmen begann, daß die Frau ihr aus dem Weg ging. Dann läutete die Glocke zur Vesper, und Frevisse hatte keine Zeit mehr, sie zu suchen. Auf dem Weg zur Kirche traf sie zufällig

Schwester Claire und fragte sie, ob eins der Heilkräuter, aus denen sie ihren Schlaftrank gemischt hatte, tödlich hätte wirken können.

»Nicht mal, wenn du ein paar Handvoll nehmen und auf einmal aufessen würdest. Mit Ausnahme des Mohns. Wenn ein Mensch genug davon einnimmt, fällt er in einen tiefen Schlaf und ist nicht wieder aufzuwecken, bis die Wirkung des Mittels vorüber ist. Und es ist möglich, daß der Schläfer stirbt, wenn er zuviel davon genommen hat, ohne je wieder aufzuwachen. Aber Lady Ermentrude ist nicht schlafend in den Tod gegangen.«

Der Vesper folgte das Nachtmahl, das schweigend eingenommen wurde, während eine der Nonnen die Lesung des heutigen Tages vortrug. Das Mahl war beendet, und sie hatten den Tisch abgeräumt und wollten gerade eine Stunde zur Erholung in den Garten gehen, als eine Dienerin hereinschlüpfte und Priorin Edith etwas ins Ohr flüsterte. Alle blieben stehen. Die Priorin nickte zu dem, was gesagt wurde, wies dann mit dem Finger auf Thomasine und Frevisse, winkte sie heran und bedeutete den anderen, sie sollten gehen.

Als sie zu ihr gekommen waren, sagte sie: »Meister Montfort möchte mit dir sprechen, Thomasine.« Thomasine senkte die Augen und zog sich wie eine Schildkröte in ihren Panzer zurück. Scheinbar ohne es zu bemerken, fuhr Priorin Edith fort: »Schwester Frevisse und mein Segen werden dich begleiten.«

Thomasines Augen kamen wieder zum Vorschein, spähten schräg in Frevisses Richtung und sahen dann die Ehrwürdige Mutter an. Thomasine schien kurz davor zu stehen, Priorin Edith anzuflehen, überlegte es sich dann anders und nickte lediglich. Frevisse kämpfte die Gereiztheit nieder, die sie angesichts so viel scheuer Demut überkam, schluckte sie herunter, machte einen Knicks vor Priorin Edith und ging. Sie spürte Thomasine hinter sich wie einen einsamen Schatten.

Montfort hatte sich in dem Raum, der Lady Ermentrudes Schlafkammer gewesen war, häuslich niedergelassen. Der Tisch war von der Wand weg und weiter in den Raum gezogen worden, damit der Schreiber mehr Platz hatte. Er kauerte über seinem Pergament, als sie eintraten, und machte sich gar nicht erst die Mühe aufzusehen, sondern wartete lediglich schreibbereit, die Feder in der Hand und die Tinte neben sich, auf das, was nun gesagt werden würde.

Montfort hingegen hatte bereits nach ihnen Ausschau gehalten. Er schaukelte auf den Fußballen vor und zurück und rieb sich erwartungsvoll die Hände. Frevisse hatte schon bei ihrer allerersten Begegnung eine tiefe Abneigung gegen ihn gefaßt, die mit den Jahren nicht geringer geworden war. Jetzt sah er sie alles andere als erfreut an.

»Ich habe nach der Novizin Thomasine geschickt. Wo ist sie?«

»Sie ist hier«, erwiderte Frevisse ebenso kurz angebunden und trat zur Seite, damit er Thomasine sehen konnte.

»Das ist gut. Denn es gibt Dinge, die ich sie fragen muß. Und Euch ebenfalls. Oder vielleicht Euch zuerst. Ihr wart weniger mit Lady Ermentrude zusammen und wißt daher weniger. Ihr habt geholfen, sie zu Bett zu bringen, als sie eintraf … äh … erkrankt?«

»Ich traf sie in der Halle. Sie war verwirrt und hatte Schmerzen. Zwei ihrer Frauen und ich brachten sie hierher, damit sie sich hinlegen konnte. Wir fingen an, sie auszuziehen, damit sie es bequemer hatte. Zuerst war sie ruhig, aber dann wurde sie immer aufgeregter, und schließlich wurde sie hysterisch und begann zu schreien. Sie brachte keine vollständigen Worte mehr heraus, nur Schreie –«

»Ja, ja. Ich muß nicht jede Einzelheit hören. Macht es kurz.«

»Gut. Sie brach zusammen, und ich ließ sie mit Vater Heinrich allein, damit sie die Beichte ablegen konnte. Ich sah sie erst ungefähr eine Stunde später wieder, als wir die Nachricht erhielten, daß jemand im Sterben lag. Wir dachten, es sei Lady Ermentrude, aber es war Martha.«

»Und wie ging es ihr? Lady Ermentrude, meine ich.«

»Sie schlief so tief, daß Marthas Todeskampf sie nicht aufgeweckt hatte.«

»Wann habt Ihr sie wiedergesehen?«

»Kurz vor der Morgendämmerung. Ich bin aufgewacht und kam hierher, um zu sehen, wie es ihr ging.«

»Schlief sie da noch?«

»Ja. Aber kurz darauf erwachte sie.«

»Und wie ging es ihr?«

»Sie war ruhig. Noch etwas durcheinander, aber klar im Kopf und offensichtlich auf dem Wege der Besserung.«

»Aber die Besserung ist nicht eingetreten, oder?«

Frevisse verspürte den Drang, ihm erstens die selbstzufriedene Herablassung aus dem Gesicht zu prügeln und zweitens ihm eine passende Antwort auf seine unlogischen Bemerkungen zu geben. Sie unterdrückte den ersten Wunsch, sagte aber in strengem Ton und ohne ihre Verachtung zu verbergen: »Es ging ihr besser. Sie war noch schwach, aber sprach zusammenhängend und war auf dem Wege der Besserung. Ich ging für ein paar Minuten aus dem Raum und hörte nichts von ihr, bis sie plötzlich ohne jede Vorwarnung wieder zu schreien begann. Sie stieß um sich und redete wirr, sie hatte Schmerzen und konnte kaum atmen. Es war Gift, nicht ihr Herz oder ihr Temperament, das sie umgebracht hat, und nie werdet Ihr Schwester Claire oder mich dazu bringen, etwas anderes zu sagen.«

Montforts gerötetes Gesicht wurde immer roter, und noch bevor sie zu Ende gesprochen hatte, war es dunkelrot angelaufen. Seine Gesichtsfarbe schien ihn daran zu hindern, etwas zu erwidern, selbst als sie mit dieser schneidenden Bemerkung geendet hatte. Die kratzende Feder des Schreibers verstummte, da er nichts hatte, was er aufschreiben konnte. Dann verlagerte Montfort sein Gewicht von einem Fuß auf den anderen und sagte, ohne diesmal wirklich selbst davon überzeugt zu sein: »Das könnt Ihr nicht beurteilen.«

»Vielleicht nicht«, entgegnete sie. »Aber ich weiß, daß das die Wahrheit ist, und Ihr könnt es nicht als Lüge abstempeln.«

Montfort starrte sie finster an, sagte aber nichts. Unfähig, ihrem Blick standzuhalten, ohne durch die Kraft der Worte gestützt zu werden, wirbelte er zu seinem Schreiber herum. »Von jetzt an wirst du jedes Wort aufschreiben, das diese Frauen sagen. Sie wollen die Wahrheit, sie werden sie bekommen. Und ihre eigenen Worte werden sie überführen.«

Er fuhr zu Thomasine herum. »Also, was habt Ihr die ganze Nacht im Zimmer Eurer Tante gemacht? Beantwortet lediglich meine Fragen. Fügt nichts hinzu. Was habt Ihr getan?« Thomasine hob nicht den Kopf. Zum Fußboden sagte sie: »Ich habe gebetet.«

»Das ist alles, was Ihr getan habt?«

»Meine Tante hat geschlafen. Meine angeheiratete Großtante. Sie hat geschlafen, und ich habe gebetet.«

»Und als sie aufwachte?«

»Habe ich ihr gesagt, daß ich für sie gebetet habe.« Thomasine sah auf. Dieser Sache zumindest war sie sich sicher. »Ich wollte, daß sie wußte, daß meine Gebete für sie sehr viel mehr wert waren, als jede weltliche Heirat es sein könnte.«

»Und was hat sie dazu gesagt?«

Thomasine blickte wieder zu Boden. Ihre Stimme war kaum hörbar. »Sie bestand darauf, mich von hier fortzubringen.«

»Und Ihr wart wütend auf sie. Und hattet Angst. Das hat Eure Schwester gesagt.«

»Nein. Nicht zu diesem Zeitpunkt. Sie konnte mich nirgends hinbringen, sie war viel zu schwach. Ich brauchte keine Angst vor ihr zu haben. Ich habe ihr zu essen gegeben und ihr geholfen, den Wein zu trinken, und habe gehofft, daß sie wieder einschlafen würde.«

»Aber als Schwester Frevisse Euch mit ihr allein ließ, geriet sie trotzdem wieder in Rage.«

Er sprach mit kategorischer Entschiedenheit und erwartete ihre Zustimmung.

Thomasine schüttelte den Kopf. »Nein. Sie hatte keine schlechtere Laune als üblich. Sie war nicht mal richtig wütend. Nur fest entschlossen, das Kloster zu verlassen. Sie hat mich hinausgeschickt, um ihre Frauen zu holen.«

»Hinausgeschickt? Ihr habt sie alleingelassen?«

»Nur für einen Augenblick. Dann sah ich mich um –«

»Es spielt keine Rolle, für wie lange«, unterbrach er sie ungeduldig. »Ihr sagt doch aus, daß Eure Tante keinen Anfall hatte, als Ihr sie verließt.«

Thomasine nickte wortlos mit dem Kopf, den Blick auf sein Gesicht geheftet.

»Ihr behauptet, daß es Lady Ermentrude gut ging, als Ihr den Raum verließt. Und daß sie erst, als Ihr nicht mehr da wart, mit dem Schreien und dem ganzen Rest anfing.«

Thomasine nickte wieder.

Montfort starrte sie unzufrieden an und wandte dann seine Aufmerksamkeit Frevisse zu. »Könnt Ihr das bestätigen?«

»Ich habe nichts von Lady Ermentrude gehört, nachdem ich den Raum verlassen hatte. Erst als Thomasine neben mir stand und gerade etwas sagen wollte, begann Lady Ermentrude zu schreien, und wir gingen alle zu ihr.«

»Wen meint Ihr mit ›alle‹? Seid präzise.«

Kühl antwortete Frevisse: »Schwester Claire, Thomasine, ich selbst. Eine von Lady Ermentrudes Frauen, sie heißt Maryon. Habt Ihr mit ihr gesprochen?«

»Selbstverständlich. Weiter. Noch jemand?«

»Robert Fenner war bei uns. Vater Heinrich kam ein paar Minuten später, gerade noch rechtzeitig für die Letzte Ölung.«

»Aber Sir John und seine Gemahlin waren nicht anwesend.«

»Ich hielt es für besser, daß sie draußen blieben, da ihr Anblick Lady Ermentrude zuvor so zornig gemacht hatte.«

»Also habt Ihr ihnen gesagt, sie sollten draußen bleiben. Ihr nehmt eine Menge auf Euch, Mylady.«

»Ja«, sagte sie. »Vielleicht tue ich das.«

Sie ließ es so stehen und überließ es ihm, aus ihrer Antwort zu machen, was er wollte. Aber in dem Augenblick ertönte ein scharfes Klopfen an der Tür, und Montforts Aufmerksamkeit war sofort abgelenkt.

»Herein«, bellte er.

Der hagere Mann, der den Raum betrat, war ohne jeden Zweifel ein Fenner. Er hatte Lady Ermentrudes Größe und ihre arrogante Nase. Seine Schultern waren breit, er trug sein blondes Haar sehr kurzgeschnitten und war reich gekleidet. Das langärmelige, weite Wams mit Stehkragen, die

Houppelande, war aus gelbbraunem Leinen, um die Hüften hatte er einen juwelenbesetzten Gürtel geschlungen. Die weiten Ärmel waren an den Handgelenken zusammengehalten und vom Ellenbogen bis fast zu den Schultern geschlitzt, so daß der leuchtend himmelblaue Stoff der Cotehardie darunter zu sehen war. Das Blau der Cotehardie paßte zu den Beinlingen, den spitzen Schuhen und der langen Feder auf seiner Kappe. Sein Aussehen, sein Benehmen und die plötzliche, ernüchterte und respektvolle Verbeugung von Montfort machten es einem leicht zu erraten, daß das Sir Walter war, Lady Ermentrudes älterer Sohn.

Frevisse, die schnell in einen tiefen Hofknicks versank, konnte aus seinem Gesicht nicht entnehmen, was er wirklich fühlte, nicht einmal nachdem sie sich aufgerichtet hatte und ihn aufmerksam musterte. Er sah sie nicht an, bedeutete ihnen nur kurz, daß er ihren und Thomasines Knicks sowie die hastige Verbeugung des Schreibers zur Kenntnis genommen hatte. Seine Aufmerksamkeit war ganz auf Montfort gerichtet, und er schnitt die stammelnde Begrüßung des königlichen Beamten mit den Worten ab: »Wir müssen uns unterhalten. Seid Ihr mit den Leuten hier fertig?«

»Völlig, Mylord. Gerade, als Ihr eintratet, Sir Walter.« Mit einer kurzen Handbewegung bedeutete er Frevisse und Thomasine, daß sie entlassen waren. »Ihr mögt gehen. Ihr wart zufriedenstellend. Ihr mögt gehen.«

Frevisse, die mehr als bereit dazu war, nahm Thomasines Arm und hastete mit ihr aus dem Zimmer. Sie überließ es einem anderen, die Tür hinter ihnen zu schließen.

Vor der Tür stießen sie fast mit dem jungen Robert Fenner zusammen. Er wich zurück, und seine Augen suchten Thomasine. »Ich bitte Euch, verzeiht mir, Myladies«, sagte er.

Offenbar hatte Thomasine vor diesem männlichen Wesen keine Angst mehr. Sie murmelte, es mache überhaupt nichts, und machte eine kleine Bewegung, als wolle sie ihren Weg zur Tür des Gästehauses fortsetzen. Aber Frevisse hielt sie zurück und sagte zu Robert: »Wißt Ihr, ob es schon Gerüchte über Lady Ermentrudes Tod gibt?«

»Die Leute beginnen zu reden. Montfort ist bekannt für seine schnellen Entscheidungen, und hier hat er noch kein Urteil gefällt. Die Leute fangen an, sich zu wundern, und wenn so was erst mal anfängt, breitet es sich aus wie Schimmel in feuchtem Brot.« Er wies mit dem Kopf auf die Tür hinter Frevisse. »Sir Walter ist gerade erst eingetroffen, aber er pflegt sogar noch schneller zu handeln als Montfort. Wenn er glaubt, daß die Gerüchte über Gift wahr sind, wird er Montfort drängen, so schnell wie möglich etwas zu unternehmen. Wenn Montfort sich sträubt, werden wir eine Zurschaustellung übler Laune erleben, wie ihn dieser Ort noch nicht erlebt hat. Sir Walter muß sich um diese andere Angelegenheit kümmern, also wird er doppelt bestrebt sein, diese hier so schnell wir möglich abzuschließen.«

»Andere – Ihr meint seinen sterbenden Onkel? Aber gewiß wird er doch ...«

»Ein Cousin. Lord Fenner. Er ist steinreich, und Sir Walter ist sein Erbe. Der Titel steht ihm zu, aber Sir Walter will sichergehen, daß kein fehlgeleitetes Testament aufgesetzt wird, das ihn zwingt, das Vermögen mit anderen zu teilen. Er sitzt seit gut einem Monat an Lord Fenners Krankenbett, und die Leute sagen, daß nur der Tag des Jüngsten Gerichts ihn von diesem Bett zerren könnte. Aber jetzt ist seine Mutter plötzlich gestorben, also ist er hier. Nicht, daß zu befürchten ist, daß Lord Fenner in Sir Walters Abwesenheit sein Testament macht; er läßt sich Zeit beim Sterben und wird kein Testament aufsetzen, bevor ihm der Bischof höchstpersönlich versichert hat, daß er seinen Reichtum unmöglich mitnehmen kann. Dennoch wird Sir Walter eifrig bestrebt sein, an Lord Fenners Krankenbett zurückzueilen. Er ist ein vorsichtiger Mann und überläßt nichts gern dem Zufall.«

»Und er liebt es auch nicht, wenn ihm etwas vorenthalten wird, das er haben will.«

»Nein. Besser, Ihr warnt Eure Priorin und sagt ihr, daß hier die Hölle los sein wird, bis der Tod seiner Mutter geklärt ist.« Er sah Thomasine an und hielt inne. Diesmal bemerkte Frevisse, daß Thomasine nicht vor seinem Blick zurückschreckte. In sanfterem Ton als eben sagte er: »Wir sind entfernt verwandt, Mylady. Habt Ihr das gewußt?«

»Nein«, sagte sie leise. Sie schlug die Augen nieder, sah ihm aber bald wieder ins Gesicht: »Wie?«

»Ich bin einer von Lady Ermentrudes allzu zahlreichen Großneffen. Also sind wir Cousin und Cousine, wenn auch nur angeheiratete.«

Thomasine zögerte, gab dann einem weltlichen Impuls nach und fragte: »Was werdet Ihr jetzt tun, da Lady Ermentrude tot ist? Werdet Ihr Euch Sir Walters Gefolge anschließen?«

Robert zuckte leicht die Achseln. »Sehr wahrscheinlich, da ich ja irgendwohin gehen muß.«

»Und zumindest wird es Euch vertraut sein«, sagte Frevisse. »Sir Walter ist seiner Mutter sehr ähnlich, nehme ich an.«

Roberts Antwort war ebenso trocken. »Ihr vermutet richtig, meine Dame.« Er wurde wieder ernst. »Ich würde Eurer Ehrwürdigen Mutter raten, dafür zu sorgen, daß alle soweit als möglich im Kloster bleiben. Je weniger Leute es gibt, auf die Sir Walter einschlagen kann, wenn er die Wahrheit erfährt, desto besser. Bitte entschuldigt mich jetzt, ich habe noch etliches zu erledigen.«

Er ging, als Sir John und Lady Isobel sich näherten. Sie nahmen ihn gar nicht zur Kenntnis; Lady Isobel stürzte auf Thomasine zu, schloß sie in die Arme und rief: »Armes Kind! Wie müde du aussiehst! Das war alles viel zuviel für dich. Konnten sie dich nicht heute in Ruhe lassen? Hat dir dieser furchtbare Coroner mit seinen dummen Fragen Angst gemacht? Können sie denn nicht sehen, wie müde du bist?«

Thomasine zog sich sanft aus der Umarmung ihrer Schwester zurück. »Es geht mir ganz gut. Es wird vorübergehen«, murmelte sie.

»Ihr seht selbst nicht besonders wohl aus, Sir John«, bemerkte Frevisse. In ihren Augen wirkte er grau und ein wenig verhärmt.

»Zahnschmerz«, sagte er. Er legte schützend die Hand auf seinen Kiefer. »Er kommt und geht. Dieser elende Quacksalber hat behauptet, er hätte ihn kuriert, und er verschwand mit unserem guten Silberpfennig, bevor wir entdeckten, daß er nicht die Wahrheit gesprochen hatte. Alles nur Rauch, Schall und Firlefanz, und jetzt ist der Schmerz wieder da.« Er blickte sich nervös um, stellte fest, daß niemand in Hörweite war, und sagte mit leiser Stimme: »Wißt Ihr, was man sich über ihren Tod erzählt?«

Frevisse deutete mit einer kleinen Kopfbewegung an, daß sie es für besser hielt, sich etwas von der Tür zu entfernen. Das Holz war dick genug, um Sir Walters Stimme zu dämpfen, aber sie war noch deutlich genug zu vernehmen.

Sir John zuckte leicht zusammen und ging zur Tür des Gästehauses, die anderen drei folgten.

»Ist es wahr, was sie sagen?« fragte Lady Isobel. »Daß sie ... daß sie ... vergiftet wurde?« Die zarte, cremefarbene Haut ihrer Wangen rötete sich, als sie das Wort aussprach.

»Ja. Ohne jeden Zweifel«, sagte Frevisse.

»Aber warum? Und von wem?«

»Das ist es, was Meister Montfort herauszubekommen versucht. Er wird es sehr bald wissen, hoffe ich.«

»Aber wie kann er so sicher sein, daß es ... Gift war?«

»Alle Symptome deuteten darauf hin. Und Martha Hayward ist auf die gleiche Art und Weise gestorben. Es gibt keinen Zweifel daran, daß etwas in ihrem Essen oder im Wein war, das sie umgebracht hat, und Martha ebenfalls.«

»Bestimmt nicht im Wein«, protestierte Lady Isobel. »Wir haben ihn mitgebracht. Er war völlig in Ordnung. Wir hatten zwei Flaschen davon mit; eine habe ich Schwester Claire gegeben, und aus der anderen habe ich selbst ein Glas für John eingeschenkt. Und du hast den Wein getrunken, nicht wahr, mein Herz, um deine Zahnschmerzen zu lindern?«

Sir John blinzelte und sagte dann: »Ja, und mir fehlt nichts.« Aber er sah beunruhigt aus und schien eine kurze Inventur seiner Organe vorzunehmen. *Noch nicht,* waren die Worte, die ihm auf der Zunge lagen, dachte Frevisse, aber er zügelte sich, als Lady Isobel feststellte: »Also muß das Gift im Essen gewesen sein. Wer hat es zubereitet?«

»Thomasine«, sagte Frevisse. »Das Gift könnte auch ins Essen oder in den Wein gemischt worden sein, als beides schon in Lady Ermentrudes Zimmer stand.«

Sie hatten das Ende der Halle erreicht. Einen Moment lang waren weder Bedienstete noch sonst jemand in der Nähe, und Frevisse fragte: »Wie lange seid Ihr gestern nacht bei Eurer Tante geblieben?«

»Ich habe zuerst bei ihr gewacht«, antwortete Lady Isobel bereitwillig. »Dann kam eine ihrer Frauen herein, Maryon hieß sie, glaube ich, und ich bin ins Bett gegangen. Es war ein anstrengender Tag gewesen.«

»Sir John, seid Ihr nach Martha Haywards Tod noch einmal in Lady Ermentrudes Zimmer gegangen?«

»Nur um zu fragen, ob mehr Wein benötigt wurde. Schwester Claire sagte, es wäre noch ein Rest da, und es würde reichen.« Sein Kiefer tat ihm offensichtlich weh, und die Worte kamen nur mit Mühe heraus.

»Also war die Flasche zu dem Zeitpunkt noch da. Habt Ihr sie zu diesem Zeitpunkt oder später mitgenommen?«

»Nein. Aber was spielt das schon für eine Rolle? Offensichtlich hat jemand sie ausgeleert und weggeworfen.«

»Ich kann noch nicht sagen, was wichtig ist und was nicht. Aber es ist schon sonderbar, daß die Flasche verschwunden ist und niemand zu wissen scheint, wer sie genommen hat und wo sie geblieben ist.«

»Ich erinnere mich, sie gesehen zu haben«, sagte Lady Isobel. »Sie stand auf dem Tisch, und ich konnte sehen, daß sie erst zu zwei Dritteln leer war.« Sie sah ihren Mann zärtlich an. »Erst wollte ich den Wein für John mitnehmen. Sein Zahn macht ihm nach einem solchen Tag wie gestern oft Probleme, und ich dachte, daß der Wein seine Schmerzen lindern könnte.« Ihre Hand tastete nach der seinen. Die Finger der beiden verflochten sich liebevoll ineinander. »Aber statt dessen habe ich die zweite Flasche geöffnet.«

»Und es hat geholfen. Nachdem Isobel mir den Wein gebracht hatte, konnte ich viel besser schlafen.« Er ließ durchblicken, daß es ebenso ihre zärtliche Fürsorge wie der Wein gewesen war, der geholfen hatte.

Unwillkürlich lächelte Frevisse. Sie sahen kaum älter aus als Thomasine, wie sie da Hand in Hand standen, mehr wie junge Liebende als wie ein altes Ehepaar. Die Glocke begann zu läuten und rief zur Komplet. »Meinen Dank«, sagte Frevisse. »Ich bitte um Vergebung für die Störung. Jetzt entschuldigt uns bitte, wir werden anderswo gebraucht, mit Eurer Erlaubnis.« Als beide nickten, wandte sie sich ab und zog Thomasine mit sich. Dann kam ihr ein Gedanke, und sie drehte sich um. »Ihr solltet Schwester Claire bitten, Euch etwas gegen Eure Zahnschmerzen zu geben. Sie hat sicher eine Arznei, die besser ist als der schäumende Trank Eures Weinhändlers.«

Und Lady Isobel entgegnete: »Es ist sehr freundlich von Euch, daran zu denken. Das werde ich tun.«

Am nächsten Tag war der Himmel bei Sonnenaufgang bewölkt. Zwar war es zur Freude der Erntearbeiter noch trokken, aber die Schwüle des Tages verhieß Regen. Frevisse, gefolgt von der schweigenden Thomasine, hatte sich um fast vierzig Leute zu kümmern, die alle versorgt, gut untergebracht und beschwichtigt werden wollten. Sie spürte, wie sich eine Anspannung ihrer bemächtigte, die fast ebenso stark spürbar war wie die schwüle Hitze des Tages. Bislang war noch nicht offen darüber gesprochen worden, daß es zwei Morde gegeben hatte, aber alle lebten in Unruhe und dem Bewußtsein, daß Meister Montfort weiter Fragen stellte, obwohl es längst Zeit gewesen wäre, damit aufzuhören.

Am späten Vormittag gelang es ihr, ein ruhiges Gespräch mit Robert zu führen und ihn zu fragen, wie weit die Gerüchte gediehen waren. Er schüttelte den Kopf und sagte: »Sir Walter hat äußerst schlechte Laune. Das läßt nichts Gutes ahnen.« Wie üblich wanderte sein Blick zu Thomasine. Er schien noch mehr sagen zu wollen, überlegte es sich anders, verneigte sich und ging seiner Wege.

Kurz darauf gelang es Frevisse, mit Maryon zu reden. Sie sah, wie diese den Gang herunterging, der zum Abtritt im hinteren Teil des Gästehauses führte, und wartete dort auf sie, wohl wissend, daß es keinen anderen Ausgang gab. Sie war sich bewußt, daß Thomasine neugierig neben ihr stand, sagte aber nichts.

Maryon kehrte zurück und blieb abrupt stehen, als sie Frevisse erblickte. Mißtrauen und Vorsicht ließen ihr hübsches Gesicht für einen winzigen Augenblick erstarren, dann lächelte sie und kam auf Frevisse zu. »Ihr habt mich erschreckt, wie Ihr so still dastandet und wartetet. Ihr braucht mich?«

»Ich möchte dich lediglich zu Lady Ermentrudes letztem Tag und ihrer letzten Nacht befragen.«

Maryon machte eine anmutige Geste. »Wie Ihr wünscht.« Ihr glattes, dunkles Haar war ordentlich aus der hohen, weißen Stirn gekämmt. Die großen, grauen Augen und der kleine, rote, schön geformte Mund waren ernst, aber nicht angespannt, und Frevisse konnte keine Spur von Trauer erkennen.

»Wie lange bist du in jener Nacht bei ihr gewesen?«

»Ich war die zweite Wache. Erst hat Lady Isobel bei ihr gewacht, und nach mir kam Maudelyn. Lady Thomasine war die ganze Nacht bei ihr, glaube ich.«

Thomasine nickte. Frevisse, die das bereits wußte, achtete nicht darauf.

»Hast du sie je alleingelassen? Oder ist sonst noch jemand hereingekommen?«

»Es ist niemand gekommen. Die Zeit, während der ich Wache hielt, waren die dunkelsten Stunden der Nacht, und alle schliefen, wie es sich für anständige Leute gehört, denke ich. Und ich habe den Raum nicht verlassen. Ich habe eine Weile geschlafen. Die meiste Zeit, wie ich zugeben muß. Aber ich wäre aufgewacht, wenn sie mich gebraucht hätte.«

»Aber sie hat dich nicht gebraucht.«

»Sie schlief tief und fest, die arme Dame.«

Frevisse ging in Gedanken verschiedene Möglichkeiten durch und vergaß dabei, daß sie Thomasine anstarrte, bis das Mädchen nervös von einem Fuß auf den anderen zu treten begann. Mehr als einmal war Thomasine so tief ins Gebet versunken gewesen, daß sie von den Geschehnissen um sie herum überhaupt nichts mitbekommen hatte. Frevisse wandte sich wieder Maryon zu. »Du warst mir eine große Hilfe. Ich danke dir.«

Maryon nickte, wandte sich zum Gehen und blieb dann

stehen. »Wißt Ihr, daß Meister Montfort genau dieselben Fragen stellt, meine Dame? Er befragt jeden, um zu erfahren, wer bei Lady Ermentrude war, und wann.«

»Ich weiß«, sagte Frevisse. »Und es wäre gut, wenn er nicht erfahren würde, daß ich ebenfalls Fragen stelle.«

Maryon musterte sie mit hellen, nachdenklichen Augen. »Ja, Mylady«, stimmte sie zu.

Erst als sie sich abwandte, fiel Frevisse noch etwas ein. »Was hast du mit dem Affen gemacht, Maryon? Ich weiß gar nicht, wann ich ihn zuletzt gesehen habe.«

»Er ist weg, seit Lady Ermentrude tot ist. Oder vielleicht war er es vorher schon. Es ist soviel passiert, daß ich gar nicht darüber nachgedacht habe, wer ihn statt meiner hat.«

»Ist er in der Lage, eine Weinflasche wegzuschleppen, die weniger als halb voll ist?«

»Ohne weiteres. Ich wurde angewiesen, besonders auf offene Weinflaschen zu achten, wenn der Affe im Raum war, da er sicher versuchen würde, sie zu stehlen. Er ist ein abscheuliches kleines Biest. Ich hoffe, jemand hat die Gelegenheit wahrgenommen und ihm den dreckigen Hals umgedreht.«

Der einzige Trost an diesem Morgen war, daß Sir Walter einen Mann zu Frevisse schickte, der ihr anbot, Mägde und Nahrungsmittel in die Klosterküche zu schicken, da Sir Walters Ankunft St. Frideswide so große Belastungen auferlegt hätte. Frevisse nahm das Angebot im Namen von Schwester Alys dankbar an und war so kühn zu fragen, ob es unter Sir Walters Leuten jemanden gäbe, der den Schornstein des Gästehauses reparieren könne. Der Mann sagte, er glaube schon, wenn es ihr recht sei. Frevisse versicherte ihm, das sei es ganz bestimmt. Wenn der Schornstein wieder benutzt werden konnte, würden zumindest einige der Probleme dieses Tages gelöst sein.

Am frühen Nachmittag hatte sich die Wärme des Tages in eine unerfreuliche Hitze verwandelt. Die Särge würden bald versiegelt werden müssen, und Frevisse wußte, daß jenseits der Klostermauern die Bauern so hart schufteten, wie sie nur konnten, um so viel von der Ernte einzufahren wie möglich, bevor der unvermeidliche Regen kam. Aber Frevisses eigene Sorgen waren im Augenblick auf die überfüllten Gästehäuser beschränkt, und sie erklärte gerade zwei von Sir Walters Männern das Problem mit dem Schornstein, als einer von Meister Montforts Dienstleuten kam, um ihr zu sagen, daß der Coroner mit der Novizin Thomasine zu sprechen wünschte.

Frevisse, die völlig von ihren Pflichten in Anspruch genommen war, hätte beinahe gesagt, Thomasine solle ruhig gehen, sie würde gleich nachkommen. Aber als sie sich umdrehte, sah sie Thomasines Gesicht, das sogar noch blasser und dünner war als gewöhnlich. Die Haut spannte sich straff über den Wangenknochen, und die Augen waren riesig und dunkel. Das Mädchen hatte ihr die ganze Zeit keinerlei Schwierigkeiten bereitet, war ihr schweigend gefolgt und hatte die kleinen Dinge erledigt, die Frevisse ihr aufgetragen hatte, ohne auch nur einmal zu fragen, warum sie plötzlich so dringend gebraucht wurde. Aber ganz offensichtlich hatte die Anspannung, die sie den ganzen Tag verfolgt hatte, sie nicht unberührt gelassen, und sie fürchtete sich davor, allein zu Meister Montforts Verhör zu gehen, eine Furcht, die weit über ihre üblichen Ängste hinausging.

Frevisse sagte knapp zu dem Mann, mit dem sie gesprochen hatte: »Kümmert euch also darum, so gut ihr es vermögt. Ich bin gleich zurück. Komm, Thomasine.«

Natürlich hatte Meister Montfort das beste Gemach des Gästehauses an Sir Walter abgetreten. Er, sein Schreiber und ihre Papiere waren jetzt in ein kleineres, dunkleres Zimmer gezwängt, das von einer Ecke der Halle abging. Er war hier durchaus ungestört, aber Frevisse hatte den Verdacht, daß er den Raum seiner Würde und seinem Stand nicht für angemessen hielt, und ganz offenbar hatte er begonnen, seiner Gereiztheit freien Lauf zu lassen, um den Mangel wettzumachen. Er blickte sie finster an, als sie eintrat.

»Ich brauche nur das Mädchen. Euch nicht.«

»Es ist nicht angemessen, daß Thomasine sich allein mit einem Mann in einem Raum aufhält«, erwiderte Frevisse in ruhigem Ton.

»Ich bin wohl kaum ein –«, begann Meister Montfort. Dann überlegte er es sich anders und sagte statt dessen: »Dann wartet draußen vor der Tür.«

»Dann wäre Thomasine immer noch allein. Ich bleibe.«

Ihre Worte waren unverblümter herausgekommen, als sie es beabsichtigt hatte. Und eindeutig war es nicht das, was Meister Montfort hatte hören wollen. Das Blut begann ihm ins Gesicht zu steigen, das erst rot wurde und dann dunkelrot, während die Wut in ihm aufstieg. Frevisse sah interessiert zu und sagte, kurz bevor er den Punkt erreicht hatte, an dem er explodieren würde: »Wir können nach der Ehrwürdigen Mutter schicken, wenn Ihr es wünscht, und sie fragen, was sie davon hält.«

Sein Gesicht wurde noch dunkler, aber sein Mund schloß sich wieder, und er sagte nicht, was er hatte sagen wollen. Er war jetzt von Thomasine abgelenkt, warf ihr einen zornigen Blick zu und sagte scharf: »Nun gut, aber stellt Euch in diese Ecke dort, wo Ihr nicht stört, und laßt mich meine Arbeit tun.«

Es war nicht gerade das Klügste gewesen, ihn so zu verärgern, das wußte Frevisse, aber sie hatte mit dummen Leuten nicht soviel Geduld, wie eine gute Christin sie haben sollte. Sie verspürte eine leichte Reue in sich aufsteigen, als sie sich in die Ecke neben den Tisch des Schreibers zurückzog. Ohne aufzusehen, legte er den Arm um sein Pergament, um das, was er schreiben würde, vor ihren Blicken abzuschirmen.

»Nun, Lady Thomasine«, begann Meister Montfort schneidend, »ich habe mich mit einer ganzen Reihe von Leuten unterhalten, seit wir uns zuletzt gesehen haben. Ich habe einiges erfahren und einiges gehört. Also, wie war das mit den Dämonen an Lady Ermentrudes Bett? Ihr habt kein Wort von Dämonen gesagt. Warum nicht?«

Die helle Röte stieg Thomasine ins Gesicht, aber sie sagte fest genug: »Ihr habt gesagt, ich solle nur Eure Fragen beantworten. Ihr habt mir keine Fragen über Dämonen gestellt, also konnte ich es Euch nicht sagen.«

»Ich habe Euch keine Fragen –« Meister Montfort hielt inne, offenbar unsicher, ob er sich gekränkt fühlen sollte oder nicht. Dann beschloß er, daß er es war, und bellte los: »Nun, ich frage jetzt. Ihr sagt, Ihr habt Dämonen gesehen. Wie viele, und wie sahen sie aus?«

Thomasines Mund öffnete und schloß sich. Sie schüttelte den Kopf. »Ich habe keine –«, begann sie.

Meister Montfort hakte sofort ein: »Also leugnet Ihr jetzt, sie gesehen zu haben? Aber Ihr habt vor Zeugen gesagt, daß Ihr welche saht. Jetzt gebt Ihr zu, daß Ihr gelogen habt. Warum?«

»Was sie gesagt hat, war, daß Lady Ermentrude Dämonen sehen würde. Nicht, daß sie selbst welche sah«, warf Frevisse ein.

Für einen Mann mit einem so breiten Gesicht waren Meister Montforts schwarze Augen sehr klein und hart. Er sah Frevisse mit zusammengekniffenen Augen an und fragte scharf: »Gibt es da einen Unterschied, Mylady? Und denkt daran, Ihr bleibt nur so lange hier, wie Ihr Euch aus meinen Angelegenheiten heraushaltet. Noch ein Wort von Euch und ich lasse Euch hinauswerfen, egal, wie sehr das Eurer Priorin mißfällt.« Er sah Thomasine mit einem gierigen Funkeln in den Augen an. »Also habt Ihr Dämonen gesehen oder nicht? Ihr habt behauptet, es wären Dämomen gekommen, um Lady Ermentrudes verdorbene Seele zu holen, und jetzt sagt Ihr, es seien keine dagewesen. Was davon ist wahr, und warum lügt Ihr?«

Thomasine traten die Tränen in die Augen. Sie zitterte, sagte aber mit sehr fester Stimme: »Lady Ermentrude schrie gellend auf. Sie zeigte auf etwas, das niemand sehen konnte, und sie hatte Angst davor. Ich dachte an Dämonen und sagte es.«

»Aber Ihr habt sie nicht gesehen? Sagt mir diesmal die Wahrheit und bringt es hinter Euch!«

Eine Träne rollte ihr die Wange herunter. »Ich habe nie behauptet, daß ich welche gesehen hätte. Nicht zu dem Zeitpunkt. Da habe ich keine gesehen. Ich habe nur *einen* Dämon gesehen, und das war später.«

Alle starrten sie an. Sogar der Schreiber hob steif den Kopf von seinem Pergament und gaffte.

»Du hast einen Dämon gesehen, Thomasine?« fragte Frevisse. »Wann?«

Thomasines Unterlippe zitterte, aber sie sagte fest: »Als Ihr mich mit Lady Ermentrude alleingelassen habt. Kurz bevor sie starb. Sie wollte unbedingt aufstehen, sie wollte nicht ruhig liegenbleiben. Ich bin zur Tür gegangen, um

Euch zu holen, und als ich zurückblickte, sah ich ein schwarzes … Ding auf ihrem Bett. Es kroch zu ihr hoch und griff nach ihr.« Thomasine zitterte unkontrollierbar am ganzen Körper. »Es war klein und schwarz und grauenhaft, und es griff nach ihr.« Die Tränen waren verschwunden. Nur die Erinnerung an den Schrecken war auf ihrem Gesicht zu lesen, als sie verzweifelt zu Meister Montfort sagte: »Vorher hatte ich keine Dämonen gesehen. Nicht während des Tages. Aber in der Nacht sah ich einen. Ich habe ihn wirklich gesehen! Er kam, um ihre Seele zu holen. Ich schwöre es!«

Das war mehr, als Meister Montfort hatte hören wollen. Das letzte, was er bei dieser Untersuchung brauchen konnte, was das zusätzliche Problem eines Dämons, aber es gab keinen Ausweg. Sein Schreiber hatte sich bereits erholt und schrieb mit kratzender Feder eilig nieder, was Thomasine gesagt hatte.

»So, so. Ihr sagt, Ihr habt nur *einen* Dämon gesehen, und zwar, als niemand sonst da war. Habt Ihr irgend jemandem erzählt, was Ihr gesehen habt? Habt Ihr es gleich jemandem erzählt, oder habt Ihr es Euch für jetzt aufgespart? Damit ich vergesse, daß Ihr gelogen habt?«

Thomasine starrte ihn an. Dann hob sie das Kinn. Sie zitterte nicht mehr. »Ich habe nicht gelogen. Vorher nicht und jetzt nicht. Ich habe keine Dämonen gesehen, und ich habe nie behauptet, ich hätte welche gesehen. Ich habe nur gesagt, daß welche da sein müßten. Wovor sonst hätte Lady Ermentrude solche panische Angst haben sollen? Aber diesen Dämon habe ich gesehen. Ich werde sagen, daß ich ihn gesehen habe, ganz gleich, was Ihr sagt.«

»Aber Ihr habt es niemandem erzählt? Die ganze Zeit habt Ihr es niemandem erzählt?«

»Ich habe versucht, es Schwester Frevisse zu sagen, aber dann begann Lady Ermentrude zu schreien. Danach war keine Zeit mehr. Und später schien es keine Rolle mehr zu spielen. Es gab so viele andere Dinge zu bedenken.«

Meister Montfort starrte sie brütend an, die kleinen Äuglein halb geschlossen, und versuchte, aus dieser neuen Entwicklung Nutzen zu ziehen. Aber bevor ihm das gelingen konnte, klopfte es an der Tür, und ein Mann in der Fenner-Livree mit Sir Walters Abzeichen an der Schulter kam unaufgefordert herein.

»Hier ist noch eine Leiche für Euch«, sagte er und lachte leise vor sich hin. Er warf Meister Montfort ein kleines braunes Fellbündel zu.

Der königliche Beamte riß die Hände hoch. Er wollte das Ding nicht. Es prallte gegen seinen Unterarm, fiel mit einem dumpfen Plumps zu Boden und blieb unbeweglich liegen.

»Es ist tot«, sagte Meister Montfort angewidert.

»Mausetot«, stimmte der Mann zu. »Einer der Männer fand es in dem Schornstein, den sie reparieren sollen. Auf einem Vorsprung über der Kaminsohle. Ihr wißt, wie diese Dinger gebaut sind.«

»Weiß ich nicht«, sagte Meister Montfort schroff. »Und dieses Ding will ich auch nicht. Schaff es weg.«

»Sir Walter dachte, Ihr solltet einen Blick darauf werfen. Schließlich ist es eine Leiche.« Der Mann unterhielt sich köstlich.

Der Coroner hingegen weniger. »Schaff es weg und wirf es auf den Misthaufen. Mit toten Hunden habe ich nichts zu schaffen.«

»Es ist der Affe«, sagte Frevisse.

Meister Montfort sah sie feindselig an. »Ein Affe? In Eurem Kloster?«

»Lady Ermentrude hat ihn mitgebracht. Er war verschwunden.«

»Und wie der Becher ist er wieder aufgetaucht, und niemand ist deshalb schlechter dran als vorher.«

»Nur der Affe.« Frevisse kniete nieder und stieß ihn mit dem Finger an. Dann hob sie ihn auf. Der Affe war schon eine ganze Weile tot; er war kalt, und die Totenstarre hatte sich gelöst. »Aber der Hals ist nicht gebrochen. Und es sind keine Wunden zu sehen.«

»Dann ist er eines natürlichen Todes gestorben, das törichte Ding, weil es sich im Schornstein festgeklemmt hat.« Meister Montfort wedelte mit der Hand und befahl dem grinsenden Mann: »Schaff es hier raus. Ich befasse mich mit Menschen, nicht mit ekelhaften Imitationen wie dem hier.«

Der Mann hob den Affen an seinem langen Schwanz hoch, so daß der Kopf herunterbaumelte. Die langen, dünnen Arme fielen schlaff herab und schleiften über den Fußboden. Thomasine holte verblüfft tief Luft.

»Schließt die Tür«, befahl Meister Montfort.

Frevisse gehorchte.

»Also, Lady Thomasine. Zurück zur Sache.«

Aber Thomasine sah ihn mit großen Augen an und sagte staunend: »Das ist es, was ich auf Lady Ermentrudes Bett gesehen habe. Es war der Affe. Es war überhaupt kein Dämon.« Sie lächelte mit tiefer Erleichterung.

»Wie konntet Ihr einen Affen mit einem Dämon verwechseln?« schnappte Montfort.

»Weil der Affe braun ist, aber was ich sah, schien schwarz zu sein. Und als ich den Affen zuerst sah, hockte er zusammengekauert auf der Schulter einer Dienerin, und ich wußte nicht, daß ein Affe so lange Arme und Beine hat. Der Arm, der aus den Schatten hervorkam, war lang, sehr lang, und dünn und schwarz ....« Thomasine stockte der Atem, als die Erinnerung an den Schrecken wiederkehrte, und dann blinzelte sie ihn weg. »Aber es war nur der Affe, der in der Dunkelheit schwarz aussah. Es war ein Affe, kein Dämon, der ihre Seele holen wollte.«

Meister Montforts Frustration war ihm deutlich ins Gesicht geschrieben. »Also jetzt behauptet Ihr, Ihr hättet überhaupt keine Dämonen gesehen? Ihr behauptet, nur der Affe sei gekommen, um Lady Ermentrude einen Besuch abzustatten?«

»Der Affe kam, um sich den Wein zu holen«, sagte Frevisse, der plötzlich klar wurde, was passiert sein mußte. »Thomasine, wo war der Wein, als du das Zimmer verlassen hast? Hielt deine Tante ihn in der Hand?«

»Ich habe doch gesagt, Ihr sollt Euch nicht –«, setzte Meister Montfort an.

Aber Thomasine rief: »Ja! Sie hatte von dem Wein getrunken, nachdem Ihr gegangen seid. Sie hielt den Becher in der Hand. Der Affe war hinter dem Wein her!«

»Und nahm ihn und trank ihn und ließ den Becher unter das Bett rollen. Und dann griff er sich die Flasche, verschwand damit und versteckte sich, um sie auszutrinken. Und starb an zuviel Alkohol.«

»Ja. Sehr schön. Wie erfreulich, daß wir das jetzt wissen.« Montfort schlug mit der Faust auf den Tisch, um ihre Aufmerksamkeit zurückzuerlangen. »Aber das ist nicht das, worum es hier geht. Ihr behauptet, es hätte keine Dämonen gegeben, richtig?«

Die helle Erleichterung verschwand aus Thomasines Gesicht. »Es könnten welche dagewesen sein. Lady Ermentrude hatte solche Angst. Sie benahm sich so seltsam, als sie ankam.«

»Ah ja.« Das gefiel Meister Montfort. »Lady Ermentrudes Verhalten. Ihr Wunsch, Euch aus dem Kloster zu nehmen, zurück in die Welt. Das hat Euch Angst gemacht, nicht wahr, Kind?«

Thomasine wirkte verblüfft über seine Beharrlichkeit. »Ja, das habe ich Euch doch schon gesagt.«

»Und warum?« schnappte er.

»Ich will hier im Kloster sein.«

»Sie versprach Euch einen Ehemann, eine reiche Heirat.«

»Ich werde Christus' Braut sein. Ich brauche keine weltliche Ehe.«

»Sie sagte, sie würde Euch von hier fortbringen, ob es Euch gefiele oder nicht.«

»Das hätte sie nicht gekonnt. Sie hatte keine Gewalt über mich. Ich war nicht ihr Mündel.«

»Vielleicht doch. Sie hatte mächtige Freunde. Ihr hattet Angst. Eure Schwester sagte, Ihr hättet Angst gehabt.«

»Weil meine Tante so laut war und mir wehtat.«

»Und deswegen habt Ihr ihr ebenfalls wehgetan?«

Thomasine erstarrte. Erst nach einer angespannten Sekunde sagte sie, wobei sie aussah, als würde sie gleich in Ohnmacht fallen: »Nein. Ich habe geholfen, sie ins Haus zu bringen. Ich habe ihr warme Milch mit Brot und Honig gebracht. Ich habe für sie gebetet. Ich habe an ihrem Krankenbett gewacht. Ich hätte ihr nie wehgetan.«

Sie weiß es, dachte Frevisse. Sie weiß, was Meister Montfort andeuten will, und sie wehrt sich besser, als ich es je für möglich gehalten hätte.

Aber wie lange Thomasines Mut anhalten würde, war eine andere Frage, und Frevisse wünschte verzweifelt, sie könnte sie von hier fortbringen, bevor er eine direkte Anschuldigung ausstoßen würde.

Plötzlich wurde die unverriegelte Tür aufgerissen. Gerade noch rechtzeitig riß Frevisse die Hände hoch, um ihr Gesicht davor zu schützen, und Sir Walter betrat energisch und mit großen Schritten den Raum und sprach in scharfem Ton, ohne jede Begrüßung: »Das reicht mir jetzt mit Eurem Ringelreihen, Montfort! Was muß ich da über den Tod meiner Mutter hören? Ihr habt mir gestern eine nette Geschichte über Erschöpfung, Trunkenheit und Wutanfälle erzählt, die sie umgebracht haben, aber es war Gift, wie ich jetzt höre.«

Meister Montfort war hastig zurückgewichen, als Sir Walter hereingestürmt kam. Sir Walter hatte einen höheren Rang als er und ein heftigeres Temperament, und Montfort wußte das. Mit einer hastigen, tiefen Verbeugung sagte er ehrerbietig: »Mylord, ich beschäftige mich gerade mit dem Fall. Wenn Ihr so gut sein würdet ...« Er wies auf den zweiten Stuhl, den er weder Thomasine noch Frevisse angeboten hatte.

»Ich will nicht sitzen. Ich will Antworten. Meine Mutter hat ihr ganzes Leben getobt, wenn sie die Wut packte, und sie hat mehr Wein getrunken und mehr Pferde zuschandengeritten als jeder Mann, und zwar seit Jahren, und nie hat sie das so ermüdet, daß sie nach einem Tag Ruhe nicht wieder obenauf war. Erwartet nicht, daß ich glaube, daß es diesmal anders war. Sie ist hergekommen, um eine Novizin aus diesem Loch zu holen, und jetzt ist sie tot. Dahinter steckt irgendein Betrug, und Ihr findet besser heraus, wer davon profitiert, denn ich will den Mörder meiner Mutter hängen sehen!«

»Mylord, ich bin dabei, die Angelegenheit zu untersuchen. Ich befrage gerade –« Meister Montfort wies auf Thomasine, die sich hinter Frevisse versteckt hatte.

Sir Walter schnitt ihm das Wort ab. »Ihr habt einen ganzen Tag Zeit gehabt, Fragen zu stellen. Wo sind Eure Antworten?«

»Keinen ganzen Tag, Mylord ....« Meister Montfort versuchte es noch einmal. Er warf einen verzweifelten Blick auf seinen Schreiber, der mit rasender Geschwindigkeit alles mitschrieb, was gesagt wurde. »Hör auf damit«, sagte er mit leicht schriller Stimme. Der Schreiber hörte gehorsam auf, saß aber immer noch zusammengekauert über seinem Pergament und wartete auf mehr. »Mylord, ich habe einiges herausgefunden, aber diese Dinge brauchen eine gewisse Zeit. Ich walte hier meines Amtes als Coroner. Ich bin vor Seiner Majestät König Heinrich VI verantwortlich dafür, daß Recht gesprochen wird. Ich brauche –«

»Und ich bin Sir Walter Fenner, und zwanzig meiner Bewaffneten kampieren auf dem Feld auf der anderen Seite der Straße. König Heinrich ist neun Jahre alt, und er und seine Regierung befinden sich in Frankreich. Und ich bin durchaus gewillt, auf den neuen Coroner zu warten, der untersuchen wird, wie Ihr zu Eurem gebrochenen Hals gekommen seid, Meister Montfort, wenn der Giftmischer nicht in meinen Händen ist, bevor der Tag zu Ende geht!«

Meister Montfort stammelte immer noch irgendeine Antwort, als Frevisse sich Thomasine griff und sie schnell rückwärts aus der Tür zog.

Thomasine, die dankbar war wegzukommen, ging mit. Aber der braunhaarige Robert mit der ruhigen Stimme schnitt ihnen den Weg ab, als sie zum Ausgang eilten. Ohne Zeit auf eine Begrüßung zu verschwenden, sagte er zu Schwester Frevisse: »Sir Walter weiß es.«

»Wir haben es gerade gehört.« Schwester Frevisse wies mit einer ruckartigen Kopfbewegung auf das Zimmer des Coroners, aus dem Sir Walters laute Stimme drang.

»Er ist wütend. Und noch wütender, weil es nicht Montfort war, der es ihm gesagt hat.« Robert sprach mit Schwester Frevisse, aber sein Blick glitt zu Thomasine hinüber. »Ich will Euch nicht ängstigen, Mylady, aber nach dem, was er zu mir sagte, wird er sich an jemandem rächen. Ihr geht am besten ins Kloster und bleibt da. Ich werde hier für Euch tun, was ich kann.«

Thomasine fragte sich, wie Sir Walter dazu kam anzunehmen, daß sie des Mordes schuldig sein könnte. Wer hatte ihm diese Idee in den Kopf gesetzt? Und was würde er jetzt tun? Sie begegnete Roberts glühendem Blick. »Danke für die Warnung, mein Herr. Gott gebe uns den Mut, den wir brauchen, um vor dieser Herausforderung zu bestehen.« Dann ließ sie sich von Frevisse wegziehen und ging von ihm.

Die ersten Regentropfen fielen dunkel auf das Kopfsteinpflaster, als sie eilig über den Hof zur Klosterpforte hasteten. Erst als sie die Pforte hinter sich verschlossen hatten, blieb Schwester Frevisse stehen, holte tief Luft und ließ Thomasines Arm los.

»Thomasine, du setzt keinen Fuß vor diese Pforte, bis diese Angelegenheit geklärt ist. Hast du mich verstanden? Geh nicht aus dem Kloster, aus welchem Grund auch immer.«

Die Angst saß Thomasine wie ein angeschwollener Klumpen im Brustkorb und machte es ihr schwer zu atmen oder zu sprechen. Also nickte sie nur, und weil sie nicht wußte, was sie sonst tun sollte, folgte sie ihr, als sie den Kreuzgang hinunterging.

Sie waren fast an der Tür zur Küche angelangt, als sie Schwester Claire trafen, die gerade in das letzte Handtuch, das sie auf die drei Haken an der Rückseite des aus Stein gemauerten Lavatoriums hing, einen Knoten machte. Sie sah auf, als sie Schwester Frevisse und Thomasine kommen sah. Als Schwester Frevisse auf den schmalen Gang deutete, in dem sie reden konnten, nickte sie, beendete ihre Aufgabe und kam zu ihnen.

Der Regen trommelte mittlerweile stetig auf das Dach. Schwester Claire sah auf, als sie das Geräusch hörte, und sagte: »Das ist nicht gut für die Ernte.«

»Der größte Teil ist eingebracht, glaube ich«, meinte Schwester Frevisse. »Und wenn der Regen nur kurz anhält und es später aufklart, wird der Rest trocknen. Der Affe hat sich wieder eingefunden.«

Schwester Claire hatte Schwierigkeiten, dem Themenwechsel zu folgen. »Der Affe? War er verschwunden?«

»Ja, seit Lady Ermentrudes Tod. Und jetzt ist er auch tot, und zwar schon eine ganze Weile. Ich denke, nach dem, was Thomasine mir erzählt hat, hat er von Lady Ermentrudes Wein getrunken und ist daran gestorben.«

Schwester Claire war völlig regungslos. Sie sah weiterhin Schwester Frevisse an, aber ihre Gedanken beschäftigten sich ganz offensichtlich mit etwas anderem. Thomasine hatte diese nachdenkliche Ruhe oft bewundert.

»Dann können wir davon ausgehen, daß es der Wein war und nicht die Milch«, sagte sie schließlich.

»Mit ziemlicher Sicherheit. Nach dem, was ich von dem kleinen Biest weiß, hätte es sich mit etwas so Fadem wie Milch und Brot gar nicht abgegeben, aber am Wein hat es garantiert Gefallen gefunden.«

»Ändert das deine Meinung über Marthas Tod?«

»Nein, ich denke immer noch, daß das ein Versehen war. Genau wie der Tod des Affen. Nein, es war Lady Ermentrude, die sterben sollte.«

»Hat Meister Montfort bereits den Grund dafür herausgefunden?«

»Ich denke, er glaubt, daß er es weiß. Und wenn er sich noch nicht völlig sicher sein sollte, wird er es sich von Sir Walter erzählen lassen, fürchte ich. Und der wird ihm auch den Mörder nennen.«

Thomasine zuckte mit keiner Wimper, als beide sie ansahen. Aber die Angst schnürte ihr die Kehle zu.

Sehr sanft sagte Schwester Claire: »Du bist nicht die einzige, die er verdächtigen kann, Kind. Ich habe beide Male die Arznei gemischt. Und der Wein kam von Sir John und Lady Isobel. Und es waren noch andere im Raum, die es ebenfalls getan haben könnten. Du bist nicht die einzige Möglichkeit.«

Aber die unausgesprochenen Worte »Aber die naheliegendste« standen deutlich in Schwester Frevisses Gesicht geschrieben, wo Thomasine sie ebenso klar ablesen konnte wie zuvor in Meister Montforts Gesicht.

Donner grollte. Schwester Claire hob den Kopf, als hätte sie das Geräusch an etwas erinnert. »Ich muß gehen.«

»Noch eine Sache«, sagte Frevisse. »Sir John hat Zahnschmerzen. Hast du etwas, das er einnehmen kann, bis er einen ehrlichen Bader findet, der ihm den Zahn zieht?«

Schwester Claire war stets gern bereit, über Heilmittel zu sprechen. Ihr Gesicht hellte sich auf, sie dachte einen Augenblick nach und sagte dann: »Mein Nelkenöl ist fast alle, aber beim Jahrmarkt am Michaelistag werde ich neues bekommen. Er kann gerne haben, was noch übrig ist. Leidet er schon lange darunter?«

»Zumindest so lange, daß er irgendwann kürzlich eine Arznei von einem wandernden Quacksalber gekauft hat. Er sagte, daß es sich um viel Firlefanz und wenig Hilfe gehandelt habe.«

Schwester Claire gab ein damenhaftes Schnauben der Verachtung von sich. »Diese Art von Arznei kenne ich. Nur Rauch, Schall und phantasievolle Worte. Dann zeigen sie dir den Wurm, der an deinen Zähnen genagt haben soll und den sie herausgetrieben haben wollen, aber der kommt aus ihrem Ärmel, nicht aus deinem Zahn.« Donner grollte in den Wolken. »Wenn Sir John Schmerzen hat, wird dieses Wetter sie verschlimmern. Sag ihm, ich werde ihm das Nelkenöl geben, wenn er es haben will. Wohin gehst du jetzt?«

»In die Küche, fürchte ich.«

Schwester Claire nickte mitfühlend und ging ihrer Wege. Frevisse machte sich pflichtbewußt zur Klosterküche auf, um nachzusehen, wie es Schwester Alys und ihren unglücklichen Helfern erging, obwohl sie wenig Neigung dazu verspürte. Thomasine folgte ihr, wie befohlen. Innerhalb des Klosters hätte das eigentlich nicht nötig sein sollen, aber Frevisse hatte ein unbehagliches Gefühl, wenn das Mädchen nicht in Sichtweite war.

Die Küche war überfüllt. Frevisse blieb in der Tür stehen, um einen Überblick zu gewinnen, und sah, daß neben den Laienschwestern des Klosters, die gewöhnlich in der Küche arbeiteten, drei Nonnen und ein halbes Dutzend Fenner-Mägde umherhasteten und die Befehle befolgten, die Schwester Alys mit dröhnender Stimme verkündete.

Gerade ließ sie vernehmen, daß die nächste Hand außer der ihren, die den Pastetenteig anrührte, zu Hackfleisch verarbeitet und in die Füllung getan werden würde, aber ihrem üblichen Toben fehlte die Überzeugung.

»Na, na, also wirklich!« Sie stieß einer der Mägde ihren verbogenen Löffel in die Rippen, aber so sachte, daß die

Frau kaum zusammenzuckte. »Wie sieht denn dieser Hähnchenhals aus! Da hängt noch eine ganze Handvoll Fleisch an den Knochen! Zieh' alles ab, zieh' alles ab! Es warten so viele hungrige Mäuler, daß wir keinen Bissen verschwenden können!«

Sie entdeckte Frevisse, wandte sich ihr zu und rief aus: »Also laßt uns einen neuen Schornstein bauen, wenn der alte nicht repariert werden kann! Das würde weniger lange dauern, das schwöre ich Euch. Und jetzt muß ich eine ganze Truppe Fenners durchfüttern, eine Fenner war ja nicht genug, und die war blöde genug, sich in unserem Kloster zu Tode zu trinken! Ah, ich sehe, Ihr bringt mir Thomasine zurück. Das ist wenigstens etwas, denn ich kann das Mädchen ganz bestimmt brauchen. Und Euch ebenfalls, falls Ihr etwas Zeit habt.«

Frevisse hatte ihre Lehrzeit in der Küche zugebracht und wußte, wieviel von diesem Wortschwall sie ignorieren konnte. Sie sagte: »Thomasine wird heute mir helfen. Ich bin gekommen, um zu sehen, wie die Vorbereitungen für das Nachtmahl laufen. Ist genug für alle da?«

»Es ist genug da. Und vielleicht ein bißchen mehr.« Schwester Alys räumte es nur widerstrebend ein. »Sir Walter ist nicht mit leeren Händen gekommen. Er hat uns einen schimmeligen Käse gebracht, einen Sack Mehl und einen kranken alten Ochsen.« Sie wies mit ihrem Löffel auf den gewaltigen Ochsenrumpf, der sich an einem Bratspieß über der hinteren Herdstelle drehte. »Es wird reichen.«

Der Flecken Schimmel auf dem Käse war kleiner als eine Hand und der Käse selbst so groß wie ein Wagenrad. Der gewaltige Bratspieß drohte, sich unter dem Gewicht des bratenden Ochsen zu verbiegen. Bei dem einen Sack Mehl handelte es sich um einen sehr großen Sack. Nach allem, was Frevisse sehen konnte, schien mehr als genug da zu sein, um alle uneingeladenen Gäste zufriedenzustellen. Und das Essen würde köstlich sein. Trotz ihrer scharfen Zunge würde Schwester Alys Sorge tragen, daß ein vorzügliches Mahl zubereitet wurde, auch wenn es für einen Feind bestimmt war. Für Schwester Alys bedeutete es, glühende Kohlen auf das Haupt der Fenners zu häufen, wenn sie sie so gut versorgte, daß sie keine Klagen über die Gastfreundschaft von St. Frideswide anstimmen konnten.

Aber es mußte schwer für sie sein, sich mit einem derartigen Zustand abzufinden. Mit einer ausreichenden Menge an Nahrungsmitteln und genug Hilfe in der Küche, und ohne Lady Ermentrude, die sie heimsuchte, mangelte es Schwester Alys zu ihrem großen Kummer an Anlässen, sich zu beklagen.

»Habt Ihr genug Leute, um das Nachtmahl aufzutragen?« fragte Frevisse.

»Mit der Bedienung von Fenners habe ich nichts zu schaffen!« keifte Schwester Alys. Dann räumte sie widerstrebend ein: »Sir Walter hat gesagt, wenn wir das Essen zur Klosterpforte bringen, wird er Leute schicken, die alles ins Gästehaus tragen. Das wäre also erledigt. Aber wir haben mehr als genug zu tun, und wir werden ganz schön erschöpft sein, wenn unsere Arbeit getan ist. Schwester Amicia, als ich sagte, ich wollte diese Zwiebeln in fingergroße Stücke geschnitten haben, meinte ich nicht die Finger eines Riesen. Kleinere Stücke, Mädchen, oder die Zwiebeln sind an Allerseelen noch nicht gar.«

Da Frevisse für die Bewirtung der Gäste zuständig war, ging sie der Form halber an den Tischen entlang und betrachtete die flachen Pasteten mit Käsefüllung, die Fleischpasteten, Saucen und anderen Gerichte, die fertig waren oder noch zubereitet wurden. Der süße, würzige Geruch von frisch zubereitetem Kuchen zog durch die Küche. Schwester Alys, die ihren verbogenen Rührlöffel wie einen Amtsstab in der Hand hielt, folgte ihr, vor sich hin murmelnd, auf den Fersen und wies darauf hin, daß das Fennersche Mehl übertrieben fein gemahlen und damit so gut wie nutzlos sei, daß der Ochse zu schwer für den Bratspieß und der Käse zu alt sei, was ihn schwer verdaulich mache.

Da Schwester Alys durch Frevisse abgelenkt war, bildeten die Frauen kleine Grüppchen und unterhielten sich. Eine der Fenner-Mägde ging so weit, über etwas zu kichern, das irgend jemand gesagt hatte. Schwester Alys brachte sie mit einem wütenden Blick zum Schweigen, aber hinter ihrem Rücken gingen die leisen Unterhaltungen weiter. Nur Thomasine, die am Rande des Trubels geblieben war, dort wo Frevisse sie verlassen hatte, stand schweigend und mit gesenktem Kopf da, die gefalteten Hände in den Ärmeln verborgen.

Über Schwester Alys' Klagen hatte Frevisse sie vergessen. Es war Schwester Amicia, die mit schriller Stimme, die in der ganzen Küche zu vernehmen war, ausrief: »Also wirklich, den ganzen Fußboden naßzuheulen wie ein tropfender Wischlappen. Es ist schließlich nicht so, als hättest du sie gern gehabt, oder? Meine Güte!«

Ein schneller Blick überzeugte Frevisse davon, daß Thomasine tatsächlich weinte. Sie bebte am ganzen Leib und hatte die Arme eng um sich geschlungen, wie um die Schluchzer zurückzuhalten. Frevisse, die nicht wollte, daß sie den Kampf verlor, legte den Löffel Weizenbrei mit Honig und Rosinen hin, den sie hatte kosten wollen, bewegte sich schnell zwischen den Tischen hindurch, packte Thomasine entschlossen am Arm und zog sie aus der Küche, bevor irgend jemand überhaupt noch etwas sagen konnte.

Nachdem sie aus der warmen Küche gekommen waren, würde der Gang jetzt zu kalt sein. Frevisse führte Thomasine um die Klostergebäude herum und in die Kirche, die sie durch die kleine Seitentür betraten, durch die die Nonnen zu den Gottesdiensten zu gehen pflegten. Sie führte in den Chor, einer Anordnung gestufter Kirchenbänke, die einander über den gefliesten Boden hinweg gegenüberlagen. Der Altar aus poliertem Stein, der erhöht drei Stufen über dem Boden auf einem Podium stand, lag zu ihrer Rechten. Das weiße Leinen, das Gold und das Messing, womit der Altar geschmückt war, schimmerten. Entschlossen hielt Frevisse Thomasine, die sich instinktiv zum Altar gewandt hatte, zurück und führte sie durch den Chor, an den beiden Nonnen vorbei, die vor den Särgen beteten, zum anderen Ende der Kirche, wo sich das große, nach Westen ausgerichtete Portal befand, das in den Klosterhof führte und nur bei Prozessionen an hohen Festtagen benutzt wurde. Dort befand sich links von dem großen Portal eine aus der Mauer gehauene Steinbank, auf der kranke oder müde Gottesdienstbesucher während der Gottesdienste ausruhen konnten.

»Setz dich«, befahl Frevisse.

Thomasine gehorchte. Frevisse setzte sich neben sie.

»Jetzt«, sagte Frevisse. »Wenn du weinen mußt, dann tu es.«

Das tat Thomasine. Sie preßte das Gesicht in die Hände und weinte, bis die Tränen zwischen ihren Fingern hervorquollen.

Frevisse wartete geduldig, bis das Schluchzen nachließ und nur noch ein ermatteter Schluckauf zu hören war und schließlich gar nichts mehr. Thomasines Hände sanken kraftlos in ihren Schoß.

»Es tut mir leid«, flüsterte sie.

Darauf hatte Frevisse keine Antwort. Sie wartete.

Thomasine bekam wieder einen Schluckauf und schluckte neue Tränen herunter. Sie zog ein Taschentuch aus dem Ärmel und wischte sich das Gesicht ab. »Es ist wegen dem, was Schwester Amicia sagte«, flüsterte sie. »Sie sagte, sie hoffe, die Leichen würden bald weggebracht werden, damit das Erntedankfest nicht verdorben würde. Lady Ermentrudes und Marthas Leichen.« Sie wies schmerzlich mit dem Kopf auf die Särge, die jetzt mit einem Deckel versehen und zugenagelt waren, und sah Frevisse dann mit riesigen Augen, die voller Tränen standen, an. »Schwester Amicia will, daß das Erntedankfest so wird, wie es immer ist. Sie denkt überhaupt nicht an sie, die tot sind und keine Ernte mehr erleben werden. Plötzlich tat es so weh, der Gedanke, daß sie nie wieder mit ihren Freunden essen würden, daß ich weinen mußte. Sie sind tot, und ich weine, wo ich doch beten sollte.«

Frevisse sagte: »Nein, du hast aus gutem Grund geweint. Jetzt bist du damit fertig, und wir müssen noch etliches erledigen. Komm, wasch dir das Gesicht, damit wir weitermachen können.«

Thomasine hob den Kopf. Ihr blasses, dünnes Gesicht war vom Weinen gerötet, und in ihren Augen stand Schmerz. »Aber ich darf doch solche Gefühle nicht haben! Der Tod des Körpers oder irgendwelche anderen weltlichen Dinge sollten mich nicht berühren. Ich will es nicht. Ich will keinen Anteil an der Welt nehmen, ich will nicht, daß mir etwas weh tut, das in der Welt geschieht. Sie sind zu Gott heimgegangen. Ich sollte für sie beten, nicht um sie weinen.«

Frevisse hätte vielleicht Mitleid mit diesem Kind gehabt,

wenn es um Rat und geistliche Führung gebeten hätte, aber die gewohnte Ungeduld über Thomasines nutzlose Einfalt und der Druck zu vieler Dinge, die noch erledigt werden mußten, gaben ihrer Stimme einen schneidenden Ton, als sie fragte: »Und was sollen deine Gebete nützen, wenn dir die Menschen egal sind, für die du betest? Wir arbeiten und beten nicht nur für uns selbst, was du wissen würdest, wenn du dich nicht ausschließlich mit dir selbst beschäftigt hättest, seit du hier angekommen bist. Was sollen deine Gebete nützen, deiner Meinung nach, wenn das einzige, was dich berührt, du selbst bist? Du hast geweint, weil es dir weh getan hat, daß andere Menschen leiden mußten, und das ist wahrscheinlich mehr wert als hundert sorgfältig formulierte Gebete ohne irgendein Gefühl dahinter. Und jetzt komm. Wir haben noch viel zu tun.«

Thomasine blieb sitzen und starrte mit leicht geöffnetem Mund vor sich hin. Sie sah leicht blöde aus. Oder fassungslos. Dann schloß sie den Mund, und eine leichte Röte kroch ihr ins Gesicht, die das fleckige Rot des Weinens überdeckte. Der Tränenschleier verschwand aus ihren Augen, und die weiche Linie ihres Mundes straffte sich, so daß sie jetzt eher das Aussehen einer Frau hatte als das eines zerbrechlichen und verhätschelten kleinen Mädchens.

Frevisse erwartete beinahe, daß sie etwas erwidern würde, aber kurz darauf schlug Thomasine schon wieder die Augen nieder und erhob sich, bereit mitzukommen und nach außen hin wieder ganz Sanftheit und Demut. Nur die leichte Starrheit ihrer Schultern und ihr steifer Hals, aus dem das Kriecherische verschwunden war, zeigten, daß Frevisses Worte sie tief genug getroffen hatten, um eine Spur zu hinterlassen. Und etwas von dem Mut, den sie vor dem Coroner bewiesen hatte, war ebenfalls zurückgekehrt, denn bevor Frevisse sich abwenden konnte, hob Thomasine den Kopf und fragte ruhig: »Meister Montfort hätte es gern, wenn ich die Giftmischerin wäre, nicht wahr?«

Frevisse hätte einer direkten Antwort ausweichen können, aber sie erwiderte Thomasines Blick und sagte ruhig: »Ja. Für ihn ist es die einfachste Lösung. Und da ihm Sir Walter auf den Fersen ist, wird er dieser einfachsten Lösung den Vorzug geben.«

Thomasine sah prüfend in Frevisses Gesicht und suchte nach Hoffnung. Frevisse gab ihr keine. Bis jetzt hatte sie keine Ahnung, wer die beiden Frauen vergiftet hatte, und warum. Bis sie das herausgefunden hatte, war Thomasine in der Tat die erste, die beste Wahl. »Komm jetzt«, sagte sie. »Was getan werden kann, wird getan werden. Wir müssen gehen und der Ehrwürdigen Mutter sagen, wie die Sache steht. Sie wird es wissen wollen.«

Die Tür zum Empfangszimmer der Priorin stand offen, und sie hörten Sir Walters Stimme knurren, grob, wütend und bar jeder Höflichkeit: »Laßt mich ausreden! Meine Mutter ist tot. Vergiftet, sagt Montfort. Ermordet. Und nach dem, was ich gehört habe, war es eine von euch, die es getan hat.«

Frevisse machte schnell das Handzeichen für Kirche, was bedeuten sollte, Thomasine solle dort hingehen und dort bleiben. Thomasine nickte und ging, ohne zu zögern. Als sie in sicherer Entfernung war, klopfte Frevisse so laut an die Tür, daß es trotz des weiterredenden Sir Walter gut zu hören war.

»*Benedicite*«, sagte Priorin Edith. Ihre ruhige Stimme übertönte die von Sir Walter scheinbar mühelos, und Frevisse trat ein, den Kopf sittsam gesenkt, aber nicht so tief, daß sie nicht unter gesenkten Lidern den Raum überblicken konnte. Priorin Edith saß hochaufgerichtet in ihrem Stuhl, aber sie begegnete Sir Walter mit einem Gesichtsausdruck, der deutlich sagte, daß Sir Walter weit davon entfernt war, sie mit seinem erlauchten Temperament einzuschüchtern. Zu ihrer Rechten stand Schwester Claire, – sie war ganz steif vor lauter Selbstbeherrschung –, und zu ihrer Linken stand Vater Heinrich, dessen Gesicht vor Empörung gerötet war und der Sir Walter wütend anfunkelte.

Hinter Sir Walter befand sich Robert Fenner, still wie eine Statue, das Gesicht ausdruckslos. Ein frischer Bluterguß zog sich dunkel über eine Wange. Er warf einen suchenden Blick hinter Frevisse, und als er sah, daß Thomasine fehlte, achtete er wieder sorgsam darauf, niemanden anzusehen.

Sir Walter, der ebenso wie seine Mutter den Raum zu dominieren pflegte, stand mit hoch erhobenem Kopf und in die Hüften gestämmten Händen in der Mitte des Empfangszimmers. Er schenkte Frevisse keine Beachtung, sondern fuhr, an Priorin Edith gewandt, fort: »Meine Mutter war nie in ihrem Leben so betrunken, daß sie nicht mehr wußte, was sie tat, und ihr Herz war kerngesund. Es war Gift, und jemand hier hat ihr das Gift verabreicht, und der einzige Mensch, der Grund dazu hatte, war laut Montfort Eure Novizin Thomasine d'Evers. Ich will sie mitnehmen, jetzt sofort. Montfort sagt, er wäre noch nicht mit den Befragungen fertig, aber er ist ein Narr, und das bin ich nicht. Also, übergebt Ihr mir Eure Novizin, oder wollt Ihr es etwa auf einen Streit ankommen lassen?«

Also so weit war es bereits gediehen! Frevisse konnte einen leisen Laut des Abscheus nicht unterdrücken, und Sir Walter fuhr herum und zeigte grimmig mit dem Finger auf sie. Also hatte er doch bemerkt, daß sie gekommen war.

»Ihr! Ihr seid die Schwester Hospitalaria, richtig? Meine Mutter war in Eurer Obhut, als jemand sie tötete, also seid Ihr ebenso verantwortlich wie dieses weinerliche Mädchen. Ich denke, Ihr wißt mehr, als Ihr sagt.« Er fuhr wieder zu Priorin Edith herum. »Sie ist keine Nonne. Ihr habt kein Recht, sie hier zu behalten. Ihr könnt sie nicht beschützen. Ich werde sie hier herrausschaffen, und wenn ich das ganze Kloster auseinandernehmen muß, Stein für Stein!« Sein Gesicht war hochrot, und seine hellen, vorstehenden Augen waren denen seiner Mutter sehr ähnlich. »Und wenn der Abgesandte des Königs nicht dafür sorgen will, daß Gerechtigkeit geschieht, werde ich Euch alle belangen, weil Ihr ihr Unterschlupf gewährt habt!«

Die Ehrwürdige Mutter hob leicht die Augenbrauen. Vater Heinrich, die Hände zu Fäusten geballt, wollte vorspringen, aber die Priorin hob einen Finger von der Lehne ihres Sessels und gebot ihm auf diese Weise Einhalt. Sehr ruhig sprach sie zu Sir Walter: »Ich bin eine Nonne. Ich habe die Ordensgelübde abgelegt, und ich gehöre Gott. Weder Ihr noch Meister Montfort noch der König selbst, Gott schütze ihn, könnt mich anrühren. Und auch keine der Schwestern in meiner Obhut.«

Sir Walters Kiefer arbeitete, und er schien sich an Worten zu verschlucken, die sich nicht zu sagen ziemten, bevor er schließlich wieder zu Frevisse herumfuhr und scharf verlangte: »Holt das Mädchen her. Um Eures eigenen Seelenheils willen und den Seelenfrieden Eurer Priorin. Ihr wißt, wo sie ist. Sie ist in Eurer Obhut – genau wie meine Mutter es war!«

»Eure Mutter war auch in meiner Obhut«, erklärte Schwester Claire fest. Er sah sie finster an, aber sie fuhr fort: »Wir wissen nicht, wer Eurer Frau Mutter das Gift gegeben hat. Ihr und Martha Hayward. Wir wissen nicht einmal, woher das Gift stammte.«

»Ihr habt Gifte in Euren Regalen, wie alle Apotheker. Wagt nur nicht, das zu leugnen!«

»Eure Mutter und Martha Hayward sind mit Nachtschatten vergiftet worden, und, ja, ich habe etwas davon im Hospital, für Breipackungen und ähnliches. Aber Nachtschatten wächst auch in jedem Wald, und jeder, der sich die Mühe macht, danach zu suchen, wird genug davon finden.«

»Und dann ist da die Frage, wer die Möglichkeit hatte, das Gift in den Wein zu tun, woher es auch stammt.« Priorin Edith sprach in einem kalten, knappen, Ich-bin-gleich-mit- meiner-Geduld-am-Ende-Ton. »Ich persönlich würde es mir dreimal überlegen, bevor ich mich irgendeiner von Meister Montforts Schlußfolgerungen anschließen würde, ganz besonders in einer so schwerwiegenden Angelegenheit wie dieser.«

Sir Walters Frage klang trotz aller Streitlust doch weniger sicher als vorher: »Habt Ihr eine bessere Idee?«

»Schwester Claire wies vernünftigerweise darauf hin, daß auch andere sich Nachtschatten besorgt haben könnten, nicht nur Thomasine. Es könnte sogar jemand von Lady Ermentrudes eigenen Leuten gewesen sein.«

»Also darauf wollt Ihr hinaus!« höhnte Sir Walter. »Einem Diener wollt Ihr die Schuld geben und nicht einer aus Euren eigenen Reihen! Pah, ein Diener hätte es auch an allen anderen Orten schon tun können, und das wäre viel bequemer gewesen als hier. Es war keiner ihrer Leute. Es war jemand aus dem Kloster. Vielleicht sogar einer der Leute, die sich hier im Raum befinden!«

Er steigerte sich in neue Wut hinein. Frevisse spürte, wie der Zorn auch in ihr hochstieg, und sie sah, wie Vater Heinrich das Blut ins Gesicht schoß und sein Körper sich straffte, als wolle er etwas sagen oder, noch schlimmer, etwas tun. Schnell sagte sie: »Dann müßt Ihr uns aufklären, warum eine von uns es getan haben sollte, Sir Walter. Warum sollten wir Lady Ermentrude den Tod wünschen, wo sie doch eine so großzügige Gönnerin von St. Frideswide war?«

Triumphierend antwortete Sir Walter: »Weil sie vorhatte, Eure Novizin hier rauszuholen! Sie wollte das Mädchen aus dem Kloster nehmen – und mit ihr wäre ihre Mitgift gegangen. Das ist doch sicher etwas, was Ihr nicht gerne verlieren würdet. Eine armselige kleine Klitsche wie die hier braucht immer Geld. Ihr konntet es Euch nicht leisten, die einzige Mitgift zu verlieren, die Ihr wahrscheinlich während der nächsten Jahre zu Gesicht bekommen würdet, also mußte meine Mutter sterben. Aber jetzt werdet Ihr mehr verlieren als nur die Mitgift. Kein Fenner wird diesem Kloster noch einen einzigen Pfennig stiften, wenn die Wahrheit ans Licht kommt!«

Priorin Edith hob die Hand, um Schwester Claire und Frevisse zum Schweigen zu bringen. »Zurück!« gebat sie, als Vater Heinrich sich mit geballten Fäusten auf Sir Walter stürzen wollte. Der Priester blieb stehen, aber Frevisse konnte hören, wie er mit den Zähnen knirschte. Priorin Edith, die Augen mit einem frostigen und vernichtenden Blick auf Sir Walter gerichtet, preßte die Hände gegen die Armlehnen ihres Sessels und erhob sich langsam und unerbittlich. Sie war nicht groß, aber ihre Willenskraft hielt sie alle in Bann, bis sie sich hoch aufgerichtet hatte. In einem Ton, der zu dem Blick paßte, aber ohne die Stimme zu erheben, sagte sie: »Wenn es Euch irgend etwas anginge, würdet Ihr feststellen, daß St. Frideswide es nicht nötig hat, irgend jemanden anzubetteln, und daß eine verlorene Mitgift uns nicht in den Ruin treiben wird. Unser Haus mag klein sein, aber wir sind weder arm noch jemandem verpflichtet. Ihr könnt Eure Fenner-Pfennige und Eure Wutausbrüche nehmen und gehen, denn Ihr werdet nicht mich und die Meinen in meinem eigenen Kloster beleidigen. Ihr seid in Trauer und durch die heilige Regel unseres Ordens unser Gast, und so werdet Ihr auch behandelt werden, ganz gleich, wie unsere Gefühle aussehen mögen. Aber hütet Eure Zunge. Nicht einmal Eure Mutter mit all ihren Zornesausbrüchen hat es je gewagt, so mit uns zu sprechen, wie Ihr es eben getan habt. Ihr habt die Antworten bekommen, die wir hier Euch geben können. Kehrt ins Gästehaus zurück und verlaßt uns, bevor nicht einmal das Gastrecht und das Wissen um Eure Trauer genug sein werden, um Euch zu ertragen. Und wagt es nicht, noch einmal vor mir zu erscheinen, es sei denn auf den Knien, mit reuigem Herzen, um meine Vergebung zu erflehen. Geht.«

Sir Walter richtete sich auf und atmete heftig durch die Nase ein. Sein Mund arbeitete, blieb aber stumm, da ihm sichtlich die Worte fehlten. Wahrscheinlich hatte er sein ganzes Leben lang so vor seiner Mutter gestanden, weshalb er auch jetzt Priorin Ediths Worte schweigend hinnahm. Rasend vor Wut, aber unfähig, etwas zu tun, riß er die Schultern hoch, machte die Karikatur einer Verbeugung und stürzte aus der Tür. Robert folgte ihm weniger überstürzt. Er verdrehte die Augen und hob die Augenbrauen, als er an Frevisse vorbeikam. Frevisse warf einen Blick auf seine verletzte Wange und wies mit dem Kopf auf den enteilenden Sir Walter. Robert nickte und war verschwunden. Sie schloß die Tür hinter ihm und hastete schnell zu Priorin Edith zurück, um Schwester Claire dabei zu helfen, diese wieder behutsam auf ihren Sessel niedergleiten zu lassen.

Der Priorin schien die Anstrengung nicht geschadet zu haben. Sie war nur ein wenig atemlos und immer noch verärgert. »Schlechtere Manieren als ich sie je bei einem Fenner erlebt habe. Und weniger Verstand. Ein wenig Verstand würde den Mangel an Manieren wenigstens etwas wettmachen. Etwas.« Ihre Finger schlossen sich um Frevisses Handgelenk. »Es wird noch mehr Ärger geben. Unsere Antworten haben ihn nicht zufriedengestellt, und er wird sich nicht aufhalten lassen von dem, was wir gesagt haben. Ihr seid die Schwester Hospitalaria und müßt die Klausur verlassen. Könnt Ihr eine Begegnung mit ihm aushalten?«

»Ja, natürlich.« Sie hatte ihre ganze Kindheit damit zugebracht, mit schwierigen Leuten fertigzuwerden; sie hatte wenig Bedenken, sich Sir Walter oder Meister Montfort zu stellen.

»Das ist gut. Das ist sehr gut. Dann könnt Ihr hingehen, wo Ihr hingehen müßt, und die Fragen stellen, die gestellt werden müssen. Meister Montfort wird nie etwas herausfinden, jetzt, wo Sir Walter eine Antwort hat, die ihn zufriedenstellt. Wir können uns nicht darauf verlassen, daß einer der beiden die Lösung finden wird.«

»Ja, Ehrwürdige Mutter.«

»Und, Schwester Claire«, sagte Priorin Edith.

»Was immer Ihr wünscht, Ehrwürdige Mutter.«

»Denkt über das Gift nach und darüber, wer es Lady Ermentrude gegeben haben könnte. Gab es einen bestimmten Grund, sie mit Nachtschatten zu vergiften? Wer könnte Nachtschatten zur Hand gehabt haben? Hat der Giftmischer sich plötzlich für Nachtschatten entschieden, weil das Gift da war? Oder war die Tat geplant, und er hat es sich lange vorher besorgt? Denkt darüber nach, alle beide. Vater Heinrich.«

Der Priester kam eifrig herbei und stand vor ihr.

»Wir brauchen Eure Gebete«, sagte sie. In seinem Gesicht ließ sich die Enttäuschung über eine so inaktive Aufgabe ablesen, aber Priorin Edith sagte entschieden: »Betet. Betet, daß uns genug Zeit gegeben wird, die Wahrheit herauszufinden. Betet so viel und so lange, wie Ihr könnt. Denn«, fügte sie mit einer Gereiztheit hinzu, die in ihrer Jugend sehr ausgeprägt gewesen sein mußte, wie milde sie auch im Alter geworden sein mochte, »denn die Wahrheit müßte schon aufstehen und Meister Montfort beißen, bevor er sie erkennt. Geht jetzt, alle. Ich habe ein beschämendes Bedürfnis nach Schlaf.« Dann war ihre volle Aufmerksamkeit wieder da. »Wo ist Thomasine?«

»Ich habe sie in die Kirche geschickt, als ich bemerkte, daß Sir Walter bei Euch war«, erklärte Frevisse.

Priorin Edith nickte zufrieden. »Laßt sie dort bleiben. Es wäre besser, wenn sie nicht bei Euch ist, wenn Ihr Montfort oder Sir Walter begegnet. Geht jetzt.«

Sie verließen sie. Am Fuße der Treppe ging Vater Heinrich in Richtung Kirche davon, und Schwester Claire und Frevisse wandten sich einmütig dem schmalen Gang zu, in dem sie reden konnten. Aber sobald sie dort angelangt waren, schien ihnen nichts mehr einzufallen, und Frevisse fragte sich, ob die Belastungen der letzten beiden Tage ihr ebenso deutlich anzusehen waren wie Schwester Claire, um deren Augen dunkle Schatten lagen.

Schließlich fragte Schwester Claire: »Also, was sollen wir tun?«

Zumindest darauf hatte Frevisse eine Antwort. »Wir werden nochmals fragen, wo sich zur Tatzeit jeder einzelne aufhielt und was er getan hat. Und wir versuchen, diejenigen zu befragen, mit denen wir noch nicht gesprochen haben, um zu erfahren, an was sie sich erinnern. Jemand hatte einen dringenden Grund, Lady Ermentrude zu ermorden, sonst wäre er nicht so überstürzt vorgegangen, nicht nach Marthas Tod. Es muß einer von denen sein, die sowieso ihren Tod wünschten.« Frevisse begann, die Beteiligten an ihren Fingern abzuzählen. »Ihr Sohn, Sir Walter, weil er ihr Vermögen erben wollte und fürchtete, sie könne es ausgegeben haben, bevor er es in die Finger bekam. Sir John und Isobel, denen sie einen überstürzten Besuch abgestattet hat, um sich mit ihnen zu streiten, und die so schnell hinter ihr hergeritten sind, nachdem sie sie verlassen hatte. Dann sind da ihre Zofen, Maudelyn und Maryon.«

»Warum die?« unterbrach Schwester Claire.

»Ich weiß es nicht. Aber immer, wenn etwas geschieht, ist Maryon da, beobachtet und stellt Fragen. Nur nicht, wenn ich mit ihr sprechen möchte. Dann ist sie nicht aufzufinden.« Sie wechselte zum Daumen der anderen Hand über. »Robert Fenner.«

»Dieser nette junge Mann?«

»Dieser nette junge Mann gehörte erst zu Sir Walters Gefolge, wurde plötzlich zu Lady Ermentrude geschickt und kehrt jetzt wieder zu Sir Walter zurück. Und nachdem Sir Walter sich mit ihm unterhalten hatte, fing er an, Thomasine zu verdächtigen.«

»Was ist mit Thomasine?« Schwester Claires Ton war zögernd, nüchtern. »Wir müssen in Betracht ziehen, daß sie es gewesen sein könnte, und sei es nur, um zu beweisen, daß sie es nicht war.«

Frevisse nickte, sagte aber: »Sie könnte aus Angst töten oder in Panik, und gewiß verspürte sie beides, als Lady Ermentrude so grimmig entschlossen schien, sie von hier wegzubringen, aber später würde sie Gewissensqualen leiden. Sie gehört zu den Menschen, die Buße tun, wenn sie eine Schale Suppe verschütten.«

Schwester Claire lächelte unwillkürlich beim Gedanken an Thomasines Exzesse. Dann wurde sie wieder ernst. »Wir dürfen Martha Haywards Tod nicht vergessen.«

Frevisse schüttelte den Kopf. »Der war mit großer Wahrscheinlichkeit nicht beabsichtigt. Wenn Thomasine einen schrecklichen Fehler begangen und Martha getötet hätte, würde der Schock sie wieder zu Verstand gebracht haben. Sie hätte es nie noch einmal versucht.« Sie runzelte die Stirn. »Woher kam das Gift? Fehlt etwas von Euren Vorräten?«

»Nein. Das heißt, ich glaube es nicht. Ich habe den Nachtschatten lange nicht mehr benutzt, also kann ich nicht mit Sicherheit sagen, ob ein wenig davon fehlt oder nicht. Das Gefäß scheint nicht angerührt worden zu sein.«

»Was es wahrscheinlich wäre, wenn Thomasine, die in großer Eile gewesen sein müßte, ins Hospital gehetzt wäre, um etwas Nachtschatten zu stehlen. Könnte es auch ein anderes Gift gewesen sein? War etwas in dem Magenpulver für den Affen, das einen Menschen töten könnte?«

»Nichts, was auch nur den Affen umbringen könnte, geschweige denn einen Menschen. Und nichts, was solche Qualen verursachen könnte.«

»Also, Lady Ermentrude kam betrunken hier an, und wir gaben ihr eine Schale warme Milch mit Honig und eingeweichtem Brot, die Thomasine aus der Küche holte.« Frevisse tippte auf ihren rechten Zeigefinger.

»Ja«, nickte Schwester Claire. »Die Fehde zwischen Schwester Alys Familie und den Fenners. Sie hat schon oft gesagt, sie würde sich gern an dem Streit beteiligen.«

»Aber wir können mit ziemlicher Sicherheit davon ausgehen, daß das Gift im Wein war, da der Affe daran gestorben ist.«

»Es ist ziemlich sicher, aber nicht völlig. Ist es nicht möglich, daß das Tier sich aus der Schale mit der Milch und dem Brot bedient hat, bevor es mit der Flasche verschwand?«

»Ja, wahrscheinlich. Wir stellen also am besten fest, wer wann etwas ins Essen getan haben könnte und in den Wein. Wie lange dauert es, bis jemand stirbt, der Nachtschatten eingenommen hat?«

»Das kann unterschiedlich sein. Es kommt auf den einzelnen Menschen an, auf die Menge des Gifts und darauf, wie schnell das Opfer das Gift einnimmt. Martha muß den größten Teil des Weins, der im Becher war, in einem Zug heruntergeschüttet haben, bevor Vater Heinrich sie warnte, daß es Arznei sei.«

»Und Lady Ermentrude hat an dem Morgen, an dem sie starb, nur hin und wieder an dem Becher genippt«, erinnerte sich Frevisse. Ihr Gesicht versteifte sich, als ihr ein anderer Gedanke kam. »Der erste Becher – der, aus dem Martha getrunken hat: Thomasine hat ihn fallenlassen. Lady Isobel versuchte, ihr etwas von dem Wein einzuflößen, und Thomasine hat den Becher fallenlassen. Normalerweise ist sie nicht so ungeschickt.«

Die beiden Frauen sahen sich ernst an.

»Nehmen wir mal an, daß Lady Isobel nicht versuchen würde, ihre eigene Schwester zu vergiften ...«, sagte Frevisse nach einem Moment des Schweigens.

»Frevisse!« rief Schwester Claire aus. »So etwas dürft Ihr nicht einmal denken!«

»Wir müssen jede Möglichkeit in Betracht ziehen. Also, laß uns annehmen, daß Lady Isobel tatsächlich vorhatte, Thomasine zu vergiften.«

»Das würde bedeuten, daß sie auch Lady Ermentrude vergiftet hat. Aber aus welchem Grund? Warum sollte sie die beiden töten wollen?«

»Der Wein stammt von ihr und ihrem Mann. Und Lady Ermentrude war rasend vor Wut auf sie, so sehr, daß sie ihr hierher gefolgt sind, um zu versuchen, die Sache zu bereinigen.«

»Sie hatten Angst, ihr könnte auf dem Weg etwas zustoßen.«

»Ich bin versucht anzunehmen, daß sie mehr Angst hatten, daß Lady Ermentrude etwas über den Streit sagen würde«, erwiderte Frevisse grimmig. »Wir wissen nicht, warum sie so zornig war. Sie haben lediglich gesagt, daß Lady Ermentrude wollte, daß ihre Ehe aufgelöst wurde. Ich frage mich, warum.«

»Sie haben Dienstleute mitgebracht, und Lady Ermentrude ist ebenfalls von Bediensteten begleitet worden. Wir werden sie fragen, was sie wissen oder gehört haben. Aber es gibt andere, die an den Wein kommen konnten, als er neben Lady Ermentrudes Bett stand.«

Frevisse schloß die Augen und versuchte sich zu erinnern, wer in Lady Ermentrudes Zimmer gewesen war, und wann. »Ihr und ich waren da. Und Thomasine. Und Vater Heinrich.«

»Also das ist Unsinn«, protestierte Schwester Claire. »Er hatte überhaupt keinen Grund, irgend jemanden umbringen zu wollen.«

»Wir wissen nicht, warum Lady Ermentrude ermordet wurde. Da wir es nicht wissen, können wir nicht sicher sein, daß er nicht einen Grund hat, vielleicht noch aus früheren Zeiten.« Sie lächelte. »Aber das müßte meiner Meinung nach schon ein überaus denkwürdiger Grund sein. Also,

Lady Isobel hat in der Nacht bei Lady Ermentrude gewacht. Und die Zofen Maryon und Maudelyn. Sir John hat den Raum mindestens einmal betreten, denke ich. Sie sagen alle, es wäre sonst niemand dagewesen, aber Lady Isobel und die beiden Zofen haben geschlafen, und obwohl Thomasine beteuert, daß sie die ganze Zeit wach war und gebetet hat, hätte sie zwischendurch einnicken können, ohne es zu merken.«

»Oder so tief ins Gebet versunken gewesen sein, daß sie nichts wahrgenommen hat.«

Frevisse nickte zustimmend. »Also könnten noch weitere Personen den Raum betreten haben, und wir können nur erfahren, ob es so war, wenn wir weitere Fragen stellen. Würdet Ihr mit mir kommen? Vielleicht fällt Euch etwas auf, was mir bisher entgangen ist, vielleicht fällt uns auch zusammen mehr auf als alleine.«

»Sicher. Wohin zuerst?«

Frevisse lächelte schief. »Zu Schwester Alys, da wir in der Nähe der Küche stehen.«

In der Küche herrschte immer noch zielstrebiges Gewimmel. Der Ochse am Bratspieß wurde braun, die fertigen Kuchen kühlten auf einem Seitentisch ab, und der Duft nach frisch gebackenem Brot durchströmte den Raum. Schwester Alys stand in der Nähe der Tür und unterhielt sich eifrig mit einer von Lady Ermentrudes Mägden. Frevisse, die stehengeblieben war, um Schwester Alys' Aufmerksamkeit auf sich zu lenken, war sich bewußt, daß die leisen Gespräche in der ganzen Küche bei ihrem Eintritt verstummt waren, und daß die Gesichter, die sich ihnen zuwandten, voller nervöser Aufregung waren. Irgendwie mußte das Gerücht die Runde gemacht, daß Schwester Frevisse und Schwester Claire auf Befehl der Priorin die Angelegenheit untersuchten. Frevisse sagte nichts, sondern winkte Schwester Alys mit einer Geste zu sich heran. Sie kam zur Abwechslung ohne Murren und ohne ihren Löffel.

Sie kehrten zum Sprechgang zurück, und bevor Frevisse etwas sagen konnte, platzte Schwester Alys heraus: »Also ist es wahr? Jemand hat endlich getan, was die alte ...«, sie überdachte ihre Wortwahl und fuhr fort, »... Dame seit ungefähr fünfzig Jahren herausgefordert hat?«

Frevisse selbst blieb vollkommen ruhig, was die Aufregung der anderen Nonne etwas dämpfte: »Sie wurde mit Gewißheit vergiftet. Jemand hat sie ermordet, und die Ehrwürdige Mutter hat Schwester Claire und mich gebeten, Fragen über den Tathergang zu stellen.«

»Und es kamen wirklich Dämonen, um ihre schwarze Seele in die Hölle zu zerren? Habt Ihr sie gesehen?«

»Niemand hat sie gesehen«, sagte Schwester Claire müde. »Lady Ermentrude litt unter einer Art Hirnfieber und redete wirres Zeug, und Thomasine sagte, sie müßte wohl Dämonen sehen. Das war alles, nur Hirnfieber und zuviel Wein. Und das geschah sowieso lange bevor sie vergiftet wurde.«

»Oh. Thomasine.« Schwester Alys tat die Sache bedauernd, aber entschieden ab. »Ein so frommes Kind, wie man es sich nur wünschen kann, aber sie hat nicht mal soviel Verstand, wie Gott einer Martinsgans schenkt. Und was ist mit Martha? Es wird gesagt, daß sie ebenfalls vergiftet wurde.«

Frevisse erwiderte: »Es scheint, daß sie etwas zu sich genommen hat, das für Lady Ermentrude bestimmt war.«

Schwester Alys bekreuzigte sich und schüttelte den Kopf. »Gier und Launen waren stets ihre Schwächen. Gottes Wille geschehe«, fügte sie fromm hinzu.

»Aber«, fragte Frevisse, »wer hat die erste Schale warme Milch mit Honig und eingeweichtem Brot für Lady Ermentrude zubereitet?«

»Die erste? Sie hatte noch mehr? Die gierige –« Schwester Alys brach ab und erklärte: »Ich. Schlimm genug, daß ich mir die Zeit nehmen mußte, und für so eine Frau, aber Thomasine ist ein kompletter Einfaltspinsel und zu nichts zu gebrauchen, wenn es nicht um Gebete geht.«

»Welches Brot habt Ihr genommen?«

»Keins von meinen schönen frischen Brotlaiben, da könnt Ihr sicher sein! Nein, da das Brot sowieso in Milch eingeweicht werden sollte, gab ich ihr einen alten Laib, den ich zerbröseln und zum Andicken benutzen wollte.«

»Und was für Milch und Honig?«

Schwester Alys dünne Augenbrauen kletterten in ihre breite Stirn. »Ich habe das genommen, was gerade auf dem Herd und im Schrank stand. Wenn es gut genug für uns ist, ist es bestimmt gut genug für Leute wie Lady Ermentrude.«

»Und ist Thomasine direkt ins Gästehaus zurückgegangen?«

»Also, sollte ich etwa mitgehen und ihr den Weg zeigen? Ich habe wirklich besseres ...« Schwester Alys' Gesichtsausdruck veränderte sich. »Ach, nein, gerade in jenem Augenblick ging ja das Geschrei los, und Martha rannte los, um so dicht an der Quelle zu sein, wie es nur ging, und Thomasine habe ich hinterhergeschickt.«

Und Thomasine war in Marthas Kielwasser in Lady Ermentrudes Kammer erschienen; sie hatte keine Zeit gehabt, irgendwo anders hinzugehen. Es sei denn, sie wäre auf dem Weg zur Küche beim Hospital vorbeigegangen. Aber Frevisse war der Ansicht, daß dafür die Zeit nicht ausgereicht hätte, nicht wenn die Schale Milch und Brot in der kurzen Zeit, die vergangen war, bevor Lady Ermentrude zu schreien begann, schon fertig zubereitet gewesen war.

Schwester Alys wurde offensichtlich nicht von Zweifeln geplagt, als sie fortfuhr: »Diese alte Schreckschraube! Allein der Gedanke, Thomasine könnte irgendwo anders hingehören als hierher! Es ist ein Segen, daß ich keine Mahlzeiten mehr für diese Person kochen muß, aber wie lange dauert es denn noch, bis ihr Sohn aus St. Frideswide verschwindet?«

»Wir hoffen, daß er morgen oder übermorgen abreisen wird«, sagte Frevisse. »Aber mittlerweile hat er Männer abgestellt, die den Schornstein reparieren sollen, und sobald sie das getan haben, werdet Ihr nicht mehr belästigt werden.«

»Es wird auch langsam Zeit. Also, ich habe Euch alles gesagt, was ich weiß. Kann ich jetzt zurückgehen, bevor diese Idiotinnen da drinnen beschließen, Reis anstelle von Mehl zu verwenden oder sonst irgendwelche törichten Dinge anzustellen?«

Frevisse entließ sie und atmete tief durch, als sie gegangen war. Schwester Claire, die die gesegnete Fähigkeit besaß, zu schweigen, wartete, während Frevisse nachdachte. Schließlich sagte Frevisse: »Langsam wünsche ich mir mehr als alles andere zu wissen, warum Lady Ermentrude gerade jetzt sterben mußte. Sir Walter hat recht, es war eine ungünstige Zeit und ein ungünstiger Ort für einen Mord, und zudem noch auf geweihtem Boden.«

»Gibt es etwas, das wir tun könnten, außer Fragen zu stellen?« fragte Schwester Claire.

»Nicht, daß ich wüßte. Und ich kann nicht einmal sicher sein, daß es die richtigen Fragen sind.«

»Ihr könnt nur die Fragen stellen, die Ihr habt. Und

schließlich können sich neue Fragen aus den Antworten ergeben.«

Frevisse lächelte. »Das ist wahr. Laßt uns sehen, was wir noch in Erfahrung bringen können.«

Nicht allzu viel, wie sich herausstellte.

»Mir ist niemand aufgefallen, den der Tod Lady Ermentrudes mit Trauer erfüllt«, sagte Frevisse eine Stunde später. »Nicht einmal ihr eigener Sohn. Er scheint mehr auf Rache versessen als vor Kummer gebeugt zu sein.«

Es war ihnen gelungen, Sir Walter nicht von Angesicht zu Angesicht zu begegnen, aber als sie auf der Suche nach der Zofe Maudelyn die Halle des Gästehauses durchquerten, fiel Frevisse auf, daß nicht wenige der Bediensteten ihnen gezielt aus dem Weg gingen, und ein jeder schien ihrem Blick auszuweichen.

»Ich denke«, sagte sie ruhig, »daß Sir Walter allen klargemacht hat, daß wir sein Mißfallen erregt haben.«

»Wie lange wird es dauern, bis er wieder verlangt, daß wir ihm Thomasine ausliefern?«

»Er wird wollen, daß der Coroner sich diesmal seiner Forderung anschließt. Die Frage ist also, wie lange er brauchen wird, unserem Meister Montfort genug Angst einzujagen, um ihn dazu zu veranlassen. Nicht allzu lange, fürchte ich.«

Es zeigte sich, daß Maudelyn fast ebenso schwer aufzuspüren war wie Maryon, aber als sie sie erst einmal in die Ecke gedrängt hatten, schien sie bereit zu sein, sich mit ihnen zu unterhalten. Maudelyn war freundlich und hausbacken, die Art Frau, die gewöhnlich fröhlich ist und gerne klatscht, sogar mit Höhergestellten. Aber jetzt krampften sich ihre Hände in ihren Rock, und sie hielt die Augen abgewandt. »Ja, ich erinnere mich an das, was geschehen ist, ganz deutlich erinnere ich mich. Es war genau so, wie ich es

Euch bereits erzählt habe und Sir Walter auch. Es gibt nichts mehr zu sagen, ich schwöre es.«

»Fällt dir jemand ein, der deiner Herrin den Tod gewünscht haben könnte?«

Maudelyn zuckte die Achseln. »Nein, niemand.«

»Sie war eine freundliche Herrin?«

Maudelyn zögerte, dann zuckte sie wieder die Achseln. »Sie konnte richtig grausam sein, zu mir und zu allen anderen um sie herum, wenn sie wollte. Und meistens wollte sie. Es ist kein Wunder –« Sie brach ab.

»Was? Daß jemand sie ermordet hat?« fragte Schwester Claire.

Maudelyn, die sich die Hand auf den Mund gelegt hatte, nickte.

»Komm jetzt«, sagte Frevisse in ihrem strengsten Ton, »sag uns die Wahrheit. Vielleicht wissen wir ja bereits, was du vor uns zu verbergen suchst.«

Maudelyns Augen weiteten sich. Ihre Hand sank langsam herab. »Es spielt eh keine Rolle, nehme ich an«, murmelte sie. »Da meine Herrin tot ist, habe ich meine Stelle sowieso verloren.« Sie holte tief Luft und richtete sich auf. »Ich habe den Wein getrunken.«

»Welchen Wein?«

»Den in der Flasche. Ich sah die Flasche, und niemand achtete groß darauf, also nahm ich sie und versteckte sie unter meinen Röcken und sagte, ich müßte zum Abort, und dort habe ich sie ausgetrunken und dann ins Loch geworfen. So! Jetzt wißt Ihr es!« Sie brach in Tränen aus.

Frevisse tätschelte geistesabwesend Maudelyns rundliche Schulter. Sie und Schwester Claire sahen sich an, bestürzt über diese Zerstörung des fundiertesten Teils ihrer Theorie.

»Bist du krank geworden, nachdem du den Wein getrunken hast?« fragte Schwester Claire.

»N-nein«, heulte Maudelyn. Dann versiegten die Tränen, als wären die Augen mit einem Korken zugestöpselt worden. »Es ist also wahr? Sie wurde vergiftet? Und das Gift war im Wein? Beim Schleier der Heiligen Jungfrau, ich habe aus dieser Flasche getrunken!«

Sie versicherten ihr, daß das nicht der Fall sein konnte, da sie ja noch am Leben war, und ließen sie stehen, immer noch verblüfft. Als sie außer Hörweite waren, fragte Schwester Claire: »Und was nun?«

»Ich weiß es nicht. Es schien so klar zu sein, daß das Gift in der Weinflasche war. Ich hätte wissen müssen, daß dem nicht so war, als Lady Isobel mir erzählte, daß sie die zweite Flasche für Sir John aufgemacht hätte. Denn woher sollte sie wissen, welches die tödliche Flasche war, wenn sie sie nicht irgendwie markiert hatte? Und die Flaschen müssen auf diesem harten Ritt ganz schön durcheinander gefallen sein. Da hätte mir klarwerden müssen, daß das Gift nicht im Wein gewesen sein konnte.«

Die Glocke des Klosters begann zu läuten und ließ beide zusammenschrecken.

»Die Vesper«, sagte Schwester Claire erleichtert. »Heute können wir nichts mehr tun.«

»Außer nochmals Thomasine zu fragen, ob sie sich nicht doch an noch etwas erinnert«, sagte Frevisse, während sie das Gästehaus verließen und die Treppe zum Hof hinuntergingen, wobei sie sich wegen des leichten Regens etwas beeilten. »Aber das wird sie nicht. Sie wird nur wiederholen, daß sie die ganze Nacht gebetet und niemanden gesehen und nichts gehört hat, und das war's. Warum regt mich dieses Kind so auf?«

»Weil sie das Kind ist, das Ihr leicht hättet sein können, wenn Ihr genug Muße gehabt hättet, der Frömmigkeit zu frönen«, sagte Schwester Claire.

Frevisse sah sie von der Seite an, zuerst durchaus amüsiert, dann jedoch erschrocken, da ihr der unbehagliche Gedanke kam, daß Schwester Claire Recht haben könnte. Mit Ausnahme von Priorin Edith wußte in St. Frideswide nur Schwester Claire von Frevisses tiefer Frömmigkeit, und sie war die einzige, die wußte, daß es lediglich Frevisses frühe Kindheit war, die ihren Pragmatismus genährt hatte. Sie sah Robert Fenner zielstrebig auf sie zukommen – eine willkommene Ablenkung von ihren trüben Gedanken. Er hatte sie erreicht, als sie an der Klosterpforte angelangt waren.

Als sie sich unter dem Dachgesims zusammendrängten um Schutz vor dem Regen zu suchen, konnte Frevisse wieder den großen Bluterguß sehen, der Roberts linke Wange und den Kiefer verfärbte. Als Schwester Claire die Hand danach ausstreckte, zuckte er vor ihr zurück.

Frevisse fragte schnell: »War es Sir Walter, dem Ihr den Bluterguß verdankt? Wie habt Ihr ihn derartig verärgert?«

Robert machte eine schnelle, abwehrende Handbewegung. »Er war der Meinung, ich hätte einen Stiefel zu langsam aufgehoben, den er fallengelassen hatte, das ist alles. Seiner Mutter rutschte die Hand ebenfalls schnell aus, aber sie war nicht so stark.«

»Also hat er Euch wieder in sein Gefolge aufgenommen.«

»Ja. Schließlich bin ich ein Fenner, und wir Fenners kümmern uns um die unsrigen. Wenn auch manchmal etwas grob.«

»Dann könnt Ihr uns vielleicht helfen – und Thomasine, wenn Ihr mögt.«

Sein Lächeln war so charmant wie das eines Engels. Und er begriff ebenso schnell. »Ihr wollt, daß ich zuhöre, soviel ich kann, und dafür sorge, daß Ihr davon erfahrt.«

»Ja.«

»Mit Freuden. Ich würde alles tun, um Lady Thomasine zu dienen. Ihr macht Euch Sorgen um sie, nicht wahr?«

»Und Ihr ebenfalls, denke ich.«

»Ich finde sie sehr schön und sehr sanft.« Ein leichtes Erröten der Wangen ließ ihn plötzlich noch jünger aussehen, als er war. »Aber ich habe kein Erbe zu erwarten und wenig Aussichten auf ein Vermögen, und ich weiß, sie könnte nie mein sein, selbst wenn sie es wollte. Also kann ich mir nur Sorgen um sie machen. Bislang ist es nur Sir Walters Idee, sie aus dem Kloster zu holen, aber noch ein wenig mehr Druck, und unser Meister Montfort, der von geringem Verstande und großem Ehrgeiz ist, wird ihm zustimmen. Die einfachste Lösung wird er für die beste Lösung halten.«

»Und da liegt die Gefahr, in der Thomasine schwebt«, sagte Frevisse unverblümt. »Wenn Ihr also etwas hört, daß ich Eurer Ansicht nach wissen müßte – jede der Laienschwestern des Klosters weiß, wie ich zu benachrichtigen bin. Werdet Ihr in der Lage sein, das zu tun?«

»Stets zu Euren Diensten, Mylady«, sagte Robert, als wäre sie eine Königin. »Würdet Ihr Lady Thomasine einen Brief von mir überbringen?«

»Niemals«, erwiderte sie prompt.

Er grinste trotz der Sorge in seinen Augen und sagte: »Nun, da ist noch etwas.« Er verbeugte sich. »Ihr habt allen die Frage gestellt, wer in jener Nacht in Lady Ermentrudes Zimmer war. Am besten fragt Ihr mich das auch.«

Frevisse und Schwester Claire wechselten einen Blick. Die Glocke rief noch immer zur Vesper, aber da war auch diese Aufgabe, die sie zu erledigen hatten. Er war zu ihnen gekommen, gewillt zu reden; das beste war, jetzt mit ihm zu sprechen. Die Ehrwürdige Mutter würde ihnen sicher vergeben, wenn sie zu spät kamen.

»Ihr wart gestern nacht in Lady Ermentrudes Kammer?« fragte Frevisse.

»Einmal. Ich bin irgendwann aufgewacht und ging zu ihr, um zu sehen, ob sie etwas brauchte. Lady Ermentrude und die Zofe Maryon schliefen. Lady Isobel war nicht da, und die Zofe Maudelyn auch nicht. Lady Thomasine hat gebetet. Ich glaube nicht, daß sie bemerkt hat, daß ich im Zimmer war.«

»Ihr habt nicht mit ihr gesprochen?«

»Nein.« Aber er errötete noch tiefer, und es war offensichtlich, daß er eine Zeitlang dagestanden und Thomasine angesehen haben mußte. Wenn sein Blick auch nur annähernd so gewesen war wie die Art, wie er ihren Namen sagte, mußte es ein sehr warmer und inniger Blick gewesen sein, dachte Frevisse, und Thomasine mußte wirklich tief ins Gebet versunken gewesen sein, wenn sie ihn nicht gespürt hatte. Sie fragte: »Habt Ihr Lady Ermentrudes Kammer noch einmal betreten oder nur dieses eine Mal und später, als sie starb?«

Der kluge Ausdruck in seinem Gesicht sagte Frevisse, daß er sehr wohl wußte, worauf ihre Fragen abzielten, aber er antwortete schlicht: »Ich habe geholfen, sie in die Halle zu bringen, als sie eintraf. Das ist alles.«

»Also habt Ihr sie sehr gut beobachten können«, sagte Schwester Claire. »Ich bin erst zu ihr gekommen, als sie schon ruhiger war. War sie sehr betrunken?«

»Ich hatte sie so noch nie gesehen«, erwiderte Robert. »Es schien mehr zu sein als Trunkenheit, es war wie eine Art Wahnsinn.«

»Ein Hirnfieber vielleicht«, schlug Frevisse vor. »Hervorgerufen durch die Hitze des Tages, das Trinken und ihre Wut.«

Robert runzelte die Stirn, er legte es nicht darauf an zu widersprechen. »Sie war unsicher auf den Beinen und sagte, ihre Augen täten ihr weh. Die Sonne schien nicht allzu hell, das fiel mir auf, aber Lady Ermentrude sagte, das Licht täte ihr weh, und sie bedeckte die Augen. Ihre Augen waren ganz schwarz und angeschwollen, das weiß ich. Das Blau war nur noch ein dünner Rand um das Schwarze herum. Und sie klammerte sich die ganze Zeit an einem einzigen Gedanken fest, als hätte sie Angst, ihn sonst zu vergessen: Sie würde Thomasine sofort aus dem Kloster bringen. Aber sie schien so verstört zu sein, daß ich bezweifle, daß sie wirklich wußte, was sie sagte. Sie wiederholte es nur immer wieder. Und die ganze Zeit hatte sie diesen starren Blick, so daß sie verrückt wirkte, obwohl sie es nicht war.« Er sah Schwester Claire scharf an. »Ich habe etwas Wichtiges gesagt?«

Frevisse sah die Ärztin an. Schwester Claires Gesichtsausdruck wechselte zwischen Erregung und Beunruhigung, und ihre Stimme schwankte, als sie sagte: »Ja, Ihr habt etwas Wichtiges gesagt.« Sie zerrte an Frevisses Arm. »Wir müssen jetzt gehen, sonst werden wir so spät kommen, daß nicht einmal Priorin Edith darüber hinwegsehen kann. Danke, daß Ihr es uns gesagt habt.«

Die Glocke hatte aufgehört zu läuten. Frevisse und Schwester Claire eilten den Kreuzgang herunter. So dringend war Frevisses Bedürfnis nach Informationen, daß sie das Schweigegebot ignorierte und fragte: »Was hat er gesagt, das du so wichtig fandest?«

Schwester Claires Finger gruben sich durch den schweren Stoff des Gewandes an Frevisses Arm. »Ich wußte nicht, was für Symptome sie hatte. Ich habe nie gefragt, wie es ihr ging, als sie von den Wykehams zurückkehrte. Alle wiederholten ständig, sie sei betrunken gewesen, und ich habe nicht nachgefragt.«

»Es schien keine Rolle zu spielen. Trunkenheit oder Hirnfieber. Macht das einen Unterschied?«

»Ich denke, es war weder das eine noch das andere. Was dieser Junge über Lady Ermentrudes Schwindelgefühle gesagt hat, ihr irres Verstörtsein, die angeschwollenen Augen mit den schwarzen Pupillen, die ihr in der Sonne wehtaten – Frevisse, wenn wir das Wüten dazunehmen, das später folgte, und die gräßlichen Dinge, die sie zu sehen schien – sie war bereits vergiftet, als sie ins Kloster zurückkehrte. Das könnte ich beschwören.«

Sie standen vor der Kirchentür. Sie hatten bereits gegen die Regel verstoßen, da sie innerhalb des Klosters gesprochen hatten, und wollten nicht auch noch später zur Vesper kommen. Sie schlüpften in die Kirche, knicksten entschuldigend vor der Ehrwürdigen Mutter und nahmen ihre Plätze im Chorgestühl ein.

Aber sobald Frevisse saß und die Verse sang, die ihr so vertraut waren, daß sie nicht über sie nachdenken mußte, wurde ihr langsam klar, was Schwester Claires Behauptung bedeutete. Wenn Schwester Claire recht hatte, hatte man nicht zweimal versucht, Lady Ermentrude zu ermorden, sondern dreimal. Und der Mörder mußte jemand sein, der nicht zur Abtei gehörte, denn niemand von den Leuten des Klosters hatte Lady Ermentrude zu den Wykehams begleitet oder sie auf dem Rückweg getroffen. Also wer war es gewesen? Jemand, der mit ihr zu Sir John und Lady Isobel geritten war – oder dort oder auf dem Weg nach St. Frideswide mit ihr zusammengetroffen war. Wer immer es auch gewesen sein mochte, er war mit ihr ins Kloster gekommen und war geblieben, um es noch einmal zu versuchen – und dann noch einmal.

Also brauchten einige der Fragen, die Frevisse gestellt hatte, nicht länger beantwortet zu werden. Aber zumindest war Thomasines Unschuld erwiesen. Wenn Schwester Claire recht hatte, würden sogar Sir Walter und Meister Montfort das akzeptieren müssen.

Nur daß die Beweisführung ziemlich subtil war, jedenfalls für Meister Montforts Verhältnisse. Er würde Schwester Claire nicht glauben. Er würde sagen, daß sie log, um das Kloster zu schützen, und sich weigern, sie anzuhören. Oder, da er ein Mann war, würde er sagen, daß Schwester Claire bloß eine Frau sei und nicht wagen solle, irgendeine weibliche Schnapsidee als Tatsache hinzustellen. Montfort, der Trottel, und Sir Walter, der arrogante Trottel, würden nie ihre kostbare männliche Zeit damit verschwenden, nach der Wahrheit zu suchen, wenn sie überzeugt waren, sie bereits zu kennen.

Plötzlich fand Frevisse die Flüche des Psalms 109, den sie gerade sangen, sehr zutreffend. »Seiner Tage sollen wenige werden, und sein Amt soll ein anderer empfangen .... Seine Kinder sollen umherirren und betteln und vertrieben werden aus ihren Trümmern .... Es soll der Wucherer alles fordern, was er hat, und Fremde sollen seine Güter rauben.« Und es kümmerte sie nicht, ob dieser Fluch Meister Montfort oder Sir Walter oder alle beide treffen würde, so sehr hatten es beide verdient.

Aber so gut sie die Übersetzung dieser Verse kannte, so

gut kannte sie den folgenden Vers, und ihr starrköpfiger Geist sagte ihn ihr auf, bevor sie ihn daran hindern konnte: »Er liebte den Fluch, so komme er auch über ihn; er wollte den Segen nicht, so bleibe er auch fern von ihm.« Mit einer inneren Verneigung bat sie um Vergebung um ihrer Seele willen und wandte ihre Gedanken wieder dem wahren Zweck der Vesper zu, dem Beenden des Tages in Frieden und Harmonie.

Zum Nachtmahl gab es Brot und Käse und heißen Apfelwein gegen die regnerische Kühle des Abends. Die Rekreation war kurz; niemand hatte große Lust, lange spazierenzugehen, nicht einmal im geschützten, aber feuchten Kreuzgang. Sie versammelten sich alle im Gemeinschaftsraum, warteten auf die Komplet und wünschten, die Ordensregel würde ein Feuer vor Ende Oktober gestatten. Nach einer Weile merkte Frevisse, daß Schwester Claire hinausgegangen war.

Als sie zurückkehrte, wartete Frevisse im Kreuzgang auf sie. Sie eilten in den Sprechgang, und Schwester Claire sagte mit einer Mischung aus Eifer und Zorn: »Es war Bilsenkraut. Es ist nützlich gegen manche Krankheiten, wenn man vorsichtig damit umgeht, und giftig, wenn man es nicht tut, und es ist leicht zu beschaffen. Rotes Gesicht, kalte Glieder, Durst, unzusammenhängendes Sprechen oder Unfähigkeit zu sprechen, Delirium, die Augäpfel so riesig, daß das Licht sie schmerzt, und alles scheint rotgefärbt zu sein. Das sind die Symptome, klar und deutlich in meinen Büchern nachzulesen.«

»Und Lady Ermentrude zeigte jedes einzelne dieser Symptome –«

»Bevor sie hier im Kloster auch nur einen Bissen gegessen oder einen Tropfen getrunken hatte.«

»Wir müssen es sofort Priorin Edith mitteilen«, sagte Schwester Claire, aber die Glocke begann zu läuten und rief sie zur Komplet.

Frevisse schüttelte den Kopf und sagte hastig, da jede Unterhaltung mit dem ersten Glockenschlag zu enden hatte: »Morgen. Heute abend können wir nichts mehr tun, und bis dahin habe ich Zeit, über alles nachzudenken.«

Schwester Claire nickte zustimmend. Heute abend konnte nichts mehr getan werden, ganz gleich, was gesagt wurde.

Frevisse versuchte, ganz in dem kurzen, vertrauten Gottesdienst mit dem ruhigen Schlußgebet *Nunc dimittis* aufzugehen: »Und nun, Herr, sende Deine Diener in Frieden fort ...« Es war ein klagender Gregorianischer Gesang, den sie mit leisen Stimmen sangen, bis er in der Stille ausklang und ein Gefühl des Friedens mit sich brachte. Erst als alle Nonnen in schweigender Prozession zum Dormitorium zurückgekehrt waren und Frevisse ihr Übergewand abgestreift und ins Bett geschlüpft war, begann ihr Kopf wieder, rastlos nach der Frage oder den Fragen zu suchen, die ihr den Weg zur Wahrheit weisen würden.

Aber mitten im Nachdenken schlief sie ein und wachte erst wieder auf, als die kleinen Glocken an der Tür des Dormitoriums sie in der dunklen Mitte der Nacht wachbimmelten und sie alle zu den Vigilien und zur Laudes gingen.

Als der lange Doppelgottesdienst vorbei war und Frevisse wieder im Bett lag und zuhörte, wie der Schlaf zu allen anderen zurückkehrte, stellte sie fest, daß sie hellwach war. Ihre Gedanken wanderten rastlos umher, brachten sie nirgendwohin und weigerten sich, diszipliniert zu werden.

Deshalb hörte sie die schwerfälligen, vorsichtigen Schritte auf der Treppe, die zum Kreuzgang führte, bevor sie den Schlafsaal erreicht hatten. Frevisse griff nach dem

Umschlagtuch, das für solches nächtliche Aufstehen gedacht war, verließ schnell ihre Zelle und ging auf das schwache Licht oben an der Treppe zu. Die alte Ela, eine Magd aus der Gästehalle, die sich selten so tief ins Kloster vorwagte, blickte auf, als sei sie dankbar, Frevisse zu sehen. Da sie die schlafenden Nonnen nicht mit ihrer Botschaft wecken wollte, winkte sie Frevisse zu sich, drehte sich um und schleppte ihr lahmes Bein wieder die Treppe hinunter. Frevisse folgte ihr.

»Euch habe ich gesucht, Schwester«, verkündete Ela im Flüsterton. »Ich wußte nur nicht, wie ich Euch im Dunkeln finden sollte. Aber der Junge sagte, du mußt es versuchen, du mußt gehen, denn ich kann es nicht, und es ist eine dringliche Sache. Robert, er sagte, ich solle Euch seinen Namen sagen, und er meinte, geh sofort, obwohl er mir noch nich' mal einen halben Penny dafür gegeben hat. Es ist Euch doch recht?«

»Es ist mir sehr recht«, versicherte Frevisse ihr. »Ich bezweifle, daß er einen halben Penny übrig hat. Was ist das für eine dringliche Sache?«

»Er sagt, ich soll Euch sagen, daß die drüben noch bis spät geredet haben. Das hätte ich Euch auch erzählen können ohne sein Wort darauf, das konnten wir alle hören. Laut waren sie, haben sich angebrüllt, und dann waren sie wieder ganz leise.«

»Wer?«

»Sir Walter hauptsächlich. Er schreit den Coroner an, daß die Fetzen fliegen, und der brüllt nich' sehr zurück, wie es scheint. Er hat ein bißchen widersprochen, nehm' ich an, aber nich' sehr. Dann ist alles geregelt, und sie gehen ins Bett, außer diesem Jungen, Robert, der kommt und sagt, daß ich Euch sagen muß, daß sie vorhaben, Thomasine festzunehmen. Morgen früh.«

Frevisse schnappte nach Luft, beruhigte sich dann und sagte entschieden: »Das werden sie nicht können. Wir werden dafür sorgen, daß sie das Kloster nicht verläßt.«

»Da woll'n sie es ja tun, sagt Robert!« Ela genoß den Schreck, den ihre Geschichte Frevisse einjagte. »Wenn alle Nonnen beim Frühstück sind und sie genau wissen, wo sie ist, wollen sie ins Kloster eindringen, erst durch den Obstgarten, dann durch die Tür ins Hospital und dann ins Refektorium. Dort wollen sie sie schnappen und wieder raussein, noch bevor jemand irgendwas dagegen tun kann. Das ist Bosheit und Schlechtigkeit und gegen Gottes eigenes Lamm, denn das ist das Kind. Wem soll ich es weitersagen? Es wird eine stattliche Zahl von uns zwischen ihnen und ihr steh'n, und wir werden nich' mit leeren Händen kommen.«

»Sag es niemandem!« sagte Frevisse schnell. Das letzte, was sie brauchten, war eine Konfrontation zwischen wütenden, bewaffneten Dienstleuten des Klosters und Sir Walters Männern. »Behalt es für dich.«

»Aber wenn sie die Lady Thomasine holen wollen –«

»Das werden sie nicht. Jetzt, wo wir ihre Pläne kennen, nicht mehr. Aber erzähl es niemandem, sonst könnte es zum Kampf kommen, und Menschen würden unnötig zu Schaden kommen. Und verrat keiner Seele, daß du zu mir gekommen bist oder daß Robert je mit dir gesprochen hat. Sir Walter würde ihn mit Sicherheit umbringen, wenn er es erführe.«

Die alte Ela riß die Augen auf. »Also so einer ist er! Ein Fenner, der einen Fenner töten würde.« Sie stieß einen Laut des Abscheus aus.

»Und dir würde er möglicherweise noch Schlimmeres antun, wenn die Sache herauskommt. Also behalt es für dich.« Frevisse war nicht über unverhüllte Drohungen erhaben; je weniger Leute wußten, daß es Ärger geben würde, desto weniger konnten sich einmischen und alles nur noch schlimmer machen.

Ela bekundete mit einem Nicken ihr Einverständnis. »Niemand wird von mir davon hören, das verspreche ich. Ich geh' zu meinen Decken zurück, und da bleibe ich, bis sie mich im Morgengrauen rauszerren. Gottes Segen mit Euch.«

»Und mit dir«, rief Frevisse der alten Frau nach, die durch den dunklen Kreuzgang davonhuschte.

Der Regen hatte schon lange aufgehört, aber die Luft war noch feucht und kühl. Frevisse zitterte, nicht nur wegen der Kühle der Nacht, und machte sich auf den Weg zum Schlafgemach der Ehrwürdigen Mutter.

Die Priorin schlief in einer eigenen Schlafkammer, die von ihrem Wohnzimmer abging und über der Halle lag, die dem Gebrauch der Priorin vorbehalten war. Es war nicht schwer, ihre Dienerin aufzuwecken, die vor der Türschwelle schlief, und noch einfacher, die Frau davon zu überzeugen, daß Frevisse mit ihrer Herrin sprechen mußte. Allein die Tatsache, daß Frevisse es wagte, zu dieser Nachtstunde hier einzudringen, war fast schon überzeugend genug. Aber bevor die Dienerin gehen und die Priorin wecken konnte, rief die von ihrem Bett aus: »Wer ist da? Was ist geschehen? Ist es Schwester Frevisse? Laß sie herein.« Die Dienerin öffnete schnell die Tür, und Priorin Edith fuhr fort: »Du kannst gehen. Bring deinen Strohsack ins Empfangszimmer und schlaf dort weiter. Geh, geh. Kommt her, Schwester.«

Priorin Edith hatte fast aufrecht auf ihre Kissen gestützt geschlafen. Wie so viele ältere Leute hatte sie einen leichten Schlaf, und im schwachen Licht des schwelenden Feuers waren ihre Augen hellwach, als Frevisse schnell neben ihrem Bett niederkniete.

»Ich bitte Euch, vergebt mir, Ehrwürdige Mutter«, sagte Frevisse.

»Sehr wahrscheinlich werde ich das. Sagt mir, was Euch so dringlich herführt.«

»Die alte Ela aus dem Gästehaus hat mir gerade die Nachricht überbracht, daß Sir Walter vorhat, Thomasine beim Frühstück im Refektorium zu ergreifen und sie gewaltsam aus dem Kloster zu holen.«

Priorin Ediths Gesicht spannte sich vor Zorn und Trauer. »Und Montfort unterstützt ihn bei dieser Tat?«

»Soweit ich weiß, ja. Gezwungenermaßen, denke ich. Sir Walter will die Angelegenheit erledigt sehen, damit er so schnell wie möglich an Lord Fenners Sterbebett zurückkehren kann.«

Priorin Edith nickte langsam. Ihre Augen waren nachdenklich und traurig. »Weder Trauer noch Verlangen nach Gerechtigkeit, nur Gier und die hochmütige Überzeugung, daß jemand leiden muß, weil ein Fenner leidet. Armer Mann.«

»Armer Sir Walter« war kein Gedanke, den Frevisse gern an sich heranließ. Sie sagte schnell: »Ich brauche Eure Erlaubnis, Thomasine in der Kirche Asyl suchen zu lassen. Hinter Kirchenmauern sollte sie sicher genug sein, bis wir ihre Unschuld beweisen können.«

»Ich denke, das könnt Ihr nur tun, wenn Ihr den Schuldigen findet.«

Frevisse zögerte. Dann sagte sie: »Ich denke, das wird uns gelingen.«

»Ihr habt etwas erfahren, daß Euch das ermöglicht?«

»Kurz vor der Vesper. Seitdem denke ich darüber nach, und am Morgen hätte ich es Euch berichtet.«

»Es muß jetzt kurz vor der Prim sein.«

»Aber Thomasine –«

»Bis zum Frühstück ist es noch lange hin. Erzählt es mir.«

»Schwester Claire denkt, daß Lady Ermentrude weder betrunken war noch unter einem Hirnfieber litt, als sie von Sir John und Lady Isobel zurückkehrte. Sie denkt, Lady Ermentrude war vergiftet, und zwar mit Bilsenkraut, ehe sie St. Frideswide erreichte.«

Priorin Ediths Lider sanken herab und verbargen ihre Augen. Aber sie sagte sehr deutlich: »Ein völlig anderes Gift also. Und sie nahm es ein, bevor sie hierher zurückkehrte. Ein Gift, das sie betrunken wirken ließ.«

»Schwester Claire hat die Symptome einer Vergiftung durch Bilsenkraut aufgezählt, und es war eine exakte Beschreibung von Lady Ermentrudes Verhalten.« »Also muß sie bei Sir John oder auf dem Ritt zurück vergiftet worden sein.«

»Ja.«

»Aber wir wissen noch immer nicht, aus welchem Grund jemand das tun sollte.«

»Nein.«

Die Ehrwürdige Mutter nickte. Die verhüllten Augen schlossen sich, und es schien, als würde sie einnicken, aber Frevisse bezweifelte das und wartete, bis die Priorin den Kopf hob und sagte: »Dreimal hat also jemand versucht, sie umzubringen, und es hat ihn nicht gekümmert, daß zufällig ein anderer starb. Das zeugt wahrlich von Verderbtheit. Also müßt Ihr weiter Fragen stellen. Findet heraus, wer von ihren Leuten es getan hat.«

»Oder von Sir Johns Leuten.«

»Oder Sir John und Lady Isobel selbst.«

Priorin Edith sagte das in demselben Ton, in dem sie alles andere gesagt hatte, und traf Frevisse unvorbereitet. Aber sie hatte den gleichen Gedanken Schwester Claire gegenüber geäußert, also sagte sie nach einer Weile zustimmend:

»Ja.«

Priorin Edith nickte. »Sie hatten Streit mit Lady Ermentrude, und dafür muß es einen Grund gegeben haben. Das Bedauerliche ist nur, daß wir weder unseren Coroner noch Sir Walter überzeugen werden, wenn wir nicht den Vorrat an Bilsenkraut finden und Spuren davon an der Hand desjenigen, der den Trank gemischt hat, was unmöglich ist. Also laßt Thomasine mit meinem Segen Asyl in der Kirche suchen, und ich werde dafür sorgen, daß Sir Walter unseren Frieden nicht stört, wenn der Morgen kommt.«

»Wenn Ihr ihm die Nachricht zukommen laßt, daß wir ihm zuvorgekommen sind, wird er wissen, daß jemand ihn verraten hat.«

»Aber wenn ich meiner Dienerin, die gerne klatscht, erzähle, daß Schwester Frevisse es mit der Angst bekommen und mich überzeugt hat, Thomasine in der Kirche Asyl suchen zu lassen, wird meine gern plaudernde Dienerin das zweifellos im ganzen Kloster und den Gästehäusern verbreitet haben, bevor die Prim halb zu Ende ist und lange bevor wir zum Frühstück ins Refektorium gegangen sind.«

Das war wohl zu erwarten, und Frevisse nickte zustimmend, knickste dann und entfernte sich. Sie kehrte aber nicht sofort ins Dormitorium zurück, um Thomasine zu holen. Statt dessen ging sie in die Küche. Der Gang, der in die Küche führte, war kohlpechrabenschwarz, und sie ertastete sich ihren Weg, bis sie die Küchentür erreicht hatte. Drinnen warfen die unter der Asche schwelenden Herdfeuer einen rötlichen Schein auf die Deckenbalken und die auf Hochglanz geschrubbten Tische. Auf dem Fußboden waren ein paar Klumpen auszumachen – die schlafenden Küchenhilfen. Frevisse wußte, wo die Sachen waren, die sie brauchte, und niemand regte sich, als sie sie schnell und fast geräuschlos zusammensuchte. Ein Krug Wasser, ein Laib Brot, eine gesprungene Schüssel als Nachttopf, einen Apfel. Der Apfel war ein nachträglicher Einfall, er mochte ein verängstigtes Kind während des kalten, dunkelsten Teils der Nacht trösten.

Sie verließ die Küche so unbemerkt, wie sie gekommen war, tastete sich durch den dunklen Gang zurück zum Kreuzgang und ging um die Klostergebäude herum in die Kirche. Dort brannte wie immer eine Öllampe neben dem Altar, und zwei Kerzen beschienen die Köpfe der beiden Nonnen, die vor den Särgen beteten. Frevisse sah, wie eine der Nonnen den Kopf hob, sie ansah und sich dann wieder zum Gebet neigte.

Frevisse stellte Essen und Trinken und die Schüssel hinter den Altar und kniete dann auf der Stufe vor dem Altar nieder, um für das, was sie tun würde und was daraus werden mochte, Hilfe zu erbitten und jede Weisheit, die Gott oder die Heilige Frideswide ihr geben mochten.

Sie kehrte ins Dormitorium zurück und ging lautlos zum hinteren Ende des Raums, wo Thomasine schlief, vorbei an den Zellen, in denen die Schwestern leise – und teilweise auch weniger leise – schnarchten und atmeten. Eine rührte sich im Schlaf. Mittlerweile hatten sich Frevisses Augen an die Dunkelheit gewöhnt, und sie konnte Thomasine erkennen, die unter ihren Decken zusammengerollt auf der Seite lag, die Hand unter dem Kopfkissen, damit sie es besser an ihre Wange kuscheln konnte. Ihre Atemzüge waren so winzig wie die eines schlafenden Kätzchens. Frevisse blieb einen Augenblick stehen, legte dann bedauernd die Hand auf die Schulter des Mädchens, wartete auf eine Reaktion und schüttelte sie dann leicht. Sie spürte, wie Thomasine erwachte, und sagte sehr leise: »Still, Thomasine. Du mußt mit mir kommen. Zieh dich an und komm.«

Thomasine kämpfte sich hoch und verhedderte sich in ihren Decken. Verwirrt murmelte sie: »Ich habe doch nicht verschlafen, oder? Ich wollte nicht so lange –«

»Still. Nein. Komm jetzt. Du hast nichts falsch gemacht.«

Sie spürte Thomasines Zögern und sagte etwas eindringlicher: »Ich bringe dich in die Kirche. Komm schnell.«

Dieser Satz drang trotz Thomasines Schlaftrunkenheit auch in den hintersten Winkel ihres Bewußtseins; Frevisse spürte, daß sie mit einem Mal hellwach war. Ohne ein Wort und beinahe lautlos stand sie auf und begann, sich anzuziehen, während Frevisse das Bettzeug und die leicht quietschende Matratze zusammenrollte. Sie wurden gleichzeitig fertig und verließen die Zelle. Lautlos gingen sie, Frevisse voraus, durch den Schlafsaal, die Treppe hinunter und durch den Kreuzgang zur Kirche. Diesmal wurden sie von beiden Nonnen angestarrt, aber Frevisse machte ihnen ein Zeichen, zu ihren Gebeten zurückzukehren.

Als Frevisse die Matratze und das Bettzeug hinter dem Altar ausbreitete, wisperte Thomasine mit zitternder Stimme: »Was ist los?«

»Sir Walter hat vor, morgen früh ins Kloster einzudringen und dich im Refektorium festzunehmen. Die Ehrwürdige Mutter ist auch der Ansicht, daß du in der Kirche Asyl suchen solltest. Er wird nicht wagen, hier Hand an dich zu legen.«

Thomasines Augen wurden riesengroß, aber es gab keinen Aufschrei. Nach einer Minute fragte sie leise: »Werde ich England verlassen müssen? Muß man das nicht tun, wenn man ins Asyl flüchtet?«

»Das gilt für geständige Verbrecher. Wenn wir deine Unschuld beweisen, wirst du hierbleiben können.«

Thomasine zitterte und schlang die Arme um sich, um sich vor der Kälte in der Kirche zu schützen. Oder vor der Angst, die man in ihren Augen lesen konnte. »Könnt Ihr beweisen, daß ich unschuldig bin?« flüsterte sie.

»Schwester Claire behauptet, daß man deine Tante schon vergiftet hatte, als sie zum zweitenmal nach St. Frideswide kam. Es war Gift, das sie so wirr und verstört wirken ließ, als sie zurückkehrte, nicht Trunkenheit oder Hirnfieber. Jemand hat versucht, sie umzubringen, bevor sie auch nur in deine Nähe kam.«

Thomasine schnappte verblüfft nach Luft. »Dann war das Gift nicht in dem Wein, der ihre Arznei enthielt?«

»Beim zweitenmal wurde das Gift im Wein verabreicht, und ebenso beim drittenmal, denn die erste Dosis hatte sich als zu schwach erwiesen. Es sah aus, als würde deine Tante sich davon erholen, und so hat der Giftmischer es nochmals versucht. Aber es war Martha, die starb. Erst der dritte Versuch war erfolgreich.«

Mit sichtbarer Mühe verarbeitete Thomasine diese Information. Um sie herum wartete die Kirche in tiefem Schweigen: ein Schweigen, das ein Teil der Nacht war, ein Schweigen, in dem die Gebete vergangener Jahre mitschwangen. Schweigen, bis Thomasine fragte: »Ihr wißt, wer es getan hat?«

»Nein. Noch nicht. Aber jetzt haben wir eine bessere Chance, es herauszufinden.«

»Und ich muß hierbleiben, bis Ihr ganz sicher seid?«

»Bis ich ganz sicher bin und wir es Sir Walter und Meister Montfort bewiesen haben.«

»Ich darf hier in der Kirche bleiben? Die ganze Zeit?«

Frevisse wurde sich bewußt, daß die Anspannung in Thomasines Körper nicht länger von der Angst kam, daß das Mädchen voller Eifer war, ein Leuchten im Gesicht, das nicht nur vom Lampenlicht stammte. Die Kirche nicht verlassen zu dürfen, würde keine Tortur für sie sein. Frevisse seufzte und sagte: »Du mußt die ganze Zeit in der Kirche bleiben.« Das Gesicht des Mädchens erstrahlte vor Glück. »Jetzt laß uns dein Bett machen, damit du dich wenigstens hinlegen kannst.«

Zusammen breiteten sie die Matratze aus und legten das Bettzeug darüber.

»Ich verlasse dich jetzt«, sagte Frevisse. »Die Ehrwürdige Mutter wird morgen früh mit dir sprechen. Bis dahin ruh dich aus, wenn du kannst.«

Thomasine nickte, das Gesicht immer noch leuchtend vor Freude. Und als Frevisse sich an der Tür umwandte, sah sie, daß Thomasine vor dem Altar kniete, die Hände gefaltet und das Gesicht inbrünstig zum Himmel erhoben. Besser, daß wenigstens eine von uns Freude daran hat, als daß wir uns alle ängstigen, dachte Frevisse müde und ging.

Mehr aus Müdigkeit denn aus Absicht schlief Frevisse ein, sobald sie sich auf ihrem Bett ausgestreckt hatte. Die Glocke, die zur Prim rief, weckte sie zusammen mit den anderen, und ruhig machte sie sich fertig und reihte sich in die Prozession zur Kirche ein. Man bemerkte zwar, daß Thomasine nicht anwesend war, aber sie ging so oft vor dem Morgengebet in die Kirche, daß kaum jemand neugierig wurde, als die Nonnen sie dort vorfanden, als sie einzogen. Sie hatte ihr Bettzeug und die anderen Sachen irgendwo versteckt und saß ruhig auf ihrem Platz. Frevisse nahm an, daß die anderen Nonnen, wenn sie die Gerüchte von Mord und Beschuldigung gehört hatten, erst recht nicht erstaunt sein würden, wenn sie Thomasine betend in der Kirche antrafen.

Die Morgenhymne begann. »Jetzt erfüllt der Tagesanbruch die Erde mit Licht; wir erheben unsere Herzen zu Gott ...«, was weder zum Tag noch zu Frevisses Stimmung paßte. In der Dämmerung dieses Septembermorgens zeigten sich dunkle Wolken am Himmel, die neuen Regen verhießen, noch bevor der Tag zu Ende ging, und auch in Frevisses Herz herrschte Dunkelheit, da es noch so vieles gab, das sie heute tun und in Erfahrung bringen mußte.

Endlich war das Morgengebet zu Ende. Zwei Nonnen traten vor, um das Gebet für die Toten wiederaufzunehmen. Thomasine blieb, wo sie war, den Kopf gesenkt. Priorin Edith sah sie nicht an und richtete nicht das Wort an sie, sondern begann die Kirche zu verlassen, so daß den Nonnen nichts anderes übrig blieb, als Thomasine zurückzulassen und sich still zu wundern.

Beim Frühstück herrschte eine unbehagliche Stimmung. Zwar galt natürlich das Schweigegebot, aber offensichtlich hatte Priorin Ediths Dienerin ihre Pflicht bereits getan. Keine der Küchenhilfen kam ins Refektorium oder ging wieder hinaus, ohne einen schnellen Blick auf die Außentür zu werfen und auf mögliche Geräusche zu horchen, nur um festzustellen, daß nichts zu hören war. Bald zweifelte niemand mehr, daß hier etwas ganz und gar nicht stimmte. Der plötzliche Lärm rauher Stimmen in der Vorhalle bedeutete fast eine Erleichterung für Frevisse, so angespannt war sie.

Aber nichts geschah. Das Frühstück endete wie gewöhnlich. Priorin Edith erteilte den Segen und sprach das Dankgebet, und sie kehrten zur Messe in die Kirche zurück. Jetzt gab es offen neugierige Blicke, als Thomasine wieder auf ihrem Platz wartete, und Vater Heinrich haspelte eilig seine lateinische Liturgie herunter, ebenso eifrig bestrebt wie alle anderen, die Messe hinter sich zu bringen, damit sie ins Kapitel gehen und herausfinden konnten, was los war.

Sie zogen direkt von der Kirche in den kleinen Raum, den sie den Kapitelsaal nannten, in dem sie an einem gewöhnlichen Tag sonst alle zusammentrafen und über die täglichen Klosterangelegenheiten berieten. Priorin Edith wartete freundlicherweise, bis Vater Heinrich sein Meßgewand ausgezogen und sich ihnen angeschlossen hatte. Dann teilte sie allen mit, was geschehen war, und endete mit dem Satz: »Also sind wir ihnen heute morgen zuvorgekommen, aber Thomasine wird in der Freistatt bleiben, bis alles vorüber ist und sie sicher vor allem Übel ist.«

Da sie ihre Nonnen kannte, wartete sie, während eine nach der anderen in heller Entrüstung aufgebracht die Hand hob, um zu Protokoll zu geben, wie zornig sie über Sir Walters ruchlose Frechheit und irrwitzige Ungerechtigkeit sei. Schwester Alys war die Lauteste von allen, höchst erfreut darüber, daß sie wieder einen Fenner hatte, den sie geißeln konnte.

Priorin Edith war lange genug Priorin gewesen, um beurteilen zu können, wie lange sie eine Sache dulden und wann sie ihr ein Ende machen mußte. Der Scheitelpunkt der Aufregung war überschritten, und die Nonnen hatten angefangen, sich zu wiederholen, als sie mit ihrer alten Stimme, die sie nie zu erheben schien und die dennoch leicht alle anderen übertönte, sagte: »Aus diesem Grund wird keine von uns heute das Kloster verlassen, mit Ausnahme von Schwester Frevisse, deren Pflichten sie nach draußen führen. Wir anderen haben unsere Pflichten zu erledigen und unsere Gebete zu sprechen, und das werden wir tun. Gibt es noch eine Angelegenheit, die wir heute morgen klären müssen?«

Wenn es eine gegeben hatte, war sie in der Aufregung vergessen. Niemand sagte etwas, und Priorin Edith erklärte mit fester Stimme das Kapitel für beendet, und alle waren wieder zu heiligem Stillschweigen verpflichtet.

Als sie im Gänsemarsch hinausströmten, wies Schwester Claire mit einer fragenden Geste auf die Ehrwürdige Mutter. Frevisse erklärte mit einer Handbewegung, daß sie Priorin Edith bereits erzählt hatte, was sie erfahren hatten. Schwester Claire bot an, Frevisse heute wieder zu begleiten. Frevisse stellte bei sich fest, daß sie das sehr gern gehabt hätte; aber weniger aus Notwendigkeit, sondern weil sie Angst hatte vor dem, was ihr begegnen würde, wenn sie das Kloster verließ. Also lächelte sie und schüttelte ablehnend den Kopf. Die Fragen, die sie heute stellen würde, machten es nicht notwendig, daß Schwester Claire sich ebenfalls Unannehmlichkeiten aussetzte.

Der Ärger kam, sobald sie den Hof überquert hatte und auf das Gästehaus zuging. Sie nahm an, daß man nach ihr Ausschau gehalten hatte, denn als sie die oberste Stufe erreicht hatte, trat Meister Montfort aus der Tür und versperrte ihr den Weg. Aufgeblasen und wichtigtuerisch stand er da, die Hände in die Hüften gestemmt, und wartete darauf, daß sie etwas sagte und zeigte, wie beeindruckt sie war.

Frevisse knickste und blieb stehen, den Blick gesenkt, und wartete darauf, daß er erklärte, was er wollte.

Montfort gab zuerst auf und sagte mit großmäuliger Autorität: »Wir haben gehört, daß die Novizin Thomasine sich durch Euer Zutun ins Asyl geflüchtet hat. Ist das wahr?«

»Durch Gottes Zutun und mit der Erlaubnis meiner Priorin«, erwiderte Frevisse demütig. Aber sie konnte dem Drang nicht widerstehen aufzusehen, und nahm mit Befriedigung die zornige Röte zur Kenntnis, die sein Gesicht überzog.

»Also ist sie ins Asyl geflüchtet und gesteht ihre Schuld ein?« donnerte er.

»Sie ist ins Asyl geflüchtet und gesteht nichts ein außer ihrer Unschuld«, entgegnete Frevisse ebenso laut, damit ihre Stimme über den Hof an alle lauschenden Ohren dringen konnte.

Sir Walter drängte sich an Montfort vorbei. »Und Ihr seid diejenige, die sie in die Kirche geschafft hat? Wer hat Euch gewarnt?«

»Wovor gewarnt?« fragte Frevisse unschuldig. Sie war sich bewußt, daß Robert sich unter den Männern befand, die sich hinter Sir Walter in der Tür drängten.

»Daß ... daß ...«, begann Montfort.

»Daß wir vorhatten, die Frau wegen Mordes zu verhaften!« brüllte Sir Walter.

Frevisse sagte mit klarer, weit tragender Stimme: »Ja, wir wurden von einer Stimme in der Nacht gewarnt, daß Ihr vorhattet, in unser Kloster einzubrechen, wohin kein Mann jemals seinen Fuß setzen darf, nicht einmal in aller Demut, noch viel weniger mit Gewalt. Es war Gottes Wille, daß wir es erfuhren, damit Thomasine in Sicherheit gebracht werden konnte, bevor Ihr kamt.«

Ein verstörtes Gemurmel lief durch die lauschende Menge, und Montfort bekreuzigte sich. Sogar Sir Walter war kurz aus der Fassung gebracht, aber dann knurrte er: »Welche Träumerin von Nonne hat denn diesen Blödsinn weitererzählt?«

»Es war kein Traum. Und jetzt habt Ihr selbst bestätigt, daß uns eine wahre Botschaft zuteil wurde.«

Das gefiel Sir Walter ebensowenig. Seine Gesichtsfarbe begann, sich der von Meister Montfort anzugleichen. »Ich will mit eigenen Augen sehen, ob sie wahrhaftig Asyl in der Kirche gesucht hat und sich jetzt dort befindet«, knurrte er.

»Gottes Kirche steht allen Menschen offen«, sagte Frevisse liebenswürdig, senkte den Kopf und trat zur Seite, um ihn vorbeizulassen. Aber sie konnte nicht widerstehen und murmelte: »Nur, ich bitte Euch, betretet die Kirche durch das Westportal und geht *nicht* durch den Kreuzgang.«

Sir Walter sog zischend die Luft ein, aber er verbiß sich eine scharfe Erwiderung und stolzierte die Treppe hinunter, gefolgt von einigen seiner Männer, unter denen sich auch Robert befand. Meister Montfort, der versuchte, etwas von seiner verlorenen Autorität zurückzugewinnen, blieb stehen und warnte Frevisse: »Für den Augenblick ist sie in Sicherheit, Mylady, aber denkt daran, sie kann nur ein paar Tage in der Freistatt bleiben. Ihr tut Euch keinen Gefallen damit, Ihr und Eure Priorin. Warum macht Ihr es nicht uns allen einfacher und holt sie jetzt sofort aus der Kirche?«

»Weil sie nicht schuldig ist«, entgegnete Frevisse.

»Ha!« stieß Montfort hervor und stolzierte hinter Sir Walter her.

Frevisse dachte an das, was ihr Onkel Chaucer zu sagen pflegte, wenn seine Pläne durchkreuzt wurden, und das war in der Regel erheblich ausdrucksvoller als »Ha!«. Aber die Konfrontation mit Montfort und Sir Walter war das Unangenehmste gewesen, das sie erwartet hatte, und jetzt hatte sie es hinter sich. Erleichtert wandte sie sich ihrer nächsten Aufgabe zu.

Die Antworten kamen langsam, aber stetig. Am frühen Nachmittag hatte sie mit jedem gesprochen, der mit Lady Ermentrude zu Sir John und Lady Isobel geritten war. Sie hatte erfahren, daß die Männer nach der Ankunft dort nichts mehr mit ihrer Herrin zu tun gehabt hatten und auch auf dem Rückritt oder in St. Frideswide nicht in ihre Nähe gekommen waren. Maryon und die andere Zofe waren bei all diesen Gelegenheiten häufig bei Lady Ermentrude gewesen, und Lady Isobel und ihre Dienerinnen waren in Lady Ermentrudes Gemach im Herrenhaus ein und aus gegangen. All dies erfuhr Frevisse teilweise von den Männern, aber hauptsächlich von der anderen Zofe, Anne. Sie machte gerade eine Inventur von Lady Ermentrudes Besitztümern für Sir Walter und war mehr als bereit, mit einer freundlichen Nonne zu plauschen.

»Oh ja«, versicherte sie Frevisse freudig. »Ich erinnere mich sehr gut an diese gräßlichen beiden Tage. Nein, auf dem Weg vom Kloster zu Sir John hat sie nirgendwo haltgemacht, um etwas zu trinken. Sie ritt schnell, und meine kleine Stute mußte sich anstrengen, um Schritt halten zu können. Und dann mußten wir gleich kehrtmachen und am nächsten Tag zurückreiten. Es ist ein Wunder, daß es nicht erschöpft zusammengebrochen ist, das arme Pferd.«

»Was geschah, nachdem Lady Ermentrude bei Sir John und Lady Isobel eingetroffen war?«

»Oh, sie schrieen sich an. Nicht direkt nach ihrer Ankunft, wohlgemerkt. Sie waren überrascht, aber sie hießen sie willkommen. Nur wollte sie nichts davon hören, sie schob sie nur ins Morgenzimmer, knallte die Tür zu und legte los. Fing an zu brüllen, meine ich.«

»Also gab es einen Streit? Zwischen Lady Ermentrude und Sir John?«

»Ja, aber hauptsächlich zwischen ihr und Lady Isobel. Sir John hat kaum etwas gesagt, und das so leise, daß man ihn kaum hören konnte. Nur gelegentlich hat er die Stimme erhoben und die beiden gewarnt, leiser zu sprechen. All das konnten wir durch die Tür hören, aber viel mehr nicht.« Anne grinste wissend und beugte sich vor. »Obwohl Maryon da mehr sagen könnte, wohlgemerkt. Sie war so entschlossen, etwas zu zu erfahren, daß sie sich direkt vor die Tür gestellt und das Ohr an den Türspalt gelegt hat.«

Frevisse nickte. Das sah der katzenhaft verschlagenen Maryon ähnlich, dachte sie. Aber sie tat weiter so, als wäre sie nur an etwas Klatsch und Tratsch interessiert, und fragte: »Und was hat sie gehört?«

»Vielleicht eine ganze Menge, aber sie wollte nichts sagen, obwohl ich gefragt habe. Aber was immer sie gehört hat, es war nicht das, was sie erwartet hatte. Das konnte ich ihr vom Gesicht ablesen.«

Verblüfft fragte Frevisse: »Was dachte sie denn, das sie hören würde?«

Die Frau zuckte gleichmütig die Achseln. »Ach, ich weiß es nicht. Ich stand direkt hinter ihr, da an der Tür –« Sie brach ab und sah Frevisse vorsichtig an, um sicherzugehen, daß sie es nicht falsch auffaßte.

Frevisse lächelte und sagte: »Oh, ich verstehe gut, wie es gewesen sein muß. Ihr alle mußtet euch für das Tun und Lassen Eurer Herrin interessieren. Bei ihren wechselhaften Launen mußtet ihr vorgewarnt sein, damit ihr im Zweifel Unheil abwenden konntet oder zumindest vermeiden konntet, eure Herrin noch wütender zu machen.«

Anne nickte mit uneingeschränkter Zustimmung. »Ihr versteht uns sehr gut! Ich dachte schon, Maryon würden Eselsohren wachsen, so angestrengt hat sie gelauscht. Aber alles, was ich hören konnte, war »Heirat«, und da stieß sie mir den Ellenbogen in den Brustkorb und schob mich weg. Dann, etwas später – nach nur einem Wort oder zweien, mehr nicht – entspannte sie sich und sagte, das ginge uns nichts an, wir sollten sie am besten in Ruhe lassen, und das ist alles, was ich von der Sache weiß.«

»Und am nächsten Morgen? Gab es da wieder Streit?«

»Oh, sie haben sich fast bis zum Morgen gestritten, das kann ich Euch sagen! Und wir dachten, es würde noch mehr Streit geben, wenn sie sich ausgeruht hatten, aber Lady Ermentrude scheuchte uns alle bei Tagesanbruch hoch und ließ uns aufsitzen. Kein Wort des Dankes und kein ›Auf Wiedersehen‹ zu unseren Gastgebern, und ich hatte kaum Zeit genug, mir einen Becher mit schalem Bier und eine Brotkruste zu greifen, bevor ich in den Sattel steigen und losreiten mußte. Nur ein Glück, daß meine Stute es so gut überstanden hat.« »Hat Lady Ermentrude auf dem Ritt zurück etwas getrunken oder gegessen? Sie kam ja geradezu ausgelassen hier an.«

»Sehr wahr.« Die Frau kicherte bei der Erinnerung, und dann legte sie hastig die Hand vor den Mund, als ihr einfiel, mit wem sie sprach. »Sie hatte eine Flasche Wein über den Zwiesel geschlungen und trank hin und wieder einen Schluck, besonders gegen Ende des Weges, und kein Wunder: Sie ritt, als wäre ihr der Teufel auf den Fersen, und das in der Hitze.«

Frevisse nickte, als wüßte sie Bescheid, aber sie fühlte sich alles andere als wissend, als sie sich entschuldigte und sich entschlossen auf die Suche nach Maryon machte.

Sie fand Maryon im Damenzimmer, wo sie auf einer Kleidertruhe saß, einen Stickrahmen auf dem Schoß. Es war eine hübsche Stickerei mit einem Muster von Blüten und Blättern, aber Maryons Hände und die Nadel waren untätig. Sie sah auf, als Frevisse eintrat, und legte die Arbeit zur Seite. »Ich höre, Ihr stellt immer noch Fragen«, sagte sie. »Ob Meister Montfort das gefallen wird?«

»Nicht mehr als alles andere, was ich tue.« Frevisse setzte sich nicht hin, und Maryon stand nicht auf. Sie taxierten sich gegenseitig, und dann fragte Frevisse: »Du warst erst seit kurzem in Lady Ermentrudes Diensten?«

Für eine Frau mit einem so jungen und scheinbar so offenen Gesicht gab Maryon erstaunlich wenig von den Gedanken preis, die sich dahinter verbargen. Sie erwiderte: »Etwas länger als eine Woche. Seit sie Königin Katharina verließ.«

»Du hast zuvor der Königin gedient?«

»Und ich bin sehr glücklich dort gewesen«, sagte Maryon bereitwillig. »Eine sanftere und liebreizendere Dame hat es auf Erden nie gegeben. Aber sie verläßt Hertford nicht gern, und ich wollte etwas von der Welt sehen, also bin ich in Lady Ermentrudes Dienste getreten. Nun, daraus ist nichts geworden, aber ich denke, Ihre Hoheit wird mich zurücknehmen, wenn ich sie darum bitte.«

»Wie bist du überhaupt in den Dienst der Königin gekommen? Wales ist doch Meilen über Meilen von hier entfernt.«

Maryons schmale, dunkle Augenbrauen hoben sich, zweifellos eine bewußte Zurschaustellung von Überraschung. Dann lächelte sie anerkennend, und Grübchen erschienen in ihren runden Wangen. »Also, wie klug von Euch zu wissen, wo ich herkomme. Ja, ich bin Waliserin. Die Frau meines Bruders ist die Cousine eines der Offiziere Ihrer Hoheit, und so bin ich zu meiner Stellung gekommen.«

»Und du hast sie verlassen, um etwas von der Welt zu sehen.«

Maryon nickte, wandte aber den Kopf ab, so daß sie Frevisse schräg von der Seite ansah, wie eine Katze. In ihrem Blick konnte man das Vergnügen erkennen, das es ihr bereitete, mehr zu wissen als alle anderen, und Frevisse, die die Frau zum Sprechen bringen wollte, solange sie so stolz darauf war, geistreich zu sein, fragte schnell: »Also was hast du an der Tür gehört, als Lady Ermentrude sich mit ihrer Nichte stritt?«

Maryon lächelte schelmisch. »Ihr wißt wirklich gut Bescheid! Ich habe gelauscht, das stimmt, aber ich habe nicht viel gehört. Etwas über eine Heirat in Frankreich oder Frankreich und eine Heirat oder irgend so etwas. Es war eine sehr dicke Tür, und Sir John hat die beiden ständig ermahnt, leiser zu sprechen, so daß ich nicht hören konnte, was gesagt wurde.«

»Außerhalb dieses Raumes haben sie sich nicht gestritten?«

»Nein, sie achteten sehr darauf, daß das nicht passierte, selbst Lady Ermentrude, die in solchen Dingen sonst meistens nicht sonderlich vorsichtig war. Warum wollt Ihr plötzlich wissen, was geschah, bevor sie ins Kloster zurückkehrte?«

»Oh, um eines Rätsels willen«, sagte Frevisse, um ihr zu zeigen, daß sie ebenfalls geistreich sein konnte, und ging.

Die Dienerin, die mit Lady Isobel gekommen war, saß auf einer Bank vor der Kammer von Lady Isobel und Sir John. Sie machte keine Anstalten, Frevisse zurückzuhalten, aber Frevisse, die eigentlich mit Sir John und Lady Isobel hatte sprechen wollen, blieb stehen, denn so eine günstige Gelegenheit, beiläufig mit der Frau ins Gespräch zu kommen, würde sie vielleicht nicht wieder bekommen.

»Gott zum Gruß«, sagte sie leichthin und wies mit dem Kopf auf die Tür. »Dein Herr hat immer noch Schmerzen?«

Die Frau, die es offensichtlich langweilte, dienstbereit hier sitzen zu müssen, wurde munter, erfreut, über Krankheiten reden zu können. »Ja, in der Tat. Er ermüdet meine arme Herrin mit seinen Wünschen, und sie ist so gut zu ihm, sie verwehrt ihm nichts.« Sie senkte die Stimme und sagte, wobei sie sich vorbeugte, als würde sie eine große Vertraulichkeit weitergeben: »Stellt Euch vor, ein so großer, starker Mann läßt irgendeinen vorbeikommenden Quacksalber an seinen Zähnen herumpfuschen, weil er solche Angst hat, sich den Zahn ziehen zu lassen!«

Frevisse war nicht an Sir Johns Zahnschmerzen interessiert, aber ohne Skrupel wegen ihrer Falschheit fragte sie: »Glaubst du, es war die ganze Streiterei, die es diesmal hervorgerufen hat?«

Die Frau zuckte die Achseln. »Seine Schmerzen kommen, wenn ihnen danach ist, aber es würde mich nicht überraschen. Soviel Gebrüll würde jedermanns Kiefer wehtun lassen.«

»Sie haben sich die ganze Nacht gestritten, wie ich gehört habe. Und Sir John hat Lady Ermentrude aufgefordert, sein Haus zu verlassen.«

»Also, das stimmt so nicht ganz, aber es kommt der Sache nah genug. Sir John war der, der versucht hat, die Wogen zu glätten, aber sie ließen ihn ja kaum zu Wort kommen. Wir konnten sie laut genug durch die Tür hören, fast den ganzen Abend lang. Aber am nächsten Morgen, als Lady Ermentrude aufbrechen wollte, wurde kaum ein Wort zwischen ihnen gewechselt. Lady Isobel schickte nur meinen Herrn heraus, um Lady Ermentrude, so nett wie man es sich nur wünschen kann zu sagen, er hoffe, sie würde es sich noch anders überlegen, wenn sie erstmal drüber nachgedacht hätte, und ob sie nicht erst noch frühstücken wolle.«

»Und hat sie?«

»Die nicht! Sie machte kaum den Mund auf, und wenn, dann war sie unhöflich, so wütend war sie immer noch. Sie sagte, sie hätte den Wein, der würde sie nach einem so schroffen Willkommen beruhigen, und das würde ihr reichen, bis sie geruhen würde, ihr Nachtmahl einzunehmen, vielen Dank. Dann ritt sie davon, und Lady Isobel war ganz weiß im Gesicht und den Tränen nahe, und sie beschloß, daß es besser sei, wenn sie und Sir John Lady Ermentrude nachreiten würden.«

»Also hat Lady Ermentrude den Wein als Geschenk von ihnen angenommen? Oder hatte sie ihn mitgebracht?«

Die Frau zuckte die Achseln. »Die doch nicht! Nein, sie schickte nach Wein, sie wußte, daß im Haus ein Malmsey extra für sie gelagert wurde. Sie schickte diese gezierte dunkelhaarige Katze los, um ihn zu holen. Aber das war Lady Ermentrude, wie sie leibte und lebte. Brüllt in einem Wutanfall das ganze Haus zusammen, und dann verlangt sie, das Beste zu kriegen, was es gibt. Ich zögere keinen Moment, das auszusprechen, obwohl sie tot ist und in ihrem Sarg liegt.«

»Das klingt, als wäre es ein erbitterter Streit gewesen, in dem keiner zur Versöhnung bereit war«, sagte Frevisse.

»Aber nein, so war es nicht. Ein heftiger Streit, gewiß, aber es war ausschließlich Lady Ermentrude, die nichts davon hören wollte, Frieden zu schließen. Und sie sind ihr nachgeritten, oder etwa nicht, mit noch zwei Flaschen von ihrem Lieblingswein als Geschenk. Und Lady Isobel hat diese letzte Nacht bei ihr gewacht. Nein, mein Herr und meine Herrin tragen keine Schuld daran, daß es nicht zur Versöhnung kam.«

»Aber worum ging es bei dem Streit? Das hat bis jetzt noch keiner erwähnt.«

Enttäuschung überschattete das Gesicht der Frau. »Stimmt, es ist eine Schande. All das Geschrei, und keiner von uns konnte hören, worum es ging. Die Tür ist so dick, daß wir nur gedämpften Lärm gehört haben.«

»Und niemand ging zufällig gerade draußen vor dem Fenster vorbei?« Frevisse lächelte, um einen verschwörerischen Scherz daraus zu machen, als wäre das etwas, was ihr in dieser Situation in den Sinn gekommen wäre.

Die Frau unterdrückte ein anerkennendes Lachen, aber ihre Augen glitzerten und zeigten, wie froh sie war, daß eine Nonne sich so bereit zeigte, ihre Würde zu vergessen und einen freundlichen Plausch mit ihr zu halten. »Na ja, ich würde nicht sagen, daß nicht vielleicht doch jemand daran gedacht hätte, aber vor dem Morgenzimmer ist Lady Isobels eigener privater, von einer Mauer umgebener Garten, und niemand hat sich getraut, über die Mauer zu klettern und einfach reinzugehen. Es könnte einen das Leben kosten, sie derartig zu verärgern. Sie ist eine feine Dame, aber sie kann ziemlich heftig reagieren, wenn jemand sie ärgert, wißt Ihr.« Frevisse sagte mit echtem Bedauern: »Also hat die ganze Geschichte zwar jedermann wachgehalten, aber niemand hat eine Ahnung, worum es nun tatsächlich ging?«

Die Frau zuckte die Achseln. »Irgend etwas mit einer Heirat. Das Wort wurde ein paarmal laut genug gesagt. Und Lady Isobel meinte, das ginge Lady Ermentrude überhaupt nichts an. Aber sonst war nichts deutlich genug zu verstehen, um Sinn zu ergeben. Es machte das ganze Haus nervös, das kann ich Euch versichern.«

Und außerdem war in ihrem Gesicht zu lesen, daß sie darüber enttäuscht war, daß die soliden Türen eines ehrlichen Zimmermannes ihr eine wundervolle Gelegenheit zum Klatschen verdorben hatten.

Frevisse teilte ihre Enttäuschung, wenn auch aus anderen Gründen. Sie klopfte an Sir Johns und Lady Isobels Tür.

Lady Isobels Stimme bat sie herein. Mit Ausnahme des allerbesten Schlafgemachs, das Sir Walter jetzt bewohnte, waren die Kammern des Gästehauses klein und spärlich möbliert, aber Lady Isobel hatte sich in dieser hier häuslich eingerichtet. Ein Kleid hing sorgfältig gefaltet über einem Stuhl; ein kleines Gebetbuch lag offen auf dem einfachen Tisch; Sir Johns Umhang hing an einem Haken an der Wand, sorgsam von einer liebenden weiblichen Hand in Falten gelegt. Sogar die Luft duftete leicht nach ihrem Parfüm.

Sir John lag, auf die Kissen gestützt, im Bett und döste vor sich hin. Eine Hand umfaßte immer noch seinen angeschwollenen Kiefer, das Gesicht war blaß vor Schmerz. Lady Isobel erhob sich mit einer schnellen und anmutigen Bewegung, stellte sich zwischen ihn und Frevisse und sagte mit ihrer hellen Stimme: »Vergebt mir. Ich dachte, es wäre das Mädchen, das mit der Arznei zurückkommt, die ich von Eurer Krankenpflegerin erbeten habe.«

Frevisse blieb in der Tür stehen und sagte: »Ich bleibe nicht lange. Es gibt nur ein, zwei Fragen, die ich Euch stellen muß.«

»Fragen?« Lady Isobels leichtes Stirnrunzeln beeinträchtigte ihre glatte Schönheit kaum. Frevisse kam plötzlich der – wenig freundliche – Gedanke, daß Lady Isobel wahrscheinlich große Mühen auf sich nahm, um nur ja ihre Schönheit nicht zu gefährden.

»Über den Streit, den Lady Ermentrude mit Euch hatte, bevor sie hierher zurückkehrte.«

Sir John regte sich und stöhnte. Lady Isobel sah ihn besorgt an und hob beruhigend die Hand. »Es ist noch nicht die Dienerin mit der Arznei, mein Herz. Es ist Schwester Frevisse. Halte noch ein bißchen durch.« Dann sagte sie zu Frevisse – und in ihrer Stimme schwang ein Anflug von Ärger mit –: »Das haben wir Euch doch bereits erzählt. Wir haben es jedem erzählt. Sie kam unangemeldet und rasend vor Zorn zu uns. Sie hatte den Verstand verloren, durch das Trinken oder vielleicht ein Hirnfieber, ich weiß es nicht.«

»Und was hat sie gesagt?«

Lady Isobel seufzte tief. »Sie forderte, daß unsere Ehe aufgelöst werden müsse. Sie forderte es wieder und wieder und wollte nicht auf das hören, was wir zu sagen versuchten. Sie machte mir Angst, und was sie sagte, gab überhaupt keinen Sinn.«

»Was steckte hinter dieser Forderung, was hat sie sich dabei gedacht? Hat sie das gesagt?«

Lady Isobel schüttelte entschieden den Kopf. »Es steckte nicht mehr dahinter als hinter ihrer verrückten Idee, daß Thomasine gezwungen worden sei, ins Kloster zu gehen. Falls doch, dann sprach sie so unzusammenhängend, daß ich es nicht herausbekommen habe.«

»Ihr wißt, daß Meister Montfort vorhat, Thomasine wegen des Mordes an Lady Ermentrude festzunehmen?«

Lady Isobel legte den Finger auf die Lippen. Ihr Gesicht war bekümmert. »Ich kann es nicht glauben, daß sie so etwas getan hat. Wie kann sie so verzweifelt gewesen sein? Sie wollte ins Kloster gehen, seit sie alt genug war, das zu sagen. Ich nehme an, Montfort denkt, es war der beharrliche Wunsch unserer Tante, sie von hier fortzubringen, der sie mehr geängstigt hat, als sie ertragen konnte. Aber wie jemand, der so entschlossen ist, eine fromme Nonne zu werden, eine solche Tat begehen konnte – es übersteigt mein Fassungsvermögen.«

»Ihr glaubt, sie könnte es getan haben?«

Lady Isobel sah sie verwirrt und mit großen Augen an. »Ihr glaubt, daß sie es vielleicht nicht getan hat? Sir Walter und Meister Montfort scheinen sich so sicher zu sein. Und

Meister Montfort ist ein sehr erfahrener Mann in solchen Dingen.«

Frevisse gelang es, in ihrem Ton nichts von ihrer Ungläubigkeit erkennen zu lassen. »Meister Montfort –«

Sir John regte sich, gab einen leisen, schmerzlichen Laut von sich und murmelte dann: »Wer ...?«

Lady Isobel war sofort bei ihm. »Ruhig, mein Liebster, ganz ruhig. Ich weiß, es tut weh, aber die Arznei wird bald kommen. Schwester Claire hat es versprochen. Dann werden die Schmerzen aufhören, und du kannst schlafen. Ich weiß, du brauchst Ruhe. Die Dame geht gleich.«

Das war mehr als ein bloßer Wink mit dem Zaunpfahl, aber Frevisse fragte: »Seid Ihr je in Frankreich gewesen, Ihr oder Euer Mann?«

Lady Isobel, immer noch über Sir John gebeugt, legte die Hand auf seine Stirn und wandte sich nicht einmal um. »Frankreich?« wiederholte sie abwesend. »Nein. Warum sollten wir nach Frankreich gehen wollen? Sei ruhig, mein Liebster. Sie geht jetzt, und du kannst dich ausruhen.«

Frevisse ging mit einem kurzen Abschiedsgruß, ohne sich ihre Gefühle anmerken zu lassen und mit der beunruhigenden Erkenntnis, daß Lady Isobel gewillt war zu glauben, daß Thomasine ihre Tante umgebracht hatte.

Sie stand vor der Tür des Gästehauses auf der ersten Stufe der Treppe, die zum Hof hinunterführte, und hatte die Absicht, zu Priorin Edith zu gehen, um ihr zu berichten, was sie erfahren hatte, als Meister Montforts diensteifrige Stimme hinter ihr ertönte: »Mylady, wir wollen mit Euch reden.«

Sie blieb stehen und wandte sich um. Ein einziger langer Blick auf sein nervöses, entschlossenes Gesicht und den zornigen Sir Walter hinter ihm und sie wußte Bescheid, aber sie sagte sehr höflich, mit beherrschter Stimme und beherrschtem Gesicht: »Ja, mein Herr?«

»Wir müssen dringend mit Euch sprechen, Mylady«, sagte Meister Montfort.

»Zu Euren Diensten, mein Herr.« Mit bewußter Ruhe sah sie ihm in die Augen, blickte an ihm vorbei auf Sir Walter und fügte hinzu: »Aber zuerst zu Gottes Diensten. Die Stunde der Sext ist fast da, und ich muß in die Kirche.«

Sir Walters Lippen preßten sich zornig zusammen. »Um Eure kleine Freistatt-Nonne zu trösten? Ich habe Wachen aufgestellt. Ihr könnt sie nicht heimlich aus dem Kloster schaffen, ohne daß ich es erfahre. Und der Sheriff ist benachrichtigt worden. Wenn sie die Freistatt verlassen muß, wird er das Mädchen sowieso kriegen. Warum die ganze Sache so in die Länge ziehen? Auf Euer Betreiben hat sie sich ins Asyl geflüchtet –«

Frevisse hob die Stimme, um über den Hof hinweg und in der Gästehalle gehört zu werden, und sagte: »Und Ihr solltet dankbar dafür sein, denn so seid Ihr davor bewahrt worden, das Gesetz Englands und das Gesetz Gottes Heiliger Kirche zu brechen.«

Sir Walter lief wieder rot an. Frevisse dachte bei sich, daß ein Mann, der so leicht rot vor Wut wurde, wohl kaum sehr alt werden würde. Sie wußte, daß er sich nur zufriedengeben würde, wenn er seinen Willen bekam, so daß es am besten war, nicht noch mehr Zeit damit zu verschwenden, sich mit ihm herumzustreiten. Sie gab acht, daß ihre Stimme immer noch laut genug war, um von allen gehört zu werden, und sagte: »Ich habe Pflichten zu erfüllen. Ich bitte Euch, mich zu entschuldigen.«

Sie drehte sich um, wandte den beiden den Rücken zu. »Beim Barte des Propheten!« fluchte Sir Walter. »Ergreift sie, Montfort, Trottel!«

Frevisse raffte die Röcke und rannte die Treppe hinunter, auf die Klosterpforte zu.

Hinter ihr her bellte Sir Walter: »Haltet sie! Ihr da unten! Haltet sie!«

Eine Anzahl Männer waren über den Hof verteilt. Ein paar begannen, sich in Bewegung zu setzen, aber unsicher, da ihnen nicht klar war, ob Sir Walter tatsächlich Frevisse meinte und wie sie Hand an eine Nonne legen sollten. Nur zwei waren schnell genug, um ihr den Weg abzuschneiden. Einer war ein großer Mann, der nur ein paar Schritte zu machen brauchte, um die Klosterpforte zu blockieren. Als er Anstalten machte, das zu tun, tauchte plötzlich Robert neben ihr auf. Er packte sie an den Oberarmen und stieß leise und grimmig hervor: »Wehrt Euch«, während er sie schnell herumdrehte und auf die Klosterpforte zutaumelte, wie mitgerissen von der Wucht ihres Endspurts. Frevisse riß einen Arm aus seinem Griff und versetzte ihm einen Schlag aufs Ohr. Er schwankte und duckte sich, und sie torkelten vorwärts, fast in den großen Mann hinein. Der machte einen Schritt zur Seite, umkreiste sie und versuchte, Frevisse von der anderen Seite zu packen. Robert schrie auf, schob sie weg und griff nach seinem Knöchel, als hätte sie ihn getreten. Er hüpfte umher und jaulte, und es gelang ihm, voll in den anderen Mann hineinzutorkeln und ihn aus dem Gleichgewicht zu bringen. Sie fielen in einem Knäuel zu Boden, Robert obenauf.

Frevisse stürzte auf die Pforte zu, aber gerade als der Riegel unter ihren Händen nachgab, wurde sie von hinten ergriffen, zurückgezerrt und herumgewirbelt. Der andere Mann und Robert lagen immer noch auf dem Kopfsteinpflaster. Es war Sir Walter, der schneller gewesen war als alle anderen. Er zerrte sie von der Pforte weg, in die Mitte des Hofs.

»Ein kühner Versuch, Mylady. Aber jetzt habe ich Euch,

und hier werdet Ihr bleiben. Wenn wir die Novizin nicht kriegen können, wird das Kloster auf Euch verzichten müssen, es sei denn, Eure Priorin denkt noch mal gründlich nach und bietet uns einen fairen Austausch an.«

»Der Plan eines Narren«, erwiderte Frevisse atemlos. »Und Ihr kennt unsere Priorin schlecht, wenn Ihr glaubt, daß sie sich darauf einlassen würde. Und der Bischof ebensowenig. Wenn Ihr so weitermacht, werdet Ihr bald feststellen, daß Ihr exkommuniziert seid.«

»Zum Teufel mit dem Bischof und diesem blöden alten Weib, Eurer Priorin! Die Mörderin meiner Mutter wird nicht ungeschoren davonkommen!«

»Entschuldigt, daß ich mich einmische«, sagte eine vertraute Stimme gelassen hinter Sir Walters Rücken. »Ich denke, Ihr habt mich nicht kommen hören.«

Sir Walter wirbelte herum. Thomas Chaucer war abgestiegen und stand neben seinem Pferd in dem Torweg, der zum äußeren Hof führte, seine berittenen Männer hinter sich. Er musterte Sir Walter kühl. Frevisse schien er überhaupt nicht zu bemerken. Sein Blick wanderte um den ganzen Hof herum und fiel auf Montfort, der immer noch oben auf der Treppe stand und gaffte. Chaucer nickte ihm höflich grüßend zu und schlenderte auf Sir Walter zu. Als er das sah, hastete Montfort die Stufen hinunter und erreichte Sir Walter, gerade als Chaucer mit mildem Interesse fragte: »Hast du Ärger, meine Liebe?«

Frevisse in ihrer tiefen Erleichterung mußte sich zusammennehmen, um nicht über Sir Walters Gesicht zu lachen. Konfrontiert mit einem so bedeutenden Mann wie Chaucer bemühte er sich, seine Wut zu zügeln. In sehr ruhigem Ton sagte sie: »Ein wenig, Onkel, aber wir sind dabei, die Sache zu klären, denke ich.«

Sir Walter riß seinen Arm aus Montforts Griff, zupfte an seinem Ärmel und und fragte scharf: »Was habt Ihr hier zu suchen, Chaucer?«

Sein Ton war eher herrisch als höflich. Montfort gab einen erstickten Laut des Protests von sich. Sir Walter war weit höhergestellt als Chaucer, was Geburt und Titel anging, aber Chaucers Macht und seine familiären Beziehungen überstiegen die von Sir Walter bei weitem. Sir Walter wußte das, war aber so vollkommen von seinem Zorn in Anspruch genommen, daß ihn das im Augenblick offensichtlich nicht kümmerte. »Was bringt Euch her?« wiederholte er.

»Nun, natürlich der Tod Eurer Mutter«, entgegnete Chaucer, ohne gekränkt zu sein. Wieder sah er sich beiläufig im Hof um. »Ich hörte von ihrem plötzlichen Tod und kam in der Hoffnung her, Euch mein Beileid aussprechen zu können, ehe Ihr sie nach Hause bringt, um sie zu begraben. Stimmt etwas nicht?«

»Es war Mord. Meine Mutter ist ermordet worden, und diese Frau hält den Mörder vor uns versteckt.«

Chaucer sah Frevisse erstaunt an. »Tust du das, meine Liebe? Meine Nichte, in meinem eigenen Haus großgezogen, benimmt sich so?« Ohne ihre Antwort abzuwarten, wandte er sich an Sir Walter. »Eure Mutter wurde ermordet?«

Sir Walters Gesichtsausdruck wandelte sich rapide. Aber er antwortete immer noch im Ton eines Kriegers: »Sie wurde vergiftet. Von der Novizin des Klosters. Und diese hat in der Kirche Asyl gesucht, um sich der Gerechtigkeit zu entziehen.«

»Lady Ermentrude wurde vergiftet«, stimmte Frevisse schnell zu, »aber nicht von Thomasine.«

»Von wem dann?« knurrte Sir Walter. »Wer sonst hatte sowohl die Gelegenheit als auch einen Grund, sie zu ermorden?«

»Diese kleine Maus von einem Kind, das ich bei meinem letzten Besuch hier gesehen habe?« Chaucers Tonfall war immer noch milde, als hätte keiner die Stimme erhoben. Er sah Montfort an, der nickte, um zu zeigen, daß er ganz Sir Walters Meinung war. Dann verbeugte er sich vor Chaucer. »Wirklich, meine liebe Frevisse, wenn sie sich angewöhnt hat, andere Leute zu vergiften, würde ich doch meinen, daß du sie nicht unbedingt um dich haben willst.«

Frevisse biß sich auf die Lippe. Sir Walters Gesicht nahm abwechselnd einen zornigen und einen verwirrten Ausdruck an, als er Chaucers leichthin fallengelassenen Kommentar vernommen hatte. Chaucer streckte Frevisse die Hand hin und sagte: »Aber ich habe einen langen Ritt hinter mir, und zudem habe ich mein Mittagessen verpaßt. Und ich würde gern der Frau Priorin meine Aufwartung machen, meine Liebe. Ihr habt nicht zufällig noch etwas von dem Wein, den ich beim letzten Mal hier vorgesetzt bekam? Er war ganz besonders gut, fand ich.«

Das war ein Stichwort, das Frevisse nur zu gern aufnahm. Ebenso verbindlich wie er entgegnete sie: »Aber gewiß, Onkel«, und machte einen Schritt, so daß sie jetzt sicher an seiner Seite stand.

»Ihr entschuldigt uns, meine Herren?« fragte Chaucer.

Was immer sie auch denken mochten – und nach Sir Walters Gesichtsausdruck zu urteilen, war es nicht allzu freundlich –, sie hatten keinen Grund, Chaucer aufzuhalten. Sie verbeugten sich kurz, ihre Männer ebenfalls, und dann waren sie bei der Pforte, und Chaucer führte Frevisse hindurch.

Mit einem atemlosen Lachen schob Frevisse von drinnen den Riegel vor und verschloß die Tür.

»Ich nehme doch an, du kannst das Ganze erklären?« fragte Chaucer, als sie sich ihm wieder zuwandte. »Im Hof mit jungen Männern ringen, sich mit dem Adel streiten, Mörder schützen. Ist das die Art, wie du deine frommen Tage verbringst, Frevisse?«

»Wenn es sein muß«, sagte Frevisse. »Aber ich hoffe, mich zu ändern. Hast Du nicht eben etwas dick aufgetragen mit deinem ›Meine Liebe‹?«

»Ich fürchtete, etwas Subtileres wäre im Dickicht von Sir Walters Gehirn verlorengegangen. Mir fällt auf, daß du nur zu bereit warst, mich ›Onkel‹ zu nennen. Worum ging es da eben?«

Frevisse sagte: »Komm mit zu Priorin Edith. Ich muß ihr berichten, was ich heute erfahren habe. Und dabei werden wir dir erzählen, was geschehen ist.«

Das Wohnzimmer strahlte die gewohnte Ruhe und Behaglichkeit aus wie sonst, abgesehen davon, daß Priorin Edith, die sich schwer auf den Arm der jungen Schwester Lucy stützte, sich eben vom Fenster abwandte.

»Ich habe nur die letzten Minuten der Auseinandersetzung mitbekommen«, sagte sie. »Ihr seid zur rechten Zeit gekommen, Meister Chaucer, und habt die beiden überaus verärgert. Ihr seht, in was für Schwierigkeiten wir urplötzlich geraten sind.«

»Der Anblick von Schwester Frevisse, wie sie von einem Fenner und Meister Montfort bedrängt wird, hat mich neugierig genug gemacht, um auch den Rest hören zu wollen, das kann ich Euch wohl versichern.«

Mit Frevisses und Schwester Lucys Hilfe ließ sich die Ehrwürdige Mutter vorsichtig in ihren Sessel zurücksinken. Als sie wieder bequem saß, bat sie Schwester Lucy zu gehen und erklärte, Schwester Frevisse würde bis zur Sext bei ihr bleiben. Als Schwester Lucy außer Sichtweite war, sah Priorin Edith Meister Chaucer fest an.

»Hier sind zwei Morde geschehen, Meister Chaucer.« Sie erklärte, was geschehen war, und schloß mit den Worten: »Sir Walter hat entschieden, daß unsere Novizin Thomasine die Schuldige ist, und er ist entschlossen, sie dafür büßen zu lassen.«

»Und Ihr seid sicher, daß sie nicht schuldig ist?«

Priorin Edith wies mit dem Kopf auf Frevisse. »Darüber wißt Ihr und Schwester Claire am besten Bescheid. Erklärt es ihm.«

Es war eine Erleichterung, jemandem, der nicht in dieses Durcheinander verwickelt war, alles in einfachen Schritten darzulegen. Frevisse erläuterte bereitwillig: »Nach den Symptomen zu urteilen, unter denen Lady Ermentrude litt, als sie am zweiten Tag hierher zurückkehrte, war sie schon vergiftet worden, bevor sie St. Frideswide erreichte. Schwester Claire schwört, daß das stimmt, und sie glaubt, daß es sich bei dem Gift um Bilsenkraut handelte. Als dieser erste Versuch fehlschlug, griff der Mörder zum Nachtschatten und tötete erst Martha Hayward und dann Lady Ermentrude. Sicher ist Lady Ermentrude an einem Gift gestorben, das ihr hier im Kloster verabreicht wurde, aber sie war zweifellos bereits vergiftet, als sie hier eintraf. Ich hatte versucht, in Erfahrung zu bringen, wer in der Nacht, in der sie starb, ihren Wein vergiftet haben könnte, denn es sind nur wenige Leute in ihre Nähe gekommen. Als wir von dem Bilsenkraut erfuhren, mußte ich herausbekommen, wer sowohl bei ihrer Nichte als auch hier im Kloster bei Lady Ermentrude war.«

»Und das hast du?«

»So gut wie möglich, denke ich.«

Die Klosterglocke begann zu läuten und zur Sext zu rufen. Priorin Edith seufzte. »Ich gestehe, ich bin sehr in Versuchung, diesmal auf meine Gebete zu verzichten, um mehr davon zu hören. Aber der Himmel hat Vorrang, und ich habe gelernt, daß Gebete mir in weltlichen Dingen helfen und Trost spenden. Ihr bleibt, Schwester Frevisse, und sprecht alles mit Meister Chaucer durch. Seine größere Kenntnis der Welt mag der Segen sein, den wir gebraucht haben. Ich erteile Euch die Erlaubnis, mit Meister Chaucer hierzubleiben und der Sext fernzubleiben, denn die Sache spitzt sich zu, und je eher wir die Antwort gefunden haben, desto besser. Nur ruft Schwester Lucy, damit sie mich begleitet, ich bitte Euch.«

Chaucer zog sich zum Fenster zurück und wartete, während der Ehrwürdigen Mutter aus ihrem Sessel geholfen und sie aus dem Raum geleitet wurde. Ihre schlurfenden Fußtritte verhallten, und Frevisse stellte fest, daß sie in Gedanken den kurzen Vers aufsagte, der tagein, tagaus zum Psalmgebet der Sext gehörte: »Wende dich zu mir nach deiner großen Barmherzigkeit, Oh Gott: Oh Herr, erhöre mich eilends.« Innerlich gestattete sie sich ein unglückliches Lächeln darüber, wie passend das im Moment war, dann wandte sie sich Chaucer zu.

»Wir konnten bisher nur Bruchstücke zusammentragen, Onkel, und keins führt zu einer Antwort. Es gibt mehrere Leute, die sie getötet haben könnten. Aber was ich jetzt wissen muß, ist der Grund, warum sie sterben mußte. Es muß etwas Plötzliches, Unerwartetes gewesen sein, etwas außerhalb des Gewöhnlichen, weil Lady Ermentrude seit Jahren so gewesen ist.«

»Tot, meinst du?«

Unwillkürlich zuckte es um Frevisses Mundwinkel. »Sei nicht so respektlos. Ich meinte abstoßend und widerlich.«

»Das ist viel respektvoller, ja.«

Ein wärmender Augenblick des Lachens verband sie und verblaßte dann. Ruhig sagte Frevisse: »Die Frage, die sich mir immer wieder stellt, lautet: Was hat sich geändert? Warum hat jemand jetzt ganz plötzlich entschieden, daß er Lady Ermentrude nicht länger ertragen konnte? Warum mußte sie so plötzlich sterben? Wir müssen es herausfinden, und wir müssen herausfinden, wer es getan hat, bevor der Friede von St. Frideswide noch weiter gestört wird.«

»Vielleicht waren sie gar nicht hinter Lady Ermentrude her. Vielleicht sollte Martha sterben. Erzähl mir von ihr. Wer war sie, diese Martha Hayward? Kannte Lady Ermentrude sie?« »Bevor sie hierherkam, war sie bei Lady Ermentrude in der Küche beschäftigt, keine wichtige Position, aber sie sprach immer von ihrer Herrin, als wäre sie ihre Zofe gewesen. Lady Ermentrude hat sie hier untergebracht, als sie nach dem Tod ihres Mannes die Zahl ihrer Dienstleute reduzierte.«

»Hatte sie in letzter Zeit viel Kontakt mit Lady Ermentrude?«

»Überhaupt keinen, soweit ich weiß. Es scheint, daß es purer Zufall war, der dazu führte, daß sie in jener Nacht bei Lady Ermentrude wachte und nicht ein anderer.«

»Wie ist sie gestorben? Und wo?«

»In Lady Ermentrudes Schlafgemach. An Gift. Sie neigte zur Gier, und es scheint, daß sie von dem mit Arznei vermischten Wein trank und das in Milch eingeweichte Brot herunterschlang, das für Lady Ermentrude bestimmt war. Das Gift war entweder im Wein oder in der Milch.«

»Hmmmm«, sagte Chaucer. »Also bekam Lady Ermentrude später den Rest des Weins, der in dem Becher war?«

»Nein, eine frische Mixtur wurde für sie angerührt, und nachdem sie davon getrunken hatte, starb sie. Und ihr Affe ebenfalls, wie es scheint.«

»Ah. Dann war es tatsächlich Lady Ermentrude, hinter der sie her waren. Erzähl mir, was du in Erfahrung gebracht hast und was du vermutest.« Er setzte sich, um zu zeigen, daß er bereit war zu warten und zuzuhören. »Lady Ermentrude ist also kurz nach mir aufgebrochen?«

»Ich brachte dich zur Klosterpforte, und als ich mich umdrehte, kam Lady Ermentrude auf mich zu, erpicht darauf, sofort loszureiten.«

»Du weißt nicht warum?«

»Das hat sie nicht gesagt. Sie ritt einfach davon, nur von ein paar Bewaffneten und zwei ihrer Damen begleitet, weil sie in Eile sei, sagte sie.«

»Und sie ritt direkt zu –«

»Zu Thomasines Schwester und deren Mann. Sir John Wykeham und Lady Isobel. Ich glaube, du kennst sie?«

»Er war mein Mündel. Ich habe geholfen, die Ehe zu arrangieren.«

»Lady Isobel sagt, daß Lady Ermentrude geistig verwirrt bei ihnen eintraf und ihnen mitteilte, ihre Ehe müßte aufgelöst werden. Als sie und Sir John versuchten, vernünftig mit Lady Ermentrude zu sprechen, verfiel sie in sinnlose Raserei und stritt sich bis weit in die Nacht hinein mit ihnen. Am Morgen stürmte sie wieder davon, mit der Absicht, hierher zurückzukehren. Sie war immer noch so wütend, daß sie sich weigerte, etwas zu essen. Sie trank nur etwas aus einer Flasche Wein, die aus Sir Johns Weinkeller stammte. Sir John und seine Gemahlin folgten ihr, aus Angst, daß sie vor lauter Wut zu Schaden kommen oder krank werden könnte.«

»Erzählt Sir John dieselbe Geschichte?«

»Sir John sagt gar nichts. Sein Zahn tut ihm weh, und seine Wange ist angeschwollen, aber er hat gehört, was seine Frau zu mir sagte und hat es mit keiner Geste bestritten.«

»Was hältst du von ihnen?«

Frevisse sagte vorsichtig: »Er scheint ein umgänglicher Mann zu sein und freundlich. Er und seine Gemahlin hängen sehr aneinander, aber ... Lady Isobel scheint durchaus bereit zu sein zu glauben, daß ihre Schwester Lady Ermentrude umgebracht hat, obwohl der Gedanke sie schmerzt.«

»Hast du sie darauf hingewiesen, daß Thomasine es nicht getan haben kann?«

»Niemand weiß von dem Bilsenkraut außer Schwester Claire, Priorin Edith und mir, und jetzt dir.«

»Ein heftiger Streit bis weit in die Nacht, und niemand weiß, worum es ging – das kommt mir unwahrscheinlich vor«, grübelte Chaucer. »Hast du sonst jemanden gefragt, ob er etwas gehört hat?«

»Ich habe zwei Dienerinnen befragt, die dort waren, aber die Tür des Raums, in dem der Streit stattfand, ist bedauerlicherweise sehr dick, und das Fenster war abgeschirmt durch einen ummauerten Garten. Alles, was sie gehört haben außer Sir Johns Versuchen, Lady Ermentrude und Lady Isobel zu bewegen, leiser zu sprechen, war etwas über eine Heirat und Frankreich und die Notwendigkeit, diese Ehe aufzulösen.« Chaucers Gesichtsausdruck änderte sich. »Was denkst du?«

Er antwortete nicht direkt, sondern fragte: »Lady Ermentrude hat nichts von einer Heirat gesagt, als sie hierher zurückkehrte? Überhaupt nichts?«

»Nein, sie wollte nur Thomasine aus dem Kloster holen. Das war alles, was sie sagte, bevor sie eine Art Anfall bekam, schrie wie am Spieß und Unsinn brabbelte. Dann fiel sie in erschöpften Schlaf oder verlor das Bewußtsein.«

»Aber du bist sicher, daß Lady Ermentrude bereits vorher vergiftet wurde?«

»Ganz sicher. Was wir für Trunkenheit hielten, war die Wirkung des Bilsenkrauts.« Etwas bewegte sich in Frevisses Kopf und fügte sich zusammen. »Bilsenkraut«, sagte sie.

Aber Chaucer hörte nicht zu. Er erhob sich, ging zum Fenster und starrte in den Himmel hinaus. »Ich dachte, es würde noch mehr Regen geben, aber jetzt sieht es aus, als würde bald die Sonne durchkommen. Gut für die Ernte, denke ich.«

»Du denkst auch noch etwas anderes«, sagte Frevisse.

Chaucer drehte sich wieder um. Seine Miene war grimmig, ohne eine Spur seines gewohnten Humors. »Was ich dir jetzt sage, muß unter uns bleiben.« Sie nickte, und er fuhr fort: »Als ich vor ein paar Tagen das Kloster verließ, ritt ich nach Hertford zur Königin, anstatt zu meinem Besitz weiterzureiten. Und das tat ich, weil Lady Ermentrude an diesem Nachmittag eine törichte Andeutung machte. Über Geheimnisse und Skandale am Hof der Königin.«

Frevisse dachte an den Nachmittag zurück, an dem Lady Ermentrude gekommen war. Nichts von dem, was gesagt worden war, schien von Wichtigkeit gewesen zu sein, und seitdem hatte sie nicht mehr daran gedacht. »Ja, ich erinnere mich. Du wußtest, was sie meinte?«

»Damals nicht. Heute weiß ich es. Ihre Hoheit die Königinmutter, Tochter von König Karl VI von Frankreich, Witwe des berühmten König Heinrich V. und Mutter unseres Königs Heinrich VI von England, ist seit einem halben Jahr mit einem walisischen Herrn verheiratet, dessen Familie nicht der Rede wert ist. Ein Offizier aus ihrem Gefolge. Bevor der Frühling kommt, wird sie sein Kind gebären.«

Frevisse fühlte, wie sie den Mund aufsperrte, und dann preßte sie ihn fest zusammen, damit ihr keine der Fragen oder Kommentare, die ihr durch den Sinn gingen, entwich. Die Heirat einer Königin – einer verwitweten Königin ebenso wie die jeder anderen – war eine Staatsangelegenheit. Sie wurde von den Edelleuten und hohen Amtsträgern im königlichen Rat besprochen, debattiert und entschieden, zum Besten des Königreichs. Die Heirat einer Königin fand nicht heimlich statt, wie es hier der Fall gewesen sein mußte, und niemals ehelichte sie einen ausländischen Niemand, einen einfachen Bürgerlichen. Und wenn ein Kind unterwegs war, würde das Geheimnis gelüftet werden müssen, und wenn das geschah, würde es einen Skandal geben, der den Ruf eines jeden, der damit zu tun hatte, beflecken würde.

»Kein Wunder, daß Lady Ermentrude ihren Dienst als Hofdame aufgegeben hat«, sagte Frevisse. »Um dem zu entrinnen, was kommen wird, wenn die Eheschließung ans Licht kommt.«

»Genau. Bis zum Ende loyal ihrem eigenen Wohlbefinden gegenüber. Obwohl sie nicht die erste oder die letzte war, die eine Ausrede fand und ging.«

»Aber wie hast du es herausgefunden?«

Der Schalk glitzerte wieder in Chaucers Augen. »Ich habe Königin Katharina gefragt, natürlich.«

»Du bist einfach … hingegangen und hast sie gefragt?«

»Es schien mir der ehrlichste Weg zu sein«, sagte Chaucer. »Ich erzählte ihr von meiner Begegnung mit Lady Ermentrude und sagte, sie wäre gut beraten, es mich wissen zu lassen, wenn tatsächlich etwas im Busche sei, denn ich wolle nicht noch mehr Ärger in der Regierung, als es bereits gibt, und wenn es eine Sache sei, bei deren Geheimhaltung ich ihr behilflich sein könne, würde ich es tun, wenn ich Bescheid wüßte.«

»Und sie hat es dir erzählt.«

»Sie kennt mich. Und ihren Owen Tudor habe ich mir sicherheitshalber auch angesehen. Er mag nicht von hoher Geburt sein, aber Ihre Hoheit hat ein gutes Auge für einen gutgebauten Mann. Kein Wunder, daß unser König im Frühling einen Halbbruder bekommen wird. Oder eine Halbschwester. Aber eigentlich ist nichts von alledem für deine Ohren bestimmt. Und am besten sollte nie ein Wort darüber über deine Lippen kommen.«

»Keine Angst«, sagte sie inbrünstig. »Und inwiefern betrifft das Lady Ermentrude?«

»Ich habe die Königin gewarnt und ihr mitgeteilt, was Lady Ermentrude gesagt und fast gesagt hatte, aber Königin Katharina kannte sie gut genug. Sie hat dafür gesorgt, daß unter Lady Ermentrudes Frauen eine ist, die dafür bezahlt wird, Augen und Ohren offenzuhalten. Wenn es so aussähe, als würde Lady Ermentrude ihrer Zunge allzu freien Lauf lassen, sollte die Frau sie daran erinnern, daß sie ebenfalls darunter leiden würde, wenn das Geheimnis herauskommen sollte.«

»Oder sie zum Schweigen bringen«, sagte Frevisse. Thomas Chaucer nickte nicht einmal; er würde nie zugeben, daß eine Königin auch nur in Erwägung ziehen könnte, einen Mord zu befehlen. »Maryon«, sagte Frevisse.

»Das ist der Name, den Königin Katharina mir genannt hat, ja.«

Frevisse spürte einen kurzen Augenblick lang eine vage

Erleichterung, daß alles so einfach sein sollte. Dann verschwand das Gefühl. »Maryon war nicht hier. Sie hat nicht gehört, daß Lady Ermentrude fast geplaudert hätte.«

Chaucer fragte: »Ist sie mit Lady Ermentrude zu den Wykehams geritten?« Als Frevisse nickte, zog grimmige Befriedigung über sein Gesicht. »Dann hat Lady Ermentrude auf dem Ritt etwas gesagt. Und ich könnte mir denken, daß es nicht ihre erste Beinahe-Indiskretion war. Vielleicht hatte sie schon ein paar Andeutungen gemacht, nachdem sie den Hof der Königin verlassen hatte, und Maryon entschied, daß das Risiko groß genug war, um Lady Ermentrudes Tod zu rechtfertigen und hat die erste Gelegenheit wahrgenommen. Bei den Wykehams.«

»Die Ehe, die Lady Ermentrude aufgelöst sehen wollte!« rief Frevisse aufgeregt. »Es war nicht die Ehe von Lady Isobel und Sir John, es war die der Königin! Aber warum sollte sie es den beiden erzählen?«

»Das weiß ich nicht, aber ich werde sie sehr bald danach fragen«, erwiderte Chaucer grimmig. »Jedenfalls muß Maryon genug gehört haben, um zu denken, daß es am besten wäre, Lady Ermentrude sofort aus dem Weg zu räumen.«

»Und es besteht nicht die Möglichkeit, daß die Ehe der Wykehams irgendwie zweifelhaft ist?«

Chaucer tat das mit einer kurzen Geste ab. »Wir haben alles in die Wege geleitet, Lady Ermentrude und ich, da Lady Isobels Vater bereits zu krank dafür war. Es hatte alles seine Richtigkeit, und sie sind ordnungsgemäß getraut worden. Das zumindest ist gewiß.«

»Wenn Sir John und Lady Isobel jetzt also beharrlich behaupten, daß es bei dem Streit um ihre eigene Ehe ging, tun sie das, weil sie Angst haben und versuchen, den wahren

Grund zu verschleiern. Aber warum ...« Frevisse schwieg einen Moment. Chaucer wartete, bis sie entschieden sagte: »Aber warum kehrte Lady Ermentrude dann nach St. Frideswide zurück und bestand darauf, daß Thomasine das Kloster verlassen müßte? Das paßt nicht zusammen. Es ergibt keinen Sinn.«

»Wir müssen nicht alles erklären«, erwiderte Chaucer. »Vielleicht war es nur das Bilsenkraut, das in ihr seine Wirkung tat, und ihre Handlungen hatten keinerlei Sinn. Für uns ist nur wichtig, daß wir uns sicher sind, wer der Giftmischer war. Und dann stellt sich uns das kleine Problem, wie ich Maryon von hier fortbringen soll, ohne daß Sir Walter es erfährt.«

»Ohne daß er es erfährt?« Noch während sie seine Worte wiederholte, begriff Frevisse den unausgesprochenen Gedanken dahinter und spürte, wie ihr Gesicht ebenso ruhig und ausdruckslos wurde wie seines. Langsam sagte sie: »Er muß es erfahren. Wie sonst sollen wir Thomasine vor ihm retten?«

»Die Sache mit Thomasine wird warten müssen. Das Geheimnis der Königin ist wichtiger. Wenn wir diese Maryon beschuldigen, werden wir sagen müssen, warum, und das ist unmöglich.«

Frevisse hob das Kinn. »Dann bleibt Thomasine weiter in Lebensgefahr?«

Chaucer streckte die Hand nach ihr aus und sagte schnell: »Aber nein, gewiß nicht. Ich muß die Frau nur von hier wegschaffen, um zu verhindern, daß sie Sir Walter oder Montfort als erste in die Hände fällt. Später kann ich eine Nachricht schicken, und sowohl das Kloster als auch Thomasine werden von jedem Verdacht befreit sein. Was wir nicht zulassen können, ist, daß Montfort Maryon verhört.

Sobald sie von hier weg ist, ist das Ganze Sache der Königin, und die Königin kann sich um Montfort und Sir Walter kümmern. Aber ich muß diese Frau aus ihrer Reichweite entfernen.«

Das klang sinnvoll, und es bot einen Ausweg für alle Beteiligten: für das Kloster, Thomasine, Chaucer und die Königin. Frevisse seufzte und fragte: »Und wie willst du das anstellen?«

Er hatte bereits darüber nachgedacht. »Wenn ich ihn darum bitte, wird Sir John sicherlich bereit sein, mir zu helfen. Er hat keinen Grund, noch länger hierzubleiben. Er kann sich auf seine Zahnschmerzen berufen oder auf die Sorge seiner Frau um die Kinder und morgen früh aufbrechen. Maryon kann mit ihnen gehen, als hätte Lady Isobel sie in ihr Gefolge aufgenommen. Aber sie wird in Sir Johns Gewahrsam sein, und er wird sie für mich festhalten, bis ich nachkomme, nicht mehr als eine Stunde später, denke ich. Ich denke, Sir Walter und der gute Meister Montfort –«

Draußen auf der Treppe ertönten eilige, aber plumpe Schritte.

»*Benedic* –« setzte Frevisse an, aber die Magd Ela stürzte in den Raum, ohne die Begrüßung abzuwarten. Keuchend, rot im Gesicht und zerzaust nachdem sie eilig zu Frevisse gehinkt war, stieß sie hervor: »Sie wollen sie holen! Sir Walters Männer stehen vor der Kirche, und sie wollen in die Kirche eindringen und Thomasine herausholen!«

Ela packte Frevisse am Ärmel. »Als ich gesehen hab', was die vorhaben, bin ich von der anderen Seite in die Kirche gegangen! Zu Priorin Edith. Sie sagte, ich soll Euch holen. Und ihn.« Sie deutete wild auf Chaucer. »Sie sagte, Ihr sollt Euch beeilen!«

»Verdammt soll er sein«, bemerkte Chaucer leidenschaftslos und ging zur Tür.

Frevisse riß ihren Ärmel aus Elas Fingern und folgte ihm. Sie überholte ihn am Fuße der Treppe, wo er zögernd stehengeblieben war, unsicher, welchen Weg er nehmen sollte.

»Hier!« sagte Frevisse scharf und schob die Tür auf, die in den Kreuzgang führte. Kein Mann durfte in diesen Teil des Klosters vordringen, aber es war der kürzeste Weg zur Kirche. »Deine Männer?« fragte sie. »Können sie von Nutzen sein?«

Chaucer schüttelte den Kopf. »Das gibt nur ein sinnloses Blutvergießen. Ich muß ihn mit Worten aufhalten oder gar nicht.«

Frevisse, atemlos vor Angst und Eile, nickte, hob die Röcke und rannte los. Chaucer folgte ihr.

Die Tür, die vom Kreuzgang in die Kirche führte, hatte Ela in ihrer Hast weit offengelassen. Nur die plötzliche Dunkelheit der Kirche nach dem grauen Tageslicht im Kreuzgang draußen verlangsamte ihre Schritte. Und dann blieben sie wie angewurzelt stehen, in Bann gehalten von demselben Schreck, der schon Sir Walter und seine bewaffneten Männer in dichtgedrängter Unordnung im kurzen Mittelschiff der Kirche festhielt.

Im ruhigen Tagesablauf des Klosters war es leicht zu vergessen, daß die Nonnen Töchter, Enkelinnen und Schwestern von Männern waren, die ihre Stellung den Waffen und der Kriegskunst verdankten. Als Nonnen und Frauen hatten sie in ihrem täglichen Leben wenig Bedarf für den Mut, den sie ererbt hatten, aber jetzt zeigte sich, wessen Blut in ihren Adern floß. Mit nichts als ihrem Zorn und ihrem Mut bewaffnet, standen sie in einer dichtgeschlossenen Reihe aus schwarzen Gewändern und weißen Schleiern zwischen Sir Walter und Thomasine. Thomasine stand allein auf der obersten Altarstufe, neben dem Altar von St. Frideswide, die rechte Hand war ausgestreckt, um ihn zu berühren. Mit hocherhobenem Kopf sah sie die Männer an, die gekommen waren, um sie zu ergreifen, und es war keine Spur von Angst in ihr.

Vor ihnen allen stand Priorin Edith. Zwischen den Reihen ihrer Nonnen und Sir Walter hätte jede andere winzig und verloren gewirkt. Aber die Würde und Autorität ihres Alters umgab sie wie ein machtvoller Mantel, und sie wirkte nicht zerbrechlich, sondern zornig. Ihre herausfordernd erhobene Hand verbot den Männern, auch nur einen Schritt näher zu kommen.

Und hinter ihr sangen die Nonnen in machtvoller Einheit das *Dies Irae*, das Versprechen vom Zorn Gottes, seinem Gericht und der Verdammung aller Menschen, die gegen Seinen Willen verstießen. Ihre Stimmen erhoben sich gemeinsam, und sie schleuderten die Worte gegen Sir Walter und seine Männer, machten den Zorn Gottes zu ihrer eigenen schrecklichen Waffe. »*Dies irae, dies illa. Solvet saeculum in favilla. Quantus tremor est tuturus, Quando judex es venturus. Cuncta stricte discussurus!*« Ein Tag des Zorns wird dieser Tag sein, wenn die Welt zu glühender Asche wird. Wir werden zittern vor dem Thron des Richters, keine Sünde wird unentdeckt bleiben, und alle Sünder werden ihre gerechte Strafe erhalten.

Und während sie ihren Widerstand besangen und ihre Warnung vor dem Zorn Gottes ausstießen, rissen irgendwo draußen die Wolken auf, und in die Dunkelheit der Kirche fiel ein einziger, langer Strahl goldener Helligkeit durch das westliche Fenster auf Thomasine, die hoch über allen anderen stand. Sie leuchtete in der plötzlichen Helligkeit und hob wie in Antwort darauf ihr strahlendes Gesicht. Sie lächelte mit reiner und schlichter Schönheit, als sähe sie etwas, das viel wundersamer war als all die beängstigenden Dinge vor ihr, und sie streckte die Hände nach dem Licht und der Leere vor ihr aus, nach etwas, das niemand sonst sehen konnte.

Frevisse hörte, wie Chaucer neben ihr scharf die Luft durch die Zähne einsog. Sie hätte die Augen nicht von Thomasine wenden können, und sei es, um sich selbst zu retten.

Aber seine Verblüffung und ihr Staunen waren nichts gegen die Wirkung, die es auf Sir Walters Männer hatte. Sie waren auf davonhuschende, verängstigte Frauen und die verkrampfte, panische Novizin gefaßt gewesen, die einige von ihnen im Hof gesehen hatten. Nicht auf das hier. Die Männer in der hintersten Reihe begannen unauffällig, sich rückwärts aus dem großen Portal hinter ihnen herauszuschleichen. Andere schlossen sich ihnen an, denn ihre Angst war stärker als der Gehorsam.

Sir Walter stand immer noch an der Spitze seiner Bewaffneten und schüttelte bereits die Erstarrung ab, die auch ihn gepackt hatte. Er hatte seine Wut, die ihn vor der Wirkung der sich ihm darbietenden Szene schützte, aber er mußte den Rückzug seiner Männer gespürt haben und fuhr herum. »Hier entlang, ihr Narren!« befahl er und rückte wieder auf den Altar vor. Lediglich die Männer, die ihm am nächsten waren, folgten ihm, und von denen hielt sich nur Robert Fenner dicht an seiner Seite. Die anderen ließen die Distanz zwischen sich und Sir Walter unmerklich anwachsen, und irgendwie folgten sie ihm nach ein paar Schritten überhaupt nicht mehr, sondern blieben, wo sie waren, und traten unbehaglich von einem Fuß auf den anderen. Die am weitesten entfernten schlossen sich der Wanderung zum Portal an.

Sir Walter war schon fast im Chorgestühl angekommen, als er bemerkte, wie allein er war. Mit einem Fluch fuhr er herum. »Beim Herzen des Bussards! Ihr laßt euch von einer Bande jaulender Frauen in die Flucht schlagen?«

Priorin Edith machte eine Handbewegung. Der Gesang hinter ihr wurde leiser und erstarb, und Sir Walters Stimme dröhnte krächzend durch die angespannte Stille.

»Kommt zurück, ihr Bastarde! Ihr wollt Männer sein?«

»Und das wollen wir auch bleiben«, sagte eine anonyme Stimme aus dem Haufen der zum Portal drängenden Männer.

»Tritt vor, und sag mir das ins Gesicht!« röhrte Sir Walter, aber nur die Männer, die ihm am nächsten standen, traten unbehaglich von einem Fuß auf den anderen, und niemand gehorchte. »Der Junge hier ist der einzige Mann unter euch, und das werde ich nicht vergessen!«

Er klopfte Robert auf die Schulter, drehte sich um und stand wieder den Nonnen und Thomasine gegenüber. Aber jetzt trat Chaucer vor. Er stellte sich ihm nicht direkt in den Weg, aber fast, und sagte ruhig: »Mylord, überlegt Euch gut, was Ihr tut.«

Sir Walter knurrte: »Die Mörderin meiner Mutter steht da oben, und ich werde dafür sorgen, daß sie hingerichtet wird!«

Aber er war stehengeblieben, und Chaucer sagte: »Ihr trübt das Unrecht, das Eurer Mutter geschehen ist, indem Ihr selbst eine Ungerechtigkeit verübt.«

»Das nehme ich in Kauf, wenn ich nur die Mörderin da oben in die Finger kriege!« Sir Walter wies jähzornig auf Thomasine. Der Sonnenstrahl war mittlerweile zu diffusem, schlichtem Nachmittagssonnenlicht geworden, aber Thomasine stand immer noch regungslos und entrückt neben dem Altar und achtete nicht auf Sir Walter. Seine Gesten hatten einiges von der sonstigen Gewalttätigkeit eingebüßt, dachte Frevisse. Der Gipfelpunkt seines Zorns war angesichts des Widerstands der Nonnen, der mangelnden Bereitschaft seiner Männer, des Anblickes von Thomasine und der Gefahr, den Zorn der Kirche herauszufordern, mittlerweile überschritten. Es war eine Sache, sich über Montfort hinwegzusetzen, und eine andere, sich mit Chaucer anzulegen, der die Macht des Gesetzes im Rücken hatte, das Wohlwollen des Königlichen Rats besaß und nichts zu verlieren hatte, wenn er sich Sir Walter entgegenstellte.

Er zögerte, sah erst Chaucer an, dann die Nonnen und dann wieder Chaucer, als sei er unsicher, wo die größere Bedrohung lag. Hinter seinem Rücken verschwanden noch mehr seiner Männer durch das Portal, bis schließlich nur Robert und drei andere blieben. Zum erstenmal sah Frevisse Robert direkt an.

Er mußte mit der Absicht gekommen sein, Thomasine zu beschützen, wenn er irgend konnte. Jetzt stand er reglos da, ohne auf die Geräusche und Bewegungen um sich herum zu achten, und sah sie an. Aber während Thomasine etwas erblickte, daß nur sie sehen konnte, legte er sein ganzes Herz in den Blick, denn er wußte, daß er sie verloren hatte. Frevisse sah, wie jede Hoffnung, sie doch noch zu gewinnen, in seinen Augen erstarb. Genausowenig wie alle anderen war er darauf gefaßt, daß Sir Walter ihm plötzlich und brutal auf die Schulter hieb und sagte: »Also behaltet sie fürs erste! Aber glaubt ja nicht, daß Ihr ihr zur Flucht verhelfen könnt. Meine Männer bleiben hier. Ich werde das Kloster abriegeln, so daß kein Mensch es verlassen kann, ohne daß ich es erfahre, bis ich einen Erlaß des Bischofs in der Hand habe!«

Starr vor Zorn über seine Niederlage, rauschte er davon. Wie betäubt folgte ihm Robert. Er blickte nicht zurück.

Vor dem Kirchenportal war Sir Walters Stimme zu hören, der seine Leute anbrüllte, aber der Lärm verklang und war bald zu weit entfernt, als daß noch jemand darauf geachtet hätte. In der Stille begriffen die Nonnen langsam, daß sie gesiegt hatten. Sie begannen, sich aufgeregt zu unterhalten. Priorin Edith brachte sie mit einer scharfen Geste zum Schweigen. »Noch nicht«, sagte sie. »Thomasine ...«

Sie wandte sich um, während sie sprach, und die anderen mit ihr. Thomasine war, von wo immer sie gewesen war, wieder zurück und zu sich gekommen und begann nun zu zittern. Ihre Augen starrten ziellos auf die Nonnen, als sei sie unfähig, sie wahrzunehmen. Dann setzte sie sich abrupt auf die oberste Stufe.

Die Frauen eilten auf sie zu, aber Priorin Edith sagte: »Laßt sie. Nur Schwester Claire soll sie anrühren. Ihr anderen geht in den Gemeinschaftsraum. Noch haben wir nicht gewonnen, und Thomasine hat mehr davon, wenn ihr für sie betet, als wenn ihr sie mit eurer Fürsorge erstickt. Geht und betet.«

Sie gehorchten widerstrebend, stellten sich in der gewohnten Doppelreihe auf und zogen aus der Kirche.

Schwester Claire kniete neben Thomasine nieder, tätschelte die Wange des Mädchens und sprach leise mit ihr. Thomasine, die wie betäubt war, wehrte sich nicht und reagierte nicht.

Frevisse warf einen Blick auf Chaucer und ging zu Priorin Edith. Chaucer folgte ihr. Priorin Edith sah sich um und sagte mit ihrer gewohnten Milde: »Meinen Dank, Meister Chaucer, für Eure Hilfe. Sie kam zur rechten Zeit.«

»Euer Verdienst ist größer als meiner, Ehrwürdige Mutter. Und der des Kindes.« Er wies mit dem Kopf auf Thomasine. »Sie hat tapfer für sich gesprochen, ohne ein Wort zu sagen.«

Priorin Edith nickte. Sie hatte Thomasine gesehen, als sie sich umgedreht hatte, um den Gesang ihrer Nonnen mit einem Zeichen zu beenden. Sie seufzte. »Ja. Und jeder einzelne dieser Männer hat es gesehen. Jetzt muß sie und müssen wir damit leben. Ebenso wie mit Sir Walter.«

»Zumindest da kann ich Abhilfe schaffen«, sagte Chaucer. »Wir haben uns unterhalten, Schwester Frevisse und ich, und wir haben die Antwort gefunden, die Euch von ihm befreien wird. Wir kennen den Mörder.«

Priorin Edith und Schwester Claire sahen ihn eifrig und erwartungsvoll an. Nur Frevisse, die mittlerweile ebenfalls neben Thomasine niedergekniet war und ihre Hand hielt, fuhr fort, das Gesicht des Mädchens zu beobachten. Sie hielt immer noch die Augen geschlossen, war aber bei Bewußtsein, auch wenn man es ihr kaum anmerkte; ihre Finger hatten sich fester um Frevisses Hand geschlossen, als Priorin Edith von ihr gesprochen hatte.

»Ihr kennt den Mörder?« rief Schwester Claire aus. »Warum habt Ihr Sir Walter das nicht gesagt?«

»Weil es um mehr geht als nur um den Tod von Lady Ermentrude. Ich muß unbedingt dafür sorgen, daß der Mörder nicht mehr in seiner Reichweite ist, wenn er die Wahrheit erfährt. Er darf nicht mit ihr sprechen.«

»Mit ihr?« wiederholten Priorin Edith und Schwester Claire gleichzeitig. Ihre Blicke richteten sich ungläubig auf Thomasine.

»Ganz gewiß nicht. Es ist jemand, der nichts mit St. Frideswide zu tun hat. Ich muß nur mit Sir John sprechen und ihn um Hilfe bitten. Mit seiner Hilfe werde ich die Frau morgen bei Tagesanbruch oder ein wenig später hier herausgeschafft haben. Und kurze Zeit später werdet Ihr von Sir Walter befreit sein.«

Priorin Edith dachte über seine Worte nach, dann nickte sie. »Ich habe Schwester Frevisse und Euch mit dieser Aufgabe betraut. Ihr habt mein Vertrauen, sie auch zum Abschluß zu bringen.«

»Dann mit Eurer Erlaubnis«, sagte Chaucer. Er wandte sich an Frevisse. »Kommst du?«

»Ich bleibe noch etwas hier. Wir brauchen ja nicht beide Sir Walters Frieden zu stören.«

»Sofern er welchen hat«, sagte Chaucer trocken und verneigte sich vor Priorin Edith. »Ich werde mich in die Kammer von Sir John und Lady Isobel begeben und mit ihnen sprechen, und wenn sie zustimmen, warte ich, bis sie aufbrechen, und dann komme ich zurück und sage Euch, wie wir vorgehen werden.«

»Aber nicht, warum Ihr so vorgeht«, sagte Priorin Edith.

Chaucers Grinsen zeigte Anerkennung für ihren Scharfsinn. »Aber nicht, warum ich so vorgehe«, stimmte er zu.

Als er gegangen war, seufzte Priorin Edith wieder. Die Kraft, die sie erfüllt hatte, begann sie zu verlassen, und sie sah aus, als würde sie sich nun gern auf Schwester Lucy stützen. Aber sie wandte ihre Aufmerksamkeit Thomasine zu und fragte: »Geht es ihr besser?«

Schwester Claire nickte, aber es war Frevisse, die Thomasine den Arm um die Schultern legte, sie entschlossen aufrichtete und sagte: »Wir müssen uns unterhalten. Hör mir zu, Thomasine.«

Thomasine gehorchte. Ihr Blick war immer noch trübe vor Schreck und Anspannung, aber sie wirkte durchaus vernünftig, als sie Frevisse ansah. »Ich habe ... etwas gesehen«, flüsterte sie. »In dem Licht. Ich wußte, daß mir nichts passieren konnte. Ich hatte überhaupt keine Angst.«

»Ich weiß, daß Du keine hattest«, sagte Frevisse.

»Geht es ihr gut genug, um zu sprechen?« fragte Priorin Edith.

Thomasine wandte ihr beruhigend das blasse Gesicht zu. »Es geht mir gut«, murmelte sie.

»Gut genug«, stimmte Frevisse zu. »Wir müssen uns unterhalten, du und Priorin Edith und ich.«

Schwester Claire stand auf und ging die Stufen hinunter. Sie nahm Priorin Ediths Arm. »Ihr solltet Euch setzen«, sagte sie und führte sie durch den Chor zu ihrem Kirchenstuhl.

Priorin Edith sank dankbar darauf nieder, aber ihre Aufmerksamkeit war jetzt auf Frevisse gerichtet. »Etwas beunruhigt Euch«, sagte sie.

»Es sind noch nicht alle Fragen geklärt«, sagte Frevisse. »Unter anderem, warum hat Lady Ermentrude so plötzlich beschlossen, St. Frideswide zu verlassen? Könnt Ihr Euch erinnern, worüber wir gesprochen haben an dem Tag, als Lady Ermentrude kam und wir mit Meister Chaucer in Eurem Empfangszimmer saßen?«

Priorin Edith schürzte die Lippen und dachte ganz offensichtlich an jenen Nachmittag zurück, bevor sie nickte. »Ich denke schon. An das meiste kann ich mich erinnern.«

»Dann möchte ich, daß wir das Gespräch jetzt noch einmal durchgehen, während Thomasine zuhört. Vielleicht klingt irgend etwas falsch oder sagt ihr mehr, als es uns gesagt hat. Verstehst du mich, Thomasine? Kannst du das tun?«

Alle Zerstreutheit und Unbestimmtheit verschwand aus Thomasines Gesicht. Sie war wieder ganz da, und etwas von der Eindringlichkeit, mit der Frevisse sprach, drang zu ihr durch. »Ja«, sagte sie. »Ich werde es versuchen.«

»Also, worüber haben wir gesprochen?« fragte Frevisse Priorin Edith. »Über Thomasine, glaube ich, nachdem sie gegangen war. Kurz. Und darüber, daß ich vor kurzem das Amt der Schwester Hospitalaria übernommen habe. Nichts von dem kann von Bedeutung sein. Es muß etwas sein, das mit St. Frideswide nichts zu tun hat.«

Priorin Edith dachte nach. »Frankreich?« sagte sie schließlich. »Meister Chaucer hat uns erzählt, daß er in Kürze nach Frankreich reisen würde. Wir plauderten darüber. Und über den König. Und Lady Ermentrude war wütend, weil sie in Fen Harcourt so ungastlich aufgenommen worden war. Daran erinnere ich mich.«

Frevisse fiel plötzlich etwas ein. »Moleyns«, sagte sie. »Chaucer wollte Lord Moleyns Erbin nach England bringen. Wir haben über sie gesprochen. Und über noch jemanden.« Sie wollte Namen. Oder Ereignisse. Etwas, das Thomasines Erinnerung auffrischen würde, wobei sie hoffte, daß es auch wirklich etwas aufzufrischen gab. Der einzige Hinweis, den sie hatte, war das Bilsenkraut, und vielleicht war das eine falsche Spur.

»William Vaughan«, erklärte Priorin Edith entschieden. »Ein junger Mann namens William Vaughan, der in Frankreich geheiratet hat und ein Kind hinterlassen hat, das von Lady Moleyns aufgezogen wird.«

Frevisse spürte, wie Thomasine sich plötzlich in ihren Armen versteifte. »Sagt dir das etwas, Thomasine?«

Thomasine runzelte die Stirn und schüttelte dann den Kopf. »Das kann nicht der William Vaughan gewesen sein, den ich kannte. Von dem ich gehört habe«, verbesserte sie sich. »Er ist gestorben.«

»Dieser auch. Bei der Belagerung von Orléans, als er versuchte, Lord Moleyns zu retten.«

»Dann ist es jemand anders. Der William Vaughan, den Isobel kannte, ist zwei Jahre davor an einer Krankheit gestorben.«

»Deine Schwester kannte ihn? Nicht du?«

Thomasine, die gerne helfen wollte, aber ganz offensichtlich nicht verstand, was für eine Rolle das spielen sollte, antwortete: »Er war Knappe in Lady Ermentrudes Gefolge, als Isobel bei ihr lebte.«

Frevisse sagte: »Dann ist es derselbe. Meister Chaucer fragte, ob er noch Verwandte in England hätte und ob Lady Ermentrude diese kennen würde, da er zu ihrem Gefolge gehört hätte.«

»Oh nein.« Thomasines Antwort klang sehr entschieden. »Denn er kann nicht in Frankreich geheiratet haben, weil ...«

Sie hielt inne, in Frevisses stützendem Arm zur Reglosigkeit erstarrt. Als sie nicht weitersprach, fragte Frevisse vorsichtig: »Er könnte nicht geheiratet haben, weil?«

Langsam, mehr durch Frevisses Willen als ihren eigenen, wandte Thomasine den Kopf, bis sie Frevisse mit weitaufgerissenen Augen anstarrte.

»Sag es«, sagte Frevisse leise. Sie wagte nicht, Thomasine aufzuschrecken, aber sie mußte es hören.

Thomasine antwortete nicht. Als Frevisse den reglosen Kampf in den Augen des Mädchens beobachtete, wurde ihr klar, daß Thomasine keineswegs dumm war. Es war einfach so, daß all ihr Denken und Streben stets auf die Kirche und ihren Wunsch, Nonne zu werden, gerichtet gewesen war. Jetzt dachte sie mit der gleichen Intensität und Tiefgründigkeit über etwas anderes nach, und ihre Gedanken begannen, ihr Angst einzujagen.

»Warum könnte William Vaughan nicht in Frankreich geheiratet haben?« wiederholte Frevisse.

»Weil ...« Thomasine zögerte, senkte dann den Blick auf den gefliesten Boden und sagte: » ... weil er sich mit Isobel verlobt hat, bevor er nach Frankreich ging. Es war eine heimliche Verlobung. Er wollte sein Glück machen und dann zu ihr zurückkehren. Er könnte keine andere Frau geheiratet haben. Sie waren verlobt.«

Und eine Verlobung war ebenso bindend wie das Ehegelöbnis. Wie leichtfertig die Verbindung auch eingegangen worden war, nur der Tod oder ein kirchliches Dekret konnte das Paar voneinander scheiden. Wenn Lady Isobel mit William Vaughan verlobt gewesen war, und wenn er noch am Leben gewesen war, als sie Sir John geheiratet hatte, dann war ihre Ehe keine Ehe, und ihre Kinder waren Bastarde.

Und das war ein hinreichender Grund zum Töten.

»Es war eine heimliche Verlobung? Niemand wußte davon außer ihnen selbst? Und du? Woher wußtest du es, wenn du ihn gar nicht gekannt hast?«

»Ich habe Isobel ein einziges Mal bei Lady Ermentrude besucht, und da war er gerade nach Frankreich aufgebrochen. Isobel konnte an nichts anderes denken als an ihn, und sie erzählte mir von ihm, weil sonst niemand da war, mit dem sie hätte reden können. Also wußte ich von ihm und daß sie verlobt waren. Aber später hat sie gehört, daß er gestorben war.«

Thomasine befreite sich aus Frevisses Arm und richtete sich auf. Sie rief ernsthaft: »Also ist es in Ordnung, das muß es sein! Bevor sie Sir John geheiratet hat, hat sie von William Vaughan gehört, daß er krank war und im Sterben lag. Also wußte sie, daß sie frei war und Sir John heiraten konnte. Lady Ermentrude hatte die Ehe arrangiert, und Isobel weigerte sich, ihn zu heiraten, bis sie hörte, daß William Vaughan im Sterben lag, und dann war alles in Ordnung. Ich erinnere mich, wie froh sie war, weil sie sich mittlerweile in Sir John verliebt hatte und solche Angst hatte, sie könnte ihn verlieren. Das hat sie mir erzählt.«

»Aber sonst wußte niemand von dem Verlöbnis? Wußte Lady Ermentrude es?«

Thomasine zögerte, bevor sie in unsicherem Ton sagte: »Möglich, daß sie davon wußte. Es kann sein, daß Isobel gezwungen war, es ihr zu erzählen, weil ihr die Gründe für ihre Weigerung ausgingen. Eine Zeitlang gab es deswegen immer Streit zwischen ihnen, und« – Thomasine war selbst ganz erstaunt, daß sie nie zuvor darüber nachgedacht hatte — »und dann erklärte Lady Ermentrude, daß sie ihn nicht heiraten müsse. Und kurze Zeit später waren sie und Sir John ganz plötzlich verheiratet, als ob Isobel niemals Nein gesagt hätte.«

Thomasine sah Frevisse an. Ihre Augen waren traurig. »Aber Isobel hat nie gehört, daß William Vaughan tot war. Alles, was sie je gehört hat, war, daß er im Sterben lag. Er hat ihr einen Brief geschrieben, in dem das stand. Sie hat mir den Brief gezeigt, und einen Tag lang war sie traurig, und dann hat sie Sir John geheiratet. Sie hat nie erfahren, ob William Vaughan wirklich tot war.«

Isobel hatte einfach gehofft, daß es so war, dachte Frevisse. Wenn von jemandem behauptet wurde, daß er im Sterben liege, dann starb er ja auch für gewöhnlich wirklich. Sehr wahrscheinlich hatte Lady Ermentrude Isobels Widerstand gegen ihre Pläne nicht auf die leichte Schulter genommen und sie derartig unter Druck gesetzt, daß sie ihr erzählt hatte, warum sie Sir John nicht heiraten wollte. Das war die Erklärung dafür, warum Lady Ermentrude sich an jenem Nachmittag so plötzlich entschlossen hatte, Isobel einen Besuch abzustatten, nachdem die Rede auf William Vaughan gekommen war. Die Ehe, um die es in ihren Tobsuchtsanfällen gegangen war, war wirklich die von Sir John und Lady Isobel gewesen, nicht die der Königin.

Hatte Sir John bei dieser Gelegenheit erfahren, daß seine Ehe vor dem Gesetz keinen Bestand hatte? Oder hatte er es bereits gewußt? Wie dem auch sei, sein Interesse daran, daß die Geschichte geheim gehalten wurde, war ebenso groß wie das von Lady Isobel.

Und das erklärte, warum Lady Isobel so bereitwillig an Thomasines Schuld geglaubt hatte. Denn wenn Thomasine starb, gab es niemanden mehr, der von ihrer Verbindung zu William Vaughan wußte, jetzt, da Lady Ermentrude tot war.

Und Chaucer – der einzige Mensch, der Sir Walter daran hindern konnte, Thomasine hinrichten zu lassen – war zu Sir John und Lady Isobel gegangen, um sie zu bitten, ihm zu helfen, Thomasine zu retten.

Die Teile fügten sich in Frevisses Kopf mit dem silbernen Klingeln herabfallender Münzen zusammen. Sie waren noch nicht ganz zu Boden gefallen, als sie schon auf den Beinen war und losrannte.

Sie verschwendete keine Zeit damit, durch den Kreuzgang zu gehen. Das Westportal der Kirche, das in den Hof führte, war der kürzeste Weg, und den nahm sie. Im Hof standen Männer, sowohl Soldaten als auch Dienstleute. Die meisten hielten sich in verdrießlichen kleinen Grüppchen vor den Mauern auf. Niemand machte Anstalten, sie aufzuhalten, und die Wache auf der obersten Stufe des Gästehauses trat zur Seite, als Frevisse in großer Eile an ihm vorbeistürzte.

Sie erhaschte einen Blick auf den rotgesichtigen Sir Walter, der sich mit Montfort herumstritt, als sie durch die Halle raste, aber sie waren nicht annähernd nahe genug, um sie aufzuhalten, und wenn sie einem der vereinzelt in der Halle herumstehenden Dienstleute einen Befehl zuriefen, hörte Frevisse es nicht. Dann war sie im Gang und stand vor Sir Johns und Lady Isobels verschlossener Tür. Sie donnerte zweimal hart mit der Faust dagegen, während ihre andere Hand den Türgriff umschloß. Mit Faust und Hand schob sie die Tür weit auf und stürzte in den Raum. Sie hielt den Türgriff fest umklammert und blieb abrupt stehen. Zwei heftige Herzschläge lang stand sie ebenso regungslos wie die beiden Männer und Lady Isobel auf der anderen Seite des Raumes. Sir Johns Hand berührte noch die Weinflasche, die er gerade auf den Tisch zurückgestellt hatte, und Lady Isobels Hand war noch in Chaucers Richtung ausgestreckt, der den Kelch, den sie ihm gerade gegeben hatte, schon halb an den Lippen hatte.

Sie alle starrten Frevisse an.

Mit einem tiefen, zitternden Atemzug gewann Frevisse ihre Würde zurück, richtete sich auf und sagte: »Thomas, ich würde das nicht trinken, wenn ich du wäre.«

In Priorin Ediths Empfangszimmer setzte Thomasine sich auf die äußerste Ecke der Fensterbank, die Hände hielt sie im Schoß gefaltet, und sie sah auf den sonnigen, leeren Klosterhof hinunter. Sir Walter, Meister Montfort und all ihre Männer waren fort. Sir Walter hatte Lady Ermentrudes Gefolge mitgenommen. Es hatte großen Lärm gegeben, Rufe, Quietschen von Wagenrädern und Klirren von Rüstungen, aber jetzt war da nur noch die vormittägliche Stille, und in weiter Entfernung waren die Rufe der Feldarbeiter zu hören. Es war, als hätten die Ereignisse der letzten Tage nie stattgefunden, nur daß Martha Haywards Sarg noch in der Kirche stand und darauf wartete, daß jemand kam und ihn zu ihren Verwandten brachte.

Aber nun, da sich erstmals nach der Hektik des vorangegangenen Tages wieder tiefe Ruhe über das Kloster gesenkt hatte, hatte Priorin Edith Thomasine gebeten, in ihr Empfangszimmer zu kommen und sie angewiesen, sich hinzusetzen, während sie, Schwester Frevisse und Meister Chaucer sich unterhielten. Thomasine nahm ihre Stimmen nur als wortloses Gemurmel wahr, als Hintergrund für die Stille, und sie war froh, sich wieder umhüllt von ihrem benediktinischen Frieden zu wissen.

Lady Ermentrudes Sarg und ihre sterblichen Überreste hatten ihren Sohn und ihre Mörder begleitet. Sir John – auf sein Pferd gebunden und die Hände auf dem Rücken gefesselt – und die bewachte Lady Isobel neben ihm waren am Morgen hinter dem Sarg, der auf einem Karren stand, durch das Tor geritten. Meister Montforts Männer ritten neben ihnen her. Sir John und Lady Isobel würden nach Oxford gebracht und vor die Richter des Königs gestellt werden.

Auf ihren eigenen Wunsch hin hatte Thomasine mit Isobel gesprochen, bevor sie aufgebrochen waren. Zu dem Zeitpunkt hatte Thomasine gewußt, was geschehen war. Den anderen Nonnen war gestern vor der Komplet so viel mitgeteilt worden, wie sie wissen mußten, aber Thomasine war zu Priorin Edith gebracht worden und hatte alles erfahren. So war ihr, als sie dort stand und ihre Schwester und Sir John ansah, bewußt, daß Isobel zwei Menschen umgebracht hatte, daß sie versucht hatte, Thomasine umzubringen, und daß sie erst im letzten Moment daran gehindert worden war, Meister Chaucer zu töten. All das hatte sie getan, während sie über die Zahnschmerzen ihres Mannes gejammert hatte und von Trauer gesprochen hatte; und der schwache und unsichere Sir John hatte ihr geholfen.

Thomasine stand noch immer unter dem Eindruck des golden schimmernden, undeutlich erinnerbaren Wunders in der Kirche, und sie empfand noch immer tiefen Frieden und innere Sicherheit. Beides war jetzt ein Teil von ihr und bewahrte sie vor Gefühlen wie Entsetzen oder gar Zorn. Sie hatte Mitgefühl und Trauer empfunden, als sie in Isobels und Sir Johns Kammer stand, vor deren Tür Wachen standen. Sie hatte ihnen gesagt, daß sie für sie beten würde, und hatte sie gefragt, ob sie noch etwas für sie tun könne.

Isobels Augen waren trocken gewesen, aber es waren noch Spuren von Tränen zu sehen, und sie hatte Sir Johns Hand umklammert, ebenso fest, wie er ihre Hand umklammert hielt.

»Meine Kinder«, hatte sie mit vor Trauer rauher Stimme gesagt. »Ich habe es für sie getan. Das alles habe ich für sie getan. Sag es ihr, John. Sag ihr, daß wir das alles nur für die Kinder getan haben.«

Sir John hob den Kopf. Sein Blick irrte umher, ohne wirklich auf Thomasine zu fallen, bevor er vage »Ja« sagte und dann auf das verriegelte und zugenagelte Fenster starrte.

Isobels Hand krampfte sich fester um seine Finger, aber ihr brennender Blick wich nicht von Thomasine. »Die Leute werden versuchen, sie dafür büßen zu lassen, aber sie sind unschuldig. Und ihr Erbe ist in Gefahr. Du hast vor, Nonne zu werden. Halte dich daran, und erhebe keinen Anspruch auf ihr Erbe. Beraube meine Kinder nicht. Versprich es mir.«

»Sicher.«

Das Versprechen kam leicht und aufrichtig, aber Isobel beugte sich vor und sagte, die Stimme hart vor Zorn: »Das ist ein Versprechen, das du halten mußt. Wir werden unsere Ehe für rechtsgültig erklären lassen, bevor ... das zu Ende ist. Dann werden sie ehelich sein, und du und deine überschlauen Nonnen, die uns in diese Lage gebracht haben, werden nichts bekommen. *Gar nichts.* John, sag ihr das.«

Die Knöchel ihrer Hand, die seine umklammert hielt, wurden weiß, und er sah sie an, aber dann wandte er den Blick ab.

»John«, beharrte sie.

Und er sagte: »Ja«, aber ob es Zustimmung war oder nur die Reaktion auf ihren klammerartigen Griff, hätte Thomasine nicht sagen können.

»Und halt dich von ihnen fern. Sie sollen nicht zu dir kommen und du nicht zu ihnen. Du wirst ihnen keine Lügen über uns erzählen. Dafür werde ich sorgen, bevor –« Sie hielt die Worte zurück, die danach hätten kommen müssen, und wandte den Kopf ab. Möglicherweise standen wieder Tränen in ihren Augen, aber sicherlich Trauer, als sie sagte: »Geh weg.« Sie entschuldigte sich nicht für das, was sie getan hatte und bedauerte nichts außer ihrem Scheitern.

Thomasine war gegangen. Sir John hatte kein Wort gesagt, nur das, was seine Frau ihm befohlen hatte, und als Thomasine einen letzten Blick auf ihn warf, starrte er zu Boden und bewegte langsam den Kopf von einer Seite zur anderen, als könne er nicht glauben, was geschehen war.

Jetzt, da sie im Wohnzimmer der Ehrwürdigen Mutter saß, und während das besänftigende Gemurmel der Priorin zu hören war, die mit Schwester Frevisse und Meister Chaucer sprach, erschien Thomasine der Frieden des Klosters brüchiger und zerbrechlicher als zuvor, viel unsicherer, als sie gedacht hatte. Aber der Frieden war wirklich, und die goldene Ruhe in ihr selbst ebenfalls. Eine Ruhe, die Isobel niemals erfahren hatte. Und nie erfahren würde, denn sie war zu sehr an ihre weltlichen Wünsche gebunden, um zu lernen, daß die einzige Art, etwas festzuhalten, die war, auf das Wünschen zu verzichten.

Auf der anderen Seite des Wohnzimmers sagte Meister Chaucer: »Der Zorn der Dame scheint sich vor allem auf William Vaughan zu richten, der nicht gestorben ist, als er sterben sollte. Sie scheint der Ansicht zu sein, es sei alles seine Schuld. Nur weil er noch lebte, nachdem er ihr geschrieben hatte, daß er im Sterben lag, war sie gezwungen zu morden.«

Schwester Frevisse schüttelte den Kopf, nicht in Widerspruch, sondern mit bedauernder Zustimmung, und sagte: »Sie und Vaughan glaubten, einander zu lieben und schworen sich ewige Treue. Aber ihre ›Liebe‹ überdauerte die Trennung nicht. Er hat ihr kaum geschrieben, nachdem er fort war, sagt sie. Die Nachricht, daß er im Sterben lag, war das letzte, was sie von ihm hörte. So wie ich die Männer kenne – entschuldige, Onkel –, nehme ich an, daß William Vaughan ebenso eifrig damit beschäftigt war, sie zu vergessen, wie sie bestrebt war, ihn zu vergessen. Bis er krank wurde und sicher war, daß er sterben würde. Er schickte ihr die Nachricht, weil er sie wissen lassen wollte, daß sie in Kürze frei sein würde, falls sie in der Zwischenzeit nicht schon etwas deswegen unternommen hatte – und wahrscheinlich auch, damit er ihr wenigstens ein bißchen leidtat, wo er doch in einem fremden Land an einer Seuche starb. Als er sich erholte, schämte er sich zu sehr, um ihr zu schreiben und ihr mitzuteilen, daß er noch lebte, sie immer noch nicht liebte und sie immer noch durch die vorschnellen Schwüre, die sie vor so langer Zeit ausgetauscht hatten, aneinander gebunden waren.«

»Und dann zeugte er mit einer anderen Frau ein Kind«, murmelte Priorin Edith. »Ebenso gedankenlos in seiner Zuneigung, scheint's, wie in seinen Schwüren.«

»So gedankenlos wie Lady Isobel«, erwiderte Meister

Chaucer. »Sie hatte kein Recht, im Geheimen ein solches Verlöbnis einzugehen. Und noch weniger Recht hatte sie, Sir John zu heiraten, ohne sicher zu sein, daß sie frei war.«

Leise sagte Thomasine aus ihrer Ecke: »Sie hat Sir John geliebt. Sie liebt ihn noch.«

»Sie hat ihn zerstört«, antwortete Schwester Frevisse ruhig.

Meister Chaucer nickte. »Der Jammer ist, wenn sie John vor der Eheschließung nichts von ihrer Verlobung mit einem anderen Mann erzählt hätte, würde das Gericht entscheiden, daß er sie in gutem Glauben geheiratet hat, und dann würden zumindest die Kinder als ehelich gelten. Aber da sie es ihm erzählt hat, und er ebensogut über ihr Verlöbnis Bescheid wußte wie sie, war die Ehe von Anfang an ungültig, da William Vaughan noch lebte, als sie geschlossen wurde. Aber das wußten sie nicht, und sie hätten es nie erfahren, wenn Lady Ermentrude sich nicht herausgenommen hätte, ihnen diese Tatsache um die Ohren zu hauen, nachdem sie erfahren hatte, daß Vaughan drei Jahre später gestorben war, als sie gedacht hatten.«

Thomasine wagte zu fragen: »Also ist es sicher, daß meine Tante von der Verlobung wußte?«

Meister Chaucer nickte. »Sie hat es aus Isobel herausbekommen, als deren Gründe, warum sie Sir John nicht heiraten wollte, immer fadenscheiniger wurden. Ihr wißt mindestens so gut wie alle anderen, wie nachdrücklich sie auf eine Antwort auf ihre Fragen bestehen konnte.«

Thomasine nickte und war etwas überrascht, als sie keine Spur von Groll in sich fand. Arme Lady Ermentrude, war alles, was sie dachte.

Meister Chaucer fuhr fort: »Für sie war es eine Frage des Stolzes. Sie war es, die wegen der Heirat zu mir gekommen war, sie war ganz aufgeblasen, weil das Arrangieren der Ehe so glatt vonstatten ging, und sie fühlte sich ungerecht behandelt, als plötzlich ein Hindernis für ihre Pläne auftauchte – zudem ein Hindernis, das zustandegekommen war, als Isobel und William sich in ihrer Obhut befanden, was ein noch schlechteres Licht auf sie werfen würde. Und dann, gerade als ihr nichts anderes übrig blieb, als es mir mitzuteilen, erhielt Isobel den Brief von William und zeigte ihn Lady Ermentrude.«

»Sie hätte Sir John nicht sagen sollen, wo das Problem lag«, bemerkte Schwester Frevisse.

»Aber Lady Isobel wollte, daß er wußte, daß sie ihn nicht abwies, weil sie es so wollte«, meinte Chaucer. »Also weihte sie ihn in ihr Geheimnis ein, und wie sie sich dann verhalten hätten, weiß ich nicht, aber da kam die Nachricht von Williams ›Tod‹, und plötzlich war alles ganz einfach.«

»Es war nur unser Geplauder an jenem Nachmittag, durch das Lady Ermentrude die Wahrheit über William Vaughans Tod erfuhr«, sagte Schwester Frevisse, »und das die Angelegenheit ins Rollen brachte.«

»Ich habe nur davon angefangen, um sie davon abzuhalten, dich zu plagen«, sagte Chaucer mit echtem Bedauern. »Sie mußte sich immer in alles einmischen, und sie war eine stolze Frau. Sie dachte nicht an Sir John und Lady Isobel, als sie losritt, um es ihnen zu sagen. Sie dachte an sich selbst und daran, was für Vorwürfe ihr gemacht werden würden, wenn die Ehe für ungültig erklärt wurde. Sie ließ ihnen keine Zeit, in Ruhe darüber nachzudenken, wie sie die Sache in Ordnung bringen konnten, sie ließ nur ihrer Wut freien Lauf. Und Isobel reagierte dementsprechend.«

Priorin Ediths Stimme klang bedauernd, aber fest. »Sünde will heraus, und der Preis der Sünde ist schrecklich.«

»Aber sie haben nicht wissentlich gesündigt«, sagte Thomasine ernsthaft. »Sogar Lady Ermentrude war im Recht, als sie zu ihnen ging, um sie zu warnen, daß ihre Seelen in Gefahr seien.«

Priorin Edith sah sie mit ihren alten, wissenden Augen an, und Thomasine erkannte plötzlich, aber ohne jeden Zweifel, daß es sich bei der Ruhe der Priorin nicht um Altersmüdigkeit handelte, sondern um das Ergebnis jahrelanger Beobachtung und Reflektion des Lebens sowohl anderer Menschen als auch ihres eigenen Lebens.

»Sie haben nicht wissentlich gesündigt, als sie heirateten«, stimmte Priorin Edith ruhig zu. »Und Lady Ermentrude ebensowenig, als sie losritt, um ihnen von William Vaughan zu erzählen. Die stolze Arroganz, mit der sie ihnen begegnet ist und ihre rasende Wut, als sie sich nicht ihrem Willen beugen wollten, das waren Lady Ermentrudes Sünden. Und Lady Isobel und Sir John haben wissentlich gesündigt, als sie sich entschieden, Lady Ermentrude umzubringen, statt sich der Notwendigkeit zu beugen, ihren Fehler einzugestehen.« Sie sah Thomasine an. »Deswegen war Lady Ermentrude so entschlossen, dich aus dem Kloster zu holen. Sie war wütend auf die beiden wegen ihrer törichten Weigerung, ihre Ehe für ungültig erklären zu lassen. Sie beschloß, sie zu bestrafen, indem sie dich aus dem Kloster holte und dich verheiratete, damit deine ehelichen Kinder die Ländereien der Familie erben konnten. Johns und Isobels Kinder wollte sie enterben.«

»Und da ihr die Augen über Isobels und Johns Gier und ihre Schlechtigkeit geöffnet worden waren«, fügte Chaucer hinzu, »entschied Lady Ermentrude, daß sie dich gezwungen haben mußten, ins Kloster zu gehen, und St. Frideswide bestochen hatten, damit du gegen deinen Willen hier festgehalten wurdest.«

»Aber ich habe ihr wieder und wieder gesagt, daß ich ins Kloster gehen wollte«, protestierte Thomasine.

»Und Isobel hat ihr gesagt, daß William Vaughan tot sei.«

Priorin Edith sagte zu Schwester Frevisse: »Ich habe mitbekommen, wie Ihr erfahren habt, daß Lady Ermentrude schon vergiftet worden war, noch bevor sie das Herrenhaus verließ. Meister Chaucer war sich so sicher, daß es Maryon war. Warum habt Ihr weiter nach einer anderen Antwort gesucht?«

Schwester Frevisses Gesicht war von Müdigkeit gezeichnet. Sie hatte die Hauptlast der Konfrontationen getragen, zuerst mit Sir John und Lady Isobel und dann mit Sir Walter und Meister Montfort. Was danach kam, hatte bis weit in die Nacht gedauert. Es war eine Flut von Wutausbrüchen und Verhören über sie hereingebrochen, bis alles soweit geklärt war, daß sowohl Meister Montfort als auch Sir Walter zufriedengestellt waren. Dann hatte sie den frühen Morgen damit zubringen müssen, sich um die Abreise der Gäste zu kümmern. Es war kein Wunder, daß ihr Lächeln etwas kläglich ausfiel, als sie antwortete: »Es waren Sir Johns Zahnschmerzen. Sobald Schwester Claire sicher war, daß Lady Ermentrudes erste Krankheit von einer Vergiftung durch Bilsenkraut herrührte, stellte sich die Frage, warum dieses Gift? Wenn Maryon die Giftmischerin war, warum hatte sie dann ein so unsicheres Gift gewählt? Sicher hätte sie ohne klare Anweisungen der Königin nicht gewagt, Lady Ermentrude zu vergiften. Und das heißt, daß sie ein starkes Gift zur Hand gehabt hätte. Bilsenkraut führt eher zu geistiger Verwirrung als zum Tod, also ist es nicht so nützlich wie manch anderes Gift. Aber Sir John hatte erzählt, daß seine Zahnschmerzen von einem reisenden Quacksalber behandelt worden waren, der ihn mit einem Rauch-Schwindel kurieren wollte. Bilsenkraut ist der Hauptbestandteil dieses Betrugs. Der Quacksalber wird sie vor dem Versuch gewarnt haben, die Behandlung zu wiederholen, da Bilsenkraut giftig ist. Dadurch ist Lady Isobel auf den Gedanken gekommen. Bilsenkraut ist ein häufiges Unkraut, das in jedem Hof unter den Füßen zertrampelt wird. Das war Lady Isobels Problem an jenem Morgen, als Lady Ermentrude nach dem Wein schickte. Sie hatte keine Zeit, ein tödliches Gift zu brauen oder sich in die Wälder zu schleichen, wo der todbringende Nachtschatten wächst. Sie brauchte ihr Mittel sofort. Also nahm sie das Bilsenkraut und hoffte, daß die Menge ausreichen würde, um sie zu töten. Aber nachdem sie sich Nachtschatten besorgt hatte, ritt sie Lady Ermentrude hinterher, um handeln zu können, falls ein weiterer Mordversuch von Nöten sein würde.«

»Aber wie bist du auf die Idee gekommen, daß Isobel es gewesen sein könnte?« fragte Meister Chaucer.

»Weil Lady Ermentrude, soweit uns bekannt war, keinen Grund für ihren plötzlichen Entschluß hatte, an jenem Nachmittag zu den Wykehams weiterzureiten. Sie hat es einfach getan, und sobald sie dort ankam, begann sie drauflos zu brüllen, und dann kam sie zurück, immer noch kochend vor Wut. Ohne einen vernünftigen Grund, soweit wir das nach dem, was uns erzählt wurde, beurteilen konnten. Es war nicht schwer zu glauben, daß sie unter einer Art Hirnfieber litt und irrational und halb verrückt gewesen war. Und daß jemand die Gelegenheit ergriffen und sie ermordet hatte, nachdem sie ins Kloster zurückgekehrt war. Erst als Schwester Claire erkannte, daß Lady Ermentrude bereits vergiftet zurückgekehrt war, war die Frage plötzlich sehr wichtig, warum sie überhaupt zu den Wykehams geritten war. Ich konnte nur raten, daß irgend etwas, das an jenem Nachmittag hier im Zimmer gesagt worden war, sie dazu bewogen hatte. Als Thomasine mir dann das Geheimnis ihrer Schwester erzählt hatte, wußte ich endlich, was geschehen war.«

»Und Sir John wußte, was seine Gemahlin vorhatte?« fragte Priorin Edith.

»Beim ersten Mal nicht. Aber als sie es später mit Nachtschatten versuchte, wußte er es. Ich glaube, er hätte sie daran gehindert, wenn er gekonnt hätte, aber sie ist die stärkere von beiden.«

Priorin Edith schüttelte traurig den Kopf. »Und alles nur, um ihre Kinder vor der Schande zu bewahren.«

»Nein«, sagte Meister Chaucer. »Es ist eine Kleinigkeit für Kirche und Krone, eine Ehe wie die von John und Isobel für rechtmäßig und die Kinder für ehelich zu erklären. Sie hätten einige Mühen auf sich nehmen müssen, und vielleicht hätte es Gelächter gegeben, aber keine echte Schande, und später wäre alles in Ordnung gewesen. Es war der Preis, gegen den Isobel etwas einzuwenden hatte. Solche juristischen Prozeduren sind teuer.«

»Aber sie hätten es sich doch leisten können«, widersprach Thomasine. »Sie hätten das Geld bestimmt aufbringen können, ganz gleich, wie teuer es gewesen wäre.«

»Ja, aber Lady Isobel hatte mit dem Geld etwas anderes vor. Da der Titel eures Vaters nur durch die männliche Linie vererbt wird, ist er mit seinem Tod erloschen, und deine Schwester konnte ihn nicht an ihre Söhne weitergeben.«

Thomasine nickte. Sie wußte das. Meister Chaucer fuhr fort: »Deine Schwester hatte gehofft, den Titel zurückkaufen zu können. Für Sir John oder für ihren ältesten Sohn. Es ist möglich, in so einem Fall den Titel von der Krone zurückzukaufen, aber es ist teuer, wie alle juristischen Prozeduren. Sie und Sir John konnten entweder den Titel kaufen oder ihre Ehe für rechtmäßig erklären lassen, aber wenn sie für das eine bezahlt hätten, wären sie nicht in der Lage gewesen, sich das andere zu leisten, für lange Zeit nicht, vielleicht nie. Deine Schwester ist eine stolze Frau, und sie war nicht bereit, auch nur den leisesten Makel auf ihrer Ehe zu dulden. Aber vor allem ist sie eine ungeduldige Frau. Das, was sie haben will, will sie *jetzt* und nicht irgendwann später.«

»So, wie sie William Vaughan wollte«, sagte Priorin Edith leise. »Und dann Sir John. Und den Tod von Lady Ermentrude. Eine sehr gefährliche Sache, die Ungeduld. Sogar wenn es um eine gute Sache geht. Wie das Ablegen der Gelübde.«

Thomasine sah sie bestürzt an. Aber die gewohnte Angst kam diesmal nicht, so daß sie das Lachen sehen konnte, das um die Mundwinkel der Priorin zuckte und um die von Schwester Frevisse. Etwas unsicher lächelte sie zurück, und dann neigte sie den Kopf und sagte: »Es ist jetzt fast zu spät, um noch ungeduldig zu sein.«

Da lachten sie, aber sanft und mit freundlichem Verstehen, und zu ihrer Überraschung stellte Thomasine fest, daß Lachen nicht wehtat.

Ein wenig später stand sie neben Schwester Frevisse im Hof und sah zu, wie der letzte von Meister Chaucers Männern hinter ihm durch das Tor verschwand. In ihrem Rükken wartete die Stille von St. Frideswide auf sie, die ihr Gebet und Frieden versprach, aber im Augenblick achtete sie mehr auf die Tauben, die mit raschelnden Flügeln zum Brunnen zurückkehrten und die keine Angst vor den zwei Nonnen hatten, die an der Klosterpforte standen.

Als das Geräusch der galoppierenden Hufe der Pferde in

der Ferne verhallte, konnte Thomasine auf dem Weg, der zu den Feldern führte, das Knarren der Wagen hören. Der Regen hatte nicht lange genug gedauert, um der Ernte zu schaden, und die Felder waren bereits wieder trocken. Auf der anderen Seite der Mauer rief jemand, daß man auf die Spurrillen achten mußte, wenn man nicht umkippen wollte, und Schwester Frevisse fragte freundlich: »Hast du noch mit Robert Fenner gesprochen, bevor er mit Sir Walter abgereist ist?«

Etwas verwirrt durch die unerwartete Frage, antwortete Thomasine: »Ja. Als ich heute morgen von Isobel kam, sprach er mich an, und wir unterhielten uns.«

»Was hat er gesagt?«

»Es tue ihm leid wegen meiner Schwester, und er hoffe, ich würde glücklich werden, wenn ich meine Gelübde abgelegt hätte.«

»Sonst nichts?«

Thomasine war verwirrt, als sie bemerkte, daß Schwester Frevisse ihr Gesicht musterte, so als suche sie nach irgend etwas, und antwortete schlicht: »Nein. Hätte er sonst noch etwas sagen sollen?«

Schwester Frevisse beobachtete sie einen Augenblick lang, dann sah sie zur Seite. »Nein«, sagte sie.

Glossar

Apostasie Abfall von einem bestimmten Glauben

Brevier tägliche Stundengebete der Geistlichen und Ordensleute der katholischen Kirche für acht Tageszeiten: Mette, Laudes, Prim, Terz, Sext, Non, Vesper, Komplet

Cellerarin Ordensfrau, die für die Verwaltung des Vorrats- und Weinkellers zuständig ist

Chaucer, Geoffrey (1340-1400) englischer Dichter. Sein berühmtestes Werk sind die CANTERBURY TALES. Es handelt sich hierbei um Rahmenerzählungen nach dem Vorbild von Boccaccios DECAMERONE. In der Rahmenhandlung kommen verschiedene Figuren zu Wort (u. a. eine Priorin und eine Nonne), die während einer Pilgerfahrt ihre Geschichten zum besten geben. Im Vordergrund steht die satirische Darstellung menschlicher Schwächen.

Thomas Chaucer, der Onkel von Schwester Frevisse, wird als Sohn des Dichters Geoffrey Chaucer ausgewiesen. Der gesamte Kriminalroman enthält durchgängig Anspielungen auf Chaucers Werk.

Coroner im Dienste der Krone stehender Beamter, der bei ungeklärten Kriminalfällen zur Überprüfung des Sachverhalts eingeschaltet werden mußte

Dormitorium Schlafsaal

Habit Ordensgewand

Hocke auf dem Feld zusammengesetzte Garbe

Hospitalaria, Schwester Ordensfrau, die für die Versorgung und Bewirtung der Gäste, die in einem Kloster Zuflucht suchten, zuständig war

Houppelande weites, mantelartiges Übergewand im 14. bis 16. Jahrhundert

Komplet Abendgebet; letztes Stundengebet der katholischen kirchlichen Tageszeit

Laudes Morgengebet im Brevier

Lavatorium Waschraum

Meinie Zugehörige zu einem Haushalt

Mette mitternächtliches Stundengebet

Prim Morgengebet im Brevier

Sext Stundengebet im Brevier um 18 Uhr

Vesper Abendgebet im Brevier

Wycliffe, John andere Schreibweisen: John Wyclif/John Wiklif (1320–1384). Er gilt als einer der bedeutendsten Prosaschriftsteller des 14. Jahrhunderts. Seiner Initiative ist eine Bibelübersetzung ins Mittelenglische zuzuschreiben. Es ist allerdings unsicher, wieviel Anteil er an der tatsächlichen Übersetzung hatte.

Zelter Damenreitpferd

Zwiesel Sattelknauf